父亲书

耿翔 著

天津出版传媒集团
百花文艺出版社

图书在版编目（ＣＩＰ）数据

父亲书 / 耿翔著. -- 天津 ： 百花文艺出版社，
2024. 10. -- ISBN 978-7-5306-8802-1

Ⅰ. I267

中国国家版本馆 CIP 数据核字第 20244E1A51 号

父亲书
FUQIN SHU

耿 翔 著

出 版 人：薛印胜

策划统筹：张 森 田 静 责任编辑：田 静

装帧设计：蔡露滋 版式设计：王宝萍

出版发行：百花文艺出版社

地址：天津市和平区西康路 35 号 邮编：300051

电话传真：+86-22-23332651（发行部）

+86-22-23332656（总编室）

+86-22-23332478（邮购部）

网址：http://www.baihuawenyi.com

印刷：山东临沂新华印刷物流集团有限责任公司

开本：880 毫米×1260 毫米 1/32

字数：267 千字

印张：11

版次：2024 年 10 月第 1 版

印次：2024 年 10 月第 1 次印刷

定价：68.00元

如有印装质量问题,请与山东临沂新华印刷物流集团有限责任
公司联系调换

地址:山东省临沂市高新技术产业开发区新华路 1 号

电话:(0539)2925886

邮编:276017

耿翔

陕西永寿人。中国作协第六次、第七次代表大会代表，出席第四届全国青年作家会议，参加诗刊社第九届"青春诗会"，2010年随中国作家代表团出访塞尔维亚。已出版《长安书》《秦岭书》《马坊书》及四卷本《过山河记》等作品集十余部。曾获老舍散文奖、冰心散文奖、柳青文学奖、首届三毛散文奖及《诗刊》1991年度优秀诗文奖。

目录

一

　　躺在地下的父亲，此刻，应该动了一下，因为在他的墓地四周，是一
片越过冬天准备起身的麦田。那些向地下扎了很长时日，把自己的触须
伸进父亲一只空着的手里的麦根，像是突然拉了那只熟悉的手一下，准
备带着这位躺了多年的人，回到他走动了一生的地上。

　　携带着旺盛的地气，父亲和遍地的麦子，准备着起身的事情。

　　而坐在天上的父亲，此刻，正用另一只手遮住他皱纹纵横的额头，俯
下身子，向一片云朵跟着一片云朵清冷地飘过的马坊，不安地张望着。他
很想在这片寂静的小山河里，一眼认出他的村庄，认出他家的房屋，认出
还住在那里的守护着一村风水的亲人……

　　多年以后，我这么想着父亲：他是躺在地下，还是坐在天上？

　　掀开那天的日历，像从吹过一个村子的风里突然听见谁这样回答我——地上的父亲。我先是一愣，等缓慢地回过神来，便看见历书上醒目地写着：今日立春。

　　离开马坊后，我像从农历的温暖里一个人仓皇地逃了出来。立春这么重要的节气，我除了翻看历书，再也没有用身体及时觉察它的能力了。那片寂静的土地，用每一个生动的节气隐藏在我们所有人身体里的，能准确感知自然的密码，已经从我身上彻底丢失了。如果父亲还活着，他身体的一些部位一定会隐秘地告诉他，今天应该是什么节气。

　　母亲的身体，或许对节气更敏感一些。

　　在已经过去的很多年里，都有那么一天，等我从睡梦中睁开眼睛，会看到一缕失去往日寒气的光线正从窗棂上斜射进来，落在一身新衣上。我的那身穿了一冬，里外都被尘垢落得生硬如铁的衣裳，已经被母亲拆洗了，晾在院子里。而推开房门的父亲，一边放下担水的木桶，一边叮嘱我立春了。

　　我穿上新衣，走出院子，一身清爽地站在大街上。我看见很多人家的木门正被有声有色地推开，一些男人挑着大小不一的木桶，向村子东边的涝池走去。一些邻近的院子里也此起彼伏地传出女人的洗衣声。很多年后，伏案读到"风来传消息，枝头晾春衣"的诗句，我突然站起来，向着长安北边的天空，有些心疼地眺望。我的神魂突然颠倒着，像带我回到了马坊，回到了这个还被我记着的，开始立春的早晨。

　　我以为，一个村子的立春，是从父亲的身体开始的。

　　那一夜，他的还算结实的身体应该有了许多感应，让他在烧得很热的土炕上很难睡踏实。他不会想象，但他的眼前，全是聚集在整个村子里和田野上的那些他能认识的事物。它们也像得到了一种十分有力的召唤，从寂寞了一冬的地方突然拥挤着出来。他像看见了，地里落得很厚的雪,河里冻得很厚的冰,都开始融化;他像听见了,树上飘摇的鸟巢里,村后冷清的狼窝里,都响起了叫声。有一刻,那些入冬前曾经在他粗糙的身上爬上爬下的虫子们,也像从他身上活了过来。它们集体蠕动着,让他用一冬的时间恢复了一些韧性的皮肤没有一处是寂静的。

他在他的身体里,确实睡不着了。

他翻了许多次身,但外面的天色还没有一丝亮光可以从窗户上透进来。他摸摸自己的骨头,今夜不但不乏软,反而有一种不让他躺下来的冲动之感。在父亲的劳动常识里,人只要累了,也就是骨头累了。

他由此及彼,观察着一村的牲口。

他说,骡马无论站在哪里,样子都很英武,你看不出它有被累着的时候。只要从车辕里走出来,进了饲养室,它们就在石槽边上一整夜地站着吃草,也一整夜地站着打盹儿。好骡子一个滚,它们只要仰躺在土地上,来回翻动几下身子,钻在皮毛和骨头里的乏气就会迅速被消除。骡马的一生中,要是有一次卧下了,那就说明它活到了一个高角牲口的生命尽头。而那些行动迟缓的牛,用四只巨大的蹄子每天扑踏在大地上,只要从活路里走出来,便会就地卧下。

有一次,父亲指着一头卧在水渠边的牛,问我它被肩胛撑在地上的巨大身体像不像一座倒下去的黄土小山。我以为它真像一座小山一样,倒下了,就再也站不起来。正在为它的处境着急时,只见父亲轻扬了一下手中的牛皮鞭子,那头牛于出溜之间矗立在我们面前,摆出一副任劳任怨的样子。

我不知道,在马坊苦累了一生的父亲,到底像一匹英武的马,还是像一头迟缓的牛。

涌动在天地之间的立春的气息,最先被父亲的骨头感应到了。

他点亮油灯,他穿好衣裳,他担上水桶,他像有意赶在节气的前面,用他踏实的脚步,先把我们家通向涝池的那条一村人都要走的路有力地踩上一遍。当他站在结着厚厚一层冰的涝池边上,用扁担敲开冰层时,马坊这块不大不小的土地上那一年第一缕春天的气息,就从这里泛起了。我能想见,随着父亲那一阵有力的敲击声,马坊的万事万物都应该被惊动了。先是近处的树上有了鸟儿的鸣叫,接着有了远处的狗吠,那些在圈里吃了一夜草料的牲口也发出了不再沉闷的叫声。而埋在雪下的麦子、油菜,或许是在那一瞬间改变了生长的方向。它们凝聚在根部的力气,不再带着它们的根须向地下深扎,而是拱着它们的叶芽,穿过雪层,开始向天空招展自己碧绿的色彩。

那时在马坊,我要是能理解这些麦子和油菜,就是父亲这样的人用一种传承下来的生存本能,年复一年在土地上出生入死种下的神圣的粮食,我一定会在立春这天,嚼着几颗红丁丁的麦粒,走在地气上升的村子里。

在一村人络绎不绝地去村东的涝池担水时,父亲已歇在房檐下,看着母亲用烧热的水洗着我们一家人的衣裳,直至把它晾在院子里的绳子上。

在父亲的眼里,或许立春,就是从这些洗得干净的土布上带着的皂荚清香开始的。

立春后的马坊,大地依然一片洁白。

那些落了一冬的雪,像一群守候在大地的舞台上来不及退场的演员,但它们臃肿的扮相,已不再令人感觉那么寒冷了。

父亲从村子里走出来。他穿着母亲早已缝补干净的衣裳,走得很有生气。他的肩上是那把跟了他好多年的铁锨,明晃晃的,把雪地上那么多的光全部反射在他的身子周围,让他像带着一身的光亮,在只有他一个人的大地上专心致志地走着。偶尔有一只邻家的狗跟在他的后面,打量着这个每天都能见到的人,猜想他今天怎么走得这么急。

急得像一阵吹过雪层的风。

那些在不远处被父亲踩在雪地上的脚步声惊动了的田鼠,会从很深的窝里钻出来,张望上好一阵子。等父亲走过去了,它们再重新回到窝里,因为雪地上还很冷,也没有什么可以寻觅的食物。而在更远处的一只狐狸,像知道父亲要去干什么,随着父亲走走停停,保持着始终如一的距离,没有了狡猾,显得也很可爱。

只有我清楚,父亲是要去祖坟上看一看。

在父亲心里,一个冬天了,这是和祖先隔得有些久远的时间。因此,他必须赶在立春的第一天去见地下的他们。几十年了,对于一个没有兄弟、没有姐妹,一棵独苗一样,和身边弱小的妻子儿女寂寞地生活在马坊的人,他祭在心中的庙堂,就是我家的祖坟。

他急切地走着,朝向几个被雪覆盖着的土堆。他走到了村子东北的一块地里。

一切都很寂静,包括躺在地下的祖先。几十年的风雨,吹走一层黄土,落下一层黄土,让这些不大的坟头没有消失在岁月的沧桑里。几棵长得粗大的树木,成了祖先的陪伴者,用自己年年落下的花朵和叶子,触摸着坟头上的每一块黄土。墓地的北边,是一堵逐年垒起的土墙,它像一道屏障,让睡在这里的祖先不受从高岭山上或那条深沟里吹来的大风的干扰。也可以认为,这是为祖先立不起一块石头墓碑的父亲,用黄土立下的一块特殊的墓碑。

这座祖坟,我在还不认识一个汉字的时候,就被父亲带着来到它的跟前认识了它。

几枝枯黄的蒿草,看见父亲如期来了,便在坟头上摇曳着。

不出一声的父亲,绕着坟地走了很多来回。他看得很仔细,因为有一些动物选择在墓地里过冬,会在坟头上留下很多洞窟,必须用土将这些洞窟填实,防止到了雨季坟墓里灌水。对于长眠于此的祖先,父亲能做的,就是这些事情。

他豁开坟头上的一层积雪,让埋着祖先的黄土裸露在立春的天气里。

他这样做,就是想让地下的祖先也能感受到地上的节气。

他在地理方位最下端的一座坟头上盘腿坐了下来。他点着旱烟,深深地吸了一口,又全部吐了出去,他想让躺在地下的人也能从旱烟的味道里闻到一些他的气息。他坐了很久,不顾地上的雪和天上的风依然带来的人间寒冷,一锅接着一锅地抽烟。对于不善言辞的父亲来说,这或许是他和亲人的一种对话方式。因为此时,他就像坐在临终时的他的父亲的脚下,看他还有哪些牵挂需要对自己说出来。其实,埋在地下的他的父亲活在这个世上的年龄,还远远没有此时的他大。他不知道他的父亲得的什么病,只记着他的父亲在马坊这块土地上,短暂地活了二十一年。

父亲是个满脸胡须的人。

他年轻的亡父如果还能看到儿子的面相,一定会感到惊恐,甚至会从躺着的地下突然坐起来。他的父亲会想到,大地上后来的农事,一定比他活着时要繁重劳累得多,儿子的一脸老相,一定是苦焦的生活印记。

等到天上的太阳快要爬到头顶时,父亲站了起来。

他走到那堵土墙下,把墓碑又加高了一些,等于把一年的风雨吹打去的部分黄土又弥补了上去。然后他沿着墓地周围,在田野里走上一阵,直到走出一身的热汗,感到春天越过地上大片的积雪,像带着祖先的气息,真的来到了自己的身上。

这个时候,父亲一直显得苍老的脸上,会露出一些极少有的笑容。

那是带有尊严的笑容。在那些被贫困折磨着的年月里,能让父亲感到一些满足的,就是祖先的墓地安放在马坊一个只留下遗址的古老庙宇旁。这块地叫张家庙,它遍地红色的瓦片和虚软的灰土至今仍在提醒我们,这座庙宇曾经很庞大,毁灭它是需要大火的长久焚烧的,而且并不能完全消灭它曾经存在过的痕迹,否则,这么大片土地数米之下的土层不可能仍是瓦砾和灰烬。为此,我也翻阅了一些史书,我认为,在我们大地的每一处,都可以刻下"茫茫禹迹"四个大字以寄托我们的思古之幽情,然后,考古学家有可能为我们的幽幽之情在深埋的土层里找到历史的实据。我们祖居的马坊,就在汉代离宫甘泉宫的范围内,是在秦旧宫上建起的。一个懂得地理的人,一定知道沿着马坊的沟道往北走,地势越高越平缓,林木越茂密,从中间流过的,是一条清亮的泾河。

父亲不懂得这些,但他懂得,这是一块安放着祖先的好地。

因此,他以一个种地人对土地的理解,在每年立春这一天,不能不来到这里。

他以为,这块土地,或许在若干年后能带给他一些什么。

眼下站在这块被雪覆盖着的土地上,他感觉此刻的自己是村子里离祖先最近的人。

这些天,一村人像冬眠过后的虫子,都从自家的屋里走出来了。

马坊的大路上,色彩也多了起来。不像冬天,偶尔看见一个人从雪地里钻出来,也是穿着一身黑衣黑裤,像带着日子的单调和沉重,活在这里的天底下。这时能看到的人,多数都脱了太厚的棉袄,在或红或绿的毛衣上套一件夹层的却很亮堂的外套,让身边的田野也有了不一样的风光。

村里空荡了一冬的大照壁前,人也多了起来。午饭前后,被太阳晒热的瓦上,雪也待不住了,化成水滴,沿着大照壁上的瓦沿成排地落在地上,响亮地砸出一个个小水坑。在这样的声音里,说话的人不得不放大嗓门或者离对方更近一些,才能把憋了一冬的话也化成叽里咕噜的水声,滴在听者的心上。

父亲是村上的放羊人,很少有时间在大照壁前坐下来晒太阳。

当村里的一些闲人在大照壁前越聚越多的时候,父亲赶着羊群,已经在村西的沟里低头走动了大半天。他是吃过早饭后,从建在南壕的羊圈里一个人赶着羊群出村的。按照多年的习惯,父亲放羊的地盘多在西沟。那里有一片平缓的草坡,视野也很开阔,放羊人不用下到沟里,只需要在沟边来回移动,再多的羊都能尽收眼底。

父亲的生性告诉我们,他是一位闲不住的人。他每天都会跟着羊群下到很深的沟里,羊在前边吃草,他在后边割着一种叫铁蒿子的柴。沟里的很多峭壁,羊都爬不上去,但就是这样的地方,偏偏生长着茂盛的铁蒿子。只要遇到这样的地方和铁蒿子,父亲是不会轻易放手的。他会在那里蹒跚很久,察看怎么上去。对于一个放羊人来说,每一天的日子都是漫长的,羊需要在漫长的时间里才能吃饱肚子,放羊人需要在漫长的时间里才能想透世事。等父亲看好了攀爬的路线,他会脱掉臃肿的上衣,尽量让自己的身体变得轻盈一点,然后慢慢接近。等他伸出锋利的镰刀,触碰到那丛生长在峭壁上的铁蒿子时,他一定会猛然发力,再一把将割断的铁蒿子搂在怀里。

如果是生长季,铁蒿子的叶子是铁黑的,在铁蒿子肥厚的叶子上握一把,手里会有一层绿水。这个时候,下到平地上的父亲会把铁蒿子铺展开来,从四散在坡地上的羊群里抱回几只新生的羊羔,看它们粉嫩的小嘴在这些叶子上欢快地啃啮。就是冬天,铁蒿子的叶子落光了,那些顶在枝头的铁蒿子籽,也是羊羔们喜爱吃的野味。

父亲背回家里当柴火烧的，常常是一捆被羊羔吃光了叶子的铁蒿子。

有一次，当父亲的镰刀刚触碰到一丛更大的铁蒿子时，"嗡"的一声飞出一群黑压压的野蜂。父亲知道捅到野蜂窝了，赶紧抱住头，从峭壁上溜了下来，向远处跑去。头上还是被野蜂蜇了几个包，疼得他坐在地上，半天起不来。

在马坊，只要你进入东南西北围住村子的几条沟里，不管你是放羊的，还是种地的，甚或是走亲戚的，都可能有被野蜂挡住路、蜇过的经历。特别是村上的年轻人，总喜欢在悬崖边上找那些野枣子枝，用镰刀割了背回家，既可以当柴火烧，也可以围在菜地的边上代替竹竿扎的篱笆，挡住糟蹋各种青菜的猪鸡。野枣子一丛一丛的，长得很是欢实，但藏在里边的野蜂窝是防不胜防。

作为放羊人，父亲每年都有可能被野蜂蜇。在立春后，父亲就不再提着那把镰刀了，也不会再爬上那些峭壁，去割长在上面迎风飘动的铁蒿子了。不是他想学村上的那些可以一整天把手缩在衣袖里，轻轻松松地在沟边上转到日头压山的其他牧羊人，把羊群赶回村子里就算把日子打发完了，而是他知道，在这样的节气里，放羊可要小心了。羊群走过的地上，多数还被一层厚厚的雪覆盖着，只有极少数向阳的地方，雪消融得斑斑驳驳，能露出一些枯黄的衰草。这样的地方往往被强悍的公羊挤占。多数瘦弱的羊只能站在雪地上张望，看见一枝在地面摇曳的干草，就快速奔跑过去，叼在嘴里，再慢慢咀嚼。这样一天下来，一只羊在坡地上来来回回要跑上百十里的路，才能吃到一些可以抵抗饥饿的干草。

父亲想不明白，羊和人一样都是被造化出来的，那在造化羊和人时，怎么不在土地上多造化出一些粮食和野草呢？

立春之前，总有几只老残瘦弱的羊熬不过寒冷和饥饿，突然死在雪地上,或者慢慢地死在羊圈里。一个冬天,父亲在村子里看着死去的羊比看着死去的人要多得多。而在父亲眼里,那些朝夕相处的羊就像村上的人一样,有些干净温顺的羊还真比人亲。

它们死了,就让父亲想起那些泥捏的神。赶着羊群,父亲从村西的土庙走过时,他看着神的眼光就不像以前那么温暖了。

这时放羊,夏天里被洪水吹出的那些旋坑还留在地上,非常危险。里面长满了各种草木,被雪一盖,熟识地理的人也判断不出它的深浅,更别说只能识别水草的羊了。有些旋坑直接通到沟底,少说也有几十丈深。在冬雪消融之前,父亲跟着羊群,尽量驱赶它们离开这些危险的旋坑。而这样的旋坑在草坡和断崖的衔接处却多得数也数不过来。

立春后是动物的繁殖季节,这些性情温顺的羔羊,也大多踩着这个时间来到积雪没有消净的草地上。这些天放羊,父亲左右不离那些随时会产羔的母羊。它们猩红的眼睛也时不时地盯一会儿父亲,像传递着一份嘱托,希望他能赶在第一时间帮它们产下的羊羔站立在大地上。我对这些羊几十年的热爱,也是因为当年看到太多有关它们出生时的细节,心里生出了同情。就是人到了城里,远离草地上的它们,脑海中的印记也还是挥不去。

羊是站在草地上生产的。

随着羊水的破裂,那头母羊身后的太阳也像晃动了一下,跌落得离地面更近了,在它失去热量的光芒里,一头浑身胎液和血水的羊羔在雪地上挣扎着。朝着母羊站立的方向,羊羔用力蹬着后腿,它的两只前腿已经站起来了,试图在母羊的乳房下寻找它在胎盘里就已熟悉的气味。这个时候,父亲一定会赶过来替羊羔擦净身上的黏液,甚至将它抱在怀里,暖着它弱小的身子。

也是神奇,不到两个小时,一只雪白的小羊羔就从父亲的怀里钻出来,叫唤着去找站在雪地上,后腿之间还掉着胎盘的母羊。

一摊血水,凝固在草地上。

太阳落山了,准备离开大照壁的人,会看见父亲赶着羊群,从村西走来。

只是他的背上,不再背着捆铁蒿子。

村里的又一只小羊羔,正趴在父亲温暖的背上。

过不了几天,一村人就会下到地里,去忙手头的农活儿。

昨夜,父亲从众多的农具中,找出去年秋收后就一直闲在后院里的土车。

作为一个庄稼人,父亲一生喜爱农具。只要是在田野或场院里能用得上的农具,父亲都会想方设法准备齐全。我小时候在家里的房檐下、门背后,只要是不被雨水淋着的地方,伸手抬头碰到的都是大大小小的农具。或许是太熟悉的缘故,几十年后,好多农具在乡村都消失了,而那些至今还在土地上种着庄稼的人也不一定知道和认识的农具,它们的大小形状却都很完整地储备在我的记忆里,成了独属于我的一种不会被时间抹去的乡愁。

它们是伴我成长且通着人性的伙伴。它们的原始、它们的精巧、它们的实用,它们与土地以及土地上秉性不一的人,在农事中完美地合为一体,让田野经过精耕细作,年复一年生长着神的粮食。

我不能不对着它们惊叹:这些神的农具!

它们也是父亲的另一只手、另一只眼睛。

父亲昨夜用了几个小时修理的那辆土车,是我们家上百件农具中最精美的一件。村里的木匠用我家后院里一棵长了几十年的老槐树伐倒后解开的板叮叮咣咣打造了几天,才做成它的车身。它的木轱辘上箍着一圈铁钉,那是村里的铁匠用收来的废铁在火炉上熔成铁块后,一锤一锤锻打出来的。

多年以后,我看见趋之若鹜的城里人把这样的车轱辘从乡下收回来,当作家装时最典雅的古物,有些甚至立在家里的中堂上,占据了原本应该用来摆放祖先牌位的地方。而我家的那辆土车却腐朽在院子里的一堆荒草里,任由虫子在那些依然散发着味道的木头里,啃啮父亲留下来的旧日痕迹。我不知道,这是否缘于我潜意识里的疏忽和淡漠,是不是因为我无心无肺而造下的罪孽。

这辆手推土车,在我家的用处可大了。

我家的庄子前面,左右住着两户人家,东边住的是万宝,西边住的是石娃,两家盖的都是高大的门房。一家的门前还左右立着两个石门墩,能看出祖上的光景有一阵子过得还算可以,所以才留下这样的家业。我小时候不理解,我家出进的巷道,怎么就被他们两家的房子挤压得只能容一人行走?从我出生的那年算起,这些建造得钩心斗角,把家族势力张扬在门面上让人看见生厌的老房屋,堵了我家几十年。直到村上改换这些碍手碍脚的门庭时,我家的庄子才在村上显露出它的面目,让我们的日常生活恢复了应有的方便。

最令我羡慕和生气的,是秋天村上分粮食和柴火。分到别人家,几个小伙推着装得满满的架子车,一路小跑着,不减速度,直接推进大门,倒在院子里完事。而到了我家就麻烦了,必须把粮食和柴火卸在巷道口,然后一点点往回搬运。经常是别人家把一切都收拾停当了,男人们端着很大的老碗站在门前吃着午饭,父亲和我还在通过窄长的巷道,一趟趟地忙碌着。父亲在前面推着土车,我在后面抱着柴火,人已饥肠辘辘,活儿还在身后堆了一大堆。

这条让我们一家来往穿梭得很郁闷的巷道消失后,队里每年两季平整土地的工作也停了下来，那些属于集体的架子车一下子闲在南壕的保管室里，像一堆散了架的木头玩具。大队书记耿天存从公社开会回来，闻到了一些消息，凭着年轻气盛，在分包土地之前，先大着胆儿，把这些一村人拉了好多年的把衣裳、肩膀和膝盖都磨破了的架子车分了。分车那天，在村里一直倒霉的父亲，出人意料地抓到了一辆架子车。

修理着这辆农忙时抵得上一头高角牲口的架子车，父亲没忘抓到它的上午，他拉着它，像牵着村上那匹一身光鲜的枣红色的马儿，一天的阳光都像朝他的身上落。他觉着浑身的骨头缝里都往外冒热气，一甩手，干脆把上衣脱下来，搭在车辕上，一个人光身子拉着车往回走。

为了这辆架子车，父亲配置了打气管子，甚至还有补带用的胶水、木锉，可谓一应俱全。

我由此想，一件农具，在一位种地人手里，就是一件家之重器。

第二天黎明，父亲拉着车子，我在后边用力推着，走过场道坡，把第一车粪土拉到了我家的麦地里。父亲说，过几天地气上来了，麦地里这层捂了一冬的雪被就会消失，再把这些土粪撒开，又是一层被子，接着盖在立春后还有些寒冷的麦子身上，它的生长就不成问题了。为了赶上节气，往地里运送土粪这样的重活路必须在大地彻底解冻之前干完。那几天清早，村子田野上的雪，被人的脚步和车子的轱辘碾出一路吱呀声。

在父亲忙着修理农具的时候，母亲也没闲下。她拆洗完一家人的衣裳，缝补好后叠得整整齐齐，放在炕头的柜子里。那些放在瓷瓮里的粮食，要用筛子筛上一遍，用簸箕簸上一遍，用清水洗上一遍，再背到磨房里，由母亲和姐姐推着石磨磨成农忙时要吃的细面，装满案上的瓦缸。还有过年时有意剩下的一块猪肉，母亲抹上五香粉，腌在一个粗瓷的盐罐里。那是一个夏天一家人累死累活地把麦子收割回来，打碾、扬净、晒干，装进空了的瓷瓮后，每人在一碗臊子面里能吃到的几块肉。现在想来，再贫穷的日子,在母亲精巧的手里都能过出一种滋味。

等把一家的事务准备好了,母亲会把家里的旧衣物找出来,剪成能护住膝盖那样大小的圆片,数层摞在一起,用线绳缝出蜗牛状的图案,既好看又结实,再钉上能系的绳子。母亲割麦时,要把它绑在膝盖上。她是一位小脚女人,无法半蹲在地上割麦,只能双膝跪在地里,一边挥动着镰刀,一边挪动着身子。现在想起她跪在太阳底下,跟在父亲身后割麦的样子,我都想放声大哭。

她绑在膝盖上的裹腿才是一件稀罕之物,可惜没有留下来。

接下来的几天里,我看见父亲坐在一盏油灯下,逐一修理农具,有木犁、木篓、木耙、木磨、木斗、麦锄、笨锄、麦镰、铁镰、连枷、麦钩……

这些当年在家家户户院子里堆着的农具,如今被称作老物件,已从忙碌的田野上走进安静的书里,被怀着乡愁翻阅着。

人们还给它们起了一个很典雅的名字:非遗。

多年以后,在西安的民俗博物馆里,看着这些熟悉的非遗农具,我想起父亲那双握了它们一生的手。

立春之后的天气,一天一个样子。

那些天,我从父亲的衣着就能觉察出天气的变化。他在劳动的时候,会不经意地脱下一件衣裳,随手扔在一边。看得出,他浑身的骨头也像大地上的树木一样,开始活泛起来了。他不需要这些厚重的衣裳,他身体里散发的热量足以抵御这个时节的天气。

母亲也换了一件稍薄的棉袄。棉袄是用靛蓝染的土布做的,穿在她瘦削的身上,有一种草木从她心里回暖的感觉。

过了几天,夜里又落了一场小雪。

田野里那些没有消融的冬雪,又被加厚了一层。

父亲却没有往身上加衣裳。他走出门的时候一脸喜色地说,这场春雪下得好,它让老天把身上的寒气驱散完后,立马就要暖和起来了,麦子过些天也就好起身了。他还惦记那些出生才几天的羊羔,一股冷里泛出一丝微热的风,会从它们细长的毛尖上吹出羊脂里的洁白。他会用大红的颜色,在它们的背上点出一片移动的春光。

我来到村街上,果然,太阳从大队长耿彦龙家的房背上,正往一个村的高处升。

这颗上升的太阳,似乎比昨日的那一颗又大了一圈。

这个时候,我遇见了村上的先生俊良,他是村中学识和口才最好的人。坐在城门前的大照壁上,他抽着烟,咳嗽着,笑眯眯的脸却被接不上来的呼吸憋得一阵通红,但他只要处在人群里,就不会停下说话,也不会打磕绊儿。在那个年代,他就是安在一村人心上的广播。除了知道的东西多,他与父亲的区别,就是劳动的人不怕冷,父亲都脱下棉袄了,他还披着一件羊毛很长的皮袄。

先生俊良正给村上的人说着有关立春的农谚。我也是从他那里记住了"立春晴,一个春天晴;立春寒,一个春天寒"。在农村劳动的那几年,按照这些农谚,我知道自己每天该怎么出门下地了。

马坊地处一片小平原,北边是高岭山,东南是五峰山,流过村南的沟里是漆水河。生活在这里的人,大多是根据这一岭一山一河来判断安排一年的农事。因此,出门看看五峰山,低头瞧瞧漆水河,转身望望高岭山,成了先前传下来至今绵延不绝的一种乡愁。

对于立春后的天象,父亲依着老旧的传说,总以为打雷不好。

其实,春天的雷声一动,万物也就开始生长了。按村上的辈分,大家把父亲叫七爷。先生俊良笑眯眯地从嘴里拔出吸得冒火星子的烟锅,说:"雷响了,你放的那群羊,这几天下的羊羔都多了。"

马坊的立春,正在一阵雷声中滚过田野的每一处。

多年以后我回到马坊,在一个天气晴朗的上午拜谒完父亲的墓地,低头想着离开我们的父亲到底是躺在地下还是坐在天上的问题时,突然提醒自己,应该去看看当年那通立在马坊戏楼前,今天被挪在大路边上的经幢。它是唐代立在这里的,上面刻着《金刚经》。千年之前和千年之后的马坊,应该都有一些隐秘的东西,藏在它只有风雨才会不歇地朗诵着的经文里。

谁也不知道,我会是第多少个有心站在这通经幢前想要读懂它的人。

突然眼前一亮,我在经幢浑身的文字里看到四个字:太平马坊!

这是震惊到我的四个字,也是我想要看到的四个字。

我的问题,也终于有了答案:

父亲不在地下,也不在天上,他在地上。

在太平马坊,这块养育着万物的大地上。

二

"我要在故乡的天空下,沉默寡言或大声谈吐。"

这是走了多年的诗人海子说的。他不知道,"故乡"这个词,已经没有他吟咏时的韵味了,已经不能在他留下的诗句里,带上他的乡愁流浪了。

我还活着。对于正在变化的乡村,我没有选择大声谈吐,我选择了沉默寡言。因为我说得再多,也不能把马坊这片山河带回有父亲那样一群人守着的年代里。他们一生没有背叛土地,但他们在土地上的一生只能用贫穷来描述。他们中一些活得有尊严的人,也就是能在自己的土地上吃到一口自己亲手种下的粮食而已。

也就是说,在很长的年月里,粮食是困扰马坊人的一件大事。他们对土地的全部依赖,也就在一口粮食上。而与几十年前相比,还是这片土地,现在打下的麦子足够他们吃一个深冬。直至雨水过后,粮仓里还有很多麦子,泛着时间悄然走过时余留的光芒。

与几十年前不同,今天,在麦子的生长过程中,人们把那么多的化肥撒在麦子的根茎处,又把那么多的农药撒在麦子的叶面上。今天的麦子不再像过去的麦子,只吸收阳光、雨水和土肥的营养。

还有劳动者身上的汗水,也基本与麦子无关了。

田野上覆盖了一冬的雪,在雨水到来之前,突然消融了。

有麦青青于野。我迟缓的感觉里还惦记着一些孤独的野兽,本想到雪地上寻觅它们冷清的爪痕,眼前一片茵茵的绿地,已经把我想要的这些东西彻底从视野里抹去了。这神秘的节气让我看见,在寂静的马坊,从此主宰土地的,不是别的物种,而是这些从寒冷里,比黯淡了一冬的人还光鲜地缓过精神的麦子。

这些种满麦子的麦地,一片连接着一片,从每家土筑的院墙边铺展开去,一直延伸到让土地突然在脚下断裂了的沟边上。有些顽强的麦地会顺着一面向阳的缓坡向沟底里走去。我由此想象,马坊人的祖先最初在蛮荒的大地上寻找自己的定居之地时,也是看着头顶的天象,追着脚下的流水,一路踩在一些比他们的脚印还要原始粗大的脚印上,冒死来到这片小山河里。他们吃剩下的粮食成了这块土地最早的种子。从他们挖开第一块泥土后,土地,就像一件越缝补越厚重的衣服,他们穿上它,再也不能把身子从这里解脱开了。

除过马坊平原地貌的中心地带,它周边的所有沟岔,凡是人的脚步能够到达的地方也都被从荒芜中解救出来,改造成适宜种植各种庄稼的山地。那些太窄小陡峭的地方,就留给许多草木去野生。那些可以用汁液或根茎为我们缓解伤病的中药,多数以好看的身姿在山地上的草木中间摇曳。

地老天荒。马坊的先祖不知道,很久以后这里被唤作古豳之地。豳风吹拂,他们在原始的劳动中被很多场景和事物触动后,模拟万物的形象、色彩和声音,唱彻长夜的那些离歌,被后人用文字记载下来,成为《诗经》里的豳风。

他们更不知道,很久以后,这里被叫作马坊……

我在《诗经》等典籍的文字里很难找到马坊,只有自己一个人在熟悉的地理上追溯过往时,才可以说出一些马坊的眉目。我也知道,马坊这样一片除了庄稼还是庄稼的土地,是难以用编年体或大事件的形式来像正史一样叙述的。就像我在关于马坊的各种有限的历史文献里甚至没有找到任何一场战争或瘟疫曾经发生过的证据。

我能找到的,多是一些对饥荒的凌乱的记忆。

这让我对刻有太平马坊的那通经幢,更有了一种神秘感。

我从写《马坊书》开始,对这片地理的整体塑造,就没有放在考证上。我想重在写实,写我看见的实,写我经过的实,也想把时间的跨度局限在我和父母的生命长度里。只是偶然在历史的边缘上,简单地走几笔,为我要着重叙述的事物涂上一抹不一样的色彩。

因此,在雨水那天,我没有想到一个曾经在马坊劳作,或者咏而归的古人。

我想到的,是我的父亲。

那天是雨水,这个时候,天空在我们头顶上移动时,要带着很多雨水低头问候地上的万物,包括在马坊和他的羊群守了一冬的父亲。

其实,在雨水到来的时候,和父亲一起活在村里的人多数是一脸的茫然。确切地说,被大地上的事情过多地纠缠和折磨着,他们对于季节的感觉,已没有这些从根部接着地气的麦子敏感了。事实上,在神秘的大自然面前,人和动物一样,进入漫长的冬季后都有一个冬眠的过程。记得小时候,每到冬天,一天的三顿饭会变成两顿,饭食也没平时那么稠了,更吃不上大忙天会吃的捞面。

母亲说,给开春多省些粮食。

父亲说,动弹少了就少吃点。

这就是我们在马坊的一种冬眠,浑身的骨头和肌肉,都向着心脏跳动的地方收缩起来。等雨水节气一到,把一地的冻土都腐蚀得酥软了,人要打开自己收缩得很久的骨头和肌肉却需要一些时间。

雨水后的几天,我看见马坊的大小路上走动着很多男人,他们的肩膀上都搭着一个麻织的褡裢,翻过高岭山,向比马坊寒冷一些的后山走去。那里地广人稀,每家都会有一些余粮,村上断了口粮的人就去多年熟悉的人家或借或换一些粮食回来,把眼前的春荒时节度过去。因此,结伴去后山,就成了马坊人度过饥荒年月的必然举动。

后山很深,翻过许多山、湾、沟,一路走到泾河的边上。几天后回到村上的人把褡裢里的粮食倒出来,自己也倒在地上,半天爬不起来。

我对后山的好奇与向往也来自那时。等我后来在县上工作,需要下乡搜集大量即将遗失的民间文化时,我毫不犹豫地选择了去后山。那里深藏着的几个公社的土地和人民,都分布在泾河的边上,比起我们前山的马坊,一切都显得更为古旧,都保存着生活原来的样子,有许多可供我们模拟的细节。库淑兰,这位被靳之林先生发现,被国家命名为剪纸大师的女人,就是泾河对岸的人。我那时要是有一些先觉,会追着她剪纸时唱出的人神合一的歌声,走过泾河,在她身边看她怎么剪着自己的命运,而不需要等到数年后,坐在渭河边的长夜里,为远在另一条水边的她写下《剪花娘子》了。

在去后山的人群里,也有父亲的影子。

他搭在肩膀上的褡裢里,装着母亲坐在织布机上织了一冬的土布。

这时的天上虽然不会飘雪花了,但淅淅沥沥的细雨下着下着,随着一阵冷风吹过,就变成了另一种样式,最先和最容易在很高的树木和屋脊上落住,马坊人叫它淋霜。

淋霜,看上去也只有白白的一层,像潮湿的附着物。

这样的天气里,父亲会把队里的羊群赶出来,让羊在依然干枯的草坡上继续吃草。往日里,他吆喝着羊群走过的路上,不仅会飘出一股很浓的膻腥味,还会遗下一路的羊粪蛋。村上勤快的人会一路扫起来,背回家里晒干砸烂,等着种在门前的辣椒树长高开花要结辣子了,便把它们当作最好的追肥。而此时的羊饥饿了一冬,身上的羊脂都流完了,不但没有了膻腥味,也没有多少羊粪蛋可以撒在路上。父亲赶着羊群下沟时看见一些老残体弱的羊四个蹄子直在草坡上打滑,有倒下去的危险,便一把抱住它们,放到平缓一些的草坡上。

父亲也观察到,一些羊吃着草,身上却打冷战,有些口角流着血水。这是因为落下的淋霜就像一层薄冰,把干枯的草叶裹起来,羊吃在嘴里,每一根都像尖锐的针或锋利的刀,直往口腔里扎。看着羊在这样的天气里为了活下来不得不这样吃草,我想这就是命。活在马坊这块土地上,包括天上飞的、地上跑的,人有人的命,牲口有牲口的命,野兽有野兽的命,但此刻,在草木还没有活过来的时候,在田野上还没有粮食可吃的时候,面对遍地淋霜,万物的命都是一样的。

放了一天羊的父亲,晚上还要和村人一起守在田野上。

因为白天麦地里全是淋霜,到了晚上,已在地面露出嫩色的麦子的根部会被冻成冰块。为了防止麦子冻死,也为了防止更严重的淋霜,趁着深夜,村上人一定会集体出动,从生产队的麦场上背上喂牲口的麦草,在麦田集中的地头一律点上大火,让冲天的火光去阻止将要降下来的淋霜。

这是马坊人抵挡霜冻的一种很原始的方法。

特别是在那个大集体的年代,一切都变得很庄严,都有了一种仪式感。

那天晚上,全村有六处防霜冻放火点。一队的人聚集在柏树岭,二队的人聚集在张家庙,三队的人聚集在西斜岭,四队的人聚集在南场里,五队的人聚集在门家岭,六队的人聚集在东胡同。大队部的大喇叭一响,六处大火一起点着,这在常年漆黑的乡村的夜晚很是壮观。那个时候,火光和人声加上敲得咣咣响的铜锣,让很多人忘了这是防霜冻,以为又是过年呢。

这个时候,如果有赶夜路的人从高岭山上经过,在远处看见滩地里游动着这么多的火光,会以为看见异象了,吓得回头转身,不敢往前走一步。

说来也巧,第二天天气放晴,麦地里的淋霜没了踪影。

村上这样防霜冻,父亲嘴上没有反对过,但心里不以为然。他说,这样的淋霜,对麦子有一定的影响,但不至于冻死。他说,在冬天的马坊,无论你在地里挖多深的坑,都能看见麦子纤细的根还在往下深扎着。他说,麦子一定知道,在地表寒冷如铁的时候,大地一定会把剩下的热量藏在泥土的更深处。他说,冬天的麦子,就是让麦叶在地面上死去,让麦根在地面下活着。

而一村人这么做,也就是一场戏。

其实,早在雨水之前,父亲就把积攒了很久的土肥全部用架子车运到我家那几分自留地里,用铁锨均匀地扬开。父亲说,在麦地脱去一层雪的被子后,这一层土肥,就是给麦子及时盖上一层防淋霜的新被子。

父亲走后的这些年,和他前后的种地人也都撒手走了。

村上的那些土地,早已经按人头分到各家各户去种了。

年年也有淋霜落在麦地里。换了几茬的种地人,从不懂得在地里放火驱散夜里的霜冻,麦子却抵挡住遍地的寒冷,绿汪汪的,在马坊的土地上为他们长起来。

这个时候,那条通向村外的大路上走满了穿戴一新的人。

他们走去的方向不再是后山,而是乡上的长途车站。他们一年都在城里打工,回来过完年,又要回到根本不属于他们的城里。他们撇下盖得敞亮的房屋,撇下无法带在身边的孩子,撇下走路都有些困难的老人,也撒下种得漫不经心的庄稼,回到城里人的屋檐下,挣着他们在土地上很难挣到的那份钱。

好些土地就这样在他们手上荒芜了。

他们好像一点也不觉得心疼。

因为在他们简化的心里,自己与这个村子的牵绊似乎已经很少了。如果身体的记忆里还有一些生理上的疼痛没有被时间覆盖,那是因为在马坊的某一个屋子里被剪断脐带的那一刻,他们曾在这块土地上无知无觉地哭泣过。此后,他们安静地长大,他们安静地读书,他们安静地离开,他们没有经历过驱赶霜冻的时候——一村人彻夜走动在田野上,衣服结成冰块,脚手被深度冻伤;有些伤势严重的人,天都大热了,手脚还流着脓血。

土地对于他们,没有伤筋动骨的日子,也没有需要还愿的日子。

他们身上有伤口也不是在这里留下的,因此不需要守在村里自己为自己舔伤。唯一会让他们在城里突然感到揪心的,是他们放在村里的孩子。他们的想法,就是再累几年多积攒一些钱,好有能力接孩子进城。

谁也没有理由指责他们,包括不在人世的父亲。

但这个村子还得有人过问,还得有人照看它的很多事物。

而此刻,这个在土地上挣扎了很久的村子,在空得很难听到一声狗吠的场院里,或许只有父亲一人,带着他不舍尘世的魂灵,抚摸着他能认识的一些古物件,在地上孤独地走着。

父亲活着时经常对母亲说:"你把一家人的病都得了。"

说这些话时,他们心里积攒的苦滋味,在彼此的眼神里相互旋转着溢出来。那是他们一生中很少流过的泪水。只有父亲心里清楚,母亲那一身不好不坏、像田野里断断续续的风般难以停歇的病,是怎么得下的。

　　母亲身上的很多病都可以归结为月子病。

　　她一生生育了六个孩子,两个夭折,活下来四个,就是我和三个姐姐。

　　母亲嫁过来不久,一间低矮的房子里,就剩下她和父亲。没有亲生父母和兄妹,那些一起过了一段短暂日子的叔兄子侄们都各立门户,成了邻家。

　　这些年我也回村上,由于不是过年的时候,祭祀祖先的那张老影我是看不到的。只听他们说去年在谁家保管,被架在房梁上,让老鼠咬了几个洞。正月里这家人被族里老小数落着,很长时间抬不起头。老影,就是当时的画匠给每一位逝去的祖先画个影子一样的头像,按辈分排在一张很厚的黄布上。时间长了,黄布被各家的烟火熏成了黑色。族里人就叫它老影。今年正月初一,在西安经常往来的侄子小民,在族里的祭祀现场拍了一张老影的照片。我是站在冷清的古城墙下,从手机里看到这张祖先老影的。

　　那个母亲嫁过来后很快就把家分了的祖先,就坐在这张老影上。

　　父亲是他的侄子,是他的堂哥病故时留下的不到十岁的侄子。

　　至于父亲在娶回母亲之前,他都经历了哪些人间冷暖,我会在后来的文字里心怀疼痛地去触摸。这里,我只想说病中的母亲。

　　如果我的身体有还原母亲身上病痛的能力,我一定会献出我身体的所有部位,让它们回到病痛折磨母亲的那些年,体验一位弱小的女人一生把那么多的病痛扛在身上,每天操持着繁重的家务,是怎么活过来的。

　　母亲生大姐时跟前没有女人服侍,父亲不懂月子里的事,母亲只能自己给自己坐月子。母亲说,月子里的第一天,她被窗户缝隙里吹进来的风吹得额头和肩膀发冷时,才想起那里没堵严实,自己用干草去堵塞。母亲说,父亲在家里守了两天就到地里劳动去了,自己就下到地上做起所有必须做的事,灶上的热冷都得碰。母亲说,那身换下来的血衣,不想堆放在炕角,就温了些水,洗干净晾在院子里。多年以后,当妻子坐月子时,我才明白,母亲作为一位女人,她的幸福和苦难,都是从月子里开始的。

生育后的母亲需要静养。她身上的每一块骨肉,都在生育后的极度虚弱里面临着死亡和新生。这个时候,它们是弱不禁风的,它们是碰不得冷水的。而女人在生育中最为禁忌的风和水,就在这个时候,死死地纠缠上了母亲。

我能想象,这样的生育在她的身体里,每一次都仿佛一场灾难性的地震。

病在母亲身上,但父亲心里感受到的惊恐和压力更多。

记得每年雨水节气一到,草木开始萌芽,那些在母亲身上蛰伏了一个冬天的病,就像大地上的草木一样萌芽出大大小小的、刀子似的叶片,割裂她疲累不堪的身体。这个时候,父亲满脑子想的是如何不让母亲的旧病复发。不说在那个年代,就是几十年后的今天,那些守着土地的人家,如果一个人得病了,就等于这一家人被正常的生活抛弃了,等待他们的将是一座难以翻越更难以移除的贫困的大山。我也因此明白,他们怎么那么决绝地放下土地,放下家园,至多在祖先的坟头上磕几个响头,就奔向他们完全陌生的城里去了。在城里,他们可以放弃一些尊严,但他们获得的会比种地多一点。

父亲想,母亲病了,一家人就被隔在旧年里了。

父亲想,母亲病了,一年的日子就被打乱了。

父亲想,母亲病了,一家的地就荒芜了。

他把能想到的,都在他粗疏的心里很小心地想了一遍,就是没去想那个盖着两排平房的公社卫生院。他知道,那里的每一盒西药、每一服中药,都是母亲服用不起的。我在大学读书的第一个学期用剩下的饭菜票换了钱,才给母亲在这里抓下第一服中药。

母亲的病是在大地上得的,就得用大地上的东西去治。

父亲记得祖先留下的一些民间验方,于是他在我家的墙角上寻找爬在网里的活蜘蛛,扛着镢头在村边的土缝里寻找活蝎子,然后用醋泡上让母亲喝。这样的场面见多了,我心里留下了沉重的阴影。就是现在,只要看见活的蜘蛛和蝎子,我都不会轻易打扰它们,更不会将其致死,甚至会为它们保留出一块生存天地,因为我想,它们曾在母亲的病体里,不遗余力地清除过人间的疼痛。

说来也巧,母亲每次喝了这些大地上的东西后,病情都会减轻。或许,这就是医学上讲的以毒攻毒,因为蜘蛛和蝎子的身上都带有大量毒液。

这就是穷人的治病史。

母亲用来治病的东西,除了蜘蛛、蝎子,还有长在房上瓦沟里的青苔,以及我们在路上拾到的长虫皮(蛇蜕),在地里捡到的龙骨。我们将挖下的各种草药背到县城里去卖时,都会给母亲留一些,比如柴胡、黄芩、冬花、白蒿,以为这些草药总能帮助到病中的母亲。母亲常年嚼着这些苦味的草药在家里或地里劳动。

还有马坊人熟悉的甜草,母亲身子不舒服了,就用它煮水喝。为此,父亲每年都会下到村西的沟里挖回成捆的甜草,晒干后挂在房檐下,以备母亲服用。

我在写给母亲的一首诗里这样说:

病中的母亲,用一身疼痛/也用时间,给我上着/穷人的生命课

而为了上好这堂穷人的生命课,那个隐藏在诗句后的父亲,每年赶着雨水节气,为病中的母亲不停地做着能做的事情。

马坊这地方,一年之中,能从天上降下来的雨水其实很少。不仅在地里站着的庄稼会在风里用拧成麻绳的叶子喊渴,就是天上的飞鸟也会在卷起皱褶的云朵里,想着能不能叼出几滴水珠来。

人站在大地上,也在为稀少的雨水发着愁。

因此,马坊人也把下雨叫作天上下油。

我们小时候走在雨地里,由于雨的细小和绵密,落在身上的雨水就像一层亮晶晶的青油,既不往衣服里渗透也不往地上滑落。知道雨水贵重的人会从家里出来,赶着下雨忙地里的活儿。雨下得大了,能在土地上腾起一层烟雾的时候,人们才会走出庄稼地回到家里。

雨水来了,人们盼着能有一场雨落下来,也算应了节气。

而在雨水之前,由于地里封冻着,没有农活儿干的人显得很清闲。

这个时候,坐在房檐下搓草绳的父亲叮嘱我少往人群里去。在我的记忆里,父亲是村子里活得最孤独的一个人。你在村里的大照壁前找不到他的影子;你在村里的大涝池边听不到他的声音;你在村里的事故现场看不到他的进出。而当你在田地里抬头,或在沟坡里弯腰时,却总是能与手握镰刀的父亲撞个满怀。我想,父亲对一村人没有话说,有时对我们也没有话说,他有话说的,就是土地里的庄稼,就是沟坡里的草木,就是槽头里的牲口。

他的秉性,天生是通着它们的。

后来我想通了,在他成为孤儿的那些年,他在一村人的面前吃尽了一个少年不应该吃的苦头,他后来的一生直至在这个村子里下世,自然会强迫自己远离人群。当然,他这样做并不是对一村人心怀仇恨,只是他在人群里再也找不到自己的存在了。他以为,跟这些庄稼、草木和牲口在一起,才是他最安全的存在。

到了冬天,一个村子里好像只有父亲本分地从庄稼、草木和牲口的身边退回来,退到自家的房檐下,整天搓着他的草绳。父亲一生搓出的草绳的长度也许可以缠绕整个马坊大地。村上夏忙秋收时,都是队长领着社员从我们家里成捆成捆地拿草绳,最后给记工员打个招呼,在父亲的劳动手册上画几个少得可怜的工分,这几个工分在队里分口粮时能顶一些用。

在父亲坐在房檐下搓草绳的日子里,村里时有械斗发生。

这是乡村的一个风俗。平时在生活里积下的恩怨,人们由于都在忙着劳动,就先忍着;到了冬闲,再也忍不住了,就找对方说理。人站在冷风里还没说上几句,被冷风一吹,脏话和拳头就出来了。就是现在村上人少了,等到过年的时候,那些从天南海北回来的年轻人,聚在村里热闹的同时,也要和有过节的邻家把账算清楚。一些在村上吃了大亏的人,不是等着孩子回来过年,是等着孩子回来给自己出口气。

这就是马坊人,他们就这样本能地生存着。

因此,你问那些在城里打工的年轻人回村上怎么过的年,回答大致一样:喝了几场酒,领上媳妇孩子,从进村的路上再走出村子。

我记得的一场乡村械斗,发生在树亭家和建云家。

这两家人都在一个小队里,同一块土地里劳动,同一个粮仓里分粮,各家都是弟兄四五个,也都有几个大高个儿,也都能下手打人和撑得住打。一听他们两家要打架,几个村子的人都围了过来。

那场械斗的场面很吓人。在耿家村和仇家村交界的南胡同里,全是看热闹的人,我也挤在其中。这家老大树亭有咳嗽病,骂上一阵,要蹲在地上喘息一阵。老二令娃脸色蜡黄,也是一副病身子,下不了狠手,只能去撕扯对方的衣服。老四民娃在县上工作,老五卫民是村上的民办教师,两人都很难放开手脚,偶尔打上一阵,多数是在说自家的理。只有老三中善,人高马大,声音又响,一开口一出拳,能镇住场面。那家也是弟兄五个,建云是个病人,走路都弯着腰,只能蹲在土堆上,满嘴白沫地叫骂。老二槽娃,还在部队上服役,披着一件军大衣,也不敢大打出手。老四上学和我同岁,老五新常更小,两人跟在人群里哭喊。也只有老三瓜嘴,个子更高,块头更大,在铜川煤矿上挖煤,穿着一双没过膝盖的雨鞋山一样横在中善面前。

这场械斗,实际上是两家老三的对打。

起初是瓜嘴占上风。就在大家认为建云家要打败树亭家时,瓜嘴被中善揪住头发,使不上力气了。后来父亲评价这场械斗,说树亭家赢在中善的光头上,建云家输在瓜嘴的头发上。

就在中善揪住瓜嘴一头长发的一瞬间,天上稀里哗啦地下起了雨。

中善松了手,瓜嘴也松了手。他们意识到,这场械斗也只能就此收场。在他们心里,这时天上突然下雨,就是天意在警告他们不能再打了。

这场械斗的后果,是建云的母亲被吓得躺在炕上不会说话。村上人说,这是受了惊吓,人心里的魂魄被吓跑了,需要到老县城里去背魂魄。

建云背上褡裢,也背着一杆老秤,穿过永寿梁,去了虎头山后的老县城。那里有一座武陵寺,寺里有一座武陵塔,是北魏人建造的。因为寺塔年代久远,当地传说人死了之后魂魄就守候在那里,等着爬上武陵塔顶。家里人心焦地等着,第二天建云跨进门槛时,连人带褡裢被绊倒在地上,一家人慌了,认为背回来的魂魄又被吓走了,就有哭声从窑洞里传出来。

没过几天,建云的母亲就下世了。

村上出了这样大的事,也没怎么惊动父亲。

他依然坐在房檐下,搓他的草绳。

我读过祝勇先生的一篇文章,写他站在故宫弘义阁的廊檐下,看一场落在雨水当日的春雨如何敲打着冰冷的台基,如何通过台基四周和螭首,如何变成无数条弧度相等的水线,如何带着森然的回响,涌进台基下的排水渠。

那是皇家的雨,那是威严的雨,那是让皇帝高兴的雨。

我也在一年的雨水当日,以一个村野男孩的调皮和懵懂,看过一场春雨。

那时,马坊才从深夜里醒来。一些人家刚推开紧闭了一夜的木门,就看见天上的细雨落得房顶、树木、田野一片油亮。这个时候,父亲正扛着他那把明亮的铁锨从头门里走出来。他要顶着天上油亮的雨到我家的自留地里走一回,看看那些泛出青绿的麦子,被雨从头到脚完全打湿了没有。

现在回想起来,一位农民和一位皇帝,对雨的态度绝对不一样。等到父亲从地里转回来,他没有顾得上擦一把脸上的雨水就到房后去了,他要看他积攒了一冬的草木灰有没有被雨水淋着,那是种洋芋时要用到的,必须保持干燥不见水。他又回到磨房里,看看那只多年垒在房梁上的燕子窝有没有破损。说不定,那对招人怜爱的燕子用翅膀剪开天上的雨水,今天就飞回来了。

因此我说,我看过的那场雨,才是属于农家的喜雨。

在父亲这样的人心里,很少有愁雨,也很少有苦雨。记得父亲回到屋里,从炕角拎出一个土布袋子,对母亲说他昨夜听见袋子里有动静,该不是这些种子等不到埋进土里,就在袋子里拥挤着发芽了?

父亲说的是实话。我那时在家里观察过,堆在墙角的一堆洋芋满身已经发出了粉红的芽子,等着被父亲用刀切成块,抓一把干燥的草木灰涂抹在切面上,然后在清明前后点种在翻开的犁沟里。那些倒金字塔一样吊在我家房梁上的玉米塔,每一颗玉米粒似乎都鼓起了很多,光亮了很多,那是因为它怀抱的玉米芽也在悄然膨胀。这样挂着的玉米塔,在那时穷人的屋子里多少显示出一些日子的生气,有时也像一道装置着的风景,只是没人会欣赏罢了。

这是父亲的发现。这样储藏粮食既不占地方,也不怕霉变,因为吊在空中的玉米塔等于一直处在一家人的烟火之中。经过一冬的风化,每一颗玉米粒剥下来都硬得像一颗金黄的籽玉。我记得那时,一个村子里只有我家的玉米这样挂在房梁上。那是收完秋后,母亲和我们把玉米的叶子剥开,只留两片结实的做系子,每两个玉米棒子拴在一起做成的。父亲是这样垒玉米塔的:先把他搓好的草绳拴好后从房梁上吊下来,在与他头一样高的地方打上死结,然后往上挂玉米棒子。父亲一生不会盖房子、做木器活儿,与村上的能工巧匠无缘,只有每年垒玉米塔时才像个细心的匠人。不到半天时间,我家的屋梁上就吊下来三个金黄的玉米塔,一家人的脸上都堆满了灿烂的笑容。从那天开始,我每天早上醒来第一眼看见的,就是一缕阳光照在玉米塔上。现在想起来,那时的农村真好,人与粮食,就这样气息对着气息相处在一个空间里,浑然一体。

粮食是有呼吸的,我那时就懂得。

天气到了这个时候,万物靠着它们遗传的本能,通过细微的呼吸,比人更敏感地领略到了生命的气息。

在村上,很多人还是冬日的装束,那一身棉衣棉裤很难从身上脱下来。有的是身体多病,需要在春天里再捂一捂;有的是家里穷,换季的衣裳还没着落。总之,这个季节,是一个乱穿衣的季节。就像那些树木的枝头,有些爆出了芽苞,有些开出了花朵,有些绽出了新叶,有些还是光秃秃的,站在春风里无动于衷。

父亲身上的冬衣早就换了下来。

每年的这个时候,他都会和母亲一起,从一些布袋子和瓦罐里取出多则成百颗、少则几十粒的豆角籽、南瓜籽、蓖麻籽、葵花籽，晾在窗台上。这是母亲精心收拾了一年的各种瓜果蔬菜的种子，每年这个时候都要晾晒几天。父亲在地里种完玉米、谷子、糜子、洋芋后，用一个小铲子，把它们一粒一粒地种在我家的房前屋后。

晾晒好这些种子，母亲烧了一盆热水，父亲端到大照壁前，请村上的剃头匠人把他蓄了一冬的头发和胡须剃得干干净净。

这天，父亲才算是从头到脚真正地换季了。

三

在写《马坊书》的时候,让我感到遗憾的是,我能写出来的那些真实的事物,几乎只存在于我的记忆中了。你想要在现实中找到它们的对应原型,已经没有可能了。这是才几十年的事,而我的马坊又处在那样一个荒僻的地理位置上。

不管乡村怎么变化,我能记起的那里的物事,都应该一笔不漏地被记下。要是它们蛰伏起来,变成一些比文字还古老的虫子,藏在故纸堆里,然后,遇到哪天惊蛰时一声响雷,纷纷惊醒,带着我的乡愁,让那个时候的马坊复活过来,我是很愿意的。

这么想着,我在一条蜿蜒曲折的乡路上,突然看见了一个人。

他在我的正前方走着。他像赶着一群羊,也像牵着一匹马。他的手里,提着一把镰刀,明晃晃的刀刃上,还带着刚刚割过的苜蓿留下的清香。他的一头灰发,还是我记得的样子。只是他很少留过的胡须,像从来没有剃过,被风从胸前向后吹拂着。

我想喊他,一时嗓子发涩,没能喊出声音来。

这天正是惊蛰。我像在马坊的某一个陌生的地方,看见了父亲。

每年的这个时候,父亲都要领上我,去门前的园子里走一趟。

我家的园子在我家门前的斜对面。中间有一块场院,是西村的人闲时聚在一块说话讲理的地方。场院里有一口水井,井边有一个石窝,石窝旁长着一棵细高的柏树。柏树是父亲栽的,我家的粪堆自然就堆在离柏树不到几米远的地方。父亲每天都要用几铁锨干黄的土在上面苫上一遍,让顶子尖尖的。

穿过中间的一排椿树,才能走到园子的门前。

现在想起来,那时的马坊人,祖居在这片古旧的山河里,还真懂得田园生活,把一个三面围起来,从前面留下几条巷子的村子,布置得有模有样。一些像样的人家,不仅有着高房大瓦的院子,还有一个种着菜蔬的园子。我能记得的园子,也是小时候经常偷爬过的园子,都在村街的南边。也就是说,那时候我们村上的人,基本上都住在村街的北边,门都是向阳开着的。村街南边的园子,门都向阴开着,因此那里无人聚集,也不会拴牲口,一年四季都显得寂静。村街北边的台阶被人踩踏得光亮瓷实,村街南边的台阶不是长着青草就是生着苔藓。村街北边被太阳晒得地皮都是烫的,村街南边还冷清在阴凉里。

我家的园子不在那里。在西巷道和东巷道的中间,有四个园子,组成一个田字。西北角是团儿家的园子,西南角是好德家的园子,东南角是山成家的园子,东北角是我家的园子。以我家并不殷实兴旺的家业和人丁,在村里是不该拥有这个园子的。作为一个与土地交手的人,父亲的心很大。他用了很多年时间,出了很多力气,终于在自己每天出进的巷道边置下了这个园子。

对于一个农民,这就是他的江山,是他用血汗打下的。

我在上海家的园子里看到过我在田野上看不到的可以种养在家里

的花草。上海有个哥哥叫青海,他母亲很瘦小,弟兄俩却都是走起路来闪着腰花的大个子。上海和青海,给孩子起这样大气的名字,当时的村子没几家人能想到,他们压根就不知道。在进入他家的园子之前,我以为所有的花草都是自愿地开在田野上的,看到了,想采摘就采摘,不想采摘就扭头走开。从他家的园子里出来我才知道,人不但可以在家里养猫养狗,还可以在家里养花种草。我再看到上海的爷爷,就觉得这个把清朝的辫子没剪彻底,留成民国的短刷子带到新社会的白发老头儿,与村上的其他人很不一样。我不记得他识不识字,能把一个园子整理成这个样子,他应该是见过一些世面的。

我跟着父亲走进园子,里面没有闲花野草,也没有上海家的园子里掩映在两棵高大的杏树下那口辘辘声从清早响到晚上的水井。这里西南有两棵核桃树,占去了园子的三分之一。东边有一棵长得虬曲的桑树,树身抵着墙头,每年一半的桑叶桑果都被路过的人采摘了。

这也是农村沿袭至今的生活方式:谁家有啥,邻家也有份。

园子的四周,挨着墙的边上,是黄花菜生长的地方。

中间的大块土地,会按时节种上韭菜、豆角、白菜、萝卜。

有了这个园子,我们家的生活在村上过得再清贫,也还有一些滋味。我的母亲常常早晚时分在园子里出进,怀里抱着那些水淋淋的蔬菜,凡是能见到的左邻右舍都会分得一些。

走进园子的父亲先去打理两棵核桃树。他爬上墙头,把死在冬天里的枯枝一一剪掉,再从墙头上下来,用铁锨在树下豁开一个伤不到树根的坑,把前几天担进来的土粪深埋。他在那棵桑树跟前站了很久。或许,他想把它长到墙外边的那些枝剪掉,他试探了几次,还是没有下得去手。他想,村里人都习惯了,今年路过时突然采摘不到桑叶和桑果,会怎么看他呢?

　　等到阳光从东边宽宽老四家房上塌了的豁口里翻墙进来,照亮整个园子的时候,父亲已经脱去了衣裳,准备开始翻地。这是力气活儿,我那时还小,帮不上他的忙,就在墙根下用小铲子挖虫子打出的洞。

　　村里人说,从惊蛰这天起,所有冬眠在地底下的虫子都会活过来,从地下钻出,在原来的地方该吃草叶的吃草叶,该喝露水的喝露水。多数土命的虫子,就在我们新翻开的地里不停地吃着肥沃的土壤,比如见土就活、见光就死的蚯蚓。

　　我挖了半晌午,也没有在洞里挖出一只虫子。

　　多年以后,我想明白了。惊蛰那天,大自然最想惊醒的就是这些虫子。听到了大自然的命令,哪有虫子还会懒洋洋地钻在洞子里,不想从泥土里翻身呢?大自然这个时候要的,就是它们的歌声。像朝鲜那些比我大几岁的孩子就机灵多了,他们跑到涝池边,爬上大柳树,每人都会逮到几只会飞会爬会鸣叫的虫子。

　　等我泄气了,把小铲子往地上一甩准备逃出园子时,一只叫不上名字的虫子,在那棵弯曲的桑树上突然鸣叫了起来。

　　这是惊蛰那天,我家园子里响起的第一声虫鸣。

　　父亲也翻完了地。他后来告诉我,翻地的过程中,他的铁锨下不时有蚯蚓被翻出。他怕伤害到它们,又小心地用虚土覆盖上,让它们回到土壤里去。我那时就懂得,人是站在土地上按照季节耕耘土地,蚯蚓是钻在地下没明没黑地耕耘土地。除非冬天来了,土地把自己的肌肤冷冻起来,蚯蚓也被冷冻在其中,否则,它就在这一段绵软的身体里,把自己力所能及的土壤不断地吞吃进去,经过神奇的消化过程后,将其变成一种新生的土壤,再被吐纳出来。

　　其实,在马坊这片土地上,只要有一处安身的院子,其他什么都可以不要,包括这个园子。后来,村上很多有园子的人家都让大队长天存、民兵营长狗牛,带上村上的青年人,用铁打的农具砸倒了土墙,砍倒了树木,毁掉了花草,再挖下一丈多深的坑,箍了排土窑洞,两孔一家住进了几十户人家。

我不知道这是好事还是坏事,但很多人家寂静的园子就这样被夺走了。数年后一场大雨,让那些窑洞也被淹没了。

那天,父亲听着虫子鸣叫时的样子,像这块土地上最善良的人。

从园子里出来,我没有跟着父亲回家,又在井边的石窝里躺下来看天。我的目光被那棵柏树遮挡住了。它像是有意要我看它,看它在这么多的树木中,怎么也长不大。

我想,我要是能像那棵柏树一样,一直长不大该有多好。

我很多年里的苦恼,都来自父亲的胡须。

父亲那一辈人还算得上是马坊的土著。他们中的一些人脸上多有胡须,这或许是一种生命的密码和标记。而父亲,不说在我们村子里,就是在方圆几里熟悉的村子里,都数胡须长得最茂密的人。在我的印象里,他只要在地里劳动一天,那满脸的胡须和黄土就把他衬托得像一个模糊不清的人。

其实,刚剃完胡须的父亲在村上还是一个很有棱角的男人。

马坊人的胡须,从我们这辈人以后,大面积地消失了。就是一些长胡须的男人,胡须也是稀疏的,再难有像父亲那样长胡须的人了。我也说不清这是一种真正的进化,还是一种彻底的退化。今天,我们说起马坊,最悲伤的,是土里长的、地上跑的许多物种都在不到几十年的时间里突然从我们的视野里消失了。我们小时候,出门去地里干活儿时经常能遇到野兽,仔细一看,是一只灰麻麻的狼,人和狼都被对方吓住了。晚上在后院上厕所,我们能听见狼在庄子背后吼叫,声音真像孩子哭。现在,沿着我们村向北走,就是出了陕西,踏入甘肃省的地畔,也难见得一根狼的毫毛。

那时的田地周围都是一些很原始的土层,上面长出的苔藓很像一些古生物。这样原生态的土地,如今在马坊再也看不到了。

因此我说,马坊人的胡须,也从脸上消失了。

有时看到那些满脸胡须的人,我会产生疑惑,马坊人的祖先到底是从哪里流落来的?

对着父亲的遗像,我也产生过疑问:我们真的是汉人吗?

我那时的苦恼是村上人见了我,都叫父亲毛胡子老汉。确实,我长到十岁的时候,父亲已经过了五十岁。那个年代的庄稼人到了这个年龄,应该是开始老了,加上一脸胡须,父亲就更见苍老。我年幼不懂事,心里像有一种屈辱,因此,我在成长过程中总想从父亲的影子中逃掉,特别是处在人群里的时候。直到我上了大学,开始写作的时候才发现,从父亲的胡须里最能清楚地看见父亲、理解父亲。

父亲活在一个一切都被约束着的年代里。

土地被约束着。人被约束着。就是一个人身上穿的衣服,也被约束着,约束它的,是一张一指宽的布票。

我知道,父亲的一生,大部分时间都活在这种约束里,好在他除了种地,没有别的想法。他话也不多,一个背着苍天,终日半趴在土里劳动的人,他要说的话,都通过手中的工具,一遍遍地说给地上的庄稼了。

但我发现,父亲的满脸胡须是他活着的时候唯一不受任何约束的事物。它的铁黑和浓密,荒诞地向我们展示着他饥饿的身体里一定有着某种能够超越饥饿的物质,否则就无法解释,在他瘦得不长肌肉的身体里,为什么胡须可以肆意疯长。

庄稼和父亲,那时都像在马坊落了难。

我也由此懂得,在父亲身上,如果还有比骨头更硬的东西,那就是他满脸不受任何约束的胡须。在很多人记录、珍惜、炫耀祖上的遗产时,我经常处于失语状态,但我在一些不能不说,否则就会辱没父亲的场合里,一定会这样说:父亲的遗产,就是父亲用残余在血液里的铁给我们留下的满脸胡须。

了父亲的晚年,我一直让他把胡须留起来,父亲却一直坚持把胡须剃得干干净净。

父亲下世前,他的神志都不清了,好多来到身边的人他都叫不上名字,却一字一句地嘱咐我赶快叫来住在前院的叔父章娃,等胡须剃净了他再走。

剃净胡须后,父亲安静地合上了双眼。

几天后,在盖棺的时候,父亲的脸上泛起一层铁黑色,我伸手一摸,一片冰冷刚硬的胡楂割手瘆手。我更加悲伤,不禁想:寄生在父亲的遗体上的那一脸胡须,还会生长多久?

父亲一生不识字,但他对识字的渴望是有迹可寻的。

在母亲做针线活儿的蒲篮里,有一个缠满黑、白、蓝三色棉线的线板。母亲每天都要把它拿出来,坐在院子里的槐树下,缝补我和父亲穿了很长时间的衣裳。那时我们身上穿的衣服,颜色和样子都很简单,就是黑的上衣、蓝的裤子、白的汗衫,因此,不管缝补什么样的衣裳,有这三样棉线就足够了。有的女人不讲究,男人和孩子的衣裳一年四季破烂在身上,像开着脏兮兮的花朵,实在破得穿不起来了,就临时缝补几针。经常有男人黑裤子上带着一道白棉线缝补出来的指头蛋大的针脚,他们照样穿着下地劳动。过几天,白棉线也在尘土里变成黑色,什么痕迹也看不出来了。

由于母亲的讲究,我和父亲穿在身上的衣裳,总显得周正和干净。

我在这里写到的这个缠满棉线的线板,如果能保存到现在,我把它大大方方地拿出来,说这是父亲留给我们的一块木雕,我想也不会有人不承认。

我记得它的颜色,深红里透出一些光亮,有一种被今天的人当成藏品的红木的质感。我那时不知道藏家说的"盘"和"包浆"这类词,现在一想,那个已经成为念物的线板,那颜色就是母亲用布满时间痕迹的手一天天摩挲出来的,那光亮的东西就是岁月的一层厚厚的包浆。

它让我记忆最深刻的地方,是上面刻有"耿建有"三个字,很霸气。

这是父亲的名字,他在村里是第三辈人。按我们村的辈分,一辈人用"大"字起名,二辈人用"寿"字起名,三辈人就是父亲那一辈,用"建"字起名,四辈人用"永"字起名,五辈人用"树"字起名,六辈人用"士"字起名,七辈人用"俊"字起名,八辈人用"瑞"字起名。你把"大、寿、建、永、树、士、俊、瑞"这几个字连起来,反复读上几遍,再去想象居住在这个村子里的这八辈人,还真有些敬意生出来,甚至会感叹,这个村子里的祖先原来这么有讲究。

这就是乡土中国的力量。几个字,就能让我们从现代文明里抽离出来,找回我们似乎遗失许久,其实是在用另外的形式完整保存着的乡愁。

有时,它就在站在崖畔上那个老远看见了我们的人口中习惯喊出的一声招呼里。

我是村上的四辈人,却没有沿袭"永"字。

我说父亲名字那三个字刻得霸气,首先是每个字形的正大,三个字把线板占满了,有些点撇还刻出了线板的边沿,用现在时尚的排版术语,叫"出血"了。其次是每个字体的笔画,很像现在又流行起来的老宋体。

这是我在家里的斗、盛子等物件之外,还能看到父亲名字的为数不多的地方之一。早年,父亲的名字只能出现在这些物件上,后来在地契、户口簿、选民证、工分本上也出现过。再后来,就是山成侵占了我家的园子,演变成村上的一场事件之后……

一个不识字的人,对自己名字这几个字的敬重,只有他自己知道。

我也能想到父亲是怎么刻下他的名字的。一定是一个下雨天,闲下来的父亲请村上的先生先把自己的名字写在手片大的纸上,欣喜地带回家里,放在最有光亮的地方。然后他在旁边坐下来,把纸上的笔画工工整整地刻在母亲缠线的线板上。这对父亲来说是比种地更累的活计,对他们在马坊的生活重要吗?

父亲这样刻下他的名字,看似是一件单纯的事。其实,这在父亲心里是一件比种地还要神圣的事。因为是下雨天,雨像边喊叫着他的名字边落在刀子和木头的撞击声里,使父亲笨拙的刀工有了一些原始之力。我们熟悉的很多乡土艺术,或许就是由这些原本是文盲,可是单纯质朴到极致的人,在他们藏着灵性的内心无意识地琢磨出来的。

天地造化,任何一个人身上都藏有一些灵性的东西。

我的不识字的父亲,除了对自己名字十分敬重,就是一心希望我能在村上的学堂里很快认识一些字,回到家里,坐在那个小方炕桌上,给他很好看地写上一遍。那样他就知道,自己的孩子能带上这个家庭成为村上的读书人家。为此,父亲在几年前就从马坊那间老旧的商店里买回纸张、毛笔和墨汁。他听村上的老人说,在惊蛰这天让孩子开笔写字,这孩子以后就会眼明心明、知书明理。

上学堂开始也只是学认字,并不学写字。我看见比我大的孩子每天上学时手里都端着砚台,小心翼翼地走在路上,等到放学时,很多人的手上脸上全都染着墨汁,回家后怎么洗也洗不净。我不是怕墨汁脏,是开始学写字的那一学期我说过,要等到夏天收完麦子再写字。我也不知道当时我怎么有这个想法,不仅在学堂上不写字,就是惊蛰那天被父亲逼着,也没动那支毛笔。

后来姐姐说,父亲的脸都黑了。

走出屋门,父亲站在院子哀叹:"我们家没人会写字啊。"

父亲以为我今生真的不会写字了。

姐姐说他的脸黑了,后来我想,在他确认了这个在他认为很残酷的事实后,他觉得他心里的那个耕读之家的想法就要落空了。那一刻,不是他的脸黑了,是他整个人像带着祖辈的伤心,从脸上开始衰老了。

惊蛰过后,人们能看见的除了那些开在路边的野花,就是那些在村子周围分布得很匀称的能数得过来的几树杏花。

我能记得的那些杏树都离我们家很近。

不用出门,站在我家的头门口,一墙之隔,东边万宝家的杏树,花开得繁密、硕大,是在此时看着还很荒凉的满眼土黄色的村子里想不到的那种粉白。这是万宝的父亲,我叫八爷的人栽下的。父亲叫他八大,见了面,总是一种不热不冷的情绪,说不上尊重。我想,两人一定是在过去的日子里因某些事情产生了过节,都在心里放不下。我和他的孙子犟娃、朝鲜很要好,也就不计较这些了。加上他家的杏花这时开得这么好,让我们在屋里坐不住,都想挤在这棵树下,盼着杏熟的那一天能多吃几颗。我后来想,都在一块土里生活着,邻里之间有些过节了,可能对方的女人从她家的果树上摘几个果子,用衣襟包着来到你家门前,跟你家女人笑骂几句,果子往手里一塞,两家又成好邻居了。这就是乡村,起过节容易,化解过节也容易。遗憾的是,可能那时的八爷家没有女人。

　　记得八爷去世后，为安葬的事，万宝和他哥打得不可开交。看着棺材停在那棵杏树下的门房里，父亲叹息着给母亲说，八大攒下的那些银子有啥用呢？都到这个时候了，这弟兄俩还争不够，那些埋在地下的银子也不会跑出来，把棺材抬到坟里去。等到下葬的那天，父亲起得很早，跟着村里的人多给坟上压了几铁锨黄土，他与这个上一辈人的交往也就被这堆黄土完全隔开了。

　　听说安葬了八爷后，万宝把头门关上，在家里挖了三天三夜，不知挖出了多少银子。第三天下午打开门，万宝担起水担，夹上扫把，踏着落日，向村北的墓地走去。

　　万宝要做的事叫陪坟，是祖居在马坊一带的人流传至今的一种习俗，也是对于亲人死亡的一种态度。就是早上埋了死者，下午太阳落山以前，孝子担上饭食、柴草还有扫把，来到坟边，点着柴草，摆上饭食，陪伴死去的亲人度过太阳落山这段时间。

　　坐在门前的石窝上，我如果目光向南，就会看到，山成家后院的杏树，也在很高的围墙里开着一些花。由于那是一棵锁在深院里的树，我们到不了它的跟前，更别说以后爬上它的枝杈摘一颗熟了的杏子。我们没人看它，它就寂寞地开着，每年结出的杏子有羊屎蛋那样大，吃不上一颗，我们也不抱怨。

　　对着井台的西边，是一个木栅栏门常年紧闭的园子。一棵很大的杏树遮掩着园子的墙头，使这片区域常年处在阴影里，因此平时我们都拥挤在井台上，很少有人去那里坐。那是脸长得很黑，村上人却叫红娃的人家的杏树。长在园子墙外的杏子熟了，从树下走过的人也没几个敢伸手去摘。父亲说，这家人在村上很霸道，做事让人害怕，让我少和他们家的孩子来往。父亲说，这家人有一年和另一家犯了事，竟然提着刀子，把那家人的一只耳朵割了，用绳子拴起来，挂在自家的头门上让风吹干。

　　那虽是旧社会的事,我知道后,再从他们家门口经过还是会抬头往门上看。他们家的头门很高很宽,严严实实地闭着。我一直没看见那只耳朵,低头,却看见一对石门墩,上面蹲着两只石狮子。

　　父亲还说,他们家的杏黄了,嘴再馋,也不要去摘。

　　因此,我在杏树开花和杏子成熟的时候总爱一个人躺在石窝里,往他家杏树的方向看。有几次是正午,村上没有一个人走动,连一只啄食虫子的鸡也没有。我想跑过去摘几颗杏子回来,可用手一摸,自己的小腿肚子有些发软,也就打消了这个念头。但那棵杏树上的杏,我们还是能吃到一些。红娃的小侄女,名字叫香梅,大我们几岁,村上人都叫她猴女子。她经常站在杏树上,自己吃饱了,再摘几颗从树上抛下来,让我们在地上抢。她在树上像看戏,看得高兴了,会再抛几颗下来。后来,这个在村上猴得出了名的女子,嫁到了马坊沟对面的一个村子,几户人家就在沟边的窑洞里住着。我们在马坊沟里挖药时去那几家喝过水。我想,以香梅的性格和脾气,又在我们这样大的村子里长大,她不会一辈子待在这里。再后来,我在县上工作时与她见过一面,也没多说什么,从此再也没见过。

　　她家的杏树也早死在村子里,成了一堆柴火。

　　离我们远的,就是上海家的那两棵杏树,长在他的园子里,却处在村庄和碾麦场的中间。开花时,从场道坡下地的人能看见;结了杏子,从场道坡上场的人能看见。一个村子,没有人没吃过上海家的杏,但我们没有见过上海的父亲。上海的父亲是一个什么样的男人,等我想知道时,村上已经没有人能记起他了。

　　写到这里,我有些疑问。一村人都知道,父亲是一个水命的人,他一生爱栽树,栽什么树都能活。我家的院子和园子里,要板材有长板材的树,要果子有结果子的树,但唯独没有一棵我们最喜爱的杏树。

　　我的猜测是这样。水命的人,对草木都有一些我们不知道也不理解的感应。这个父亲也说不出来,但他应该有感知,那就是你种什么样的草木,会对你的命运有什么样的暗示。父亲女儿多,到了中年我还没有出生,因此,在他的意识里,栽种小花开得粉白的杏树,不就是暗示今后要养的还是女儿嘛。

于是,盼着儿子的父亲一生把杏树挡在了我家门外。

我读过《民国永寿县志》。我是从强文祥先生那里听说这本县志的。二十世纪八十年代,他在我们永寿当县长,听说有本民国年间的县志修得很好,却藏在民间,便一心想找到这本县志,让它从藏身已久的民间走出来。作为县长,他想从他认为相对真实的历史记载中了解到他需要的县情民情,也想从历任名宦留下的文字中学到他们的治县之本。

后来,这本藏身民间半个多世纪的《民国永寿县志》就出世了。

他是乾县人,可能因此情结,也编著了一部《乾县民国史稿》。

我在《民国永寿县志》上知道永寿被记载下来有史地价值的山共十六座,它们是:分水岭、武陵山、虎头山、高泉山、天堂山、盘道山、石牛山、烈山、灰堆山、灵觉山、盘固山、峣山、水兰山、明月山、清凉山、五峰山。这些山,长在马坊地界上的,只有一座灰堆山。五峰山出了马坊地界,但我们每天向东南方向抬头时都能看到它。其他那些山,不走出马坊地界是一座也看不到的。我在那卷《地形山水志》的附录里读到了清代知县张琨的诗《十四景》。他在第九景《柏坛垂荫》里这样吟咏:"古轩参云不记年,龙鳞虬爪欲朝天。虽非大别神皇植,可与巴东美并传。"

那个让知县诗兴大发的柏坛隐藏在永寿的哪一块山水里,不是我现在要考究的。我由此诗了解到,在县志里被认为山无主峰、丘岭崎岖的永寿曾经是一片古柏连天之地。就像现在,你从永寿梁上走过,陪伴你的是几十万亩的槐林。

我们的祖先很早就把柏树与自己的生死联结在一起。延续到父亲这一代人,依然按照祖传的办法,在生和死的每一个过程中都离不开柏朵。就像父亲,每年都要从遇见的柏树上折一些柏朵回来,放在窗台上晒干后用一张牛皮纸包起来。我们一家人如果身上哪里不舒服,父亲就会拿出一些柏朵,揉碎放在一块瓦片上,用火点着后放在身体疼痛的部位熏两个小时,那个地方还真不疼了。父亲也说过,我出生后,他记得最清楚的,就是他把一些柏朵用红布包了,挂在门楣上,还在门口点着的柴火里撒了一把柏朵,让柏树的香气弥漫在我们家周围。我们这些以前出生在马坊的孩子,最初闻见的人间气味很多是柏朵燃烧时散发出来的。

村上的人去世了,棺材的木板厚薄好坏不重要,一定要有柏朵厚厚地铺在棺材里。这样,这个人不论活着时有没有光彩,只要告别人世时能躺在柏朵里,就算是体面地上路了。

等我在马坊长到懂得一些世事的时候,柏树已经很稀少了。

那些被知县张琨吟咏过的柏树,已经从永寿的山水里大面积地退出来了。记载在县志里的十六座山,已没有古柏参云,更不见龙鳞虬爪。在东西绵延的页梁上走上十里八里,可能才会碰上一棵孤柏,那是遗留在荒野里的天灾人祸的最后见证者。而在马坊,柏树只能在一些大户人家的坟墓旁见到。我们这么大的村子,只有大字辈人家的祖坟旁长着几棵柏树,枝头的柏朵也被村人折得七零八落。到后来,因为大字辈人家的成分是地主,祖坟就被平了,柏树自然也被砍了。村上死了人,讲究或不讲究的人家,只能跑到很远的山里去折柏朵。

我父亲一生的愿望,就是死后背一副有柏木挡的棺材。

我很佩服父辈的人,他们从不忌讳死亡的事。死后要穿的老衣很早就准备好了,压在活着时要穿的衣服的底下。很多人的棺材就放在土炕的旁边,自己陪自己的棺材睡了很多年。他们对死亡是有准备的。就像我的父亲,活到五十岁时就开始谋划那副柏木挡。他每年卖一点粮食,卖一点药材,卖一点柴草,积攒了十年,在他六十岁的时候,终于从县城的七月古会上给他和母亲买回了两副柏木挡。

这是棺材前后的挡板。最好的是整块板的,上好的是两块板的,次好的是三块板的。父亲只能买三块板的,也就是安慰自己,死后背的是有柏木挡的棺材。记得打棺材的徐氏带上他的徒弟,在我家忙了七天,打了一副棺材。徐氏戴着老花镜,趴在我家的小方炕桌上,按流传下来的图案,在那副柏木挡上一刀一刀刻出了浮雕。

那副棺材在我家的磨房里放了九年,父亲在一个很冷的冬天,背上它走了。当然,我在悲痛、忙乱的丧事中没忘翻过高岭山,去后沟里折回很多翠绿的柏朵。

这些年,我对父亲的怀念,有时会变成对柏树的一种怀念。

我从来没有想过,柏树会在马坊消失,就像我原来从来没有想过父亲也会消失一样。事实是,在我不经意的时候,柏树和父亲,真的从我身边消失了。

好在多年后,我在回马坊时,沿路又看到了满眼的柏树。

我应该看了十多年,一年一次,它们在我的印象里长大了。我想告诉它们,好好在这里生长吧。马坊活着的人需要柏朵,马坊死去的人,也需要柏朵。

柏树在马坊,是和每一个人的生死连接在一起的树木。

四

　　每年的春分，人们都要举行祭日活动。这在过去的马坊，是惊动周围村镇的一次大典。那几日，各村在正月里排练好的乡戏，都要在马坊的戏楼上演出。那时的山岭上、沟坡上、田坎上，人是一拨一拨的，走动过来像一条彩色的飘带，让寒冷孤寂了一冬的马坊有了几分人间暖意。

　　我由此想到，马坊人的祖先在一路奔波中，被这一方土地牵引，把随身的行囊卸下，要在此安身立命的时候，一定是有过一些仪式的，比如祭天、祭地、祭水。如果那时身边有一棵巨大的树，他们一定会先跪下来，在地上插几个木棍，点一堆大火，头在土上一磕，所有漂泊了一路的人，就算在这棵大树的周围落脚了。

　　马坊的第一个村子，就围绕着这棵树，有了人间烟火。

　　我在马坊成长的时候，所有祖先传下的仪式都有模有样。我对土地的敬畏、对人世的敬畏、对自身的敬畏，都与我很小的时候见过的那些仪式有关。

　　而我的父亲，就是一个活在仪式感里的人。

春分那几日,马坊的戏楼上,铜器响得远在马坊以外的人都在村子里守不住了,带上婆娘和孩子纷纷朝马坊聚集。

农忙之前,乡里也就这一场热闹了。

这是马坊人在自己的戏楼上为自己上演的一场壮行戏,因为这场乡戏一结束,他们就没有空闲时间再去看哪里有热闹了。到时候,草木在山坡上争着起身,庄稼在田野里争着起身,日子在庄稼人面前,是一天比一天忙。忙着点种,忙着施肥,忙着锄地,忙着把祭日时说给上天的那些话,字斟句酌地在脚下的土地上落实下来。

此刻,他们还有一些清闲,可以坐在戏楼下。

马坊的戏楼应该有些年代了。它在这方土地上,至少是带着清末的尾巴,站立过一个完整的民国时期,披一身历史烟雨,看到了中华人民共和国的成立。它自建起来后上演了多少场戏,有多少民间艺人把自己的一副好嗓子留在这里,只有戏楼上的一瓦一砖、一个雕花知道。那些被他们的吼声齐刷刷吆喝过来的云朵,停在戏楼顶上也就是一场戏的时间。戏结束了,云朵带着戏里的声腔和板眼,头也不回地飘走了。

我是被父亲背着去戏楼上看戏的。

过了一座土桥,过了一条胡同,从一个大涝池的边上向左转身,再过一个长坡,就走到了戏楼跟前。一座像寺庙一样的建筑,在一个很高的土坛上盖得方方正正。戏楼的北边楼檐下没有门窗,像一面大照壁,上面是一些砖雕。只有从东边的一个小门里进去才能看见戏楼的正面,飞檐翘角,雕梁画栋,像从一座整体的建筑上镂空出一个大舞台,对着一片空旷之地。

我说过,父亲是一个活在仪式感里的人。在乡戏开演前,他会把我从背上放下来,牵在手里,绕着戏楼的每一个角落,看得很肃静。他不说一句话,我只能跟着走。他是要我记住戏楼的样子还是戏楼的色彩,可能他自己也不知道。多少年后，当我再想起戏楼里的画时，我猜想，父亲的用意，是要我在心里记住那些影子，听进那些戏文，因为它们会影响到我。正是父亲的这个举动，把某一颗离我们的生活本来很远的种子，就这样种在我的心里了。

我很喜欢那个长长的坡道。它的一边是很高的土坎，长满了野枣刺。挨着涝池的那一边，几棵大柳树下是几尊石刻，有些还加了顶子。离戏楼最近的就是那座至今还立在村子里，刻有"太平马坊"四个大字的经幢。我那时小，眼里能看见的东西都是正大的，也就觉着这坡道是世上最长的坡道。后来长大了，才知道这坡道上有了这些石刻，就像一条神道，通着我们每个人心中一直向往的那个地方。那时的乡里再偏远穷苦，都要修一座戏楼，修一座通着众神的戏楼。那些在台上演戏的，很多时候扮演一些很复杂的角色，反复代替神不遗余力地教化台下的人。

父亲告诉我，马坊所有会唱戏的人都唱不过一个叫黑迈儿的人。他化好妆，一阵响器过后，往台口一站，真是浑身上下一锭墨，是很好的包公。他一开口，那一声吼，晴天能响起雷声，雨天能云破天晴。

父亲还告诉我，马坊所有能祭日的人都没有他懂得的礼数多。他走出来，握一柄长剑，往戏台中央的一口大铁鼎里一挑，在火石上用力一碰，一颗火星瞬间引燃大铁鼎。台上的演员跪到台口，台下的观众跪得满地。黑迈儿长剑一舞，一个火龙升到空中，跪在台下的人口中就念念有词了。

等黑迈儿祭日的戏文一出口，仪式就到了高潮。

后来我想，在马坊乡间，不仅戏里是人神不分，戏外也是人神不分。这些乡戏既是演给活人看的，也是演给死去的人看的。那时台下不只坐着活人，那些死去的人也会从地下走出来，站在某一个人的身后，看着戏，也看着他们的亲人。因此，祭日到了高潮，那是活人和死去的人一次难得的狂欢。

遗憾的是,等我知道收集这些戏文的时候,黑迈儿已去世了。

那些戏文,也就腐烂在深埋地下的他的肚子里了。

我在村上的时候,黑迈儿已经老了,但说起话来还是高喉咙大嗓门,像铁锤砸在铁砧上,听得人骨头缝里麻酥酥的。我也爱看他的脸:黑,铁一样的黑;大,锅盖一样的大。这样长相的人,也只出在那个蛮荒的年代。现在的人哪有这样的面相,如果有,还怪吓人的。

后来,那座戏楼被拆掉了,那些石刻也被毁了,只留下那通经幢被废弃在荒野里。马坊人没有了看戏的地方,就只有埋头在田野里寂寞地生活着。那个时候所有的乡戏都被禁了,那些演员扛着沉重的农具,一律回到土地上。

没有了戏楼和乡戏,每年春分的祭日也就没有了场面。

不能集体祭日,父亲就把我们家的那棵大槐树当成祭日的地方。在那样的年代,生活在土地上的人为了安慰自己,只能把一切都交给那个被祖先费心空想出来的世界,我也曾经信以为真。

记得我去公社广播站工作时,赶上那些封了的老戏被解禁。过年时,我和耿新轩、宋纪祥、李从政、仇黎生值班。我们都是马坊中学毕业的同学,把公社里没有焚毁的老唱片,一遍遍用留声机扩到放大器里,通过有线广播送到马坊的每家每户。我们几个站在公社院子里的大喇叭下,还不时听一听音量放得够不够。

那一年正月,马坊人把很多年没听过的老戏,一次补回来了。

父亲知道这些广播里的戏是我们放的老唱片,就多喝了几盅酒,想着那一年的祭日又该着手准备了。

乡村的味道,就是地上的草木味。

我们是闻着草木味出生和成长的。打开我们的身体,里面都有一股浓浓的草木味,这味道一年四季滋养着身体里的每一个部位。因此,叫我们草根,不只是社会学意义上的身份认同,也是地理、生理因素在我们身上的一种标识。

城里人对春天的感觉往往是混沌的,比如草绿了、花开了、莺飞了,他们能感觉到的多数是被局限在自己视角里的春天。他们哪里能像马坊人,对春天的感觉,不仅在视觉上,也在听觉上、嗅觉上、触觉上,甚至是在味觉上。

提起味觉,我虽然住在城市,却还能感觉到来自乡村的气息,因为每天清晨,我都会穿过西安城墙,在建国门里的菜市上买到很多来自乡下的野菜,比如苜蓿菜、荠菜、野小蒜、蒲公英、白蒿。

按道理说,这些长在乡村春天的野菜,应该带着乡村春天的味道。其实不然。这些菜在进城的过程中,一路上的遭遇早已让它们失去了自身的纯净,在有些污染的空气中,又被挑剔的手翻拣成了一堆烂叶。等我们吃到胃里,它们只能是一些变了味的乡村味道。

真正的乡村野菜,已经枯萎在进城的路上。

而在马坊,人们正从野菜的身上享受着春天。

记得有天早上,父亲从地里回来,提着一篮子荠菜。一个漫长的冬天里都只能吃到腌的酸菜,没见过这么嫩绿的野菜的我们当时眼睛都看绿了。母亲用带着露水的荠菜蒸了一锅麦饭,我们吃得欢天喜地。那一年乡村春天的味道,就通过这些鲜嫩的荠菜,进到了我们的胃里。

我也跟着父亲,提着我的草笼、铲子去庄背后的地里挖野菜。

写到草笼,它对那时的乡村孩子来说,就是书本之外最为贴身的东西。我一直为我拥有那样的草笼而从心里感到难堪、不悦,甚至忧郁、害羞。它的丑陋、笨重,使得我不管是提着它还是背着它都那么没有样子。

我由此羡慕朝鲜、联社、抗战,他们提在手里的草笼是那么圆溜、轻巧,让装在里面的野菜也有了几分好看的颜色,而装在我的草笼里,就像辱没了那些野菜。他们的父亲都是村上一些普通的人,要么说话结巴,要么走路腿瘸,就是那一双手,能编草笼,能捻毛线,能打毛袜。特别在冬天里,坐在大照壁前,他们说不上话,就捻自己的毛线。他们把棉袄的两个前襟拉紧,用腰带扎上,不系纽扣,一坨能捻半天的羊毛就瓷实地塞在里边。他们不停地伸手从怀里掏着羊毛,一次次续在捻线的工具上。

能做女工活儿的男人,在那时的马坊是很普遍的。

父亲也能编草笼。每次我都守在旁边,想他这次一定能编个像朝鲜他们提的那样的草笼。他开始用细软的荆条编的经纬,看起来都很圆溜。笼底编好了,要把荆条竖起来,还要放上手提的笼鋬,再用密集的荆条一圈绕着一圈,编出草笼的外壁,直至收边。父亲的问题就出在编外壁上,编不了几圈,荆条就跟着父亲的手指走形了,一个本来圆圆的草笼,像长在地里的北瓜,一边扁大一边扁小,提在手里轻重失衡,很费力气。我提的草笼,还是父亲用芦苇的细长的根茎编的,样子更难看、更笨重,装上野菜用力一提,整个外壁都变形了。父亲因为放羊,每天都能在村西的沟里挖到很多芦苇的根茎。开始芦苇被晒干后是当柴火烧的,有一天下雨,父亲闲着没事,就抽出很多芦苇的根茎放在院子里,让雨水将它淋湿变软,试着用它编草笼。一个村子里,只有在我和父亲的手上或背上能看见这样的草笼。后来父亲说,它虽然样子不好看,但结实耐用。这是实话,也是父亲的生活哲学。此后,他一直编着这样的草笼,让它出现在我们生活的很多场景里。

冬天,我们村上还能看见的那一抹人间的绿色,就在那些没有被雪覆盖住的麦地里。我们特别细心,在麦子的周围找着,想发现一些没有被冻死的植物。通常,地里除了麦子的叶子还葆有必要的一点绿,再没有其他植物了。偶尔能看见的,也只是一些枯叶。可就在春分这几日,很多野菜突然就在麦子的根部蓬蓬勃勃地长出了巴掌大的样子。

父亲和我一样,也是一脸的惊讶。

这就是土地,在我们没有一点察觉的时候,会把遍地的草木味神秘地送到我们的生活之中。那些天,不仅一村人闻到了清香的草木味,村上那些饥饿了一冬的牲口、猪鸡,也被草木味引诱得满大街地撒欢。记得我提着盛满野菜的草笼从团儿家院墙外走过,拴在他家门前的那只整天眯着眼、晒暖暖的奶羊闻见了野菜的味,老远就叫开了,想挣脱脖子上的缰绳。我抓起一把野菜,有意放在奶羊的嘴边,看它大口地咀嚼起来。

这个时候,母亲会拣出一些最好的野菜,精心烹熟,让一家人吃个鲜。

她对野菜的情感是很复杂的。很多年前,野菜让她活了下来,但也让她的胃从此落下了折磨她一生的病根。因此,在村上很多人家以吃野菜为主的春天,母亲也不敢多吃,除非遭遇年馑。父亲也一样,看着野菜新鲜,只要饿不着,就不会多吃一口,更不会像现在的城里人,吃到春天结束了,还要在家里的冰箱里冷冻一些。

父亲从麦地里走出来,向我们家的祖坟走去。我以为,乡村真正的草木味,还是在那些活得比人要久得多的树木身上。我们村这样的树木很少,后来我在甘井镇见过一棵,就是被拍成照片放在新编的《永寿县志》里,至今还活着的古豹榆木树。

我想在康熙年间张琨的《永寿县志》、光绪年间郑德枢的《永寿县新志》以及张寿祥的《民国永寿县志》里找到有关它的文字,可惜的是,这棵在永寿站得最悠久、看的物事最多、散发出的草木味最幽远的一棵古木,没有走入这些修志者的法眼。

我回转身,看见父亲在祖坟旁的几棵树上惊喜地发现枝头萌生出了一层绿意,有些芽苞已经鼓凸。扶住其中一棵长得正大的树木,父亲也许会这样想:躺在地下的祖先,这时也应该闻到了地上的草木味吧。

　　每年的这个时候,父亲都要去后沟走一回。

　　春分一到,地里的麦子见风就长,见雨就长。乡村的日子,不管在天上还是地上,都被节气突然拉长了。接下来,在土地上讨生活的人需要长时间地守候在田野里,那些冻了一冬的倒茬地需要他们赶时间犁耙好。在播种玉米、谷子、糜子的种子之前,他们要将之放在手里,掂掂这些即将在泥土里生发的生命的分量。

　　这个时候,活在仪式感里的父亲想到了去后沟。

　　后沟是民间叫的俗名,写在县志上的是五龙寺。因为那里有五眼泉水,日夜从地下涌出,冬不结冰,夏可敷面,当地人就以神泉敬之,渐渐地起了香火。最初有人在泉眼上盖了亭子,后来又经历年修造,周围出现了庙宇,泥塑了各种神,就成了十分壮观的五龙寺。

　　去五龙寺的人,都要安静地走进大殿里,小心地跪在泥塑的脚下,插一炷红香,烧一沓黄表,把心里的事和身上的病都坦坦荡荡地说出来;再下到沟底,圪蹴在泉边,双手一合,撩起一捧泉水洗脸,再撩起一捧泉水喝一口,然后撩起好多捧泉水,把随身带的瓦罐装满,一路背着回家。后来,民间就有了每年三月的后沟庙会,这里也成了永寿祈雨的地方。《民国永寿县志》记载,清知县郑德枢三月二十五日步行到五龙泉祈雨,三日后便有大雨降下,随吟成《祈雨》一诗流传了下来。

　　父亲这时去后沟,心里只有一件事需要说给泥塑在庙里的神。

　　那就是一年的农事要忙了,祈求神在这个时候,不要让母亲生病。

　　那个时候,父亲一个人走在去后沟的路上,心里应该是很阴晦的。他从北胡同出了村,沿路住着的人家多是从后山迁移回村的。他们在村子里没有地皮,也盖不起房,就在村边这条很深的胡同里打下几口窑洞,人住进去,点上烟火,就是一个家。父亲在这些人家的开门声里快步地走出了胡同,经过一片很长的麦地来到一条沟——木杖沟——边。这是横在我们村子北边的一条沟,沟里有一条羊肠小道,可以让父亲下到沟底,从河中的列石上踩过去,再往沟顶上爬。那时候的人要出一次家门真不容易,穿着一双麻绳纳底的布鞋,一双土布袜子裹着裤腿,身上再背一个褡裢,在风吹庄稼的响动里,走得没有一点声音。

父亲就是这样的打扮。他从木杖沟里上来,太阳已经升得很高。

他沿路要经过的地方,还有红嘴子、来家山、高岭山。

来到五龙寺,父亲走路出的汗让他的衣服贴到了身上,很不舒服。他在一个土坎上坐下来,缓了一口气,然后站起来,拍打了身上的尘土,把头上的毡帽正了正,就进了五龙寺大殿。他跪下,从褡裢里掏出供品。是母亲捏好蒸熟后点上颜色的面花,摆在那里不仅好看,也很神秘。我后来想,像母亲这样的乡村女人,她们心里的灵性,都体现在她们为了祈求这些泥塑的神亲手做的面花上了。

父亲按照民间习俗,在行完了所有的仪式之后,背上我家那个黑亮的瓦罐走回家。因为怕瓦罐里的水洒出来,他爬上沟后,把瓦罐一直抱在怀里。

回到家里,父亲从瓦罐里倒出满满一碗水,端到母亲面前。母亲接过碗,仰头喝下。

父亲告诉我,母亲的病,在每年开始农忙的时候都会奇迹般转好。那段时间,无论地里场里都能看见她的身影,瘦削是瘦削,但整个人很有精神。

我以为,在这个世上很少有我的父母亲这样苦命的人。

一村人都说,没见过父亲这样挣命过日子的人。

知道父亲活着时每年都要去后沟的事，我就在村上多问了一些人，想让他们从破碎的记忆中复原出一个民间话语里的后沟。有人说，后沟就在高岭山的背后，离它最近的一个村子叫龙头沟。有人说，后沟的阴坡很高很陡，阳坡却很低缓，朝北远远地平伸出去。有人说，那些泉眼就在阴阳交界处，水流出来后，有很长的一段向北流去，然后转弯流到泾河里。有人说，这里的庙宇不见了，香火也断了，就剩一潭泉水。

只是我很想知道的如何祈雨没有人能说得出来。我在电视剧《白鹿原》里看过祈雨的场面。为了感动天公，族长白嘉轩竟然伸手抓起烧红的铁，甚至让烧红的钢钎穿过腮帮，人居然还能纹丝不动地站在天地之间。这样的祈雨太残忍，马坊人可能还没有为了生存走到这一步。他们把祈雨叫背水。背水，就是母亲这样的小脚女人颤巍巍地走在干得冒烟的土地上，在烈日下背着沉重的水罐从后沟爬上来。

谁看见这样的场面都会感动，包括天上的云朵。

也是一个很热的夏日，我决定带上四岁的孙女乐乐穿过荫翳蔽日的槐林，去后沟看一看。我没有想到，在自然村落不断消亡的今天，后沟的庙宇如此宏伟，香火如此旺盛。我领着乐乐，想把她的太爷当年跪拜过的神都面对面地看上一遍。只是她太小，不懂得几十年前那个背着褡裢的人，为啥忍耐着一路饥渴也要走到这里。

父亲是一个心里装着一座山的人。

这句话不是隐喻。对大多数活在马坊的男人来说，这都是实指。也就是说，他们都是看着一座山长大的。他们中的一些有心人，都是按照那座山的样貌塑造自己的。

那座山叫五峰山。

按照我们村的地理方位，五峰山在东南耸立着。依据村庄的坐向，我们每天早上打开头门，抬头不一定能看见初升的太阳，但一定能看到站在那里的五峰山。《陕西通志》称它温秀山，它发脉于分水岭，也就是我们村后的永寿页梁，连延七十里，陡起五峰，为九嵕山昭陵之祖脉。《长安志》称它为温宿岭，汉时温宿国人令居此地田牧。《关中胜迹图志》亦称五峰山。因此，我们每天看到的这座山，绝不是渭北旱原上一座普通的山。就是大唐的皇帝李世民、武则天，也不敢在此山安葬，怕他们浩荡的皇恩也不能让这座伸出五个峰头或传说中飞出五只凤凰的大山臣服。李世民在它的东边选了九嵕山，武则天在它的西边选了梁山。

葬在这两座山上，他们都能仰望五峰山。

父亲一生看到和去过的最大的山，也就是这座山。

他和村子里的人一样，站在自家的地里，只要抬头，五峰山就在眼前。父亲在村南的麦地里弯腰锄地时，经常是看见五峰山山腰上升起的一片炊烟，才知道已在地里劳动了一上午，该回家吃饭了。

父亲早年去五峰山，是赶着家里的一辆硬轱辘大车，拉上几口袋粮食，和他的一个叔父去为一大家人换棉花和土布的。那时家道还算殷实一些，有土地有粮食，有大车有牲口，有到五峰山从乾县人手里换回一些东西的本钱。父亲出门时的那个褡裢，这回不是背在身上，而是搭在车辕上，里面装着一路上要吃的干粮。套在车辕里的，是那匹多年以后死亡时下了一场大雪的栗色的马。

父亲把大车赶过场道坡，从南场里出村。滚动在土路上的车轱辘比路面还硬，一路发出咣当的响声。斜穿过一大片麦田，大车直接进了门家村的街道。门家村在马坊是个人烟稀少的村子，街上没有人影，只有几声狗叫。再经过一片田地，大车穿过一个很窄很长的胡同，进入郭家村。村中一条弯曲的街道是沿着沟边修出来的，人就住在两边，庄子稀少，枣树繁多，父亲的几家亲戚也在胡同和沟边住着。

大车从郭家村出来,不久就入了沟,走在沟底的河滩上,像陷入大地的最深处,两面的悬崖像把就要合起来的天空从高处撑开。穿行在人迹罕至的河道里,父亲和他的硬轱辘车像从洪荒时代走来。他的衣着的陈旧,他赶着的大车的陈旧,他身边的山河的陈旧,印证出此时的父亲正生活在民国的末年。

等父亲把车赶进五峰山上的一个村子时,天已黑了下来。

许多人家的房院里都堆着一地的棉花。父亲看上一眼,就想:这里和我们村都是一模一样的土地,怎么就能种出这样雪白的棉花,而我们那里就只能种麦子、玉米和高粱?他想不明白,看这里的人也都黑不溜秋的,没啥特殊的地方。最后看出的,是乾县人大多没有后脑勺,平得像个板板。再往村里走,就有一些纺线织布的声音从很多人家的院子里传出来。

当时的乾县人,依着五峰山的阳面能种棉花,就做起卖布的生意。那些年,我们村子经常有一些没后脑勺的人,背着一卷花花绿绿的土布走街串巷,换我们手里的粮食。很多年后,他们不再翻过五峰山往北山跑了。他们的女人也不再坐在织布机上,埋头纺织那些土布了。在乾陵下的三眼桥上,他们把卖到全中国的布匹都集中在那里批发,红火了数十年。

父亲在一家客栈里喂养跑了一天的栗色的马。

他的叔父出去看棉花和土布去了。

那天晚上,父亲一夜没睡,因为那时的五峰山上经常跑土匪,赶车的人被抢劫的事时常在山上山下发生,也因为他在村上种地时看惯了五峰山,没想到今晚会睡在山腰上的一家客栈里。此刻,他的头顶上不是马坊的夜空,而是五峰山上的夜空,有些不一样,就让他睡不着了。后来,父亲一再说过,第二天一早,他站在客栈的门前看了马坊很久——那么平坦的土地,被四周不高的山围着,站在很远处看,真是一个让活人和死人都能放心地住下去的地方。

我想父亲看见的,就是马坊的一种太平气象。

第二天,也是太阳落山时,一辆装着棉花和土布的硬轱辘车回到了村上。

父亲再次去五峰山的时候,民国时代已经过去了。

为了生计,他背上背笼,去那里挖草药。在五峰山的沟凹里、陡坡上,父亲踩着红砂岩的山体,在苔草共生的灌木丛中不停地挖着柴胡、甘草、黄芪。十多天的时间里,他吃着干馍,喝着泉水,晚上睡在村上的饲养室里,听着牲口嚼草料的声音,身上的疲累和疼痛才有所减轻。他背着一背笼的药回到村上。看着他长长的胡须,村上的晚辈说,七爷去五峰山挖药,把自己挖成山上的道人了。

从此以后,父亲再没有上过五峰山。

我后来在常宁中学读书,很多同学的家就在五峰山北边。一问籍贯,多是外省人,都是上辈人跟着祖辈不知哪一年流落到五峰山一带的。我去了同学郭兴文家,他家就在一条沟边上,孤零零的两家人。他的父亲,一米八的大个子,在五峰山周围是无人不知的民间名医。后来,我从五峰山的偏西北,他从五峰山的正北边,在经历了一些青春期的苦闷后,带着这座山赐予我们的秉性,先后来到了同一座城里。

我现在回马坊,坐在姐姐家的门口,正对面就是五峰山。一个人看上一阵,就想起那个在山上赶着硬轱辘车的父亲,那个在山上挖过中草药的父亲。他的魂魄、他的身影,还会在山里走动吗?

看着看着,我就把五峰山看成一个人了。

春分一到,在我们寄身的马坊,万物才算彻底活了过来。

这其中最重要的标志,就是去年离去的燕子又要飞回来了。

因此,春分迎接燕子回来,在马坊不至于成为一个节日,但至少成了一件事情。对于讲究仪式的父亲来说,这是我们家一年中必须做的一件事情。农耕文明离不开天时、地利、人和,这就给父亲那个年代的人养成了一些集体心理,比如像亲近家里的亲人一样亲近这些属于天空的燕子。

我对燕子的热爱源自父亲对它们的重视,也因为燕子有着独特的背羽。那泛着灰蓝的黑色,是我在其他飞鸟身上怎么都看不到的。我有时转移目标,看地上的走兽,看村里的牲口,很想在它们奇特的毛色里发现这种颜色,却始终没能如愿。我甚至仔细观察过一些很有年月的物件的表面,就是找不到如此神秘的颜色。我由此相信,神把这个世界上最高贵的色彩放在这些很小的燕子身上,是为了首先让孩子们去看,让他们记在心里。孩子们即使长大了,只要童心不泯,每年春天都能看到这种美丽神秘的颜色。

后来到了西安,我一有时间就去暮色飞临的钟楼,看成群的燕子在飞檐上快活地盘旋。等到保护钟楼的人在上面装了网罩,燕子就不来了。钟楼,成了只有人和排着尾气的车辆可以接近的文物。

我想,失去燕子灵动的飞临,钟楼就只是一座古老的建筑了。

燕子能持久地盘旋在父亲的心里,是基于他一生的行为方式,就是爱护每一种动植物,比如一只野兽、一头牲口、一棵树木。用今天世界上流行、尊重和倡导的理念来看,他就是一个无意识又自觉的环保主义者。在父亲心目中,燕子穿越冬天的混沌之气一定要赶着时间飞回来,它能带来漫天雨水,带来春暖花开,带来万物生育。他固执地认为燕子是马坊的一种福鸟,它的福气,就在它背羽上那一抹泛着灰蓝的黑色里。

懂得父亲的燕子,就在我们家的房梁上垒了一个很大的窝。

据村上的先生讲,燕子很会辨识人家。它能放心垒窝的一定是安泰之家、亮堂之家、清净之家,它绝不会接近火暴之人、懒惰之人、浊气之人。说白了,每一只有灵性的燕子都想找一个马坊的好人家。

　　父亲为燕子做的事情,就是把冬天为了防寒塞在房檐上马眼里的干草掏净,先给燕子把进出的路敞开。房檐上的马眼,就是檐檩、檩椽和蒲子之间的空隙,是风吹进屋子里的路,也是燕子飞进屋子里的路。我家房檐上的马眼,秋天塞得最晚,春天掏得最早,就是为了那对厮守的燕子。而村里的好多人家,从房子盖好后,那塞着的马眼就再也没掏过。记得有一年,早上父亲刚掏净了马眼,还在院子里打扫那些被烟火熏了一冬的干草,母亲就在屋子里听到了燕子的叫声。父亲急忙走进屋子,抬头看着房梁,既喜悦,也自责,说自己觉得天气太冷,晚了几天掏马眼,就把燕子忘了。

　　为了迎接燕子父亲做的另一件事情,就是带上我和姐姐,到庄背后的麦地里挖一上午虫子,再取上一些新泥带回家里。他又沿着梯子爬到房梁上,把虫子和新泥小心地放到燕子窝里。我后来想,这是一生很少讲究生活乐趣、活得实在的父亲做的最不像他性情的一件事。母亲数落着父亲,说燕子会捉虫子也会衔泥巴。

　　替燕子把这些事情做完,父亲就彻底下到地里干活儿去了。

　　从此,在一年中被称为农忙的日子里,父亲每天和燕子一起醒来。出门后,父亲去了自家的田地里,忙着伺候庄稼。燕子不认识地,只认识窝,它们在马坊的大片田野上不受约束地捉虫子,然后哺育雏燕。

　　父亲相信,每年的这个时候,只要燕子回来了,就预示一年平安。因此,每年等燕子回家就成了父亲的一件大事。我们家与山成家因一个园子突然发生的纷争,就发生在我家房梁上的燕子没有飞回来的那一年。燕子没有回来,父亲有些不高兴,但他绝对没有想到,那么大的事件会落在他一个埋头种地从没有得罪过邻家的人的头上。

　　等到父亲去世后,我也到了城里。家里那扇从没上过漆的门,也被一把黄铜锁子锁在寂静里。

没有了人烟，我以为一切应该从这间屋子里离去的东西都离去了，包括那些燕子。事实是我想错了。有一年夏天，我回到村上，打开院门，院子里很寂静，只有父亲栽下的那棵槐树，它巨大的浓荫像在怀念远走的主人。等我打开屋门，一阵燕子的叫声让我跌坐在门槛上。我愧疚，我不如一只燕子，燕子至今还守候着旧有的物事。我也幻想父亲没有走远，他为陪伴这些燕子还留在他的老屋里呢。

后来，一个懒惰的堂兄在屋子里住了几年。他搬走后我回去过，打开家门却再也没有燕子了。我后来知道，他在村上犯了一件很辱没祖先的事，这样的人，怎么能守住富有灵性的燕子呢。

父亲像亲人一样每年要迎接回来的燕子，就此从我家消失了。

或许，它跟随孤独的父亲，穿越到年代更久远的马坊去了。

我从此改口，呼叫它的古名：玄鸟。

五

　　我在一年清明节读到张承志的《清洁的精神》,怦然心动。

　　他站在上古贤人许由的墓前发出自己的感叹:"所谓古代,就是洁与耻尚没有沦灭的时代。""那是神话般的,唯洁为首的年代。""洁,几乎是处在极致,超越界限,不近人情。"

　　这是向"清洁的精神"致意。我也由此感叹古人的正大,能把祭记祖先的日子选在大自然最为清洁、明亮的节气里。也就是说,这时的我们,就像天地万物一样,已经除去了身上的腐朽、隐晦,带着一身的清明之气走近清明的祖先。还有那些围绕在清明前后的节日,如寒食节、上巳节,一听到这些节日的名字,就感觉有一股清洁之风吹拂着我们仰望祖先的脸面。

　　我想,我要是能站在父亲的墓前读这样的文字多好。

今年清明，我带着五岁的孙女乐乐回到马坊为父母扫墓。

我带着两束菊花。这个时候的马坊能开花的植物还很少，更不用说菊花了。母亲的一生，我觉得用"清淡如菊"来形容她是再好不过了。这个被古人用得更显高洁的词，用在母亲身上，她也是配得上的。因此，我要从古人那里把这个词借用过来，作为对母亲的一个特殊祭语，让它长留在我的思念里。

那天阳光很好。没有了纷纷细雨，路上的行人也从欲断魂的诗句里走出来，有了一丝喜悦的感觉，因为他们看到自己的祖先不再像几十年前那样，寂寞孤独地躺在一片穷山恶水里。他们一生的挣扎，能换来的也就是一堆光秃秃的黄土，极少有树木的陪伴，更立不起一块墓碑，即使立起也有被随时铲掉的危险。如今，在村北的墓地里，我们村上走了的人，不分男女老幼、尊贵卑贱，都躺在被麦田围起来的一块土地里。他们的坟头上被大片的迎春花覆盖着，高大的石碑也为他们清贫的身世换来了一些人间的尊严。

我不禁感慨：我能活着回来，甚至还带着十分可爱的小孙女来给孤苦了一生的父母上坟，应该是上天在思索了数十年之后，为我不该遭受的命运安排的一次善意的弥补。

知道我经历的人，都不在我面前忆旧。

在他们对我充满同情的心里，我是死过一次的人。

我曾在《马坊书》里，试图用一把文字的刻刀，在这些埋藏着死亡的伤疤上划开一些口子，看我重生后的身体有没有忍受得住这些疼痛的能量。我很有节制地从我的伤疤里，在不伤害邻里和乡亲们的前提下，回放出一些当年的往事。令我欣慰的是，在重新体味这些往事的过程中，那些累积在心中的怨恨也在疼痛中慢慢稀释，不再积重难返。我浑身有了一种卸下重负变得轻松的感觉。

　　我的文字，或许是我灵魂的救赎之药。

　　这种救赎灵魂之药，只有马坊能够给予我。

　　就在我牵着孙女捧着菊花的小手，跪在父亲坟前的那一刻时，我想到，生死这么大的事，居然在我身上也走了一遍。那是二十世纪八十年代，自从父亲在那个寒冷的冬天寂寞地离开我们后，我们家的死亡之门就像被一生善良的他突然打开。不久后二姐带病离去，接着是母亲突然下世，直至一年的麦收之后，我和四岁的女儿在马坊沟遭遇车祸中，用两副死里逃生的躯体最终堵住了那扇通往灾难的命门。

　　特别是母亲的去世，死亡之神没有给出一点征兆。

　　仅仅在一天之内，她就被死神从我身边抢走了。

　　那天特别寒冷。我刚参加工作不久，住在县文化馆的一座二层小楼上。早起的母亲为我做好了最后一顿饭，洗了自己的头，又洗了自己的脚，看着我吃完早饭，才说她身体不舒服，让我送她到县医院。我那时没有想到，一生节俭的母亲，只挂完了两瓶吊针，也只占用了我一天的时间，就安安静静地走了。在我还没有反应过来，不知道应该为她放声大哭的时候，她被疾病纠缠了多年的生命，就安详地停止在她瘦小的身体里。

　　苍天有眼。那天夜里，漫天大雪。

　　一生清洁的母亲走得干干净净。多年以后，想起母亲去世的情景，我也说不清，那天夜里是大雪带领着她，还是她带领着大雪，从我身边漫卷一场大风，然后悄然走了。这一切，都像带有灵性一样，至今抚慰着我心里那块最坚硬也最疼痛的部分。

　　此刻，跪在父亲的坟前，我愿意这样猜想，那是饱受灾祸的父亲不想把他那些最善良的亲人留在这里了。他在这个村子里一世不与人争高低，只知道用他身上的力气种着一块属于他的土地。把他的亲人丢在马坊，他不放心，他要带走她们。而上天与他签订了合约，不能一次带走，只能一年带走一个。

这对活着的我们来说是一年一次的刀剐之痛。

他没有带走我。我是他留在这个世上的一份念想,有一天他真的魂游回来了,好歹还有个附着物。当然,我留在这个世上还有一个重要的使命,就是抚养我四岁的女儿。

生命的传承就像野火烧不尽的草木,一遇到风吹,又在大地上葱茏起来。

这不,劫难度尽之后,我,我的孩子,我们一家像草木一般,被时间的利刃带着温情修剪,生长得葱葱郁郁。

就在我跪在父亲坟前的这会儿,我的孙女乐乐在祖爷的坟头上采摘了一把开得金灿灿的迎春花。我有些喜悦,父亲坟头上的这些花朵不再寂寞了,终于有人来采摘它们了。此前的很多年里,每到清明,我们来到父亲的坟前,压了纸钱后,只会注视一会儿那些花朵,没人有心思去采摘一些带回城里。

乐乐采摘了。我想父亲的魂,应该可以跟着这些花朵回到我们身边了。

在母亲的坟上,我多压了几把黄土。

我知道,母亲活着时每天身体都会隐隐作痛。我想这些黄土能带上我的祈祷消除母亲身上的那些疼痛。我想黄土是有些魔力的,能满足我的愿望。

为此,我在他们坟前跪下的那一刻,也是在向黄土跪拜。

在回西安的路上,我把车子开得很慢。我想在太阳沿着钟楼的飞檐落下去的时候进到城里。我想让跟着我们的父母能看见一个灯火中的城市。

因为灯火,是穿给这座城市的一件霓裳。

这样的夜晚，是父母在马坊活了一世都没有见过的夜晚。

很多年前，我读过诗人闻频的组诗《泡桐花开》。

那是生长在黄河古道上的泡桐。可以想见，寂寞了一冬的黄河古道上，那些立在大风之中萧瑟了一冬的泡桐，突然在没有一片叶子的枝杈上一嘟噜一嘟噜地开满了花朵，那是怎样一种壮观景象。况且，这些黄河古道上的泡桐都挺着巨大的树冠，占满了山坡、地头、屋院，甚至在一些年代久远的坟头上，也长有参天的泡桐，常年守候着那些躺在地下的故人。

我感到惊奇，这位生长在中原大地、奔波在黄土高原、归于长安城里的诗人，不但没有忘怀这些开在家乡的花朵，更以诗人独有的感觉写出了这些花朵开出的一种精神。

那是黄河养育的精神，更是诗人追寻的精神。

很多年前，一群省水保局的专家在我们的邻村郭门驻村。他们在村里干了两件大事。一件事是在村北的沟里打了一座拦水坝，让这个自古干旱的北方山村开天辟地种上了水浇地。多年过后，那些安在水坝上的抽水机被当成一堆废铁卖了。那些用水泥打得井田似的水渠也遗迹一样地荒废在一些人家的地头上。但水坝里的水依然碧波荡漾，从西安来的城里人将这里租下，养殖起了鸡鸭。另一件事是从河南引进了泡桐，在村里的所有道路上笔直地栽了两排。头些年那些泡桐疯长，直往天上蹿，煞是好看，成了一个县里参观学习的点。长着长着，可能是水土不服，这些树就出现了变化。很多枯了的枝干擎在树顶，像被大火烧过似的。再后来，多数就被砍掉了，只在村口通往水坝的路上还留下一些，像在顽强地记载这段事实。

我要写的不是泡桐，而是自古生长在马坊的一种桐树，也被叫作土桐。

　　父亲一生酷爱桐树。我家的房前屋后,他栽得最多的树就是桐树。等我懂事后,我家的院子和门前已经长着好多棵粗大的桐树了。我那时就知道,这些父亲用了几十年的时光精心伺候的桐树,一定能在饥馑的年月里帮助我们一家人渡过难关。后来父亲挖掉了大部分长成材料的桐树,用镰刀刮掉树皮,在房檐下放了两年。等木质里的水分被全部晒干后,他叫来他的木匠舅父,用墨斗里拉出来的细线在树身上弹出一道道直线。接下来,父亲和他的舅父按着墨线的印子,没明没黑地拉着大锯,直到把这些桐树拆解成一堆棺材板、箱柜板。这些木板还要晾晒一些时日,然后合成原树的样子,用铁丝或草绳捆住,再用泥巴把两头封上。这些工作完成之后,这些上好的木板就在我家寂静地等候派上用场的一天。

　　大锯响起的那些天里,我家的院子里一地白花花的木屑、一地白花花的木板。走过门口的人,都能闻到树心散发出的清香味。我放学后还没顾上放下书包,就爬到那些最宽的木板上数着木头里的年轮,判断这棵树跟随我们一家人在这个院子里长了多少年。

　　后来,真的日子过紧了,父亲也卖掉几块棺材板。

　　我上学要缴学费了,父亲也卖掉几块箱柜板。

　　等到棺材板卖得只能打两口棺材了,父亲说啥都不卖了,因为他懂得桐木木质细腻,极有韧性,是生命走到终了最好的伴物。用母亲的话说,死了躺在桐木棺材里,身子上不会沉重,极言桐木之轻。这对身体疼痛了一辈子的母亲来说是一种很好的安慰。

　　父亲一生的奢侈,就是忍受着时世的艰辛,给他和母亲,留了能做两副很好的桐木棺材的木板。几十年后,在我摇摇晃晃地步入而立之年还需要有人不时操心的时候,他们就背着那副桐木打造的棺材,先后下到村北的墓地里去了。

那些年,我感觉一村的桐树都因父亲的去世而死去了。每棵桐树身上都长有一颗树魂。

记得那时兴起"上山下乡",我们村来了一群西安的知青。这些城里长大的孩子一眼就看上了我们村的两样东西,一是每家家养的土鸡,一是做箱子的桐木板。有一天下着细雨,一个叫赵光明的男知青领着长得很漂亮、据说正和他谈恋爱的女知青李莉,从我家买走了好多能做箱柜的桐木板。看着那么多的桐木板也就卖了十几块钱,我懂得了什么叫心疼。

从此,我懂得了,在马坊当农民,是世上最让人心疼的事。

后来,我懂得了为什么只要一想起父亲,心就会疼痛那么一下。

等我想起来可以在桐树的身边立一块木牌,写上"父亲手植桐树"几个大字时,父亲栽下的那些桐树已经被漫长的清贫日子一棵不剩地蚕食光了。那些桐树也只能作为一些可怜的影子活在我的记忆里了。

这些年,我愈发想念桐树开出的粉色花朵。

马坊的桐树,虽然不像诗人闻频写的泡桐,生长在黄河古道上,背景是一条在人类史前就流淌着的汤汤大河,但它拥有地球上一块最深厚的黄土。也因了黄土的深厚,它开在枝头的花朵粉红耀眼,但不妖娆。在它开花的日子,我们家的院子里每天都是鲜花铺地。纷繁的花朵像一群安静的鸟儿,停歇在枝头上,只要一阵微风吹来,就有无数鸟羽轻盈地落在地上。

男孩向桐花里吹满气,然后拍出响声。

女孩从桐花里抽出花蕊,当耳环戴上。

现在回想起来,那么繁盛的桐花,随着一阵微风一会儿落下一片,它们在与泥土融合的一刹那,不是那么响,但总有一些细微的声音。或许是花朵触疼泥土的声音,或许是泥土碰疼花朵的声音,我们只要听见了,就是一种乡愁的声音。

可惜这些声音,已经被时间隔得那么久远,有些失真了。

我很想在桐树开花的日子里,一个人静静地回到马坊去。

村上这位名字叫永寿的人会在清明前下世,我没有想到。

以他的身体状态,这条强悍的生命应该还能在马坊多活几年,多陪伴这些在大地上比人活得还寂寞的草木一些时日。如今村子里家家房屋盖得阔绰,人气却不旺,或许还是需要见多识广的他守在这些断续的烟火里,帮助留守在村上的遗老遗少传递出些许人间生气。

我这样想,是因为他在我一直叙述着的马坊,是一个不能被忽略的人物。

今年在给父亲上完坟后,我便径直奔向他家,来到灵堂前,打破村上按辈分的礼仪,长跪下去祭奠他。那一刻,我每年清明都被凄苦笼罩着的心感到一丝慰藉。今年的清明,我与马坊两个我以为最有血性的男人在同时产生了交集。

我如果长有天眼,应该能看到,他们的亡魂在时隔几十年后走到了一起。

我这些年对永寿的惦记,来自父亲当年的一句话。父亲说:"永寿娃是村上的一个男人。"

永寿家是弟兄三个,老大叫川娃,老二叫全娃,按照这个叫法,村里人就叫他永寿娃。就是活到八十多岁,他真正活出了他名字的意思后,村上人叫他还是一定要加上那个"娃"字。或许,时间已把这个寓意青春年少的字打磨成村里人对高大的他的一种尊称了。

一生只知道埋头种地的父亲,在村上很少说过谁的好坏。在他眼里,天就是天,地就是地,庄稼就是庄稼,多大的人倒头都是一堆黄土。他能看在眼里的男人,就是为了一家大小,种地不惜力气,遇事不打退缩,一生走在村上干板硬气的人。

父亲看中永寿的正是这些种地人身上的品行。

永寿是我的同学建生的父亲。在我的记忆中，每年开春，他就从村上消失了，直到天气大冷，地里没什么活儿可干了，他才会出现在村上。

他是去后山包种村上的山庄。

我们村上人多地少，过去很多人用祖辈积攒下的银两，沿着高岭山、槐疙瘩山的后边，从山里人手中买了很多土地，二十世纪四五十年代，这些土地成了村上的山庄，队上便让一些有力气的人包种。

为了养活一家人，永寿不当工人了，从铜川回到村上包起了山庄。

很多年里，村上人在开春时看见永寿用牛拉着装满粮食、锅灶和衣被的架子车，领着婆娘和孩子从碾子坡上出村时，都感叹他有力气也舍得花，能去山里吃那么大的苦。而到了秋后，看见他隔几天便从山里拉回来满架子车的粮食、土豆、萝卜、白菜，村里人无不羡慕，都说三保官老汉要了一个能顶大梁的儿子。

那个时候，粮食在村人的眼里，就是金子，就是生命，就是尊严。

永寿用一个人的力气为自己挣回了这些，他在村里也就有了自己的形象。

我在村上时，跟着书记耿天存、民兵营长狗牛在村上的山庄走过一遍。记得那些山庄有黄家洼、商家沟、车家村、赵家仡佬等，大大小小几十个，都是悬在很陡的山梁上，人在靠近水的地方挖孔窑洞，盘上土炕和灶台，安上篱笆门，就算一个家。为了在交完公粮和购粮之外能多剩一点粮食，山庄周围的荒地都被开垦了。我是在黄家洼的山庄见到永寿的。他正光着膀子，在开垦一块荒坡地，锄头在石头上不时碰出响声和火星。我那时就发现，这人不光身上力气巨大，心里好像也憋着一股气，没有地方发，只能整年整月钻在山里，一个人开荒种地。再后来，我发现他在大热天爱穿一件白衬衫。当年是土布没领的,后来是洋布带领的,再后来就是洁白的料子衬衫。到了晚年,他的衬衫穿得更讲究,哪怕上边的汗渍洗不干净,但领口和袖口的纽扣一定要整齐地扣上。前几年,读到女作家梁鸿的小说《梁光正的光》,看她一再写到她父亲的那件白衬衫,我才恍然大悟,这个由城里回到乡下当了农民的人,尽管地种得很出色,但他心里的那些土地以外的东西,一直没有死去。这在他的晚年表现得很直接:他不认识几个字,却把它们组织成自己的名言,用毛笔写成书法挂在屋子的墙上。

有一次我回到村上,他把平时写的东西拿出来让我看。我一时语塞,不知道该怎么理解和评判他的精神世界。

村上人有口皆碑,都说永寿是个有毒劲的人。

这些话的人,一定没忘他家那院庄子是怎么打出来的。

打一院地窑庄子,这在马坊是一件大事。要打庄子的人家得备好粮食,请匠人和帮工花数十天时间把地庭、窑洞和坡道打出来,放上一年半载,再安门、盘炕、泥灶,直到人住进去。一个可以光耀门庭的庄子,从此可以在天地之间盘踞近百年,见证几代人在这里喜怒哀乐、传宗接代。

永寿在村上创了个奇迹。他没请匠人,也没请帮工,带上他的几个没成年的孩子,自己打桩放线,自己挖出院庭。他在院庭一角安上往上吊土的辘轳,一有时间,就在村南向西的胡同边打那处八卦地窑庄子。我记得,那时一到冬天,一个村子都陷在寒冷带来的寂静里,只有他家打窑的辘轳声昼夜响着。

为了打发乏味的日子,我们这些孩子也会去那里挖上一阵土。

他们家搬进新窑洞以后,在村上劳动的我不时过去,和建生坐在敞亮的窑洞里,说着我们的未来。

听说,我和建生都上学进城后,他母亲得了重病,在床上卧了好多年,是他父亲一手伺候的。我心想,这个男人一生要经历多少重负烦乱才算到头呢? 好在他晚年还是享了建生的福。

清明过后的一个月,我和建生回了一趟老家。我们开着车子,从槐花飘香的页梁上由西向东,一路走走停停。我们不是来观赏槐花的,是想看一看建生和他的父亲当年包山庄的地方现在究竟是个什么样子。我们都有着强烈的期待,但大自然好像有意要隐去一切,不让我们回到那个年月里去。遍地都是草木,我们不仅下不到沟里,就是想拨开路边的草丛从远处看看那些山庄的遗存都很困难。看到建生心中的不舍,我只能安慰他,不是田园荒芜了,是山水回归了它的本来面目。一个与这里的荒坡打了几十年交道的人,如果有灵一定会回到这里,他看到满眼的绿色之后,不仅会高兴,也知道会怎么享用。

听着建生一路讲述,我从他苦不堪言的回忆里,反倒认为他的父亲那些年应该活得很超脱。虽然身体受苦了,但灵魂是自由的。不像我的父亲,在村上被批斗了好多年,像身处人间闹剧里,被丑角们戏弄折磨。或许,我父亲遭难的时候,永寿正从他开垦出的土地里刨出了一大堆土豆。

村上的两个男人在相同的年月里遭受了不同的命运。他们一个身处寂静的山里,一个身处热闹的山外。

在建生的指点下,我看见了村人说过的棒槌梁。蜿蜒在群山万壑之中,它显得更加峥嵘、苍翠,被周围的山水簇拥着,有着自己的精神。我更加敬仰我们的祖先,他们能在这么拥挤的山水里发现这道神奇的山梁,还起了一个这么形象的名字。

离开人世的永寿,或许能借助神鬼的力量举起这座棒槌一样的山梁,为我们一路的寻找轻轻地敲击一下。

这是他的山庄,这山庄是有回声的。

清明这几天,人们不只是忙着祭祀祖先。在祭祀祖先之前,马坊人还记着一个走过山河大地、恩泽八荒四野的更久远的祖先,那就是黄帝。父亲这样描述黄帝:脸大,耳垂,走路踩过的石头上,能留下很深的脚印。后来我上学读书了,发现父亲说的和课本上的黄帝画像一样。及至成年后穿过渭北山地,进入黄土高原,在桥山黄帝陵上看到那块被黄帝踩过的巨石,我激动得用双手抚摸了很久。

每年的这个时候,父亲都会坐在房檐下,准备着农忙的事。

他每收拾好一件农具,都会告诉我们:这是黄帝发明的。

我也看得出,父亲对农事的敬重,不只是为了养活我们。在他的意识里,他手握的劳动工具、他种下的所有庄稼,都与黄帝有关。在我的很多诗句里,只要出现某种粮食的意象,我都会情不自禁地说"这是神圣的粮食"。而在父亲那里,面对遍地庄稼,他只会默默地在心里念叨着黄帝。他以为,大地上的一切,都是黄帝赐予的。

父亲炽热又冷冽的心里,是住着一位神的。每年的这个时刻,他虽然叫不出上巳节这个名字,却记着三月三这个日子。这一天,他会起得特别早,把家里的小炕桌搬到院子里,往桐木做的盛子和麦秆编的蒲篮里装上家里还没吃完的五谷杂粮。紧挨炕桌的两边摆上所有收拾好的农具后,太阳正在东边的五峰山上冒花儿。

院子里的一只公鸡,站在土坎上,这时也大叫了一声。

那个时候的父亲,手里没有黄帝的画像,也不会用木头刻或用泥土塑一个黄帝,在他心里,五谷就是黄帝,农具就是黄帝。

在我们生活的这块土地的土壤层里,早期人类祭祀活动的遗迹被一层叠加着一层地掩埋着。我在村上的时候,一群小孩在地里挖草,用小铁铲挖着挖着,就有一些用来祭祀的骨器、石器、铁器在我们眼底下显现。我们那时太小,不懂得这些东西,就当玩具一样玩,玩腻味了,便随手丢在原地。我们村东的张家庙，最近也是唐代建造的，庙没有了，但数米深的灰土里有不少陶罐瓦片，村里人在上边耕种了千年之久，也没有捡拾净。

我的父母在地里劳动时，如果看见一条蛇，不但不会打，还要跪下祈祷，让蛇沿着蛇路安静地走开。有时从远处刮来一阵旋风，他们也要停下作揖。他们信奉的，就是自然万物，就是给了我们生命的人类的远祖。

马坊人对生命的崇拜，具体到身体的每一个器官，每一个都不敢侮辱。我记着小时候，只要掉了一颗乳牙，父亲一定当着我们的面把它扔到房顶上去，让阳光、雨水在时间里消磨这些从我们身体上掉下来的东西。而他自己成年以后的牙齿，每掉一颗，他都收捡在一个木匣子里，嘱咐我们在他去世后一定要放在棺材里。

生命要浑全，肉体先要浑全。这就是父辈以上的马坊人，对生命朴素的理解和崇拜。

村上更多的人，到了三月三这一天，会下到村南的沟里，去河里洗一洗。

那是三岔河的一支，源头就在马坊西北的卢家岭，流到我们村上时，水流不大，却很清洁。在去营里的沟底，由于巨石交错，形成了一片水面，村上人叫它响石潭。那些年，村上的男女老幼为了消除身上的病灾，没有人没在那里洗过自己的脸面和手脚。身体多病的母亲，不仅在这天跟着很多人下到沟里洗一洗头，就是平常翻沟去看远嫁在滚村的大女儿的时候，她也会去河里洗一洗。

很长一段时间里我都想不明白，马坊人生活贫穷，肚里没有文墨，却懂得这么多的事。我从地理角度查找，知道远在汉代这里就属甘泉宫一带，早在唐代这里就屯兵牧马。皇上一定曾经踏足过这片土地，否则，周围这些在今天看来并不起眼的村子，怎么有叫等驾坡的，也有叫起驾坡的,还有叫御驾官的?时间早已湮灭了它们的辉煌,但那些礼仪却像血脉一样流传了下来。

再从人文方面溯源,我知道我们村东边的上来家是唐代右领大将军来曜的故里,其子来瑱封颍国公,代宗时拜兵部尚书;我们村北边的龙头沟,埋有唐国公长孙无忌的衣冠冢;我们村西南的翟家山,埋有唐七尉坟,被村里人念走音了,都叫七女坟,以为那里埋着七个女人。还有我们这里出的耿姓名人,被载进老县志里的,有拔贡耿百龄,恩贡耿大典、耿昌龄……

我也在永寿老县志上读到了贡生耿大典的诗《绘图后题》:"荒陬地接白云乡,最爱清泉水利长。续绘三图成古迹,山川毓秀著瑶光。"我一时判断不出他画的是永寿的哪三处古迹,但用这首诗解读马坊的山水,也是可以的。

现在的马坊,没几个人过上巳节了,它早已湮灭在清明的香火里。但走到水边洗头、以水去病的风俗,在少数年长者身上,还能看得到。

我的印象里,马坊人距离黄帝好像很近。

近到黄帝好像也是在马坊诞生的。

有位作家说过,雨使人观察事物有了一个伤心的捷径。

我以为,雨是通着人性的。每年到了清明前后,再干旱的地方,也会落下一些雨水,以陪伴劳累在大地上的人们,还有那些在地下的寂寞的亲人。我在马坊的时候,经常是在雨天来到亲人们的坟上祭扫,有些年份还会踏着一地白雪。

雨雪纷纷,是清明留给马坊的模样。

后来喜欢上阅读古人的碑帖,我惊喜地发现,大书法家颜真卿早在唐代就提毫蘸墨,恣意挥洒,写下一纸《寒食帖》。我不知道他记下的那个唐代寒食节是否有雨，但天气一定不好，因为颜真卿提笔便问："天气殊未佳，汝定成行否？"而到了宋代，公元 1082 年的那个寒食节，一定有雨，因为大诗人苏东坡在黄州也写下了一卷《寒食帖》。那是九百多年前的一个寒食节，下了一场很久的雨。那场雨也因苏东坡的《寒食帖》被永久地写进了历史。

我在这里想到雨，不是有意要唤回一些什么，况且这场落在宋代的雨，与马坊不只距离遥远，也没有一点牵连。我只是想到了，寒食这样的节日不仅深刻地占据着文人们的心灵，在老百姓的日子里也留下了它的痕迹。

马坊人对寒食节有着自己的记忆。

我们不说过寒食，而是叫躲寒食。那些日子，熬了一冬的人家，除了一把等到春暖花开要种到地里的种子，粮食已经所剩无几了。因此，寒食这一天对于我们，不是禁不禁火的问题，也不是吃不吃冷食的问题，而是有多少人家断了一年烟火的问题。

每年寒食节的前一天，母亲都要在家里搜罗一些粮食，煮熟，好让我们在家家都不生火做饭的那一天，能有少量食物充饥。我对母亲感到佩服，就是再困难的年月里她都能省出一些粮食，在关键的节点上给贫穷惯了的我们带来一些惊喜。

有一年寒食节，父亲背上褡裢去了后山。这在我们家几十年的日子里还是少有的事情。由于母亲的操持，日子虽然过得清贫一些，但不至于无米下锅。而这一年，由于上年的持续干旱，粮食确实成了问题。她怕这年的春荒度不过去，就催父亲去后山借一点粮食回来。我能想象，父亲背上褡裢，走出村子的那一刻，他想得最多的，不一定是饥饿，而是被饥饿裹挟的一个种地人一生的尊严。

过了两天，天晴了，父亲也从后山回来了。

我放学回到家里，看见铺在院子里的炕席上晒着一些麦子，高兴得手舞足蹈。现在想起来，我似乎还能看见那些麦子在我家院子里闪闪发光，以至于后来不管在什么样的书里，只要遇到"麦子"一词，我都会心动一下，有时是疼痛，有时是喜悦。在《马坊书》里，我多次写到麦子，而且总爱用"红丁丁的麦粒"去描述这些我以为人间至贵的粮食。

今年清明前，我有意翻出苏东坡的《寒食帖》，想再读读。

尽管那几日无云无雨，天气晴朗，但读到"小屋如渔舟，蒙蒙水云里。空庖煮寒菜，破灶烧湿苇。那知是寒食，但见乌衔纸。君门深九重，坟墓在万里。也拟哭穷途，死灰吹不起"这首诗，好像每一个字都席卷着来自宋代的那场雨，落在我的脸上、身上以及心上。

我在这样的冷雨中打了个寒战。

我这样叮嘱自己：苏东坡的祖坟在万里以外，他只能怅然若失地想念；而埋着父母的坟墓就在百里之外的马坊，我必须回去。

我停下手中的写作，准备着回马坊的事。

六

人间下过一场谷子雨,在仓颉造出文字的那一夜。

传说那一夜的黄河流域被一场很大的谷子雨覆盖。天明了,人们看到满眼金色的谷子河水一样涌流在脚下的大地上,便把春天的最后一个节气唤作谷雨。

我不知道那时的马坊有无人烟,但黄河流域的那场谷子雨,也应该下到了它的土地上,因为它的旁边,是在黄土高坡上自古奔流着,融入渭河之后一起进入黄河的泾河。那场谷子雨,或许在马坊荒无人烟的时候,就为这里带来了五谷之种。我们的祖先,也就是一路赶着那场谷子雨最早来到马坊的人。此后,这里的天空,再也没有下过一场谷子雨。这些黄灿灿地长在田野里、堆在场院里、装在谷仓里的谷子,都是庄稼人从谷雨这天开始,带着一身的汗水,在泥土里耕种的收获。

传说中谷子雨下成瓢泼大雨的时候那些鬼神夜哭的声音,我在几十年前的马坊却凄厉地听到了。

树木是有魂的,一旦失去了,飞鸟便不会飞来。

那一年的谷雨,带着一些不祥的征兆,仓皇地来到马坊。感觉出一些异样的人,说今年清明节的鬼气没有被彻底送走,还在村子里弥漫着。有些小心的人家,天还没有黑下来就早早地关上了大门。

我那时还小,不懂得这些,在村上一直玩到天很黑。

一天早上,从门外回来的母亲说,园子里的那棵桑树死了。

这怎么可能呢?已经长成大姑娘的三姐,还在等着采摘新生的桑叶,喂养她的春蚕,纺织更多的丝线——她想跟母亲学习绣花。我也和朝鲜、抗战他们说好了,等桑葚成熟了,我们一起上树,看谁采摘得多;摘完了我们就坐在树下,一边吃桑葚,一边等花蒲扇鸟飞来。

在马坊,有桑树的地方,就有花蒲扇鸟的身影。

正在院子里收拾农具的父亲,听了母亲的话,坐在那里没有动弹。

很多年以后,经历了因我家的园子而起的大风波,把村上的事彻底看穿了的父亲语气平静地告诉我,当听到母亲说出桑树死了那句话时,他就想到村上今年肯定要出事,或许还与我家的园子有关。

这棵桑树,是他在村南的沟里砍柴时突然发现的,而且是单独的一棵。他以为这棵桑树是在那里等着他,就小心地将它挖了回来,栽在园子靠东边的墙根下。第一年它就结满了桑葚,让我们家的园子有了不一样的生气。桑树活了这么些年,没有干枯,却在谷雨节气里突然死了。

那年,一村人听到了布谷鸟的叫声,就是没有看见花蒲扇鸟的身影。

父亲领着我们,把死在园子里的桑树连枝带根收拾了回来,放在院子里一块最干净的地方,没有当柴火烧掉。多年后,我们家的庄子整体向后挪移时,才记起那堆死了的桑树。它已经被时间压得很瓷实,表面因受潮起了一层灰白色的霉菌。我们很小心地搬开柴火,这堆尸体一样躺在地上的桑树并没有腐朽,一切如初,还散发着桑木特有的气味。因为受到惊动，一对花蒲扇鸟从空隙处飞了出来。

我也从此懂得，一种鸟对一种树木的依恋，那才叫至死不渝。

我想起，父亲领着我们收拾这棵死了的桑树时，那份严肃，真像在为村上死了的一个人准备着丧事一样。他不准我们在这棵桑树身上动一下刀斧。我们谨记父亲的叮咛，用手折下所有的树枝。桑树的身子，是我们合力从根部摇断，然后抬着回到家里的。整个过程，真像父亲领着我们在为一棵树木送葬。

这样的场景，在早年的乡村，是真实存在过的。

因为那个时候，敬畏自然，才是人们普遍的信仰。

此后的日子里，每当天黑了，父亲都要在门口的石窝上坐一阵子，吃着烟，看着死了桑树的园子。他为它担心，担心它会在自己眼前突然消失了。

这个园子，是他将积攒了多年的粮食兑换成银两，从别人手上买来的。它的西边是团儿家的园子，它的西南是旺旺家的园子，它的南边是山成家的园子。四家人的园子坐落在西村的前边，后边是十几户人家出村上地时经过的东巷道和西巷道。西巷道面向东，住满了人家，显得很宽展。东巷道紧邻宽宽家南北走向的庄子，只留出马车宽的地方，可以走人走水。

我的记忆中，住在西巷道的旺旺家院子的南边就是一片很大的园子，那里有杏树，有李树，有菜蔬，他也就没心照看这个园子，栽了几棵树，交给日月，任其生长。团儿家的园子是和堂弟家共有的，也都各自栽了些树，年深月久，成了他们几家大户人家的男人早上起来方便的地方。山成家的园子是和他的侄子德民家共有的，里面有几棵核桃树和花椒树，也是长得不死不活。

真正称得上园子，被伺候得花红柳绿的，还是我家的园子。

有一天晚上，父亲坐在石窝准备吃烟时，看见宽宽家后边的墙根下突然闪了几下火星，他以为是鬼火，以为自己在这么黑的夜里真的遇上鬼了。

父亲一生胆子很大。他听村上人说过鬼，但没有遇见过鬼，也不知道害怕鬼。

一年夏天，他走过乾陵，到乾县一带当麦客。他背着褡裢，提着镰刀，跟着一路黄过来的麦子，往回割到了永寿地界。他想家了，割完最后一垄麦子，太阳已经下山。和主家结完账后，他朝着马坊的方向，一个人上路了。走上封侯岭，翻过封侯沟，过了师家堰，来到营里村，一个木柜一样的东西放在路边，已经走到跟前的父亲来不及躲闪，用手摸了摸头发，上前一看，是一口棺材。后来他才知道这是村子里的一个男人，几天前被人打死了。这个人在乡村人的眼里是死在外边的飻死鬼，尸首不能进村子，只能放在村边的野地里，等着下葬。

父亲想这人一定死得可怜，也没人守丧，便在棺材顶上敲了几下，算是一个安慰，又继续走他的路。

我能想象，割了几十天麦子的父亲，一定蓬头垢面，那满脸的大胡子飘拂在衣襟前，就是真遇见什么鬼，也会让父亲吓回去。

父亲提起这件事时，我还在村里读小学。

那天晚上，父亲朝着墙角的火星走过去，一个人突然开口了。一听声音，是住在前边的山成，他说他睡不着，就蹲在这里吃一会儿烟。

后来，父亲明白了那棵桑树为什么会在谷雨死去。

他感慨那棵不会说话的树，比人还早地预见了人间会发生的一些事。

山成和他的侄子德民住在一个院子里，是有些拥挤。父亲想，这两家人应该挖掉后院的杏树，盖上房。就是没想到，山成觉着他不是长子，在那个拥挤的老宅子里可以占门房,却占不了上房。就是他的给队里饲养牲口的哥哥愿意,他的眼睛长得铜铃一样大,脸色终日铁青的侄子德民也不会愿意。于是他就想到了我家的园子,正好和他家的园子背靠背,前后墙一打,还能占了东巷道。这样,前有大街,后有水井,东有熟邻,西有浓荫,真像古人说的"前朱雀、后玄武、左青龙、右白虎",占尽一村的风水,就是一院"庄子王"。

山成是这么想的,就先买通了大队长彦龙。

过了几天,彦龙就对我父亲说:"七爷,村上要收园子了,赶紧把里边的大小树木挖了,盖房还能用上。"父亲辈分高,在同辈人中排第七,村上多数人见了都要叫一声七爷。彦龙这一声七爷叫得很冷,声音里像飞着一把犀利的刀。父亲后来知道,这是彦龙、俊荣、站娃几个在山成家里商量的,彦龙拍着胸脯,让山成占了我家园子,连上他家园子,打一院村里最好的庄子。

一个农民打一院好庄子,这原本是天经地义的事。问题是山成把这院庄子打了,半个西村的人没路走了,天上下的雨水也流不到村东的大涝池里了。

父亲知道内情后,一直拖着不挖园子里的树。

彦龙一看父亲没有动静,就让民兵营长狗牛背上枪,提着大喇叭,每天在西村喊话。狗牛这个人,没脑子,却会巴结人;不识字,倒能唱句戏。这样的人在乡村,其实是个悲剧角色,每个村子里都有一两个。我在村上的时候说:"狗牛,你背着枪吓了一辈子人。"狗牛脸一红,知道我指的是什么,就说:"小爷,明天到西沟去,我让你打一天枪。"我没有往下接狗牛的话,也从来没摸过他的枪。我去过他家,婆娘和娃挤在一个土炕上,家里脏得下不了脚。后来听说狗牛活的年龄不大,我也有了一些悲悯。

狗牛那几天喊的话,一律被西北风吹走了。

大队长彦龙发火了,叫狗牛背着枪站在旁边,让山成把族里的人都叫上,放线,安板,打墙。父亲和西村的人出来阻挡,他们没有打父亲。一是园子是父亲的,强占理屈;二是知道父亲刚硬,不会屈服。于是德民出手,挑了西村最可怜的弟兄两个,一个叫荣荣,一个叫狗娃,将他俩打得躺在地上。

我至今能记起德民站在墙头吓人的样子。后来,村上一些人家哄孩子,一说打狗娃的德民来了,孩子就不哭了。

只一天的时间,那条先人们按东西南北安排好几个族群各自居住的区域后,给西村的人、牲口、雨水留出的土路,就被山成领人打起的几堵土墙堵死了。

就在父亲和西村的人商量这件事的时候,村上有一个人出来了。

他叫玉德。一个个子很矮小,说话没一点钢口,从不握锄把的人,给西村人说话了:山成这是强占,这样的墙就得放倒。后来的几年里,玉德和西村人走得比较近,暗地里帮着为父亲平反找过人。因此,即使后来村上人对他多有微词,我还是惦记着这个干过不少好事的人。

玉德身上一直有毛病。听说到了老年,他每天挂着双拐,在村上孤独地行走。

当时父亲和西村人还是听了玉德的话。

有一天早上,我放学走进巷口,看见山成家新打的土墙倒在地上。我是从那些倒塌的豁口处翻过来回家的。我不记得我当时的心情,只记得一家人坐在炕上,没有人说话。

父亲中年后的灾难,就从那天开始了。

山成家那堵圈走我家园子的墙,是父亲带人放倒的。

那应该是我们去了学校后,父亲和苏娃、荣荣、狗娃几个西村里的人,提了镢头,赶在一村人大多还关着头门睡大觉的时候放倒的。由于是新打的墙,黄土还没有粘连在一块,用镢头挖,像挖在面瓦瓮里,没费多少力气和时间,就把山成召集族里的人吆喝着打了一天的墙,连根放倒了。

我们放学回来时,看到的是一片土墙的废墟。

发现墙被放倒的时候,山成正披着一件夹袄从西巷道转进来。

村上人说,自从墙打成后,每天早上,他们都能看见山成披着一件夹袄,在那里转上一圈。有人说他心里得意,是在给进出的西村人显摆;也有人说他心里不踏实,担心西村人会给他使坏。

山成心里有鬼,墙打好了,却睡不着觉。

一看墙被人挖了,他披在身上的夹袄就滑落了下来。

他没有顾上捡衣服就从西巷道跑了出去。后来有人说,他不只是跑回去叫人,更是怕这些挖墙的人这时会冲上来,一镢头下去挖在他的身上。父亲后来在村子里最瞧不起的人就是山成,倒不是因为山成想侵占我家园子,而是因为山成在这件事上,后来装得像个瘫软在地上爬行的雌草,没有一点人的骨气。他晚年开玩笑说,这个半个城,遇事还不如他婆娘。我至今不解村上人怎么这样叫他,我们小时候见了山成,都喊半个城。

山成丢下的夹袄被人挂在倒塌了的墙头上,像一块不祥的黑幡。

当我家的风雨终于袭来,已经是冬天了,地里的雪落得很厚。一场比雪更厚的大难落在了父亲身上。后来,上边决定给父亲平反。我那时说不上高兴,只是觉得自己就要从童年的那个黑洞中走出来了。其实不然,从马坊的土地上移出自己的肉身以后,我的灵魂,还在父亲的遭遇带来的余痛里煎熬了很多年。

我真正地从心上放下这件事,也放下这些人,不再记恨什么,是我在至今立在马坊的唐代经幢上读到了"太平马坊"四个字的那一刻。

后来,在村上去了大势的彦龙让天存上了台。

天存是庚子的长子。一村人没想到,这个连话都说不清楚,常年被人当傻子耍的人,居然要了一个顶门杠子一样的儿子。现在,这个儿子不仅顶着他们家的门,也顶着一个村子的门。

我和天存的父亲同辈。在村上时,庚子每次见了我,都有说不完的话,就是天上地上地夸天存。我能理解。也有一些爱耍笑的人,见了他,依然喊着庚子:"你和天存娘拐出天存的时候,是向左还是向右?"他嘿嘿一笑,说:"我忘了"。

上台的天存,没再纠缠村上的旧事。看见倒在西村的墙不挡人、牲口、水的出路,就当没看见。甚至故意让它们堆放在那里,也好给村里人一个警示。

天存治村,还是从园子下手的。

他没有管西村这片因打墙、挖墙事件而折腾得破烂不堪的园子,却盯上了村街南边的大片园子。那些天,他叫上有园子的人家,拿上钥匙,逐个打开平时锁着的门。他背着手,在里边反复转着、看着,弄得园子的主人跟在后边不敢说话。

现在流行一个理念,中小城市和大城市套近乎的时候,本来离了八丈远,却自鸣得意,说自己是大城市的后花园。看看我们村的园子,就知道祖先们的与众不同。村子的北边,坐北向南,划出西村、东村和中间的堡子,这样,即使每院庄子盖得大小不一,但整体都是朝向太阳,院子里的明亮,几乎都是一样的。村子的中间,是一条东西大街,西边有土筑的汉台,那是丧事中一村人送走逝者亡魂的地方,也就是村子里的圣地。东边有挖出来的很大的涝池,是一村人洗衣、饮牲口的地方。天下多大的雨,水从西村、堡子、东村流出来,都能被涝池装下。实在装不下了,涝池后边有一条很深的胡同,水就沿着胡同流到东沟里去了。街道南边,就是村上一些人家的园子。那些造出它的祖先,一直叫它前花园。

园子从西到东有十几处,都是村上光景好的人很早用银两置换下的,中间点缀了几家人。这里有东西两个场道坡,通向园子南边的碾麦场,直至村南的大片田野。小时候,我们住在这样的村庄里,经常感到很喜悦。那么多的园子,那么大的麦场,我们玩耍的空间要多大有多大,而且那些园子里的瓜果,被主人按季节作务得一片红肥绿瘦,我们常去偷吃。

天存实地看过后,在黑英家的房背上贴了一张告示:村上要收园子了。

有我家和山成家因园子闹出的那场事件,再想起我父亲在村上遭的那些罪,山成也是空欢喜一场,这些人家也就眼亮了,用推土机推倒那些很老的园子,把该挖的树木也都早早地挖了。

那些天,坐在黑英家的房背下,天存看着一村人在园子里忙活。

我第一次见到牡丹花是在满仓家的园子里。满仓住在南场里,园子是他爷早年为三个儿子连墙置下三处园子中的一处。满仓的父亲是个红脸人,说话也急,却会作务园子。村上少有的竹子、牡丹、黄花菜,这里都栽种满了。我进去的时候,满仓正从土里往出刨牡丹花的根,说要移到南场里去。我也要了几个拳头大小的根,埋在我家的院子里,却没有生长出来。

天存收了这些园子,就是想用土打的胡基箍一排土窑洞。

一家两孔,十几家人搬进来,就是一个新村子。

从此,村上人过了忙天,就再也闲不下来了。先是打胡基。那些被推倒墙的园子里一下安了十几副架子,从早到晚,村上的小伙都是提着很重的石锤子,背上搭块擦汗的毛巾,锤子落在模子上,让松软的泥土变成瓷实的胡基。

那些天,村上也爱放电影。地点就在上海家被腾空的园子里。

反复放映的,不是《地道战》就是《上甘岭》。

用了几年时间,一排新窑洞箍成了。村上那些住得窄缩的人家,都从老宅子里背着粮食、抱着衣被、扛着农具、牵着猪鸡,欢喜地住了进去。村上的副书记玉德也领着他的四川婆娘,从西壕里那处快要塌了的庄子里住进了村子中央。这段时间里玉德家的电灯日夜通明。村里人有事了,害怕天存,就去找玉德。大事插不上手的玉德有了这些日常琐事,就开始把手插在裤兜里,避开天存,在村子里转悠他的天下了。

那个时候,我和村上的一些老先生还为这些园子感叹过。教过书的俊良躁了,说一村的好脉气,都叫这伙人糟蹋了。

有人就直说,这都是山成家惹的祸。

几十年后,我亲眼看着中国的大城小城里,很多老房子身上都背着一个"拆"字。那些很原始的村落,都一个一个地消失了;能留下来的,也几乎都变成了空心村,只有过年的时候才会有一些人气。我对村上那些陪伴了很多代人的园子也就不再感到惋惜了。

因为消失,是它们共同的宿命。而哪一天消失,只是个时间问题。

就像这谷雨,一定会来。来了,便会把春天从我们身边带走。

七

　　看着落得一地的杏花、桃花、桐花和油菜花,我突然觉得,它们才是马坊的灵物。从哪里来,回哪里去,它们带着被自己开残了的春天集体落入泥土中。它们干净轻盈得只有风才可以抚摸得到的身子,让大地深藏性情的肌理又比去年丰富了一些。

　　它们以埋藏自己的方式,给夏天让出了大片的天空。我因它们飘零的命运而感到心痛,便在心痛的地方,翻出一些藏着的诗句:"我的愿望是:不大的一块田地 / 宅旁有一座花园,一个水声潺潺的泉眼 / 再加上一片小树林 / 而诸神所创造的 / 当然不止此。"

　　这是卢梭在《忏悔录》中引用的贺拉斯的诗句。

　　此刻,在马坊的田野里,蚯蚓正埋头掘土。

我在马坊，曾经正大地拥有过一块土地。

那块土地被村上人叫作孙家门前。西村的几家人，连着地畔，就在那里种自留地。一条通向门家村、郭家村的小路从中间斜插过去，把畔子很长的这块土地拦腰分开。

村上的人走过场道坡，从东边的碾麦场出村后，自然就进到了这块地里。它的西边，有一片很大的坟地，埋着谁家的祖先，村上没有人能说清楚。因此，种那块地的人耕地时故意把拉犁的牛往坟地边上吆喝，一年插上一犁，几年下来，那里就只剩下光秃秃的坟头和几棵柏树了。没有了可以挖草的坟地，我们就放下草笼，上到树上，折下很多枝叶，背回家里喂猪。那几棵柏树禁不住我们反复攀折，终于撇下躺在坟墓里的人，死在一个很干旱的年月里。它的东边是一条很深的土渠，走人，也走大车。

我出生的那一年正赶上村里调整土地，分地的人就把这块地向东多划了几犁沟，在村上的土地花名册上多添了一口人。我在村上当会计时，从那个很老旧的卷宗柜里翻出了那本发黄的土地册子，其中有一页这样登记：地名，孙家门前；面积，一亩二分；户主，耿建有。

那本土地册子，我只看过这一眼。

我后来准备写《马坊书》的时候，曾回到村上，想找到它。我的目的很简单，就是想把当年村里的每一块土地对应着哪一家人搞清楚。我很失望。那本看似破烂陈旧的土地册子，对一个自然村落来说应该是唯一的文字记载，却被遗失了。当我后来在图书馆里看到砖头一样厚的《咸阳地名志》时，我想，村上的那本土地册子就是它的最原始的样本。虽然我不知道它是怎么被遗失的，但我相信它的遗失一定与村上的这两个人有关。他们是求娃、新海，因为在我之后，他们当过村上的会计。可能是村上土地承包之后，他们以为这些东西没用了，就把它和满卷宗柜的废旧纸张堆在一起，点一把火烧了。还有一种可能，就是爱吃烟的玉德，每次开会时撕下一页,卷着旱烟吃了。

如果是这样,那些地名和人名一定会在册子里喊疼。

父亲不知道村上还有一本土地册子。他在新划的地头,叫上东西两边连着地畔的人家,把两块砖头当成界石,很庄重地埋了进去。那个时候,村里人都是这样认识地界的。一块砖头,只要埋在地头,就铁定了这块地的身份,是一块不容置疑的法器,谁也不能私自动它。以至于很多人都认为这块砖头埋得久了就有了法力,会给亵渎它的人带来一些小灾大难。

在有乡约约束的社会里,多数人都敬畏一块界石。

村上也有敢对界石动心眼的人。有些人家还在地头,差点为此闹出人命。遇到这样的事,村上人一看就明白,对偷着挪界石的人,大吐一口唾沫。

父亲一门心思要把这块地作务好,希望每年能多打些粮食,不让我们饿肚子。

父亲摸清了这块土地的脾气,这块土地也懂得了父亲的性格。

那段时间,一脸皱褶的彦英当了队长。彦英住在南场里,庄子是一处打在地下的窑洞。按他们不在村子中心的住所来看,祖上应该很一般。他的第一个老婆人很好,生了女儿存存、儿子建生后就离开彦英,到另一个世界里去了。彦英的第二个老婆是外地人,头上有斑秃,常年顶着一块手帕。

彦英当队长的时候给父亲烙下了心理阴影,就是父亲不知道他哪一天会换地。

他每一次换地都像在父亲的心里扎上一刀。我们家原本离村子很近的地,第一次被换到了门家岭,第二次被换到了南咀稍,第三次上了碾子坡,被换到了西岭子。地越换越远,以父亲的年龄,这么远的地他实在种不动了。

这样折腾了好多年，就在我家重新回到孙家门前种地的时候，我考上了大学，要离开村子，那份属于我的土地被村上收走了。此后，我们家在村上的土地就只有属于父母的那一份了。

他们后来下世了，土地不只换了别人的姓名，连地本身都好像也跟着他们下世了。我回到熟悉的村子，却怎么也找不到他们最后种过的那块地。

在立夏的田野上听到虫子的声音时，我正一个人行走着。

父亲活着的时候，每年的这个月份我都能近距离地接触到在当时的我看来很神奇的一种东西，那就是雄黄。当父亲用他粗糙的手指把那些透明的粉末涂抹在我身体上时，我以为，从那天开始，大地上的虫子就只能对我鸣叫，不能伤害到我了。

有时母亲病了，父亲也会化一些雄黄水看着她喝下去。

我一有机会，就会从父亲炕头的木匣子里拿出那个包着雄黄的纸包看个究竟，想给自己的手脚上涂抹一点，但一想季节不对便住手了。有时晚上睡不着，听着房子周围那么多虫子的声音，我想，雄黄一定可以制服它们。

现在，虫子依然在我身边鸣叫，而给我涂抹雄黄的父亲，早已不在人世了。

父亲每年给我涂抹雄黄的这个过程，在极其崇拜自然和生命的马坊已经成为一种仪式。马坊离长安并不遥远，我想，这里的人们一定知道皇宫里也有迎夏的仪式。那时候君臣们穿着朱色礼服，戴着朱色玉佩，马匹、车旗也都要朱红色的。民间没有这么阔绰，就用雄黄替代，立夏这天把它涂抹在孩子身上，更是一种保护，这个习俗就这样兴盛、延续下来。

　　后来,我送小女儿耿悦去墨尔本大学读书,在与新西兰基本处于同一纬度的塔斯马尼雅州,看了一场毛利人的舞蹈。看见毛利人脸上用各种颜色涂出的很多圆圈,我就想起我们小时候涂在脸蛋、眼周、额头上的雄黄的形状也是很多圆圈,只不过没有毛利人涂得这么浓重,这么夸张,这么多彩。我告诉女儿,在崇拜仪式上,早期人类的思维具有相似性,并不受海洋、陆地的阻隔。

　　雄黄在我的意识里就是一种不一样的药。

　　那时,我们家里很穷,除了粮食、农具、衣物之外,几乎找不到其他多余的东西。父亲比家里其他人多的东西,就是装在一个土布袋子里的旱烟。这是父亲简单的一生中,身体和精神上都不能缺少的东西。为了每天都能吃上旱烟,父亲把我家周围能种东西的地方都开垦了出来。后来日子稍好一些,父亲咬牙少种了几行庄稼,在自留地头给自己种上了炕席大一块旱烟,那应该是父亲觉着活得最幸福的几年。

　　然而雄黄永远都能在我们家里找得到。

　　尽管包在纸里,就那么一点,吹一口气就没了。

　　有一年去县上跟七月会,父亲在家里就答应我,等在集市上把木椽买了,一定把我领到街中心的食堂里,吃一碗有几片大肉的糊锅。那天早上,我们起得很早,父亲肩上扛着三把粗的木椽,我的肩上背着父亲的褡裢,装了几个母亲准备的蒸馍就上路了。我一心想着那碗糊锅,忘了父亲扛在肩上的木椽到底有多重。从我们村到县上,三十多里的路程,一条崎岖小道,要爬两道深沟。现在想来,一根三把粗的木椽,放在一个人的身上,就像一座山。那么长的路,父亲其实是背着一座山在缓慢地移动。我当时还忽略了一个更残酷的事实,就是在这条至少汇聚了马坊、渡马、御驾宫三个公社,去县上跟七月会的人流中,肩上扛着木椽的,只有父亲一个人。

其他人要变卖的东西是放在架子车上的。

到了县上,父亲在木头市场找了一块地方,放下木椽,坐在那里等买主。

我不敢远去,就在附近转悠。过一会儿回来,木椽还摆在那里,父亲一脸的渴望,困坐在那里吃旱烟。七月的太阳晒在身上,像谁放了一把火,让父亲也有些坐不住了,可是直到太阳偏西,那根压了父亲一路的木椽才被卖出去。父亲捏在手里的五元钱,放在今天,也就是一碗豆腐脑儿的钱。

等父亲买了家里急需的东西,手里就剩下五毛钱了。

在街北头的老药房里,父亲用三毛钱买了一包最小的雄黄。

付钱时,我看到父亲的手和脸出现了明显的变化。那是一种说不出的难受和痛苦在一个人的肢体上的真实反应——死板、僵硬、抽搐;脸色看起来像被抽净了血,只剩下死了一样的蜡黄。

最后我们去了街中心的食堂。此时的父亲手里只有两毛钱,而一碗糊锅要三毛钱。因为一毛钱,一位父亲的承诺,一位父亲的尊严,突然受到了挑战。由于年幼不懂事,我跟在父亲后边,脸上仍是出门时的期待。

父亲给买牌子女人说:"我只剩下两毛钱,孩子没吃过糊锅,只要汤,不要肉,能行不?"那个女人看了我和父亲一眼,目光里没有看不起的意思,给了牌子和碗。等冒着香气的糊锅端上来后,我从里边吃出了三片肉。

父亲感激地说:"没少,就是三片。"

后来,我到县上工作时,先去那个老药房和食堂里转了转。我没有买雄黄,也没有吃糊锅,我想感受一下,我和父亲当年落在这里的难处被时间挤压后,再放大在我心里,是一种什么滋味。后来,那个老药房和食堂都拆掉了,我再想起这些旧事的时候,也没有可以回去的旧地了。

那包雄黄,那碗糊锅,被我后来每回想起便忍不住落下的泪水封成了一块晶莹的琥珀。

一年夏末,我出天花,被圈在屋里不能出去。听着外面树上虫子的叫声,我坐不住了,想起同学画过的画,也想试着画。没有颜料,我就想起了家里的雄黄,翻出来用水调和。折腾了一上午,画没画成,把家里仅有的一点雄黄也糟蹋完了。我有些害怕,但一想到都夏末了,今年再不会有那仪式了,就装着什么也没发生。

没想到几天后,母亲生病了,父亲在他的木匣子里找不到雄黄。

看父亲很急的样子,我说了是怎么回事。是我满脸出的天花,让气坏了的父亲没处下手。母亲知道我把雄黄糟蹋了,就蜷缩在炕上,不再出声。

没有了雄黄,母亲身上的疼痛一时没法止。

等我后来在课堂上学了化学,知道雄黄在空气中可以变为砒霜的时候,我的牙关一下子咬合在一起,紧得不能动了。这个可以用来驱蛇的东西,母亲曾经当药喝。这就是穷人的命,很多时候因为无奈,心甘情愿地把自己置于死地,但自己并不知道。我在《本草纲目》里找到了雄黄,也在诸如牛黄解毒丸等几十种中成药的成分表中看到了雄黄,我得出的结论是:它在中药里的毒副作用,人类至今没有研究明白。然而,它在每一种中成药里只是其中一种成分,母亲喝的却是纯粹的雄黄。

后来,我在敦煌的莫高窟里仰望佛像的那一刻,突然想起《本草纲目》别录里记载雄黄出产于武都山谷,敦煌山之阳,我释然了。

母亲当年喝过的那些雄黄,有可能就出自敦煌。

如果真是这样,那些雄黄一定被佛性吹拂过。

面对佛性,那些东西的毒性,会在人间失灵。

在蚯蚓埋头掘土的月份,我来到了人间。

等长大了，懂得一些世事的时候，我觉得我不该在那样的年月里，不顾一位母亲的死活，在她那样饥馑的状态下出生。我后来怀着仇恨自己的心情，写下了这样的诗句："不该从她的身体里，带走最后一块铁。"

我有可能是带着母亲身体里最后一块铁出生的。从那个年代过来的人，都懂得我这么说的含义。那个时候，大地上能见到的铁，都被遍地林立的土炉炼完了。我能想象，母亲在迎接我这条新生命到来的过程中，已做好了为我舍身的准备。而当她从死亡的深渊里虚弱地爬上来，第一次看见我的时候，她以为，命运扣在她头顶上的那块一直处在黑夜里的天就要明了。

这是母亲的心病。她生活在那个天在上、地在下、人跪拜在中间的乡村里，活着要靠种地养家糊口，死后要靠男孩甩碎纸盆。她在生我之前，没有完成一个仍有残余封建思想的社会对一位女人立下的死约。

母亲说，她在那年的五月艰难地生我的时候，父亲还坐在人群里看人们在地上用柴草棍丢方。即使被姐姐从人群中叫回来，父亲也半蹲在木柜旁，只管抽他自己的旱烟。那个时候的父亲，以为母亲还会生个女孩，心就像一块秤锤，砸在哪里都是一声闷响。在三个姐姐的记忆里，有一阵子，父亲背着母亲，把家里的粮食偷出去，换成银圆，在村里抽大烟、赌博。有几次，母亲抹下脸面，从村里的赌场上把父亲叫回来后，自己却委屈得在被子里埋头哭。母亲的眼睛也在那些日子里哭得模糊了。

我的出生，像给父亲枯萎了多年的心打了一针强心剂。当时跪在地上血潮了的母亲抱着我，焦急地喊着父亲，说营里爷给娃起的名字能安了。父亲一听这话，知道我应该是个男孩，一甩烟锅就从木柜旁跳起来，要把我接到怀里。母亲挡住父亲的手，要他去厨房里烧些热水。母亲说从我出生的那月起，父亲就不去抽大烟和赌博了。当然，以父亲当时的家底，不可能经常抽大烟、赌博，也是心里太苦闷了，没有别的办法，只能偶尔以此麻醉自己。

母亲说的营里爷,其实是个女人。周围很多村子的人为了给将要出生的孩子保一个平安,都翻沟过岭去找她,求一条用碎布片缝成的缰绳,这叫拴缰绳。有钱的人家,还要在缰绳上挂锁子。

我的这条命,就是用这样的缰绳拴着的。父亲一直这么认为。他去营里为我拴这条缰绳时,营里爷说过,生下孩子了就叫天明。我的这个小名一直被村上人叫到现在。我最初也最重要的一些登记证,如已经遗失的户口本,上面就写着我的小名。我在村里劳动了几年,赶上高考制度恢复,填高考报名表,那是多么庄严的事,我写的还是我的小名。我那时想,外面没人知道我是谁,只有村子里的人知道我,他们知道的就是我的小名。

有时一个人在恍惚中也会这样想:我的名字保护着我。

后来,那条拴我的缰绳被时间弄丢了。

从一村人对于这件事的虔诚中,我产生了一些自己的想法。我以为,这是一种对征服其他生命的过程的模仿。缰绳,原本是拴在牲口脖子上的,那是人类在驯服烈性的高大动物时发明出的一种刑具。驯服的过程不仅漫长,而且残忍。它套用在人身上的时候,虽然被改良了,由带着血腥气的牛皮换成了收藏温暖的土布,但用意是一样的,就是牢牢套住每一个不安全的生命。

生命在成长中不可避免地带有一些屈辱。而在父辈以上的马坊人的意识里,这是一种保佑。

我在马坊的时候,发现立夏之后就不能再仰头看天空了。

那是谷雨前后的事。只要在村子里仰头,微风就会把杏花、桃花、桐花吹送到脸上。那个时候,我们一有时间就去村子里住得偏僻的人家。他们多从一些山庄里回来,村上那些已经长大的果树,都是他们当年带回来的小树苗。我们拥挤在他们家门口的时候，他们觉着自己没有被村子里的人看不起，也就显出少有的高兴。他们中一些勤快的人，来年会跑到熟悉的山里去，挖回来更多的果树苗，自己栽种一些，也给住在村子中央的人家分一些。几年下来，那些在山里生长得很普遍的果树，在村子里也都有了。村子里有更多花可以盛开了，只是这些花开得太短暂。

在我们兴冲冲地仰头，还没有看够的时候，漫天花朵就被风从树梢上收走了，我们的目光也就自然从空中痒痒地落在了地上。我们发现，还是那些贴在地面上的小花开得更持久，也更耐看一些。从每年的立夏开始，我们只要低头，就能在土地上看到花朵。只要手脚勤快，总能采摘到很多。有一年我去了南方的城市，看见一元钱一串的栀子花被很多女人每天买了戴在胸前。她们满大街地走动，像带着土地上的香气，让城市有了一种清新感。我心想，这在我们那里是轻而易举的事，只要女人们愿意戴，满山遍野有的是花朵。

其实，在马坊人的生活中，花朵并不重要，重要的是粮食。

这个时候的父亲，一定正握着一把麦锄，弯着腰在麦地里锄草。

父亲心里想，再不抓紧锄地，草就疯长了，就盖住麦子了。这是种地的人最不想看到的事情。

父亲说，那个时候，不是人用手脚催促着土地上的庄稼，而是庄稼用拔节的声音让人停不下手脚。在锄完一片麦子的时候，他很害怕回头，因为锄了杂草的麦子，像跟着他的脚后跟在拔节、抽穗、扬花。细碎的麦花贴在带着芒刺的穗子上，很难判断出它的形状，捋在手里，就成了一把白色的粉末。

很多年后，我在淡忘了父亲的那些苦难后，一个人单纯地看锄草这件事，觉得很有诗意。锄完村上的麦地后，父亲常常领上我，来到孙家门前的自留地里。父亲手里的锄头是长着眼睛的，它不会伤害一棵麦子，也不会漏掉一棵杂草。我从父亲不同的扭动姿势里，能看出在土地上种庄稼并不是一件粗活儿，有时是带着细腻的情感的。比如对待那些杂草，父亲的锄头落下去是带狠劲的，身子扭动时，能听出骨骼里发出的声响。而遇到那些正在麦子身边悄然开花的蒲公英、麦花瓶、王不留时，父亲一定会轻轻地落下锄头，甚至用手把它们从麦根旁分离开来，回头放在我的草笼里。

后来我发现，当年在马坊的土地上见到的野草，都成了城里人调剂口味的野菜。由野草到野菜，都是土地上的同一种东西，我想到的，却是父亲的伤心。要让父亲对着一棵野菜露出自然的笑容，我想是很难的。在我出生的那年五月，地里没有长出像样的庄稼，也没有长出过多的野菜。干旱的田野上，那些野菜的根都被饥饿的人们用手指拔出来，填充到瘪下去的胃里了。我能活下来，是靠着很多亲人饿得不成人形，掉完了身上的肉才得以实现的。

我从懂事的时候起就爱在土地里低头看，希望能记住一些花草。

父亲的锄头即使长着眼睛，也锄不尽那些开得长久的花朵。在万物皆是主宰的土地上，它们或许也是可以被怜悯的。只是到了现在，在杂草疯长的时候，我们再也看不到手握锄把，在麦地里弯腰锄草的人了。

因为现在要对付这些在大地上影响麦子生长的杂草，抛撒一把除草剂就够了。

按照出生的月份，我来到父母身边的时候，应该能闻到油菜花香了。

遗憾的是，那一年的马坊大地上几乎是看不到庄稼的。麦子死在起身的过程中；油菜花还没有绽放，根部就开始枯萎了。那个时候，谁要是能在避风、半阴、潮湿的地方，发现几株没有死去依然保持精神站立生长的麦子、油菜，一定会惊得后退几步，然后腿脚一软，跌坐在地上大哭一场。

父亲眼里,油菜是最贵重的植物。

他盼着它开花。那个时节,再大的田野,只要有一溜儿油菜花就够了,就能推开遍地的绿色,让人们惊叹这世上最稀罕的金子。那时候村上人多,缺少土地,种足麦子和玉米,能留下来种油菜的土地就很少了,而且多在一些边沿地带。因此,马坊人认为油菜贵重,不是一身黄土的我们能够恣意去种的植物。

有人说,油菜花的那种金黄就像谁从天空抹下来的。

后来,我在两个地方看过油菜花,更加确认它们在马坊稀少得可怜。一次是在汉中的西乡,蒙蒙细雨中,油菜花从山脚一直烂漫到山顶,让这块巨大的山地成了一块成色完美的足金。后来听人说,西乡这地方出美女,我不能不信,因为,她们中哪一个不是在油菜花的簇拥中长大的呢?还有一次是在去青海湖的路上,都八月了,一片又一片油菜花像镶嵌在高山草坡上的项链,也让躺得静美的青海湖有了金子般的沉静。

父亲认为油菜贵重,还因菜籽能压榨出黄亮的油。那是在很长的年代里,我们只能以点滴的分量添加在饭菜里的东西。小时候,我们如果在一碗汤面里能看到几个油星子,就觉着像过年一样。谁家用几滴菜油在铁勺里炒韭菜,那能香遍一个村子。这让我们养成了一个习惯:放学回家的路上,每路过一户人家都想闻几下。饥饿让我们放下了尊严。

我们在祭祀时能用来点亮一颗孝心灯盏的,也只有菜油。

我们在贫穷的日子中只要能省下一小碟菜油,就想把它献给祖先。

父亲觉着我出生的时候没有闻到油菜花香,生命里就像缺了什么。其实,在我的出生和成长过程中,缺少的东西太多了。那个时候,只要能养活孩子,就不失尽到了为人父母的责任。我在洞悉了一些世事后明白,是他们身上的善良,让我在这个平凡的世界上,有了向往一切崇高的事物的自觉和从容。这样想着,我的身体和灵魂好像什么都不缺少了。

为了弥补他以为的缺失,父亲一直想着怎么才能种一片油菜。

那个时候,村上没有私人种油菜的,都是社里集体种几十亩,除了上交国家,每个社员一年只能分到一二两菜油。村上有菜油吃的,都是进后山包山庄的人家。

父亲不顾家里没劳力,一个人去了木杖村后的山里包山庄。

那个山庄的人大都回村上来了,只留下行走困难的秃娃守着他病中的哥哥训练,还有四孔快塌的窑洞。父亲紧挨着他们的窑洞,在西边收拾了另一孔窑洞住下。

那年麦收时,父亲从山庄传回话,村上人就结队去了山里。他们简单地把窑洞收拾一下,就扑在地里割麦,一直忙到收割打碾完毕,再种上下一年的麦子,才撂下身子刚住热的山庄,赶着装满粮食的皮轱辘大车回到村上。

一年一料的庄稼,就这样收种完了。

父亲晚回了几天。他扛上锄头,装上一把油菜籽,去了沟边。他在一堆岩石的空闲处刨出了一小块地。父亲不像别的包山庄的人那样大肆地开垦荒地。他包了一年山庄,在忙完集体地里的农活儿后,就很有节制地干了这么一点私活儿。他撒下油菜籽,把土地轻翻了一遍,倒退着走到路上,直到看不见那块地。第二年,赶在村上人进山之前,他把油菜割了,放在那里晒干,用手搓下油菜籽,再把油菜秆往沟底抛下去,等着一场大雨将它们冲到很远的地方。

谁也不知道,父亲在那里种过油菜。

这或许是天底下最小的一块油菜地。油菜怎么长出地面,怎么在雪地里过冬,怎么在春天开花,怎么在芒种之前结籽,只有父亲一个人知道。就是母亲和我们,也是从父亲背回油菜籽后才知道这事的。我有些后怕,父亲是为了我,才在那个大集体的年代里冒着危险去干这件事的。

再后来,村上要铺石子路,我们这里的山上没有大块的岩石,只有遍地的料浆石。料浆石最多也最好刨的地方,就是父亲包山庄的位置。回到村上劳动的我,跟着一村人去山庄里刨料浆石。天上飘着雪花,地有些冻了,镢头碰在料浆石上像在青石上起火。在村上人歇下来啃干馍的时候,我在周围转悠,很想找到当年父亲在料浆石堆里开垦出来,只种过一料油菜的那块地。

我记得很清楚,那天父亲是在天黑实后背着褡裢进屋的。

他没有转身,背着手关上门后,就把褡裢放在炕上,亮出黑红的油菜籽。他没有说话,却抓住我的手往褡裢深处插。他想要我的皮肤和这些油菜籽抓紧时间摩挲,好让我认准这种稀少的植物的果实,因为第二天,父亲就会背上这些油菜籽,领着我去远在封侯村的油坊,把它们换成菜油。

父亲留下话:这油人要少吃,过节的时候,多在灶台上献上一碟。

这是我们家的家俗。逢上大大小小的节日,母亲都要把那个常年放着棉花捻子的瓷碟取出来,洗去灰尘,倒上菜油,点着放在灶火板上。他们认为,那些能保佑我们的祖先只要回到这个屋子,就会聚集在灶火前,或许是因为祖先没有别的去处,长年饿着肚子,回来是想要找一点吃的。

就是我们家谁有个病灾,母亲也会点亮那个瓷碟。

它在我们家里,就像一盏神灯。

那次换回来的菜油是什么时候用完的,母亲没有说,但我始终记着它——几十年后,我一个人坐在长安的夜里,写完了我的第一部长诗《大地神灯》。

我想,点亮那盏神灯的,除了母亲还有一个人——父亲。

八

一位画家在画一条极美的河流时,心中或许会这样想:它是有远方的水。

马坊这地方,离真正的河流太远了,比如黄河、渭河、泾河。它所拥有的那些河流,如果比作大地上的血管,算不上动脉也算不上静脉,至多可以算作毛细血管。而在一年的很多时候,它们是干枯的,它们是堵塞的,它们让马坊的身体像一个常年贫血的人,病恹恹地躺在我们的脚下。

马坊的河流都不在地上,而是在很深的沟底,细得像绳子一样。

流出它们的沟,依次为延府沟、桥杖沟、木杖沟、西河沟、来家沟。

在陕西地名志上最终留下名字的,是西边的漆水河。它发源于罗家岭,流过马坊南边的沟底,一路接纳了其他沟里的水,流进了五峰山下的三岔河。

它在我们村南边的沟里聚集起一块不大的水面。由于流下岩石时,原本寂静的沟里会突然发出很响的声音,村人就叫它响石潭。

每年到了小满,也是麦子最需要雨水的时候,父亲就想,这些水怎么不在地上流呢?如果流在地上,他可以把它们一滴不落地引到村上的麦地里。

站在沟边,望着沟底里那些不大的水,他心里很苦涩。

他不知道,这么细小的水,也是有远方的。

这时的小麦用一身油绿把村子里的大小地块都占满了。

有风没风,它们都会向着某一个方向倾斜自己的身子。麦子大面积的倾斜,不仅让走在地上的人和牲口感觉大地倾斜了,就是钻进云朵里的飞鸟也感觉天空要倾斜了,它们扇动的翅膀好像一时对不上气流的方向了。

这时,父亲不在村上。

远在百里之外的羊毛湾水库上,父亲和来自周围县里的民工,每天吃着菜汤一样的饭食,饿着肚子,干着搬山、运土、填沟的体力活儿。他们住的地方,就是在库区周围的半山腰上打出的没有门窗的窑洞。父亲后来告诉我,刚到工地上的时候,干一天土活儿,晚上往窑洞里一躺,眼睛一闭就什么都不知道了。这个时候就是被人拖出来,撂在原上的野地里喂狼,可能也醒不过来。

饥饿和劳累让躺下来的人进入了深度昏睡。

那个时候的乡村,一切都显得荒凉,到处都有狼群出没。

这么多人一下子拥到羊毛湾这个地方,摆开这么大的阵势,那些原本占据着这些荒山野岭的狼群,只好丢下自己住了好些年的窝,带上幼崽往远处撤退。有人就说笑,库区还没移民,狼抢先把自己移出库区了。狼在平原上和山区里养成的习性,就是紧邻人群和村庄生活,但又保持着一定的距离,白天在窝里睡觉,晚上出来猎食。因为有人群和村庄的地方就有各种各样的牲畜和家禽,这些是狼惦记着的好食物。它们一有机会,就会在人烟稀少的村子里制造出一些血腥事件。一般牲口不是狼的对手,狼从人家叼走的也大多是一些猪鸡。有一些烈性的狼扑进村上的饲养室里,知道整头牛太大,叼不走,就用獠牙咬住牛的肛门,掏出一堆血淋淋的肠子,叼在嘴里逃走。

有一些逃出库区的狼,晚上大着胆子转回到老地方,想要寻找猎物。

有一天,邻近的窑洞里传出消息,一个睡在窑门口的人,被一只狼咬住脚后跟使劲儿拖到土崖边上。人疼醒了,猛地坐起来。狼被吓了一跳,松开口,往后一退,从土崖边上掉了下去,摔死在一堆石头上。民工们顾不得民间不吃狼肉的习惯,就把那头狼连骨带髓煮熟吃了,也算在羊毛湾水库上改善了一次生活。他们把剥下的狼皮铺在那位民工的身下,算是一种补偿。他在狼皮上躺了半个月,再走上工地的时候,仍是一瘸一拐的。

听着这些有些残忍的事,我想,是因为饥饿,让人性和狼性彻底地搅混在一起了。那个时候,谁也没有理由站在所谓的善良的一边,去谴责狼性,去声讨人性。

在羊毛湾水库,父亲有一段时间负责给食堂里寻找柴火。

这活儿并不轻松。那么多的人要吃饭,附近能烧的柴火都被烧完了,父亲就扛上扁担,到远一些的山坡艰难寻找。有一天,他在一个悬崖上看到长着几蓬铁杆蒿,就爬了上去,刚一挥镰刀,铁杆蒿的后面闪出一个洞,洞里是一双发蓝的眼睛。那是父亲一生之中与狼距离最近的一次,也可以说,他们都快要扑进对方的怀里了。父亲没有了退路,狼也没有了退路。一个人,一只狼,不是人被咬死,就是狼被杀死。

父亲没有看到狼的眼里露出凶残的光,反而像是在乞怜。他再往洞里看,是几只惊恐的小狼。父亲放弃了那些柴火,急忙退了下来。他扛着扁担跑了很远,身后传来了狼的哀嚎。他或许不知道,那是一只正在哺育幼崽的狼,对一个放弃进犯它们的人发出的感激。

那天夜里,父亲躺在能看见漫天星星的窑洞里,没有睡着。

他想了一夜,想的都是一月前出生的我。

过了一段时间,饥饿和劳累,把大家都锻打得皮实了。很多人也就不知道饥饿,也不知道劳累,更不知道想家了。天亮了,成千上万的人从窑洞里走出来,该搬山的搬山,该运土的运土,该填沟的填沟。天黑了,成千上万的人再走进窑洞里,该睡觉的睡觉,该抽烟的抽烟,该说笑的说笑。只有父亲一个人,像一只孤独的狼,在山坡上寻找着柴火。直到有一天,看到对面土崖上的麦子抽出了手指般粗长的麦穗,大家才想起老家的麦子也快要黄了。

麦子黄了,就能有一段时间回到自己的村上了。

父亲在离开羊毛湾水库的头一天,专门去了那个与狼遭遇过的悬崖附近。他想看看那丛铁杆蒿,更想看看那个洞口。他期望能在一阵带着麦香的风里看见那只守在洞口的狼,这样,他就可以放心地离开这个地方了。

那丛铁杆蒿没有出现在那里,应该是被别的寻找柴火的人砍了回去。只留下那个洞口,黑黢黢地,像吊在悬崖上。

父亲打了一个趔趄,腿软了下去。

在回村的路上,他一直想,那只狼带着几只小狼,会去哪里?

多年以后,当我看到羊毛湾水库宽大的水面,我的心里却没有一点地方可以装下这里的风景。尽管那天秋高气爽,碧波荡漾,天上的大块云朵也禁不住这么好的风景的诱惑,纷纷把自己羽化的影子映衬在温秀的水里。

我在心里,空出了很大的地方。

我想把父亲当年寻找柴火的那些山坡,原封不动地装进来。

只是库区周围的山坡,一层一层地,向着更远处延伸着。我不知道哪些山坡真的被父亲走过。

地里的野菜一起开花的时候,我们还不能放下手中的铁铲和笼子。

那段时间,我们挖的野菜太多了。我们的手上、脸上和衣服上都是野菜的颜色。时间长了,那些起初的绿,就被开始热起来的太阳晒黑在我们的手上、脸上和衣服上。再被携带着黄土的风一吹,我们手上、脸上和衣服上的垢痂就成了野菜的颜色。

这样的垢痂,一层一层的,像给我们的身体缝上的铠甲。

因此,我很不愿意在文字里描写小时候的样子。

那时候的乡村生活,让我们除了两只眼睛还睁得稚气、纯净和明亮之外,身上没有什么光鲜的地方可供今天回味。我们的头发疯狂地生长着,里面藏得最多的是黄土。那些看见我们的大人都说,这娃长成猫脸了。头发长得不能再长了,父亲就烧热水,按住我们的头洗出一盆黑水,然后用不太锋利的剃头刀子把那些猫脸头发很疼地剃下来,只在头顶上留一撮键子一样的毛盖。等到有一天,我们挣开父亲的剃头刀子,不想让他在我们的头上剃出那些太老旧的发式了,就说明我们长大了。

那个时候,我们的肠胃里没有几粒粮食,都是一团一团的野菜。嗝打上来,自己都能闻到自己的味道,就是野菜的味道。

地里的野菜开花了,用母亲的话说,就是野菜的叶子里有了一定的面水。这个时候把野菜挖回来晒干,能揉出绿里带白、像细面一样的粉末,能当粮食吃,还很顶饱。那时有两种野菜:一种叫羊蹄眼,叶子细细的,开蓝色的小花;另一种叫涩哇哇,叶子宽大又长,锯齿一样,但不扎手。这两种是我们挖得最多的野菜,也是今天的城里人在每年五月能吃到的野菜。他们不知道这些野菜叫羊蹄眼,叫涩哇哇,都很文雅地叫它们荠菜。再加上儿化音,好像如此叫上一声,那些本来属于我们的乡愁,就成了城里人的乡愁。其实城里人只是吃个鲜,解个嘴馋罢了,根本与乡愁无关。

生活在乡下的我们,盼的就是野菜开花。

那个时候,父亲手里农活儿再忙,都会起早贪黑,背上我们家里最大的老笼去地里挖开花的野菜。老笼里的野菜塞得瓷实,我要掏上大半天才能掏完。那些野菜堆在院子里,像一座小山。吃野菜的经历,让我在很小的时候就认为在土里刨食的人都像鸡一样,刨得再勤快,饥饿还是每天围绕。有时候,我一个人坐在院子里,看着一只鸡在那里刨食。它不只是专注,它的冠子一直充满了血,像要爆裂了似的。在土里刨食一会儿,它还要昂起头,向天上叫唤几声。我想:就那么一块泥土,里边能有几粒被人类丢弃的粮食,又能有几只还活着的虫子在那里等你呢?

由这笼瓷实的野菜,我想到,每天有多少东西压着父亲的脊骨呢? 我知道,一个伺候庄稼的人,没有一副好脊骨不行。但再好的脊骨,在这样长年累月的重体力活儿里都会被扭曲。父亲在很早的时候,就向着马坊的大地不由自主地弯下了腰。

那不是一种骄傲,而是一种委屈。

等到地里的野菜被疯长的麦子完全覆盖住了,父亲停止了这种苦活儿。母亲也把揉下的那些像细面一样的粉末装满布袋。这就是在麦收之前,村里的好多人家要吃的一种特殊的粮食。

那个时候,我们才闻出了夏天的本味,就是一种苦。

因此,马坊人习惯把野菜叫苦菜。

其实,真正懂得大地的人就会知道,大地是一位最好的中医。父亲不会想到这些,但他清楚,这个时候的人,包括自己,心里的火气都很大。这不仅仅是因为天地转为阳气让我们身体里也充盈着阳气,也是因为诸多揪心的农事让每一个庄稼人身上的火气噌噌往上冒。父亲说,麦子正在熟面,天干得像瓦渣一样,不掉一滴雨,麦子就在胎心里一天天枯萎了。父亲说,麦子正在灌浆,风越吹天上越干热,麦子得不到水,还要往外出水,死不到镰刀下,就先要死在风里了。父亲说,没雨的干热风,把麦子活活吹死了,却把缠死麦子的蚰蜒一夜吹活了,麦穗上满是黑漆漆的蚰蜒,正在吸着麦子里的浆水。父亲说,收麦下的是霸王力,没粮食下到肚子里,力气从哪里来?父亲说着说着就是一肚子火。因此,大地就在这个时候长出了满地带有苦味的野菜。这个时候,没有不吃野菜的人。吃了野菜之后,父亲的肚子不再那么饥饿了,肚子里的火,也被野菜的苦味祛除了。

写到这里,我想起了一种野菜,名字叫王不留。父亲一再叮咛我,挖野菜的时候,不敢挖王不留。在他的印象里,王不留不仅是一种苦菜,更是一种带毒的野菜,吃了是要出人命的。因此,地里那么多的野菜,连根都被挖光了,只有王不留,孤单地站在麦地里,开花,结果,直至死去。我有时看见队里的牛嘴里叼着的青草里也有王不留,就很害怕这头吃了王不留的牛会在夜里死去。结果第二天它好好的,不但没有死去,被套在木犁上,气昂昂地从地头上走过来时还看了我一眼。

留在地里的王不留就和麦子一起被收割回来了。王不留的种子,也就被打碾在麦子里。母亲每次收拾麦子磨面时,花费时间最长的,就是从中拣出王不留籽。母亲在村上是细致人,那些不细致的女人,哪里会坐在院子里这样收拾麦子?把麦子倒在簸箕里,上下扇几下,再倒上磨顶,让牲口转上大半天,麦子里还搅和着王不留籽,就被磨成了白面。家家都这么吃,也没听说谁家吃出了问题。

王不留不一定是毒草,主要是名字叫得怕人。

野菜开花的时候,我们发现,把带有苦味的蒲公英揉成一团,再用带有辣味的小蒜缠绑起来,咬上一口,在嘴里慢慢地嚼,很有味道。那个时候,我们在麦地里奔跑,嘴角上常常挂着几道绿水。

我由野菜的苦味想到,那些年,我们在乡村里寂寞地成长时,从自己的肉体和精神上所体验出青春的本味,其实也是一种苦味。

很多时候,这种苦味,我们又无法言说。

小满前后,是马坊人一年中心情最复杂的时候,我们叫它五黄六月。

这个时候,麦子在地里一天一个样子。它的叶子上绿色开始褪去,很亮的黄色正在层层涌来。它的穗子不只长得粗大了,也长得瓷实了。我特别注意到了它的麦芒,不再像前几天,握在手心里还是一种绵软的感觉,现在不行了,不仅扎手,挂住皮肤的粗糙处时还会让人感到一种撕扯般的疼。

是太阳搅和着雨水,让麦芒成了真正的麦芒。

马坊人很喜悦,因为新麦就要吃到嘴边了。

父亲活着的时候,一坐下来,就哀叹村上那些死在五黄六月的人。

在马坊民间有个普遍的说法,就是死在这个时候的人,都属于下场不好,连一口新麦都吃不上的。

村上上了年纪的人,都很害怕五黄六月。

父亲却不这么看。他以为这个时候死去的人,都是村上最可怜的人。他们从冬天走出来,把所有的力气都使在了春天的土地上。他们是劳累得等不到吃那一口新麦了。村上麦黄的日子正式到来之前,谁家的老人要是病在炕上起不来,父亲知道了,都会催促他的家人先去村南沟边干旱的地里把黄得早的麦子割一些背回来,晒干磨好,擀一碗长面,赶紧让病人吃上一口,这样好坏也是尝过新麦的人。

我的住在南场里的伯父,一生要了五个孩子。大儿子和女儿早早地离开他,去了另一个世界;守在他身边的三个儿子都是村上有些脸面的人。按说,这位伯父一生没缺过吃的,不好的就是他多年住在别人家闲在那里破得不能再破的窑洞里。我们白天去他家,坐在炕上说话,像是坐在不太黑的夜里,看伯父的脸都感觉模模糊糊的。他在村上多年,属于没有自己地方住的人,等住回自己在南场里的院子时,他在世上的日子也不多了。他和父亲一样,都是村上闲不住的人。记忆里,他像永远处在很热的夏天,总是穿着一件粗布的汗衫,戴一顶草帽,肩上那把碾麦起场用的木杈没有从肩上下来过。什么时候见他,都是一脸的汗水,都有忙不完的活儿。

我的这位伯父就死在那年的五黄六月。我们知道后,都赶去了南场里。晚上,父亲坐在炕上,吃了一阵闷烟,把烟灰弹在炕沿上。看着缩在炕角还处在伯父死后的悲伤里的母亲和我,父亲心情凄凉地说了一句"这人死得还不如鳖子他婆",就和衣躺下了。

我知道鳖子他婆,一个走路有些蛮势,头发早早白了,眼睛斜着的老婆婆。她早年守寡,住在北胡同,后来和儿子一起住。她还有两个孙子:一个会吹唢呐,人灵性得很;一个有些疯癫,总是一脸傻笑。就是这样一个老婆婆,死前不但吃上了新麦面,据村上人说,还是她疯癫的孙子给她喂的,只是喂得太急,让新麦面噎死了。

埋了伯父的第二天,我们村南边的麦子黄了。收麦的人手里提着镰刀,朝大片的麦地里拥去。死人的晦气,也被一村的麦香盖住了。

至于活着的人怎么尝新麦,那就一家一个样子。我记得每年总有那么一天,父亲从地里回来,手里会攥着一把麦穗。母亲接过来,揉掉麦芒,在烧热的铁锅里炒上一阵,新麦的清香就弥漫了整个院子。用父亲的话说,这样炒上一把新麦,就是为了尝上一口新鲜,让先人也闻上一阵香气。我很小的时候就从这些民俗里知道,每一户人家都有很多我们看不见的先人与活人吃住在一起。就是今天,我回到马坊,也仍然相信这种说法。

我们念想的,就是那些走在我们前边的再也看不见的人。

对于有些人家,等的就不只是尝新麦了,而是等着充饥。母亲就笑住在前院的叔父一家,每年都等不到麦黄,今天割上一捆,明天割上一捆,天天炒新麦吃。等村上真正割开麦子,他家的自留地里就没剩下多少了。好在他家人口多,再等一阵,村上会按人头给他家分上好多新麦。

有很多年，我们村的房背上都写着"人定胜天"四个大字。

那是高中毕业后就在村里劳动种地、娶妻生子的堂哥兴廉站在木头梯子上，提着油漆桶，用刷子一样的排笔写在村西头好德家房背上的。一遇到连阴雨天，我们就蹲在好德家的房背下整天说着闲话，"人定胜天"四个大字被我们撇在头顶上，让雨水淋出一层烟雾。

后来，堂哥兴廉手提他的油漆桶，把我们这里不识字的人也能认得的这四个大字写在了木杖沟水库、延府沟水库、高刘沟水库和仇家沟水库的土崖上。那个时候，当很多人扛着钢钎、铁锤、镢头、铁锨，在土崖上放炮、挖土的时候，堂哥兴廉就看哪些土崖上能写字他一个人爬上土崖，半天才能给山一样大的字安上一条胳膊腿。路过的人都说他像是把那些字的长短和粗细用尺子量好了画在心里了一样。

那时父亲也在木杖沟里修水库。在大家坐在一块儿说笑着歇工的时候，他一个人转到堂哥正在写字的地方，在远处圪蹴下来。父亲掏出烟锅，装上烟末，用火镰撒出火，点着吸上一口，在慢慢地吐出烟雾的过程中，安静地看着眼前的土崖和在土崖上写字的人。那一刻，他一定想到了上学的我。晚上回到家里，他一再告诉我，堂哥是怎么在土崖上写字的，水库上的人都说好。

父亲眼里放出一道亮光。

堂哥告诉过很多人，他在土崖上写字就像站在大家的头顶上，水库上无论发生什么事都能第一个看到。推土机司机出事的那天，他正在写"天"字的最后一笔。他看见推土机在一堆石头上挣扎了好一阵子，烟筒里冒出的全是黑烟。突然，一堆石头被推起来了，在滚下土崖的一瞬间也把推土机牵引下了土崖。他在远处大喊了一声，油漆桶也从手里撒了出去。推土机掉下去的地方腾起一阵土雾。人们从驾驶室里拉出司机，司机的双腿已经坏了,人还有一口气。后来,拄着双拐的司机再也开不了推土机了,只能在工地上修理坏了的机器。水库修成后,他拄着双拐,上了一辆卡车,回到县城去了。

有一年,公社要在高岭山上会战。接替田邦昌当了社长的张德钧,叫上会写字的堂哥兴廉,在遍地蓑草的高岭山上转了一整天,东西方位定下四个点。那个时候,会战是经常的事,会战也让整个马坊很少有闲下来的日子。冬天里,一场大雪过后,土地被冻成了一块铁。人们手里握着镢头,撬开大地,把土地倒腾上一遍,在本来平整的大地上修出层层梯田。春天里,天气不冷了,肚子却饿着,离收麦子还远着呢。人们不会闲在屋里,勒紧裤带也要上山种树。几十年后,看着漫山遍野的洋槐花把马坊变成一片花的世界,人们才略带笑容地说,那时的裤带没有白勒。

领上村上识字的人,堂哥挥起铁锨,先从一人高的蓑草堆里铲出"人定胜天"四个大字的雏形;然后拣狗头一样大的石块,把那些足有两丈宽的字腿方方正正地铺起来;再用套车从马坊村的石灰窑里拉来白灰,顺着石头的缝隙灌瓷实。

这是马坊人在那个年代凭着想象在大地上完成的行为艺术。

第二天,村里很多人早上起来走在庄背后的路上,抬头看见这么大的字从高岭山上的衰草堆里冒出来,都不敢相信自己的眼睛。堂哥说,他是带着一身白灰被公社社长拉上,从山顶走到马坊的最南端,站在马坊沟的路口看这几个大字。社长不放心,拉着他翻过马坊沟,在南边入沟的路口上又看了几遍。确认即便在这么远的地方字的每一条胳膊腿都能看得一清二楚,两人才踏着落日,翻过深沟,回到了马坊。

几年时间里,被狗头大的石块压着,被一尺厚的石灰腐蚀着,没有一丛蓑草能从"人定胜天"这几个字的位置里生长出来。后来这几个字被长高的洋槐树包围了起来,渐渐从人们的视线里消失了。

我很想一个人走到高岭山深处,把那些字的遗迹找出来。

我记得父亲说过,在红沟子包山庄时,他看到在树林和麦地的中间躺着一个巨大的"天"字,知道那是前些年我堂哥写下的。他不忍心刨掉它,但看那些地不种庄稼又可惜,就下了狠心,一个人用镢头挖了三天,把躺在麦地里的一半"天"字刨干净。他赶着节气,在那一半里种上了洋芋。

我试着穿越这片东西走向的洋槐林。

因为原生林的高大,也因为次生林的茂密,我不能进入它的腹地。

我没有过多的想法,就是想在洋槐树的浓荫和洋槐花的浓香里,找到那几个躺在山坡上的大字。对于这座高岭山、这片洋槐林、这群栽树人以及这一段时间来说,这些用石头和石灰浇铸出来的字,就是它们的纪念碑。

我找不到完整的它们了。它们是否被时间之神从人间收走了?

九

从进入芒种的那天起,马坊的土地就都被麦子占领了。

此刻,不需要风神的手指,就是一个普通的种地人,只要他伸出手,轻轻地从麦穗的下方推上一把,麦子就会飒飒有声地形成一片起伏的涟漪,甚至会传递到麦田的另一边。

那时的我如果一手提着镰刀,一手挥着汗衫,一口气从高岭山顶上跑下来,从身后跟上来的麦浪一定会把我推到马坊的最南端,让我刹不住脚步仰天斜靠在一片金黄里。我感觉自己一会儿天上,一会儿地上,一会儿像躺在一个人的怀抱里。然而,我再激动,也不能放声大笑,因为麦芒上有很多刺。接下来,很多人的背脊要反复经受麦芒的折磨,那是针刺一样的疼痛。

那是从钢针一样的麦芒上取出麦粒的日子。

那些日子,父亲极度不安,眼角和嘴角都起了血泡。

早上要看天,晚上还要看天。一地的麦子都要仰仗天气的慈悲生长。

父亲的手里,日夜握着一把命运的镰刀。

天黑了。几只在墙角刨食虫子的鸡停止了一天的辛劳,带着饥饿,被母亲赶上了鸡架。

下午,父亲和其他社员收拾完场里的活路,跟着村里的几个木匠准备回家时,被队长彦英叫住了。彦英的左肩上扛着一把挑麦捆的铁叉,右手捏着一撮麦穗,声音因常喝浓茶而发涩。

了解彦英的人能从他扛在肩膀上的农具里分辨出村上最近的活路。比如春天了,他的肩上一定扛着一把锄头。那是锄地的日子,野草正在麦子的身边抢占地盘,如果晚锄几天,麦子就被野草缠住了。看着彦英的样子,村上的男人就从房檐上取下挂了一冬的锄头,擦净上面的铁锈,从门里走出来,大步往地里赶。到了冬天,彦英肩上一定扛着一把铁锨。那是修地的日子,土地可以闲下来,人不能闲下来。在村里还没有种上麦子的土地里,一村人冒着寒冷,把生土和熟土挖开搅和一次,来年就能多打一些粮食。经常是天快黑了要准备收工的时候,大雪就飘落了下来。有些人就会盼望着这一夜大雪能把村子和满世界都封住,明天就不用起来修地了。

彦英说,南咀稍的那片麦子黄了,明天该开镰了。

有人就开玩笑:"还没割麦子呢,你先扛着铁叉,空中挑麦捆呀?"

父亲知道自己的身份,没有说啥,一个人去了南咀稍。

这是他一个人在心里保守了很多年的秘密,除了他,只有头顶上的天空和大地上这些要在镰刀上死去不知道喊疼的麦子知道。每年的这个时候,只要彦英说南咀稍的麦子黄了,下令明天要开镰了,父亲一定会趁着天黑拿着一把小铲子,穿过南场里,走完村南一条越走越深的胡同,到吊在沟边上的那块地里。

今年依然如此。头顶上一颗星星忽闪着,他在麦地里抱住一怀麦子,掐下三枝麦穗。

父亲后来告诉我,他不知道他只活了二十一年的父亲是在什么节气里走的,就自己做主把父亲归为这个村子里没吃上一口新麦就走了的那一群人。没见过自己父亲的父亲想出了一个办法,每年芒种他都会选一个晚上,为了三枝新麦一个人走进麦地。

父亲,在一个人的心里,就是他最敬仰的人。

三枝麦穗:土地一枝,上天一枝,他的父亲一枝。天、地、人,在这个开镰收麦的前夜,被父亲聚集在村子一块黄得最早的麦地里。

手里捏着麦穗,父亲向沟边走了几步,听了一会儿响石潭的水声,再看看身边的麦子。麦子被风一吹,直往他的身上扑。而天上的那颗星好像挪动了一些方向,他转回身,向着村子走去。

在几户人家的门外,他听到了磨镰声。

他推开屋门,取出三把细长的麦镰,在放着磨镰石的脚地开始磨镰。

这三把麦镰,一把是父亲的,一把是母亲的,一把是姐姐的。

磨镰石有两块。大的叫洇面石,很粗糙,用它把麦镰磨开。小的叫鸡心石,很坚硬,用它把麦镰磨韧。父亲说,磨镰,先要磨出铁的锋利,这得靠粗糙的洇面石;还要磨出铁的韧性,只有鸡心石能磨得出来。后来我想,种地的人一定都懂得万物来自土里以及万物相克相生的道理。就像这打镰刀的铁,它是从石头里冶炼出来的,要让这些来自石头里的铁变得锋利,还得用石头去磨。因此,父亲每次从河边走过,都会拣一些能磨镰的石头,大的背回来栽在院子里,小的就装在兜里,回来后掏出来,放在脚地。我小时候没啥可玩,就拿父亲拣的磨镰石在村子里转悠,寻找玩伴。

父亲磨镰经常比铁匠打一把镰刀还要费时间。

在我的印象里,天上的星星都熬不过他磨镰的工夫。他能把那些很明亮的星一个个从天幕上磨下去,让它们掉在麦地里,看他磨出的麦镰明天会旋出怎样的风景。我硬撑着,不让自己的眼皮在他的磨镰声里困倦地合上。

这个时候躺在炕上听父亲在脚地磨镰,其实是一种享受。

回到村上的第一个夏天,我就感觉到自己被歧视了。

这是一个熟人社会,也是一个世俗社会。血缘在马坊,流动在大大小小的族群里,就是一条封闭的内陆河。

西村的红娃在家里排行老大,领着四个儿子住在老宅。宅子门前摆放着两个雕刻精细的石门墩。他坐在石门墩上,儿子们出出进进地忙着,那才叫光景。他的兄弟领着三个儿子住在东边的园子里,只能从一个很窄小的土门里出进。好多年里两个人过得像仇人,可一旦遇到谁被村上人欺负了,立马又成为亲弟兄俩。

那年回到村上的学生里,振生、铁锤和我被分到了一个小队。头一年麦收,队上没让我们割麦。我们只是跟在割麦人后边,把他们割倒捆好的麦点子七八捆立在一起,让太阳晒。立了一天麦,我们的手臂、胸膛和腿脚都被麦芒划出了很多口子,身上一出汗,再被太阳晒着,浑身生疼。那是我们作为新农民第一年参加夏收,一天能挣六工分。晚上,我挤在社员群里,等着记工员万宝在我的记工本记上第一个六工分。那天夜里,我把记工本压在枕头下,想,我的名字,一生就要被写在记工本上?我要靠每天的六工分,养活我自己?我要在这里娶妻生子,建一个我要守着的家?

我的这一切,也是父亲想要的吗?

一阵狂风大雨把我从极度的困乏中惊醒了。

刚下过雨的地里一片稀烂,人进不去,第二天的割麦就停了。

那时父亲平反不久,不再和村上的"五类分子"一起劳动,回到了社员们中间。但在彦英眼里,父亲还不能和其他社员一样看待。很多重活儿脏活儿都分配他去干。而队上分什么,父亲都是最后一个,拿些剩下的不好的东西,就是分一把柴火,也是些烂在地里点不着火的。

彦英对父亲的态度,自然就延续到我的身上。

我们三个人立的麦子全被风雨吹倒在地里。父亲说,那天开会他坐在后面,听到彦英点着我的名字骂了一阵。父亲说,这么大的风雨,场里的麦垛都被掀翻了,咋不骂摞麦垛的人呢?父亲说,麦子也不是一个人立的,咋不骂其他人呢?母亲在旁边插嘴说,振生是水保员运德的儿子,忙罢在水利工地上扛着杆子收方验方,他能骂吗?铁锤又是大队干部俊荣的侄子,他敢骂吗?

只有我可以被拿出来,在社员面前挨骂。

晚上,记工员万宝大声喊我把记工本拿到他家。众目睽睽之下,万宝在我的第一个六工分上打了一个红叉。后来,我在村上、公社、县上的大街小巷里看到县上法办人的布告,一看见那些名字上被画了红叉,身上就一阵发冷,想起我用皮肉之苦挣回来的第一个六工分,在我的记工本上只躺了一天,就被判了死刑。

那个夏天很漫长。在接下来的劳动中,我变得沉默寡言。我不像振生和铁锤,他们可以放肆地在麦场上打闹,打闹累了,就钻进用麦草搭的看场人晚上睡的窝棚四仰八叉地倒下。队长彦英从窝棚前走过,像看不见他们。我要是一会儿不见,彦英就满世界里喊我。我很知趣,就跟在碾场人的后边干杂活儿,一刻也不偷懒。

那个夏天,我领受了麦收的焦苦,也把村上的族群在脑子里过了一遍。我们村子很大,分了四个族群。我们住在西村的人是一个族群,处在北分。住在北胡同、西胡同里的人是一个族群,处在西分。住在城门、堡子、南场里的人是一个族群,处在东分。处在南分的没有几家了,也就随了北分。势力最大的属东分人,因为村上的干部多出在他们中间。我们在北分,属于弱势族群。

村上过年的时候,东分人把他们的老影取出来,挂在黑鹰家的房背上,也就是挂在一个村子的正中心。他们家家端着盘子,上面放着烧酒壶和肉碟子,指画着坐在老影上的先人,念出一个名字,就祭上一杯烧酒。西分人唱对台戏似的,把他们的老影挂在好德家的房背上,尽管也在村子里的正街上,但不在中间,离村上埋人时请魂、甩纸盆的汉台近。东分人就嘲笑西分人把先人不当人。为了报复东分人的嘲笑,西分人就传出笑话,说彦龙的兄弟索娃端的烧酒壶里没装酒,装的是马尿。

我们北分人不把老影挂在街上,而是挂在自家的中堂,按年轮流挂。

我后来清楚了,父亲当年的灾难,那座园子只是个导火索,实质是两个族群里的人把憋了几辈子的气都借机撒出来,以至于演变成村里一场激烈的冲突。到最后,东分人还住在堡子里,北分人还住在西村里,啥都没改变。

我后来死活都要从村上考学出去,就是怕了族里之间的纷争。

现在的村上,族群的形式还在,只是堡子不在了,西村也不在了,家家都住成了插花地。除过婚丧嫁娶之事,大伙儿平时都忘了自己是哪一分子的人。

马坊的世道被彻底改变了。

那个时候村上人把碾麦的地方,叫作场里。

它在我们的小时候,就是乡村里的童话世界,也是乡村里的战场。而对于膝下有了孩子,操劳着家事的男人和女人,那里就是脱皮掉肉,能把人身上的油一滴不剩地榨出来再晒黑晒干的地方。

这些晒得又黑又干的油,其实就是人们身上的垢痂。

我一直暗自欣赏那些走在我们前头的先人们。他们对于这个村子,最初并不是盲目地安顿的。他们像是带着天意,要在这一片山河里整理出一个村子的样本,否则就对不住东边的五峰山、南边的营里山、北边的高岭山。几座山站立在几十里外,把人和牲畜聚拢在一块平整的土地上,让人们按着四时八节,该种地时种地,该收获时收获。我没有提到西边,不是那里没有山,是西边那座盘卧在大地上的页梁太宏伟、太让我们有脸面了,它守护的不只是马坊,乾陵以北的永寿县也在它的怀抱里。

　　先人们像敬神一样敬着村里的土地,在一片庄子、一条街道和一排园子的南边,东西连着,留了四个很大的碾麦场。这是东、南、西、北四分人古有的碾麦场。后来,人们带着土地、牲口和农具,集体入了社,四分人自然成了四个生产队,而这些至少有几百年历史的碾麦场也就一个生产队分得一个。

　　麦子从地里收回来叫上了场。场边摞成的麦垛有圆顶形的,也有马头形的。在我们这群半大不小的孩子眼里,那些站在麦垛顶上的人就像站在天上,他们一挥手中的木杈就能把云朵撕下来。这个时候,我们就认麦垛顶上的人,认出了满仓他爸、朝鲜他爸和参军他爸。有时候,我们坐在青海家园子的后墙上,数哪个队的麦垛摞得多,摞得高大,摞得好看。饥饿让我们很早就操着一份大人的心,盼着自己队里的麦垛比别的队里多。

　　天气好的时候我们就开始碾麦,一天能碾两场。到了天黑,女人回家做饭去了,男人躺在满场的麦粒上,抓一把嚼在嘴里,一股凉风吹来,麦香就飘起来了。

　　这个时候,碾麦的碌碡歇下了,牲口也被拉回了饲养室,我们才被允许进到场里,坐在大人的身边,看那些停放在远处的农具。我在心里默记过,要完整地碾上一场麦子,人要配备的农具有木杈、木掀、铁钩、肩杈、推坡、扫帚,给牲口配备的至少有碌碡、绳索、鞭子、罩滤,场边还要放个木槽,伺候好草料。那些男人一上场就抓起铁钩、肩杈,爬到麦垛顶上。力气大的挥起铁钩,只一下就挖开了麦垛的顶子。下边的人推上肩杈,接住麦垛上滚下来的麦捆,均匀地撒在场里。女人就拿了木杈把麦捆抖开,摊成一圈套一圈的样子让太阳晒。手臂灵巧的女人,会让麦子站起来,像一面由里向外翻卷的麦子墙,人站在墙里,像转着九曲。这样翻过几遍之后,太阳也就在头顶上了。只听一声鞭响,一头牲口拉着一个碌碡,从场道坡上气昂昂地走进场中心。牲口转着圈子,碌碡碾在麦子上,发出干脆的响声。转到外圈的时候,摊在场里的麦子只剩下半尺厚了。再翻一遍,再碾一遍,那些扎人的麦芒不见了,一层摸上去非常柔软的麦草下面是一层红丁丁的麦粒。

起了场,人们就等着扬麦。

这个时候,有时很及时,有时很晚,老天会不知不觉地送上一阵扬麦子的风。只要起风了,令娃、卫卫、八斤,还有我的父亲,这些扬麦的把式就戴顶草帽错开站着,顺着风向举起木杈,把除去麦草后留下的东西有节奏地送上天空。起落之间,场上传出了沙沙的声音,麦子落在风的上方,麦糠落在了风的下方。

由于风的原因,扬麦的过程有时被拉得很长,一些孩子在麦垛下睡着了。结束了一天的活路,有孩子的大人会在场里的角角落落喊上一遍,那些睡得像死猪一样的孩子就被大人夹在胳膊下或扛在肩上,伴着闷热的月光有气无力地回家去了。

走到场道坡,一定会遇上一个人。他叫团儿,是村里的木匠。

他背着锯子、推坡、斧头,准备收拾那些摆在场里的农具。

有时天都亮了,团儿收拾农具的斧凿声还在场里响着。

等到忙罢,忙活了很多天的场里开始清闲了,孤零零地摆在场里的几个麦草垛等来的只有一些觅食的麻雀。接下来,这些让村子里的天际线高了很多的麦草垛会等来秋雨, 等来大雪, 也等来家里有病人的人——他们要背上一笼麦草,带回去熬中药。

有时候,我跟犟娃、朝鲜和抗战正在一座麦草垛下用筛子扑麻雀,就看见队上的几个饲养员抬着铡子,扛着铡刀,背着背篓,提着扫帚,从雪地上摇晃了过来——他们要在这里给拴在槽里的牲口铡草。

他们在一座麦草垛下扫出一块雪地,放好铡子,安上铡刀,就开始一个人递草,一个人褥草,一个人铡草。铡草的人力气要大,褥草的人心手要细,那个在旁边递草的人就无所谓了。偶尔也有被铡子伤了手指的人,一个冬天,他都会绑上绷带,把那只受伤的手招摇在胸前,以此提醒队长,伤还没好,不要忘了记工分。

天存当上书记的第一年,那些碾麦场就在村上消失了。

他先是在北边箍了一排窑洞,又在南边划了十几处庄子,碾麦场的最中间,成了村上的一条新街。那时村上还是大集体,没有碾麦场不行,就在村西、村南和村东平了四块耕地,成了新场。过去场里都是收麦的时候搭个窝棚,忙罢就拆了。新的场里盖了三间瓦房,立在村子的边上,很气派。

现在,村上没有一块碾麦场了,事实上也不需要了。

那个叫场里的地名没有了,因它衍生出的南场里也没有了。

我有一年去麦积山的时候突然想起马坊的麦草垛,想起有一年冬天,一个从城里来的画家看见我们村场里那几座孤零零的麦草垛,眼睛一热,就在雪地上支起了画架,画了很长时间。

那些守在场里的麦草垛,就这样很偶然地被画家画了下来。

天下有一种苦焦的人,那就是麦客。

以前的马坊男人大多都当过麦客。麦客这种苦焦的活路,让他们从常年藏身的马坊出来,有了每年一次的走州过县的日子。父亲说过,他当麦客的那些年,向南走得最远的地方,就是咸阳的北原。那是埋皇上的一道大原,他也叫不上那些帝王陵的名字,只看见很多大土堆在麦地的中央盘踞着。他割过的很多麦子,就种在帝王陵的边上。作为麦客的他不知道,这里的种地人,祖上大多是守陵的人。随着时间的推移,朝代的更替,这些守陵人慢慢就变成当地的庄稼人了,紧邻皇陵,种上一些能打麦子的土地,也就自然转换了身份。

父亲说,他们被引到一座大土堆的南边,主家说这边向阳,麦子黄得要掉到地里了。他们就弯下腰,把镰刀伸向种在皇陵边的一大片麦田里,割得头上身上大滴地掉汗珠。割到中午,主家送来饭食,他们就坐在大土堆的边上狼吞虎咽地吃。等他们吃完了,转到大土堆的后边,看见北边有的麦子还有些绿,就想这大土堆真的太大了,竟在它的南北制造出了不同气候。等他们把南边的麦子割完了,再转身去北边,麦子的穗子黄亮了,麦芒也弯了起来,这些麦子也就该割了。

父亲围绕着一座帝王陵割了数天,才把周围的麦子割完。从北山里出来,看到这么平展的土地长着这么好的麦子,父亲想,皇上真是有福之人,死了也在麦子堆里躺着,不愁没粮食吃。一同出来的麦客也开玩笑地说:“这皇上睡到半夜,要是肚子饥了,从这大土堆里爬出来,看见这么多的麦子,手里没镰刀,也没办法吃啊。”有人说:“那皇上不会掐了麦穗,用手揉了吃?”有人就骂:“你以为皇上的手像你的手,不怕麦芒扎吗?”麦客们回头看,那被骂的人正用手揉了麦穗,吹了麦芒,把一掬颗粒肥大的新麦往口里塞。

很多麦客吃着送到地头的饭食,想起了北山里的亲人此刻还饿着肚子巴望着快要黄了的麦子,心里就有了一些难过。有人从笼子里抓几个蒸馍,等送饭食的人一走,就把一个蒸馍掰成四块。蒸馍晒在大太阳下,半下午就晒成了干馍。一路由南向北割麦子,等回到北山的时候,挣多少钱不说,至少每个麦客的背上都有一褡裢干馍。我们小时候,看着地里的麦子黄了,知道出去当麦客的人就要割麦子割到自己家门前了,便站在村口,眼巴巴地等着,希望能看到背着一褡裢干馍的他们从村南边的沟里摇摇晃晃地走上来。

这样偷着晒干馍成了陕甘两省的麦客中流传下来的一个习惯。父亲说,他当麦客时,从咸阳原上割到马坊的麦地里,就不再向北走了,他的褡裢里的干馍也刚好装满。而那些家在甘州的麦客,要割过永寿的页梁,割过彬县的大佛寺,割过平凉的崆峒山,割过兰州的黄河,再往西割下去,割麦的日子长着呢。在他们心里,那些麦子就像踩着佛陀的脚印,被种到了天边。他们装在褡裢里的干馍早就满得不能再装了。那些头上戴着白帽子、说话生硬的甘州麦客就在沿路的镇店把干馍换成麻钱,揣在怀里。十几个人走过来,一路叮咚地响着,也不怕被人抢了。

久而久之,那些麦客就习以为常了,再热的天气里,只要吃饭,都会把随身背着的棉衣披在汗流浃背的身上。这样折磨自己,就是为了吃饭时能装几个蒸馍。主家也知道,就叮咛送饭食的碎娃盯住吃饭的麦客,不敢买眼。可是你想,那些天南地北跑着卖力气的麦客,能哄不了一个碎娃?

父亲说,他在咸阳原上割了几年麦,没拿过一块干馍。每顿送来的饭食,基本都是定量的。如果一个人偷着往棉衣里藏了一个蒸馍,就会发现没吃饱,走到地里割麦,力气少了好多。况且,和周围的县上不一样,咸阳原上送饭食的都是干不了重活儿的残疾人。他们的身子有残疾,脑子却灵得像猴一样。麦客不但偷不走一个蒸馍,就是掉下一块馍花都能被他们发现。咸阳原上的麦子割完了,这些向北转场的麦客背上的褡裢都是空的。

他们转身,已看不见咸阳原上的村庄,更看不见走动在咸阳原上的人,只有埋着皇上的大土堆停在他们割过麦子的地里,不改一身土黄的颜色。他们就对着这些大土堆,吐一口唾沫,把在肚子里憋了很多天的话说在了大太阳下:"咸阳原,埋皇上,皇上长成一堆土。一堆土,像座城,城里一群咸阳猴。"

这些麦客一路向北割着普天下的麦子,在哪里想起了这句话,就在哪里的田野上放开嗓子喊上一声,也就被哪里的人听见了。"咸阳猴"的叫法,因了这些麦客,传遍了陕甘大道。我在咸阳工作时,每遇到一个家在咸阳原上的人都会打量上一眼,看他们哪里像猴。

父亲作为麦客,在割麦的路上能给自己的褡裢里开始装进一些干馍,还是离开咸阳原,进入礼泉、乾县以后。在礼泉,他在昭陵周围割过麦。听当地人说,那里有六匹石刻的马,看起来就像活着的马立在神道上。陵上的石头缝里长满了野枣刺,奇怪的是,枣刺都往下长,走过去不扎人,更不会挂住衣服。他们割了一天麦,躺在露天的场院里,当地人的这些话,也就听听而已,割麦人哪里懂得什么石马不石马。况且即使是皇上骑过的神骏,也已被时间凝固成了石头,站在无边的野地里,比睡不着的麦客还寂寞,这个时候也就只能无所事事地闻一闻身边的麦香罢了。

割到乾县的时候,父亲看见了乾陵。这里距离马坊很近,中间也就隔着洋芋岭、封侯沟、马坊沟。父亲每年去山后砍柴,从村里走上高岭山,只要回头,乾陵的顶子就会出现在正南的方向,像顶着那里的天。由于这里埋着一位女皇上,我们那里的人就叫它官婆陵。父亲想,这里距离马坊太近了,割完眼前的麦子该回家了,就一个人手提镰刀,身背褡裢,走上了乾陵的神道。

对于回家的期盼是父亲苦焦的麦客生涯里唯一的一抹亮色。

从乾陵下来,父亲翻过洋芋岭,踏进了永寿的地界。

父亲种完最后一季麦子,干了两件有些异样的事。

一件事就是收拾好每一件农具,让它们按原来的地方摆放。该挂在房檐下的就挂在房檐下,该架在楼上的就架在楼上,该堆在屋角的就堆在屋角。他会干这些事,在熟悉父亲的人眼里是再平常不过的了,不会多想。住在门前的豪娃,有时披一件黑夹袄,进来坐在院子里,看着父亲如此爱惜农具,就自言自语地说:"这些旧木头旧铁,谁死了也不会背去,就是个工具,劳动时用着顺手就行。"父亲看了他一眼,没说不高兴的话,人还是挪了过去,挨着豪娃,歇坐在一个树墩上。

父亲看着一只吃虫子的鸡,想着人也是鸡命,落草在土里,就停不下刨食。他也想着这些农具,眼下不收拾好,木头就腐朽了,铁也就生锈了,明年开春的时候就一件也拿不出手了。那些长在地里的庄稼,没有这些木头和铁的反复伺候就不长个,会因身边疯长的野草而荒芜在地里。

只有住在邻村的三姐看出了一些异样。她几次回来看父亲,都发现他不出大门,只一个人坐在房前的槐树下,身边放着几件不一样的农具,像是收拾好了,不放心,又取下来重新收拾一遍。这在往年是没有的事。那么多的农具,往年父亲都是一次收拾好,然后就出了大门,在人群的不远处坐下,听他们说发生在村里的大小事情。

那时,我在县上工作,有了大女儿薇薇。母亲给我们看孩子,就让父亲留在村上,说是看家门。其实也没什么需要看的,左邻右舍都是一个村里的人,锁子往大门上一锁,什么都放心了。真正的原因,是我在县上的中学里住,只有一间房子,父亲来了没有地方落脚。那几年,住在邻村的三姐每周回一次娘家,看不见娘,就给看家门的父亲背一兜蒸馍,做一顿热饭。看着父亲吃饱了,三姐才洗了锅碗,放心地走出大门。

有几次回娘家,她是叫开被父亲关着的大门的。

三姐说了这些,我们心里咯噔了一下也就过去了,没再去多想。

还有一件事是父亲翻过营里沟,看了远嫁在滚村的大姐。父亲平时嘴上不说,心里最放不下的,就是没过上几天好日子的大姐。她带着病身子出嫁,受了多年罪,终于活出了人样,却和娶进门的媳妇分了家。一生不会惹人的父亲,居然把两个外甥叫到跟前骂了一顿。回来的时候,上了营里沟,父亲在仇家村的公墓旁捡到了一根被风吹断的、有一把粗的桐树。他将桐树扛在肩上,没走几步就跌了一跤,裤子的膝盖处烂了一个圆洞,却没伤着皮肤。看着三姐缝补裤子上的那个破洞,父亲叹了一口气,后悔不该捡回那棵桐树。有天晚上趁着天黑,一生不相信神鬼也不害怕神鬼的父亲把那棵桐树撂在了庄背后。

听说这件事后,我想,父亲去滚村时,一定到村西北,去改嫁到那个村子的早已躺在地下的他母亲的坟上看了最后一眼。因为很多年里,父亲带我去大姐家,在进村时都要穿过一片麦地或一片玉米地,去那座坟上看看。

那年冬天,跟着一场很大的雪,父亲走了。

我和姐姐说着这些事时才恍然大悟:一个人,活到一定年岁就会想自己的后事,也会把一些很偶然的事往神秘里去想。

父亲在种他一生最后一季麦子时,心里想的特别多。有回周末,我和父亲睡在炕上,他一直说着种麦子的事,比如在孙家门前的地里种什么品种的麦子,在南咀稍的地里又种什么品种的麦子,都说得清清楚楚;还说到了春天要锄两遍草,要上一次土肥。最后他低声地说:"把孙家门前那块地里打的麦子晒干拉到县上,够你母亲和你们吃一年。"我睁着眼睛看着漆黑的房梁,没有说话,只有父亲的声音在上边萦绕。

种麦子前,父亲捎话到县上,让我多买两袋磷肥。

他要把磷肥搅和在土肥里,当作追肥。

像为了纪念父亲似的,那年我家的麦子长势特别好。当了一辈子农民的父亲,临走时交到我手上的,就是他在马坊的两块地里种下的最后一季麦子。开春了,我回了几次村,给地里上了一次土肥,锄了两遍草。我想,这就是父亲的遗嘱,不知道何为遗嘱的父亲也只能给我留下这样的遗嘱。我清楚地记得,每次锄完最后一溜儿麦地里的草,天上都会开始落雨,而且是毛毛细雨,淋到身上有些暖和。

这时,父亲一定正在某个我看不见他的地方看着我。

麦收时,我和母亲回到村上。在母亲收拾屋子的时候,我带女儿去了麦地。我掐了几枝很绿的麦穗别在女儿的衣服上,很是好看。我知道,女儿一定记不住这是爷爷种下的最后一季麦子,是爷爷留给她爸爸的需要替他收割的麦子,但我会替女儿记下:那一年,她来过爷爷的麦地。

收麦的那天,我起得很早。走出大门,看了一眼东南方向的五峰山,我判断今天的太阳一定会让地里的麦子挺得很直,镰刀过处一定是一片嚓嚓声。我提着父亲用过的那把镰刀,走进孙家门前的地里。我在开镰前小站了一会儿,想让父亲找某一个视线很好的地方,看着我是怎么弯下腰,怎么压住怀抱里的麦子,怎么抬手把镰刀挥起来的。

我想让父亲看看,我割麦子的样子,像不像他。

我在地里割了三天麦,在场里碾了三天麦,又在门前晒了三天麦。

我用了九天时间,收获完了父亲种下的最后一季麦子。

那一年的麦子丰收,我用装过尿素的蛇皮袋子装了十二大袋。那是我在马坊活了二十九年,见过的我家收获得最多的一季麦子。

那是父亲留给我们的最后一份粮食。

父亲种麦时说,种这一季麦子,要足够母亲和我们放心地吃上一年。其实,直到母亲去世,我们吃的,都是父亲种下的这最后一季麦子。

后来,我一想起那些麦子,就对长大了的女儿说:"那是爷爷留下的粮食。"

这句话说完,我和女儿都流泪了。

十

　　这一天,一个起得很晚的人走出关了一夜的大门,正要去收割净了的麦地里揪一把新长出来的灰灰菜。他想在耕地之前,尝一尝这些贴着麦子根部努力生长的野菜有没有麦子的香气。

　　野菜在泥土里的生长速度,让种了多年庄稼的人都觉着不可思议。

　　有的人两三天前才从这片地里走出来,割净麦子的泥土裸露着一片白晃晃的麦茬,让穿着厚厚的麻鞋的脚都有一种烫热的感觉。谁知几夜的湿风一吹,这些不知用什么办法藏着种子的灰灰菜就猛然长出了一身嫩绿。揪住它,像在大热的天里揪住一把清凉的水,人也从割麦子的困乏迷糊中被激灵醒了。

　　已近正午,抱着一怀灰灰菜走出地头的人,发现自己的影子突然短了一截。再看树木的影子、房屋的影子,都比昨天短了。还有那些站着的牲口、跑着的鸡狗,影子也短了不少。

　　走到村口,那人看见读书人卵卵,就问:"村里的树木、房屋、牲口、鸡狗,关键是自己的影子,怎么就短了一截?"

　　卵卵用烟锅敲了那人的头,说:"过了今日,你的影子就慢慢长长了。"

　　那人干咳了一声,记起今天是夏至。

长在地里的麦子,终于被收进粮仓了。

对于那时的人家来说,粮仓就是一个用麦秸编织成的粮囤。在屋子里找一个僻静的地方,先在地面上铺一层砖,再把粮囤放在上边。为了防潮,粮囤底要密实地垫上一尺厚的麦草。麦秸编织的粮囤很软,可拉成任何形状,不过一般是圆形。

这个时候,父亲一定会在粮囤里弯着腰,把垫底的麦草铺得又实又厚。等到粮囤的圆形出来了,确认它的形状被麦草固定住了,父亲就让我们把晒干、扬净、放凉的麦子装在木斗里,一次次地递给他,他再一次次地把麦子倒在粮囤里,直至铺在粮囤底的麦草被麦子压过一尺厚的时候,他才踮起脚尖,从粮囤里面跷腿出来。

他在粮囤外,走上两步,就抓住粮囤的边往上提一下。一圈走完了,粮囤被提得离开了地面,下边半尺高的地方露出了麦草。这时,我们就站在旁边,看父亲半蹲着,一手抓住毛线口袋开口,一手从后边一推,腰往前一伸,装得满满的麦口袋就上了他的肩膀。他几步走到粮囤边,松开抓着开口的手,一阵唰啦声之后,金子一样的麦子就落在了粮囤里。

那是我小的时候最爱听的一种声音。

粮囤下边半尺高的麦草上要抹上一层很厚的麦草泥。等那泥干了,为了防老鼠,再围上一圈带刺的枣子枝。这样,人住在有粮囤的屋子里,日子中最大的愁苦就被赶走了。从那个时候开始,母亲不管做什么针线活儿,都要坐在粮囤的边上。父亲从地里回来了,端上饭碗,也要靠着粮囤把饭吃完。有时他还坐在粮囤边吸上一阵旱烟,吸完了,在鞋底上弹了烟灰,才扶着粮囤站起来。看到这样的生活细节,我明白了,父亲这样的人一生守着的,其实就是一块土地和满囤粮食。

父亲的爱好之一就是编织粮囤。

一个种地人,手里做的,都应该是与粮食有关的事。父亲想,土地一年能打多少粮食先不说，盛放这些粮食的粮囤得随时准备好，这也是对粮食的一种应有的敬重。他每年都要为新打下的粮食准备一个新囤，就像我们小时候，家里再穷，过年了都要有一件新衣裳。这样，我们不但觉着身上暖和，更觉着脸上有光。

父亲编织的粮囤，就是粮食的衣裳。

现在想起来，父亲编一个粮囤比母亲给我做一件土布衣裳还要费时间。

每年麦子上场了，父亲、母亲和姐姐三个人就坐到阳光照脸、麦芒扎手的场里。他们把要打碾的带着穗子的麦子揽在怀里，抽出麦秆长得又长又粗的，一小撮一小撮地绑在一起。一个上午下来，各人后面的麦子都堆得山一样高。他们坐在场里，就像坐在麦子的光芒之中。然而，只有身临其境者才会懂得他们口里的苦涩，因为他们坐在太阳下抽了这么长时间的麦秆，却没有喝过一口水。

如果手慢下来，碌碡就要碾压过来，今年的麦秆就少抽了。

随后麦穗对着麦穗，把这些抽好的麦秆摊在场里。父亲用连枷拍去麦穗里的麦粒，然后捆成捆，从场里背回来，小心地架在楼上。等到农闲的时候，父亲会把它们一一编织成闪光的粮囤。

遇上下雨天，进不了地里，父亲就爬到楼上，取下大约可以编织一个粮囤的麦秆，放在雨地里淋上一会儿。等麦秆潮湿了，有了柔性，父亲就开始编织圆圈，从圆圈上每隔一匝的地方抽出一撮麦秆作为经线。等一圈经线抽好了，朝上竖在那里，父亲就转着圈，把一撮接一撮的麦秆作为纬线，从粮囤的底部往上一圈压着一圈地编织。作为纬线的麦秆，每经过一个经线，都要打一个结。这样，编织到多半个人的高度，手里的麦秆活儿就算干完了。接下来，父亲会用锥子在粮囤上下边上各扎出一圈小孔，把早先备好的粗麻线关进小孔里。每关一个，用力一拉，上下两圈下来，编织得精致的粮囤就有了一个结实的边,不会被轻易撕扯烂。

太阳出来了,粮囤就在院子里晒太阳。

以我们家每年打的粮食,加上队里分的口粮,一个粮囤完全足够了。可很长时间里,只要天上下起小雨,父亲都会忙着编织粮囤。我家的楼上挂满了大小不一的粮囤。上午我躺在炕上,有时候会看到从房山角的窗口里照进来的太阳把那些粮囤照亮。一天之中,只有这个时辰,那些常年处在黑暗中的粮囤能见上一会儿阳光。我看见了就数那粮囤上打的结,直至阳光过去。

父亲编了这么多的粮囤,是想在每年的麦收前背到县城的四月会上去卖,以此换回一家人一个夏天吃的辣子油钱。因此,很多去县城逛过四月会的人在印象中或许都曾碰到过一个满脸胡须的人,用一根扁担挑着七八个捆成捆的粮囤。

父亲一路没有话,汗水将他的衣裳紧紧地贴在后背上。

卖完粮囤的父亲买了一些过夏用的东西,等回到村里,人就软瘫了。

后来我想,父亲编了那么多粮囤,它们应该已经卖到了永寿的大多数村子。很多人家的屋子里就用父亲编织的粮囤储藏着一年的粮食。他们从粮囤里收拾麦子磨面时,有没有想过,粮囤上那些米白色的麦秆里还留有一个陌生人手上的温暖?他们家的粮仓,就是父亲听着雨声,用心编织出来的。他们不记得具体的他,只记得每年的四月会上那个像符号一样的卖粮囤的人。

每年粮食进了粮囤,母亲就把家里的那只花猫拴在粮囤边上。白天回家,我总能看见它在粮囤的顶上眯着眼睡大觉。只有到了夜晚,它眼睛里的光才会刺破一屋子的黑暗,照见在洞边探头的老鼠。有时,花猫被邻家借走了,父亲就把赶牛的鞭子加到能够到粮囤的长度,一听到有老鼠咬啮粮囤,睡梦中的父亲就会把鞭子挥过去。

父亲去世后，我们从他自造的又矮又黑的楼上取下过几个粮囤，打算用来装新麦。拂去堆积了几年的尘土，粮囤上的麦秆发出崭新的颜色。我们的心里一时难过起来。

我想把这些粮囤带回城里去，放在房子里，没事的时候看上一眼，摸上一把。那是一种很古老的手艺，是父亲留在这个世上的为数不多的东西。

姐姐说哪有人往城里背粮囤的，我就没有拿成。

我不知道父亲留下的那些粮囤最后去了哪里。那样的粮囤，在今天的马坊已经被白铁片焊成的粮仓代替了。

传说，我们的祖先在土地爷的身边虔诚地泥塑了一尊麦神。那是隔着朝代的事，那时我们的村子应该还叫彭村。那时村东的张家庙也许刚刚被一场大火烧成一片灰烬，给后人留下一个谜团一样的地名。

大火毁了村上的庙宇，但那些被敬仰过的事物，依然在一村人的心中像一个人一样端端正正地坐着。我想象在大地原始、空旷、寂静的早年，马坊人的身边只有土地、庄稼、牲口和野兽。在他们的世界里，山水就是他们的主宰，他们对自己以外的事物都心存敬畏。他们仰头，天空是那么蓝，云朵是那么白，太阳是那么红。他们就想，是风在头顶吹着天空、云朵和太阳，给了在地上生活的我们这么多的白天和黑夜吗？他们看不见风，只能从晃动的物体上捕捉风的样子。

风让他们捕捉到了很多事物。

看着父亲的眼睛、耳朵、嘴巴和手足，我在很小的时候就想，父亲能看到的景象它们早已看到，父亲能听见的声音它们早已听见，父亲能说出的话语它们早已说出，父亲能走到的地方它们早已走到。那个时候的父亲，活得很自然，也活得很安静。

我们每过一个年节，父亲都是家里的操持者。他要以后世者的身份，

给先人过好每一个年节；他也要以一个父亲的角色，给我们过好每一个
年节。在年节里，想到先人，想到我们，他感到满足和幸福。

我们村上的人都记得，村子的西头曾经盖着一座大庙。

那座大庙不能和大火烧毁了的张家庙相比，但在我们村的村史里，
它是盖得最体面的建筑之一。它的屋脊上有很多砖雕的兽头，像在村子
的上空为我们驱赶着所有不祥之物。村里起得早的人，经常是在一片白
雾里，看着大庙顶上的兽头，才安心地爬上车辙很深的碾子坡。追溯它的
年代，至少是在清末，应该与我们村上出的那个贡生耿大典有关。他的真
名记载在县志里，村上人都叫他耿贡。后来人们说是他给村上盖了这座
大庙，然后在堡子里坐西向东盖了一处由门房、上房和两边厦房组合在
一起的四合院。

院子的南边打了一口很深的井。

很多年里，堡子里的人都在这里打水吃。

有一年，井口里长出一棵槐树。村里人觉得这不是一棵普通的树，就
把井口护了起来。等我长到能爬上墙去看这棵槐树的年纪时，井口早就
看不见了，都被树身占满了。那个时候来我们村的人，只要看到这棵树的
树冠，就能顺利地走到堡子里。

对于这样高大的树，村上人没法形容，就叫它马大槐树。意思是说，
它比高头大马还大。马坊人从居住在这片山河开始，就没有见过比一匹
马还大的动物。

村上盖了这座大庙，忙罢祭祀麦神就有了坛场，这里也就庄重热闹
了起来。父亲说，祭祀前一天，各家有蒸花馍的，有烙花馍的。这些花馍，
模仿地上和天上的虫鸟，做得和真的一样，上面涂了大红大绿，很是耀
眼。这一天也很有讲究，村上的大人小孩必须赶在太阳从五峰山后冒着
金花爬坡前醒来。

马坊人在这时祭祀麦神,是因为他们相信,地里的麦子虽然割了,也打碾了,但是那些麦茬以下的麦根还在土里活着,只有过了夏至这一天,麦根才会开始死去。他们这个时候献出这么多的供品,就是祈求麦神让死去的麦子能再次从土地上活回来。

有一年,父亲端着母亲做好的花馍,领着我走进大庙。

一村的男人都一手端着盘子,一手牵着小孩,按族里的辈分有序地站着。一声锣响,叫着谁的名字,谁家就上前把盘子里的花馍放在供桌上。

我们紧紧盯着供桌,不挪一下目光。等主事人俊彦把八字眉一扬,和村上的几个吹鼓手吹起手中的黄铜唢呐,人们就会把这些花馍用五色的绳子串起来,挂在我们的脖子上,戴在我们的手腕上。我们便丢下大人,从大庙里跑出来,在花馍上咬一口,然后就跑进村巷里去了。

后来,大庙变成了学堂。

我的小学就是在大庙里上的。上课时只要走神,想到的一定是花馍。

村里不能没有麦神。后来,在村西通往沟边的胡同里一面很干净的土崖上,村里人凿了孔敞着门的土窑,泥塑了一尊想象出来的麦神。

麦神被安顿下来了,一村的祭祀也终止了。

从此以后,做下的花馍就在每年夏至那天直接戴在我们身上了。

再后来,彦英当了队长,想出了新的办法。他让人在南壕的饲养室院子里支一口油锅,摆几个大案,炸起了油饼。夏至这天上午,在场的人能趁热吃上一个。到了正午,油饼按人口分给各家,人们领完就拿回家去了。

有一种草叫看麦娘,它常常贴着麦地的边缘生长,在风里摇曳。

麦子都收完了,它还依然站在那里,摆出一副热心肠。我不知道此时的它,到底在地里慈眉善眼地看什么。但我喜欢它的样子,喜欢它没能转世成麦子就把自己当成一把上好的饲草,捐躯给地上的牛羊、骡马的伟大精神。它在旷日持久的风雨里变成一种村上人易于获取的中药,长在被暑热折磨着的人每天要走过的路边。人们经常伸手采摘一些枝叶含在嘴里,咂出它的药味。

我更喜欢人们给它起的名字:看麦娘。

我在农村的时候当它也是一种小麦,以为到了芒种,它会像种在地里的其他麦子一样,穗子上也能结出一把红丁丁的麦粒。我去村南的渠边找那片长势很好的看麦娘。它周身的叶子都黄了,是像麦子一样,用手一捏,顶在头上的穗子却多数是空壳,偶尔有一些颗粒状的东西也瘦小得难看。

我认定,看麦娘是一种没有转世成麦子的饲草。

这几天,父亲用每天都熬得很黏的罐罐茶把割麦时的疲劳从身体里逼退以后,又背上草笼,顶着很大的太阳去麦地边割这种饲草。他将手中的镰刀换成了手把短一些却很结实的草镰了,再不是那个手把很长的麦镰。

他先去村南的沟边。那里的看麦娘正被沟里来的风吹得前仰后合,发出一种沙沙的细声,好像一地的看麦娘都在用叶子将头顶上的阳光反复磨响。

父亲割着看麦娘,却不像他平时给队里的牲口割种苜蓿或是蓏草那么贪心。我在地里挖草,经常看见父亲担着两捆开着紫花的苜蓿从南边上来。从远处看,它们真像两堆绿里透紫的小山,在田野上移动,一路留下的是草的清香。身后两头牛犊急急地跟上来。一只胆子大的牛犊张嘴撕下一撮苜蓿草,低头咀嚼起来。

走近了,我才看见埋头在草捆中间的父亲已经被扁担压出了一身的汗水。

父亲割了半天,放在草笼里的看麦娘也不足半笼。这中间他割上几镰就站起来,向着沟的对面张望。在村上的多数男人还躺在炕上歇夏晌的时候,父亲就背上草笼,提着草镰,来这里割看麦娘了,但我知道,这只是个借口。以自己这几日睡梦里出现的情形判断,他远嫁沟南的大女儿应该快回来看忙罢了。

这是马坊的一种风俗。出嫁的女子到了忙罢,都要背上白馍油饼,走回来看娘——其实,是那个嫁出女儿的娘想看女儿了。这么热的夏天,女儿跟着男人,能割得动麦子吗?那张在娘眼里怎么看都好看的脸,在麦地里晒黑了没有?因为这个风俗,嫁出去的女儿年纪再大,每年的忙罢,都要回一趟娘家,一直到父母去世。

有人说,每个乡村女人的身后,都有一条连着自己生命的原始之路。

只有父母去世了,这条走了很长的路才会被哭声和眼泪斩断。

父亲知道,大女儿回一趟娘家不容易。大姐每年都要争取多翻几次的这条沟,就叫营里沟。营里沟因营里村得名。这村名,应该与古代的设置有关,也可能住过兵差,或许还连着一次大事件。我想到了皇帝出行,因为营里村的紧南边就有一个村子,叫御驾宫,那些护卫皇帝的人可能在这里扎过营。那些年我们从县上回来,路过营里村,见了很多靠在墙根晒暖暖的瘸子人,就笑话说他们的祖上一定跟着皇帝打过仗,那些被打残了的胳膊腿穿越了千年遗传到他们身上。他们一听,生气了,踮起瘸腿追过来。等他们追到沟边时,我们已经翻过沟,进了马坊的地界。

营里村边的这条沟,应该不是地球最初的那场造山运动形成的。它应该是西北的页梁上那些远古降下的大雨沿着罗家岭的山势天长日久地冲撞出的一条黄土沟。这条沟不宽,但是很深,人下到沟底抬头看空中,只能看到一线天。这条沟里的路在北坡上盘来绕去,一边总是挨着悬崖峭壁。而在南坡上,路就像从沟边垂直着落到沟底,下坡的人只要起步抬脚,就有刹不住的感觉。而沟底河滩里的列石摆得很不稳当,人踩上去,随时有踩翻的危险。这个时节又经常发洪水,有时洪水能漫上河滩的庄稼地里。

父亲放不下心,就借着割草,来到沟边等着。

确实,这里的看麦娘,在一个村子的荒坡地里,是长得最厚实的。队里的饲养员,没有不来这里割草的。那些从车辕上歇下来拴在槽头的牲口,一个夏天里没少吃这些本身就是中药的饲草。

大姐从村里出来,需要走过一个很长的斜坡,穿过营里村,才能来到沟边。

等在沟对面的父亲看了看太阳在天上的高度,一回头,就看见对面沟边闪出三个身影。一个大人,两手各牵一个孩子。那个大人正是我的大姐。父亲喊了一声,没等到回音,就在路边放下草笼,向沟底走去。在河滩上,父亲踩着河里凌乱的列石,接上了正要过河的他们。上坡时,大姐的两个孩子被父亲轮流背在背上。

回到家里,母亲的犒面就端到了炕上。碗里的油、辣子、葱花汪了一层,还打了鸡蛋絮子,也有不少的肉花漂在汤上。母亲给大姐挑了一筷头,那面真像一撮细长的丝线。我小时候盼着过年、忙罢以及家里来客人,这样就能吃上母亲用一上午时间做的揉得筋道、擀得很薄、切得如丝的犒面。

那一顿饭,大姐和母亲没吃多少,娘俩的嘴巴里全是说不完的话。

接下来的几天里,二姐要回来看忙罢,三姐也要回来看忙罢。她们住得近,走三五里的平路就能回来一趟。父亲和母亲等在家里,我会去碾子坡等二姐,去南场里等三姐。

有一年,父亲去了几次南沟边都没等到大姐。正在心慌时,从沟南里过来的人捎话,说昨夜一场暴雨,大姐家住的窑洞灌水了,出进走人的洞子被洪水冲塌了,一家人住在大队里,只从水里抢出了几袋麦子。父亲、母亲和我,赶紧背上家里的米面和一大堆旧衣服,再叫上二姐和三姐,翻过营里沟,去了遭水灾的大姐家。

三个姐姐回来看忙罢,我最盼的是大姐。

大姐会背上很多清油包子,还有放上椒叶用白面炕的干干馍。我家挂在房梁上的用竹篾编得精致的麦笼里,常年都有大姐为我炕的干干馍。我在公社广播室当放大员的时候,大姐来看我,也是背了一袋子干干馍。

那个口味的干干馍,只有母亲和大姐能烙得出来。

看忙罢的乡俗,在马坊至今没有中断,但原本浓浓的情味已经淡多了。每年忙罢,我想到没娘家可回的三姐,心里就很不是滋味。我抽出时间,带上女儿,从西安回马坊,在三姐家小住上几天。那几天我们叙说的,都是记忆中的父亲和母亲。

我让姐姐领着我在沟边找看麦娘。在马坊小住的几天里,每天早上起来都要独自看上好一阵子。

十一

　　一年中天气很热的时候,很多吃着新麦的人,看着地里的玉米长得一片墨绿,厚实得像一块案板,就想起了五谷爷。

　　马坊人把炎帝叫五谷爷。

　　他们知道,清姜河是五谷爷的故乡,常羊山有五谷爷的陵冢。从马坊出发,去那里祭拜,要一路沿着渭河,向南向西,走到关中平原的尽头。要走这么遥远的路途,对于那些在田野上赶着马车的种地人,难得就像从庄稼地走到天上。有人去过,那是在修宝鸡峡水库的时候,回来就给村里人说:五谷爷坐在大殿上,身上像带着火焰。

　　人们就把五色的花绳子戴在孩子们的手上。

　　父亲对我和姐姐说:这些花绳子,是给五谷爷戴的。

父亲活着的时候,一直感叹,我们村上怎么就有那么三块沟坡地?

一块在东沟里。地的亩数不少,可是耕地的人如果不是干农活儿的把式,很容易就把犁和牛吆喝着滚下沟坡。人也会被带下去,在河滩上摔个半死不活。有人耕完了地,在河里饮了牛,顺手把赶牛的柳棍插在河边。这些树枝不仅活了,还长成了大树。每年春天,我们都会急着下到东沟里,爬上这些抽出嫩芽的柳树。这个时候经常会有柳笛的声音从树冠里传出来。

一块在南沟里。那是多年的大水冲出的一块簸箕形的土地,经常是有种无收。遇上大雨,庄稼被冲得一干二净,只剩下一层发红的新土,像极了人身上一大片受伤的肌肉。那块地,每年都在被洪水反复重塑。

一块在老洼里。村上人要种那块地,不仅要从村西下到沟底,过了河滩,还要爬上半坡,才能在那片不断坍塌后形成扇面的洼地里,种上一年一料的玉米。多数的时候,天上落下来的雨水都顺着坡势流走了。土地的干渴,让玉米长成了只挂缨子不结棒子的空秆。

这三块沟坡地,都是村里有力气的人早年开垦出来的。

父亲纠结的是,我们村里那些上世的人,在这些曾经荒野的沟里,怎么就占不到一块平展的河滩地?

作为后人的我充满同情地想象,在东沟里,村里人连滚带爬地种着那块打不了多少粮食的坡地时,河对面来家村的人在河滩地里套牛耕地。来家村的人在地里扶着犁,走上十几个来回,只需一早上的工夫,地就轻松地耕完了,种子也埋进土里了,等他们赶着牛背上犁,上坡回家的时候,太阳才有了热度。他们回过头,看见对面的坡地里,人和牛纠缠着,还在原地打转。

太阳越来越热,牛越来越犟,人越来越饥。来家村上了坡的人,站在沟顶上喊一句凉腔:"好灯省油,好地省牛。"满沟的崖洼里,有好一阵子都是这句凉腔的回音,听得还在坡地里跟牛死磨的人心里很不是滋味。

话外之音,就是你们种的不是好地。

如果风调雨顺,河滩里的庄稼生长,坡地里的庄稼也生长,只是长势差一些。而遇上天旱,来家村的人下到沟里,只要沿河走几百步,搬几块大石头堵在河心,让河面抬高一些,河水就顺着他们很早修好的毛渠响哗哗地流到地里。

我们村上的人只能坐在沟顶,眼睛瞪着天。

村上的三块沟坡地,父亲种过老洼里的那一块。那年春天,他扛上笨锄,背上种子,一连挖了三天,把种子埋了进去。从玉米出土开始,父亲每周都去一次,锄完地里的草,就在沟坡上挖甜草,每次都能背一大捆回来。走到村中,很多人都要,父亲就抽出几根。那些人拿回家里,身上不舒服的时候就熬一碗甜草水喝,很顶用。一年下来,挖的甜草比收的玉米还多。父亲说,老洼里这地方,甜草多,貒也多。甜草是中药,可以挖回来。貒糟蹋庄稼,却很难打住。村上人都知道,貒油能治刀伤,父亲在这里种了一年地,就想找机会打死一只貒,得到一些貒油。

到处都是被貒糟蹋过的玉米,就是没有看见貒。

在我们村种着地的南沟里和老洼里这块坡地的中间,仇家村的人拥有一块不小的河滩地。他们没有在这里种庄稼,而是把地打成一个个长方块,挖上一条水渠,从每块地的边上流过,让会种菜的仇三老汉把这里作务成一个菜园子。

每年到了忙罢,一村人被割麦的活路累得黑瘦,有些人吃不下一天三顿的面食,口里没味,就想吃一口黄瓜和韭菜。太阳刚升起来,一村的房屋和树木,都把它们遮挡出来的阴凉放在西边。听见叫卖声,村上的女人就端上一碗麦子出来了。她们不看坐在阴凉处的仇三老汉,就看他身边的那两筐鲜菜。有人看见韭菜叶子上的露水,就说这韭菜割得轻巧,担子也担得轻巧,从南沟里到村里闪了一路,也没把昨夜的露水闪掉。有人在黄瓜上摸了一把,就叫了一声,说毛刺还在上边呢,嫩得一点也不扎手。仇三老汉一袋烟没吃完,一担鲜菜卖完了。

在马坊这么大的地方,有菜园子的村子,我记得只有三个,它们是仇家村、郭家村、高刘村。我们村里的人能吃到仇家村和郭家村这两个很近的村的菜园子里的菜。高刘村的菜园子离我们村远,只供东片人吃菜,很少有人担着多余的菜翻过沟到这里叫卖。他们村菜园子里菜的种类更多,有那时很稀罕的洋葱,而我们村上的人就吃不到。

有人就问仇三老汉:"你不会种洋葱?"

仇三老汉说:"我啥都会种。"

那人接着问:"那你咋不种呢?"

仇三老汉说:"我种让你偷呀。"

这是实话。那时候菜园子少,人们手头的余粮也少。有一年,村上的年轻人合伙,晚上下到南沟里,趁黑摸进菜园子里。韭菜地里浇了水,脚踩不进去。黄瓜地里全是秧子和叶子,找不到黄瓜。进了洋葱地里,抓住秧子一拔,地里冒出一个葱头。不一会儿,背上的袋子就装满了。出了菜园子,从仇三老汉打在半坡的窑门前经过,有人得意,就把一个拳头大的洋葱撂在了院子里。仇三老汉披上衣服,扛了一把铁锨下到菜园子里,看见地里的洋葱剩下的已经不多了,抱头坐在水渠边上直到天亮。他觉得脚底很凉,一看,双脚在水里泡了一夜。

第二天,仇三老汉回村,背了一杆猎枪,拉了一条狼狗。

第二年,仇三老汉把洋葱地翻了,埋上一片韭菜根。

看着村里的三块沟坡地,要么吊在沟边,要么挂在崖下,一块都变不成菜园子,一生爱种草木的父亲心里就急。父亲翻出几辈子的老亲戚,叫仇三老汉三哥,只要去南沟里割草,都会帮着三哥把菜园子边上的杂草割干净，不让杂草阻碍蔬菜的生长。有时他还走进菜地里帮着打掐黄瓜的秧子。父亲这样做，是想学会种菜。

有一阵子，他想找来家村的人，把东沟那片河滩地包下来种菜。

他常常去东沟里割草，每天背着青草从沟坡里爬上来，不着急回村，坐在土城的下边，听着沟底的流水，看着那片河滩地，想象着怎么把它作务成菜园子。直到雾气从沟里漫上来，那片河滩地看不清了，他才背上草笼，小心地从大水冲出的深涧边上走过，一个人回到村里。

土城隐没在身后，像他的一幅剪影。

这块河滩地，没有成为菜园子，成了父亲的遗憾。

后来，郭家村在下边打了一座土坝，水涌着倒流上来，淹了整个河滩。

马坊有一些画匠，一年四季都背着很烂的帆布包，走村串户，给人家画柜子。一些有钱人家能出得起大价钱，画匠就住下来，精心在柜子上画《二十四孝图》。有时画得自己都能想起一些经过的事，一个人抹眼泪时，就会把油漆糊在脸上。每天画下来，柜子上画出了很多层亮色，自己的脸上却是一层脏污。一般人家出不了多少钱，就在柜子中间画上三两朵牡丹，结账了事。

每户人家屋子的鲜亮处，都放着一个被画匠画过的柜子。

小时候过年，父亲领着我走亲戚。坐在热炕上，我不爱听大人说话，就爱看他们家的柜子上都画了些啥，也能从那些复杂或简单的画上，知道这家亲戚在他们村子里的贫富和地位。

很多画匠，就这样把自己画老了。

宋纪祥年纪轻，画了几年柜子，就学习画老虎，被很多人家买去，贴在屋子里的墙上，当虎符辟邪。公社书记樊世英下乡，在村上吃派饭，看见很多人家的墙上都贴着一张老虎。他端碗坐在炕上吃饭,老虎就在身后的墙上显出饥饿的样子,像要从墨色里走下来,抢他手里的饭碗。

打听到画匠的名字,樊世英就有了一个想法。回到公社,一个电话打到北宋村,把宋纪祥调到了放映队里,专画幻灯片。

宋纪祥说话有些结巴,一句话没说完,脸就红到了耳根。

那些年,马坊人都看过他画的幻灯片,所以谁家有他画过的柜子,主人就格外珍惜。有些男人甚至逼着婆娘把放在里面的衣物取出来,用一张塑料纸把柜子包起来,不让灰尘落在上面,留着给儿子婆媳妇时放新衣新被子。他放映电影到哪个村子,都会被人指指点点,说的都是好话。他也真有吉相。马坊村的一个女子看上了会画幻灯片的他,家里不同意,两人就不见了,传说是宋纪祥把人领跑了。其实,他没那么大的胆子,人也没到哪里去,一个月时间里,就藏在办公室,人不露面,埋头画幻灯片。那个女子,在一个亲戚家里也藏了一个月。

一个月后,宋纪祥出现在放映队里。

两家人当了真,大骂一顿,也就认了。

其实这主意是公社干事张世荣出的。他后来说,看着宋纪祥老实,也看着那个女子长相好,就想成全这事。但公社书记不知道,几天不见宋纪祥,人就急了:那些幻灯片,谁画呢?

张世荣说了实话,就从书记口里不停地领任务,又从宋纪祥手里拿画好的幻灯片,啥都没耽误。后来他俩的结婚证,也是张世荣给办的。那时,他是公社办公室主任,看着那个女子,对红着脸的宋纪祥说:"你这幻灯片画得好,给自己画了个漂亮媳妇。"

有年春天,我们村放电影,队上安排宋纪祥在我家吃饭。父亲一问,原来宋纪祥家在北宋村,是舅家村的人。老话说,舅家门上的狗都比人大。父亲就很热情。一阵细说,两家住的地坑庄子距离都不远。宋纪祥家的大人和父亲的表弟都在村上的音乐班里,一个吹唢呐,一个拉二胡。临吃饭前,父亲从院子里的香椿树上用铁钩折了很多香椿芽,让母亲用开水烫了,放上蒜末和辣面,泼了热油。

这事过去好多年,宋纪祥一直记着。父亲去世那一年,他知道了消息,背上画笔油漆,突然出现在我家院子里,要给我父亲画棺材。正在给棺材上刷油漆的堂哥兴廉说:"有了你的画,我叔父苦了一辈子,这棺材就背得值了。"

棺材画好后,我顶着盘子,给他敬了一杯酒。

父亲当然不会知道,是那个舅家村上的年轻人,给他画了棺材。

宋纪祥画了几年幻灯片,就收手不画了。公社书记樊世英给他派了新任务,就是在水保工地上,办一丈高三丈宽、立在老远就能看得到的墙报。那时候,我和耿新轩都在公社放大站,最忙的工作就是现场会前协助宋纪祥办墙报。县上下来的人,都说马坊工作搞得好,无论在哪里参观,最后都得绕道马坊,正好赶上饭时,一队人马就进了公社的食堂。

我们背地里说,不是马坊的工作好,是马坊的饭好。

那些年一到伏天,一村人聚到一起,就是一个水保工地。为了粮食产量过黄河跨长江,公社书记樊世英说,要选一块试验田,集中全公社人马会战,土地深翻到六尺以下,用熟土垫上来。天气太热,白天进度慢,晚上就搞夜战。

这块试验田,就选在我们村上。

县上知道了,要立马开现场会。那天晚上,张世荣领上宋纪祥、耿新轩和我,两人一辆自行车,被昏暗的月光照着,穿过很多玉米地,来到灯火通明的会战现场。

那块高大的墙报的架子,竖在工地中间,上面糊了几层的白纸,已经干透了。

张世荣交代了内容,耿新轩和我往上写字,宋纪祥画报头、配插图和制标题。为了墙报好看,我们留出了很多大块的地方,等他在上面大显身手。画了一夜,宋纪祥从架子上爬下来,一屁股坐在地上,几个人都拉不起来。他僵硬的手指,把画笔死卡在关节里,一时取不出来。直到公社书记樊世英一早赶来检查,宋纪祥才恢复了一些精神。

那一夜,我从远处看见了一直干活儿的父亲。他没有走过来,我也没有走过去,但我能想得到,他的心里一定很满足。因为七八年前,也是在村里的工地上,他被一村人批斗,当时,上小学的我,就和同学们坐在会场。时间很模糊地走完了它的过去时。今夜,也是在村里的工地上,父亲被恢复了原来的身份。我虽然身份不正式,也算半个公家人了。

那时在公社里,我也写一些文字。宋纪祥看见后,就用牛皮纸给我做成了四本很像精装书的手工书,在封面写上空心的美术字。一段时间,我把它们摆放在书桌上,很珍惜的样子,后来上学时没有及时带走,就不知下落了。

有一段时间,公社里空闲了一些,宋纪祥就画连环画了。经过好多年画柜子、画棺材、画幻灯片、画墙报,再到画连环画,这很多次的转身,都是生活和现实扳着宋纪祥的身子,情不情愿,都得转。

只有这一次,他是自觉转过自己的身子的。

听说他画了好多连环画,画的都是马坊的事情。

然而不知道什么原因,有一天,宋纪祥折断了所有画笔,撕烂了全部作品,一个人在房子里号啕大哭。进去看他的人,出来都说他的手一直抖着,再也不能握笔了。公社医院的医生看了,说他见了人很紧张,精神有些异常,宋纪祥就被送回了北宋村的家里。

我一直想,在那个年代里,像宋纪祥这样的人,应该哪里都有。有人就提着一个油漆桶,拿着一把排笔,由村上写到公社,由公社写到县上。

几十年后,有些人还当了不小的官。不管他们内心怎么想,表现在命运上,始终都是形势的刍狗。

宋纪祥最初也是刍狗,后来听说要办墙报,他就躲了。

大家劝他说:"你有这手艺,不就是画画写写,有啥难的?"

公社书记樊世英也发了火:"要觉得手里的笔轻,就到工地上搬石头去!"

很多年后,呆滞的宋纪祥又把自己还原成最初的画匠,一个人背着很烂的帆布包,当时已经没有柜子可画了,他就追着死者的脚步,给人家画棺材。

父亲是一个水命的人。他知道,有这样命相的人,一生不养自己,养身边的草木,因此,我们家的房前屋后栽满了各种各样的树木。从初春绽出绿叶,到深秋一片金黄,一座每日飘出人间烟火的院子,被这么多的浓荫覆盖着,这是乡村生活的岁月静好。

很多时候,父亲都在他手植的那棵桐树下安静地坐着。

他的心思,也跟着那棵桐树,在马坊的天空下摇曳着。

几十年后,他请来村上最好的木匠,看着他们把桐树伐倒、解开,把桐树打成一副上好的棺材。后来,我看着去世的他躺在里面,被众人合上棺盖,埋进村北的墓地里。

他背走了他手栽的一棵桐树。

那棵桐树留下的那块开朗的天空,再也没有被其他树木占领。这片天空像是父亲从满院树木的浓荫中有意给自己的魂灵抽出的一片空地,好让他离开土地后,在远处飘荡累了需要回到村子里休整自己时,能在一个高处,没有遮挡地看到他依然牵挂着的家。

水命让父亲栽什么树都能在土里成活。就像栽种石榴树,春天的时候,父亲从我家院子的那棵老树上折下许多带芽苞的枝条,盘成一个圆圈,埋进土里,地面上只留出一匝长的枝头。浇上一顿饱水,不出半个月,这盘在土里的枝条,就跟着那棵老树发出一圈嫩芽,只是叶子小一些。到了第二年,这圈枝条突然蹿出老高,叶子比老树上的嫩多了。父亲拿起剪刀,留下中间最粗壮的一根,把周围多余的枝条剪掉。

父亲把这种栽法叫盘石榴树。

每年春天,父亲都会盘活一些石榴树苗。等它们在我家院子里长上两三年后,再在春天里挖出来,把根上带着一把原始的活土的它们分送给左邻右舍。父亲后来才知道,这些有着灵性的树木认人也认土,因为那些走出我家院子的石榴树,大多都没有活过来。父亲也就不在春天里从老树上折下那么多的枝条,一个人盘石榴树了。很多年里,村上也没有几棵石榴树,一村人能尝到的石榴,都结在我家的那棵老树上。

父亲栽种过的树,我能记得的有桐树、槐树、椿树、柏树、桃树、梨树、香椿树、核桃树、柿子树、石榴树、桑葚树、花椒树。在当时的马坊,除过一些大户人家的坟头上偶尔生长着一两棵柏树,在大多人家的房前屋后,我们能看到的,也就是这些树了。小时候,我们跟着这么多的树长大,特别是在闷热的夏天,大半夜了,我们还围着这些树,把自己疲累的身体放在树叶里漏出的星光下,等到地气上来,落下一身露水,才进屋子。以至于后来我一个人走在夜色里,都感觉自己的灵魂像是不在自己的身上,而是附着在每一棵树的枝叶上,被风不停地吹拂着。

有时我好像能看见有一树的眼睛在那里注视着我。

没有害怕。充盈在内心的,是一种世上少有的安详。

我由此想到,父亲离开我们的时候,一定是把自己也栽种成一棵紧贴在我们身边不离不弃的树了。我在马坊生活的时候,对所有的树木都怀有一种敬畏之心,不曾糟蹋过一枝一叶。就是后来一个人回到老家,站在荒芜了很久的院子里,也会在父亲留下的树上用手摩挲上一阵子。我以为,我摸到的那些树身,就是父亲身体的某一个依然很温暖的部位。

读了陈福民先生的史学笔记《北纬40度》之后我才知道,从古至今,由中到外,人类历史上那么多扭转乾坤的战争,都是在这个维度之间上演的。战争就是流血,战士和战马流的是一样的血;战争需要养伤,战士和战马养的是一样的伤。这个纬度上普遍生长着一种叫沙棘的植物,它养过古希腊受伤的战士和战马,也养过成吉思汗受伤的战士和战马。就我走过的陕西黄土高原和甘肃陇东高原一代,沙棘这种植物遍布森林、庄稼以外的土地。

在马坊的后山,沙棘也是满山架岭。

父亲去后山割柴时发现一种灌木,结着一身个头儿不大却很繁密的红果子。他摘一颗吃了,有一股酸甜味,就摘了很多,给我们带回来。第二年春天,父亲就去了一趟后山,挖了一棵背回来,栽在后院里。在马坊人还不知道这种植物叫沙棘的时候,我坐在家里,每年都能吃到它的果实。不幸的是,有一年大雨,我家后院的墙塌了,这棵沙棘树也就被埋在很厚的土下,没有活过来。

几十年后,永寿生产出了沙棘油,我就想起了我家的那棵沙棘树。

它在地上死了,却在另外一个地方,一直为父亲活着。

写到父亲的水命,我很感叹,任何一棵树,在他的心里,都是有姿态的。那一年,他想去县衙申冤,像一个活在清末的人。他没有直接去县城监军镇,而是要去早已废弃了的旧县城。他想,永寿过去的县衙就在那里,应该还留有人们传颂的廉吏张琨的影子,因此,他得先去旧县城跪拜那个清官,这样再去新县城或许就能被保佑了。

六月的一天,他背起褡裢出了村。

他一路经过的地方,有马坊花园、灰堆坡、槐疙瘩山,向西穿过页梁,在罐罐沟脑转弯向南走下去,就到了旧县城。他知道县衙没有保护下来,这里只是个遗址。他在村里就听人说过,在老县衙门口,有张琨栽下的叫不上名字的两棵树。父亲在一堆瓦砾旁果真看到两棵黑褐色的树皮纵横裂成块状的树。他迈开脚步量地,从一棵树走到另一棵树,距离刚好能过一辆马车。他抚摸着树身,抬头一看,一片白色的花正繁盛地开着。他吸了吸鼻子,有一些淡淡的清香。

放下褡裢,他决定在这两棵树下静静地睡上一夜。

那天夜里,他没有抬头去看那座立在前面山上的北魏时期造的武陵塔,更没去看山前石碑上杨虎城题写的"虎山"二字。这些都与他无关,他只想着明天能否见到一个为他申冤的好官。

第二天,父亲看着那两棵树,后退了几十步,转身走下虎头山。

很多年后,父亲还惦记着那两棵树。

带着父亲的遗愿,我去了一次老县城。那里已恢复了旧时的模样,那两棵树后的旧县衙也被重新修建。几年时间,那里被复原成曾经的丝绸之路上第一个坐落在黄土塬上的古镇。

那两棵陪伴了父亲一夜的树,是落叶乔木毛梾树。

我在马坊的时候,地上的狼、天上的鹰,它们都在跑着和飞着。

父亲说,狼是地上的害物,也是地上的神物。它不像牲口,也不像猪羊,可以只吃草。它的牙齿里,沾的都是其他动物的血。它在后山捕获不到野鸡、野羊的时候,就下山跑进马坊,偶尔叼走几只猪羊。也有一些狼下山后,就忘了上山,钻进村子周围的沟里,从此住在人的身边。

我们在沟里挖药时,经常看见几枝柴胡的秧子,在一块岩石上顶着细碎的花朵摇曳,走近一看,下面是一个阴森森的洞口。我们认出那是狼窝,觉得里面肯定卧着一两只狼,就撒腿逃走了。

那些柴胡,就在那里长成了老药。

也因它们常年活动在后山,马坊人在这块土地上,再也没有遭遇过其他野兽的戕害。就是它们,也只是到了冬天,在漫天的大雪里找不到一只猎物而极度饥饿的时候,才走出山里,吃过马坊的几头猪羊。至于很多年前那个叫狼咬的人,也怪他一个人提着猎枪跑到山里掏狼窝,以为狼窝是麻雀窝,被扑出来的狼咬了一口。脸上少了一块肉,人们见了他,不叫本名,顺口就叫狼咬。

没有被其他野兽伤害,人们就认同了狼在这一带动物世界里的地位。久而久之,它们虽说没有成为马坊人崇拜的图腾,却在上了年纪的人心里,暗暗地被当神敬着。有人半夜看见自家的一只鸡被狼叼走了,也就喊上两声,不会起来追赶。这人躺在炕上默想:有时给西壕里那些泥塑的神也祭活鸡呢,今夜,就算全家祭神了。

父亲在洞子沟里割柴火,经常在很累的时候一个人下到河滩里,喝上一口河水,坐在石头上吃旱烟。有一回他抬头看天的时候,看见一只狼也蹲在不远处。父亲没有呐喊,只是把烟锅在石头上弹出几粒火星和烟气,狼就朝远处走了。

父亲说,狼害怕的,是烟火。

我想不明白的是,父亲经常说到狼,却几乎不提鹰。但凡在马坊生活的人都知道,这地方,很少有血腥的事真正发生过。食肉的野兽,也就狼、鹰和狐狸,在那么深远的后山里,它们在大片的草木之间,偶尔制造出来的血腥,都会被空气迅速稀释掉。而在马坊的天空里,鹰的影子也是极其稀少的。因此,没有一个人看见过一只鹰在天空里捕获了什么。

马坊的天空,也就干净得只有云朵在移动。

我和父亲不一样,对马坊的期待多在每年的麦收之后,因为那时我可以一个人坐在院子里,看没有一片云朵的天空里,有一两只鹰在舒缓地盘旋。我后来所有能想象得到的事物，都是那时候的鹰帮我在天空里轻轻打开的。我也就认可了，在马坊以草食者为主的世界里，鹰才是地上和天上的神物。

每年春天，我们走到野外，就能看见一些鹰。在我们前头的山坡上，它们安静地站在一棵树上，眼睛紧紧地盯着大地上的草丛。当我们感到有一股旋风从耳畔吹过的时候，那一定是一只鹰从树上猛扑下来，去抓草丛里的一只小动物。很多时候，它们只是站在一个固定的地方，啄着身上的羽毛。

鹰的翅膀其实很少打开。因为一年之中，它们多数时间都只是在距离地面很近的岩石或树木上安歇身子，捕食草丛里的小动物只是偶尔的事情。马坊晴朗的天空，它们不会轻易地占领，也不会用利爪和尖喙去把身边的云朵撕破。我那时觉得，活在马坊的鹰，并没有人们想象中的高傲，有的只是孤独。

或许，它们不该飞到马坊这地方，应该飞回高原上去。

马坊人也不叫它们雄鹰，都喊黑鹰。它们站在哪里，都是一身的黑色。就是在天空里打开翅膀，也只是像一块飘动着的黑布。后来，我听村上的读书人说，黑鹰在伏天里才会飞到天空中去。因为那个时候，地面上的温度很高，它们一身黑色的羽毛几乎能被空气点着；而在高空里，有着地面上没有的清凉。知道这些后，我就认定，马坊的灵物就只有这些黑鹰。只有它们，才能在很神秘的天空里，随时安顿自己的身子。牲口们不能，它们只能在地上吃草，即便天气再热，也只能走到接近干涸的水边，顶多在泥水里打几个滚。家禽们也不能，它们只能点对点地飞到墙头、屋顶和树上，更不能持续地飞行。鸟雀们也不能，它们只能飞过村子的上空，只要落几滴雨，它们的翅膀就沉重得打不开，它们挣了命，也飞不过村里炊烟的高度。

为了观察一只鹰,我坐在草坡上,一个上午又一个上午地仰着头。

我很好奇,我身边的这些鸟雀,为了飞过村庄,能把翅膀扇断。就是一只轻盈的鸽子,从头顶飞过时,我也能听到它翅膀舞动时快速的摩擦声。一只蜻蜓飞过来,那对翅膀快要擦破的声音也是刺耳的。而这么巨大的鹰,竟然可以飘浮在天空里,一动不动。我用了很长的时间,仰得脖子疼,睁得眼睛疼,就是想等到那只鹰在什么时候动一下。有几次,等得实在太困乏,我倒在草坡里睡着了。被一只田鼠惊醒后,我发现那只鹰依旧在那块天空里保持着原来的样子,就像被一块吸铁石吸附在轻柔的云层上。

我那时不懂得,天空中是有浮力的。

在沟底挖药的时候,我以为一个村子里,此刻只有自己陷在大地上一个最深的地方,心里就有了一些难过。我很想在沟边上锄地或割草的父亲。理由很简单,因为在他的头顶上,有马坊的整个天空,而在我的头顶上,只有沟的跨度一样窄的一溜儿天光。只有看见一只鹰在沟顶上的天空里寂静地飘浮着,我才会转忧为喜。我从沟底爬上来时,浑身也有了力量,因为来到了沟顶,距离天空中的鹰,应该也就近了一些。

堡子里也有一个人叫黑鹰,长得五大三粗。我的印象里,山水平缓的马坊,很少生长这样大块头的人。村里人都叫他带犊子,因为他是他的母亲带着从外省逃难过来的。由于身份的原因,也由于长着一对虎牙,小时候,经常眯着眼睛的他脸上总是堆着很多笑。然而这只是他的表面,他心里其实有很多恨。或许因为一路的逃难,他在人群中看到的都是恃强凌弱的事。长大后的黑鹰,用力气干活儿,也用力气处世。那时候,我们经常跑到村子的中间,看黑鹰和人打架。被黑鹰打过的人,身上和心里都很疼痛,就跌坐在地上,开始叫骂黑鹰他妈:"你怎么领着这么个带犊子跑到我们村里来了!"

黑鹰不听这些叫骂,早干其他的事去了。

有一天早上,看了一夜庄稼的父亲回到家里,铁锨还没有从肩膀上放下来就大声说:"黑鹰这娃厉害,清早在堡子里打死了一只狼。"我急忙起床,跑到黑鹰家门前,看见他正和几个人剥着狼皮。

剥完狼皮,黑鹰在堡子里支起铁锅,煮了一锅狼肉,叫村里人吃。

后来,黑鹰在冬天里就穿上了狼皮袄,更没人敢惹他了。

我懂事后想,一个取了在天上飞的生灵的名字的人,打死了一个在地上跑着的生灵,这是一种什么样的命运?

到了晚年,父亲没有力气再去地里干活儿了,才一个人坐在我家的院子里,整天看着天空中飘浮着的鹰。有一次,他看见我回来,第一句话就说:"黑鹰那娃,不该叫这个名字。"

我突然明白,鹰在父亲的眼里,就是马坊的神灵。

如今,在马坊的地上,再也见不到跑着的狼;在马坊的天空里,也很难见到飞着的鹰。它们都去哪里了呢? 我能看到的表面,还是那块土地,也还是那块天空。只是这些年来,发生在它们更深处的事,人还没有反应过来,却早已被灵性的狼和鹰从不同的角度看破了。

或许,它们正是因此离开了马坊。

十二

　　七月流火。

　　马坊的一些读书人,一到暑天都会用《诗经》里的这四个字,喊出内心的燥热。这个时候,他们不在意古人所说的流火实际上是指天上的星宿。

　　天空和大地持续散发的闷热,让夹在中间的人们感觉到,七月的每一个时刻都是流火的天气。

这个时候,一村人的头伸得像大雁一样,望向天空。

太阳比收麦子时大多了,吊在头顶,村庄里的一切,影子都变得很短,甚至消失了。

没有了影子的父亲,就在头上戴一顶草帽,让一片影子落在脸上。

我不爱戴草帽。父亲说我头上的火气大。一顶草帽死死地扣在头上,像把阳光聚在了一起,一圈跟着一圈,在头顶上燃烧。汗水一直闷在头发里散发不出去,就贴着脸颊流下来,直接灌进领口里。我有时热急了,用手在额头上乱抓,就把自己抓成了一只脏兮兮的画眉羊羔。

戴着草帽的父亲,不再站在大门口望东南方向的五峰山。它真像被太阳晒得直接矮下去了一截。转过身的父亲,向北望着高岭山,向西望着槐疙瘩山。一村人都知道,马坊伏天的雨,都是从这两座山上下来的,不仅下得大,也下得急。雨水过处,大地顿时被罩在一片白茫茫的烟雾里。

马坊人就把伏天的雨叫作白雨。

白雨通常是在中午过后,一村拴在槽上的牲口都热得叫不出声的时候,突然就电闪雷鸣地落在村子里,惊得牲口终于叫唤起来。走在路上的人,想喊前面的人,却发现自己的声音早在喉咙里冒成了一股青烟。那人就弯下腰,捡起晒得发烫的土块,朝那个听不见喊声的人轻轻地扔过去。土块没有落下,雷声落下来了。那个人回头,跑过来的时候,就带着一身白雨。

白雨在马坊下得神速,人和牲口领教得多了,就在心理上对其产生了敬畏,对相关的物事也就像称呼所有能主宰自己的神一样,后面都要带一个"爷"字。白雨之前,村里那些听到雷声的人,都会大声呼喊着:"呼雷爷来了!呼雷爷来了!"牲口喊不出来,就用蹄子狠劲地刨着地上的土。

这个时候的父亲,常常盼着每天能有一场白雨落下来。在他一生念想着粮食的心里,伏天的白雨,就是土地上万物生长所需要的粮食。他把我领到犁过的麦茬地里，翻出一把埋在土里干得发响的麦茬说，这些收了麦子后一直被晒着的土地，就等着一场白雨的浸泡呢。白雨能把干成土块的地泡得像发酵了的面，也能把干朽了的麦茬腐蚀成一层土灰。麦茬地就这样一遍遍被太阳晒热了，又被白雨泡软了，才在大伏天里肥沃起来。

一场白雨过后，埋在土里的小蒜被冲出来，伏在地面上白花花一片。

我们在前边拾着小蒜，耙地保墒的人背着枣木耙，从后边赶着牲口过来了。

父亲把我领到玉米地里，摸着刚刚吐出来的胭脂色、白蜡色或蛋黄色的像丝线一样光滑、柔软的缨子说，只要雨水跟上，每个缨子里都能结出个大棒子，如果缺了雨水，缨子就黄成了空秆，只能当草一样，割了喂牲口。

大伏天里我被父亲领着，走过高粱地，走过谷子地，走过糜子地。

我们没有去荞麦地。荞麦耐旱，越晒越结籽。

每次去地里，我们都不会空着手。手上提着、胳膊上挽着镰刀和草笼，回来的时候都背着满笼草。父亲的笼里多是像谷子一样的毛英，还有一些二茬玉米。那是给队里的牲口割的草，要背到南壕的饲养室里，再铡成一寸长，倒到石槽里。我的笼里最多的是打碗花，也有一些扫帚菜，背回家里喂猪。有一次，我们从蒸热的玉米地里出来，发现白雨就在头顶上的云朵里，等一声响雷，就会倾盆而下。落雨点的时候，父亲把他的草帽扣在我的头上。雨点溅起的虚土起初很烫脚，很快就成了一地烂泥。

父亲说白雨是土地上万物生长需要的粮食，这话是很有道理的。我后来上中学学习化学的时候，老想起伏天的白雨：那一道闪电，含有多少化学元素？那一声响雷，带着多少化学能量？那一天雨水，发生了多少化学反应？它们在和热得发烫的土地接触的那一刹那，会生成多少化学分子？

茫茫天空里,维护生命的元素借助一场白雨普降大地。

父亲在大伏天歇晌起来后,会站在我家的后院里望上一阵村北和村西的山,看有没有白雨下。学着父亲的样子,我骑在墙上,看云朵在天空里走马。我的很多语言以外的神经元,或许就是受了那些天象的启示,稀里糊涂地打开的。我心里老是琢磨着一件事:高岭山和槐疙瘩山的后面,怎么藏着那么多的云朵,一堆赶着一堆,朝马坊的天空里拥挤?有些云朵都快盖住庄背后地主耿大秉家坟上的那几棵柏树了。我甚至能听见那些乌黑的云里带着的水声。

多年后,我翻过后山,走到泾河的边上,才知道了那些云朵的来处。

干旱的黄土塬峁上,这是唯一的一脉活命之水。

有时没等多长时间,一场想不到的白雨就把我从墙上赶下来。有时等一下午,铺得很厚的云层却在西边的山顶上被阳光穿裂了。夜晚到来之前,满天的霞彩,白雨没有蓄好的势被逼退了。

父亲说,天又漏了云。

我记住了这句话,也在很多次张望中知道,如果云朵涌过来的时候,云头上有众多的雨燕上下飞叫,白雨一定会来。雨燕对白雨的感觉灵得像神一样,我们这些离不了地面,不借助它物就飞不到空中的人是不行的。只要雨燕钻在伏天的云层里,我们燥热的脸上立马就感觉多了一份凉爽。

父亲却不叫它们雨燕,说那是天上的叫水虫。

我觉得这个叫法一点都不土。

这么好的白雨,让马坊人等得焦急。有时一个大伏天也落不下一两场,那些等在地上皮肤像土地一样干燥的人,都恨不得变成叫水虫,也钻到云朵里去。

后来,樊世英在公社当书记。他从东边的来家村向西直线走过何家村、西河村、木杖村、马坊村、延府村、宋家村,再向北上了杨家山,走到了马坊的最高处。他看到翻过的木杖沟、延府沟把马坊分成三块从山顶缓慢延伸到南沟边的平川地。他是一场白雨过后,踩着雨水冲刷后的土地边走边看的。他发现更多的白雨没有在地里停留,而是寻着近处的路,白白地流到了沟里。

白雨后,晒了一两天,地里又是一层干土。

他去了县上,领回了水利专家。专家看完几条沟,认为木杖沟就能打坝蓄水。他又去了几趟县里,领回三台推土机。等到雨季过去,各村抽出精壮劳力,扛着工具,背着铺盖,进驻到木杖沟。他们先在半坡上打出一排住人的窑洞,再在窑洞顶上用石灰水刷满了大字标语后,才发动推土机,放炮炸开岩石。

马坊的第一座蓄水土坝就打在木杖沟上。伏天下的白雨都被拦在了大坝里。一片蓝莹莹的水面映照着很多云朵。周围的几个村子都有了水浇地。我们村浇地的水渠从木杖沟边开始,穿过村上的公墓,穿过高岭子,穿过北胡同,修到村子的北边;再向东穿过庄背后,向南穿过涝池边,穿过孙家门前,一直修到南岭子。那些年,即使再干旱,我们村的大部分土地都能浇上水。

一到伏天,水渠里流着水,水渠边上,一路都是洗衣的女人。

后来,延府沟、高刘沟、西河沟、郭家沟、西张沟相继打了水坝。营里沟的水坝,是马坊和御驾宫两个公社合打的。我那时在公社放大站工作,有一段时间也被抽到工地上去修水坝上的排洪渠。劳动的只有我们村和仇家村的人,见面都认得。我按时放完广播后,不好意思闲转,就跟着村里的人一起劳动,听他们说世事。

打营里沟水坝的时候,父亲叹息:"老洼里的地没有了。"

我也走过土坝看了,确实淹在水里了。

有几年村上让父亲护水渠。一村人都说，不论什么时候都能看见父亲一个人在几里长的水渠里，不是铲草就是堵渠边的老鼠窝。有孙子辈的人就说自己不爱收拾屋里的婆娘，家里的灶台都没有七爷护的水渠干净。

父亲在村上护水渠的那几年，要说寂寞也寂寞，要说不寂寞也不寂寞。他歇下来的时候，常常坐在水渠边上看村子的公墓，把这些几十年里堆起来的坟头与埋在里边的人对上号，然后看谁的坟绿树成荫，谁的坟荒草萋萋。他坐下来的时候，感觉好像有人在他的身边走动，一回头，是玉米的叶子被风吹得摆动起来。

父亲去世前，村上的土地被承包了，一家分得手指宽的一溜儿地，也浇不成水，水坝就不起作用了。父亲去世后，他护得完整的水渠闲置在田野上，像纪念他似的保存了一段时间，就被犁地的人逐年蚕食了，只在村上的公墓中间剩下了一条隐隐约约的渠址。

今年清明回村上祭坟的时候，为了防止伏天白雨冲刷坟墓，我打算从村里拉一些黄土把坟头整修一下。站在墓地，我突然一愣，我看见，几米开外的地方，就是父亲活着时管护的那一段水渠。

这些年祭坟时，我怎么就对它无动于衷呢？

我如果从它上面取一些土，不是更有意义吗？这些土里，或许还深藏着父亲守护水渠时心里的一些叹息。今天它回到坟墓上，也就回到了父亲的身边了。

我铲了上边的好多黄土，包括开得凄迷的野花，将它们运到父亲的坟上。

到了伏天，我回村看了父亲的坟墓，那些新添的很厚的黄土，早已被长势旺盛的迎春花覆盖住了。是水渠遗址上那些黄土给了迎春花力量，还是躺在地下的父亲闻到了熟悉的黄土，把身上剩余的力量从根部传递给迎春花,才让它如此蓬勃地生长的呢?

　　住在姐姐家的那一晚,一场白雨又将我的思绪牵回到往昔的伏天。

　　我把头伸得像大雁一样,望向天空。

　　一进入伏天,西村人都能看到从清早就起来坐在门口井盖上的槐娃。有时半夜了,他才抱起一块烂布缝的垫子,回到他家很深的地坑庄子里。

　　我很不理解,一个男人,即使不下大田里劳动了,也得干些其他活儿,比如上地里挖猪草,下沟里割柴火,进山里打槐树籽。

　　槐娃是早年从山庄里回来的,后山的湿气太重,腿就瘸了。

　　瘸腿的槐娃还有瘸腿的章娃干不了地里的重活儿,就给队上看庄稼。可是这时的玉米才吐出缨子,棒子也只是个形状,上面还没结出颗粒,也就没人去偷。闲下来的槐娃,哪里像章娃,还有个剃头的手艺。章娃这些天虽然不看庄稼,却比看庄稼还忙。那些急着割麦一个夏天没顾上剃头的人,头发都长得连到眉毛了,再不剃掉,伏天里头发里就会喂出一层虱子,热痒得能跳下洞子沟里去。他们就懒散地在村里的语录墙下排了队,等着把一头的木乱和泼烦剃去。

　　章娃剃了多少头,就看有多少支九分钱一盒的羊群牌香烟夹在他两只耳朵上。

　　当然,他剃头的时候,嘴里总是叼着一支。火都燃烧到烟屁股上了,他还很熟练地叼着,始终烧不到嘴唇和胡须,也不影响手里给人剃头的刀子。

　　没事做的槐娃就孤独地坐在井盖上。父亲看见后,感叹这人也没记性,不知道自己的腿是咋瘸的,这样坐下去,非被井里冒上来的湿气把全身的骨节潮坏了不可。我恍然大悟——这个时候坐在井盖上的槐娃,是在一个人避暑呢。

果然,不到几年,腰直不起来的槐娃,走路拄着一根粗棍。

知道井盖上可以避暑,我们就趁着没人的时候,爬在西村的井口上。脸对着那口很深的井,果然有一阵凉气扑了上来。

水井的出现,是乡村生活的一件大事。不知道我们的祖先在村子里打的第一口井是什么时候废弃的,那口井的遗址现在压在谁家的院子里,但我能想象出来,最初把很多事都托付给天意的祖先,他们觉着天意是无处不在的。这第一口水井,也就是天意赐予的。

水打出来了,对天意得有个交代。应该是家族里的长者拿着铁马勺——也有可能是木马勺,端着粗瓷大碗,把舀起的第一勺水向天空泼去,第二勺水向土地泼去,第三勺水向牲口泼去,第四勺水向鸡猪泼去,第五勺水,才向围在井边的人群泼去。

这口井,就成了村子里最早的官井。

一口井,决定着一个村子能够存在多久。父亲说,他们当年沿着一条官道去接近沙漠的地方,背过很多回青盐。路途的遥远,让他们路过每一个村子时的第一件事就是讨一口水喝。有好多村子,人逃走了,只剩下一些破窑,他们就在村子里找水井。他们只在一个刚出省界的村子里见过一口水井,趴在井边,借着正午的日光往下一看,没有一点水影,就判断是因为水井干涸了,一村人才离开的。再往西,很多荒无人烟的村子里没有水井,都是一些干涸了的水窖。父亲讲这些的时候,我就琢磨,"背井离乡"这个成语为什么是背粮离乡。地里的粮食没有了,人们可以出去讨要;讨要到了,可以沿着讨要的路返回来,日子也就在原乡,可以继续活下去。井里的水没有了,人们只能背着水井的方向,离开几代人生老病死的原乡,去寻找另一个有水的地方。

一口井,还决定着一村人的体魄。从我们村走出来的男女都长得端庄,一身直溜,站在人前,也是一副周正的样子。村上的人说,这是因为官井里的水好。从十四五丈深的地下搅上来的水,夏天冒着凉气,冬天冒着热气,清亮得像油一样,喝下去是一股甘甜。这样的水,会从骨头到肉里滋润常年喝着它的人。我们村记事的人说,村上出生的孩子没有一个瘸子。村上的几个瘸子,都是早年间包过山庄的人。养马庄打不出水井,在这里生活的人只能吃下雨时收集的雨水。这样的水有杂质,吃着吃着,人身上的骨节就发生了变化。

一口井,也决定着一村人的婚姻。父亲说,我们村的小孩都不愁娶媳妇。我们很小的时候,就有外村的人上门来提亲。他们之所以看中我们村的孩子,就是希望他们家的女子嫁过来,能吃上这一带最好的井水。住在西壕的贼娃,常年穿着没后跟的鞋,身后却枪杆一样跟着五个男娃。这要在外村,弟兄五个多数都得打光棍儿。可到了结婚的年龄,他们一个都没耽搁,很有尊严地把媳妇娶进了门。这五个媳妇里,就有朝鲜的媳妇,我叫她嫂子。我在村里时就笑着问她,看上了朝鲜兄弟的啥。她把嘴一撇,说:"嫂子啥都没看上,就看上井里的水了。"

除了官井之外,被一村人在前面加上"官"字的,还有官麦场、官堡子、官碌碡、官碾子、官车道,甚至官药锅。这些带有"官"字的事物,大家都可以享用。我们村早年有一个女人,没有守住妇道,就被村上人叫"官碾子",她的后人被嘲笑了好几辈。

现实正在解构马坊乡村的传统。

新的生存方式正在快速地改变着这里的山水、土地和物种,甚至人们呼吸的空气。一个事物在马坊的变化,不再像传统的农耕时代那样需要漫长的等待。如今我们只需轻轻地触摸一次手机荧屏,世界就尽在眼前。而那些业已消失的东西,还没有等到我们流下一滴念想它的泪水,就无踪无影了。

从马坊传来消息:那些几十年前很普遍的地坑庄子,今天几乎看不到了。

另一则令人略感安慰的消息是:它以另外一种方式出现在,灰堆坡上。

许多马坊人像看西洋景一样,一家大小或坐上手扶拖拉机或骑着自行车,拥去灰堆坡看一个新建成的院落:东仪山庄。看了一阵热闹,那些朴实的村民们也没看出啥稀奇,就回到自己的地里点瓜种豆去了。我也去看过,就是几个赋闲的城里人,借了地坑庄子的一个壳,用砖头水泥仿造出的一处在本质上还是城市生活式样的住所。这样的东西,像从地里冒出来的新物种,也在马坊以外的乡镇蚕食着原本的耕地。我开始还觉得有一些好看,看多了,就觉着土不土洋不洋,与周围存在了千年的生存环境显得格格不入。

这让我对地坑庄子将来会怎样衍变产生了很多担忧。

我想要不了多长时间,马坊的地坑庄子就会被城里人弄得全都走了样。

我很想把自己对于地坑庄子的一些碎片式的记忆用文字拼凑起来,然后将它们留在我的情感档案中,这样,如果有一天我回到马坊,就可以按照文字的记忆,不走原样地,复制一院属于我自己的地坑庄子。如果我身后的某一位亲人在赋闲的时候能读到我的文字,或许会想要到马坊选一块寂静的黄土地,建造一院有根脉的地坑庄子。

我想起在马坊的时候,有时会花上多半天的时间,一动不动地坐在地坑庄子的崖边,看正在上升的太阳会在什么时辰用柔和的光芒触摸到地坑庄子西崖的边上。我也会记下,太阳光顾这里之前爬上过谁家的墙头,翻过谁家的屋顶,穿过谁家的土桐树,照亮过谁家很早就出了圈的牲口。这个时候,一片不断扩张的黄色在我眼前明亮起来。那是阳光和黄土融合后的一种厚实的黄色。在这个过程中我充分体会到,万物在大地上的走动其实是舒缓和优雅的。眼前的阳光在地坑庄子的西崖上缓慢地挪动脚步,虽然是由上向下滑落,但这个陷在地表之下的院子,让翻过千山万水的太阳也看不透其中的隐秘。很长时间,它都是在空无一物的崖面上用自己的光芒探索。逐渐地,它的黄色,在南北崖面与西崖面的夹角里,形成了两个三角形的光区。

闻到了阳光的味道,崖下院子里的人和鸡猪开始走动起来。

寂静了一夜的院子开始有了生气。

两个小时后,阳光终于移动到一个拱形的顶端。

那是院子西边唯一的一处窑洞,也是阳光最先照耀到的地方。此刻,阳光正在窑眉上摩挲它的繁简程度。一般的人家,会在窑口上沿着窑的弧度上凹下凸地刻上一个立体的窑眉。讲究的人家,会选用青蓝色的新砖,再按一定的图案镶窑眉。我们的祖先最初就是这样,把自己住的窑洞讲究地装饰着。

阳光越过窑眉,会依次摸索到天窗、窑门和窗子。

在铁打的门锁上,阳光也会发出生铁一样的响声。

早上,在阳光还顾不上摩挲窑眉,只是在地坑庄子的上空慢慢晃动的时候,立在窑背上不到一尺高的烟囱里就冒出了一缕炊烟。这些比大地上的其他事物醒得都早的女人,在褪去的夜色里看到了天亮的那一种光,开始在厨房生火。柴火燃烧后,跟着烟升起来向庄子的四周弥散的那种味道,就是乡村的味道。有乡村生活经验的人,能从清晨的一缕炊烟里,判断出这家人的灶此刻烧的是地里打过粮食的麦草、谷草、豆子秧、荞麦蔓、玉米秆、高粱秆,还是从沟里割回来的青柴。

有一刻,像有一块重金属突然落在院子里,我坐着未动的身体也感到了一定的震动。跟着那种虚虚实实的感觉,我从窑背上站起来,走到边上,伸头往下一看,原来是阳光从西崖上彻底落在院子里了。

　　阳光在院子里要走上一个上午,才能把这个南北短东西长的院子走完。在马坊人的方位意识里,西北是生死方位。这孔窑洞处在整个院子的上位西北方位,被人们认为有利生育。因此,处于西北方位的这孔窑洞一般被当作次窑,里边不放一件杂物,安上去的门窗一定要敞亮,平时门窗紧锁,不让沾染一点灰尘,留着给儿子娶媳妇用。如果是兄弟多的人家,这孔窑洞就会成为公用婚房。大儿子娶了媳妇,住下来生养孩子。有一天,二儿子要结婚了,大儿子一家就得搬到东西两边的偏窑里。遇上不懂理的媳妇,就赖着不搬,和婆子吵闹,直到分家。

　　处在下位,面对次窑的南窑里,一般都安着一台石磨。春夏秋冬,一个村子里的动静,都是从这个方位的窑洞里此起彼伏地传出来的。那是拉磨牲口的蹄子声,是推磨人的脚步声,是磨石和粮食的咬合声……这孔窑洞里能按时传出这些声音,就表示这家人的日子过得尚殷实。也有一些人家在这孔窑洞里堆柴火。也有人家在这里盘上石槽,喂养牲口。最不讲究的人家,就把这里当成了后院。

　　阳光移动到院子的中间,会碰上一棵苹果树或一棵梨树。果树多数只长到窑顶的高度,只有极少的树梢会长过窑背。这家在很远的地里劳动的人,时常回头,温馨地看上一眼。院子里有了这些果树,春天里开花,夏天里结果,秋天里落叶,冬天里含苞,那些住在这里的人身边就有了草木之气。有人就说,庄稼和草木都把自己的根朝土里扎,扎得越深,生长得就越旺。就像一棵树,它在地下的根有多深,它擎在天空的树冠就有多大。我们的祖先在大地上挖这么周正的庄子,也是把自己的根扎在泥土的最深处。

　　这人就盼祖上的香火能比这树根还旺盛。

　　接近正午的时候,阳光移动到院子上位的东边,用一天中最强烈的光线,让这孔窑洞更加明亮。这是一院地坑庄子的主窑,它符合秦人生命意识中贯彻始终的方位感。从陇东高原上一路骑马下来的秦人,渭河两岸的关中平原,只是他们的栖息之地,并没有挡住他们继续东征的铁蹄。我后来在临潼看到,这里出土的世界第八奇迹兵马俑,它们几千年前在地下列出的战阵,也是头颅一齐朝向东方。站在高大的兵马俑前,所有为之惊叹臣服的人都会在心里称颂,那是人类至今为止摆在大地上的最具声威的阵势。我们村里的人就沿袭这样的生命意识,每天出门,抬头看的都是东方的天空。他们会看到东边的太阳,看到东边的土城,看到东边的五峰山;低下头,看到的也都是东边的庄稼。看得久了,他们就有一个印象,村子东边的地比村子西边的地肥沃。

　　这孔主窑,就住着家里的长辈。窑壁上,向东的位置会打上一个神龛。因此,在这孔窑洞里,人神像是住在一起。每到饭时,一个红漆或黑漆的木盘子会被端进这孔窑洞里。一家人围在一起,吃着饭,也说着话。讲究的人,赶上家里有好的饭食,都要先在神龛里放一会儿,村上人把这叫献饭。这样的献饭,也被移植到村上的丧事中,成了怀念死者一个最好看的仪式。唢呐在前边吹着,一个孝子头上顶一盘献饭,跪着走到灵前。孝子多的人家得花一个下午的时间,也会招来邻村的人过来看,挤得一街两巷满满当当。人们想看的,还是花样繁多的献饭。那些手巧的人,就会照着天上飞的地上跑的飞禽走兽的样子,做成面花,上面抹上大红大绿的水彩,再在这些动物身上插上一朵花。这个过程,就像活人为死者,把鲜活的现实世界都赶到了他的面前。

　　有人因做面花成了非物质文化遗产传承人。

　　对着这孔窑洞,就是出进走人的洞子。它原先在庄子偏东的南边,人们向下挖一条坡道,挖到一定的深度,就顺着坡道的斜度挖一条洞子。多数人家只在洞子的出口安一个大门,也有人在洞子的后边挨着院子的崖面下也安上门窗,盘上炕,就是一个洞子窑。夏天的时候,洞子窑成了串门的女人做针线活儿的好地方。两边的门大开着,不是坡道上的风吹下来,就是吹到院子里的风,转一个弯,再从坡道下吹上来。在地坑庄子里,这里就是个风道。

到了正午,阳光最后照进去的,是东边的窑洞。每天的烟火从这里升起,每顿的饭食在这里煮熟。这孔窑洞,让所有的粮食为人散发出自己的味道。

这个时候,阳光就从天上直直地倾泻在这样的院庭里了。

我也看够了这一处风景,起身回家了。

我家住的是瓦房。小时候,我常常盼着抗战的父亲能挂着一根木棍,翻过营里沟去看女儿,因为这个时候,抗战一定会叫上我和朝鲜,住在他们家的窑洞里。我的关于窑洞的很多想法,都是在那样的夜里产生的。睡不着的时候,我眼瓷地看着漆黑的窑顶,听着像是从地底下传上来的那些像人又不像人、像牲口又不像牲口、像野兽又不像野兽、像虫子又不像虫子的声音,有一些好奇,也有一些惶恐,想自己这样躺在这里,睡着了,会不会被这些声音淹没在更深的地底下?我还想,他家的窑背上栽满了花椒树,那一身的长刺,会不会挡住那些人以外的东西?

朝鲜家也是窑洞,他就自然睡着了。

只有我睡不着,觉得人被压在了土地的深处,缩在一起,放不开腿脚。

第二天,我们在院里掏了一天渗井,晚上睡得很香。

住窑洞的人家,院子的中间都有一口一两丈深的渗井。平时盖上井盖,只留一个水眼。天下白雨了,井盖一揭,能收集雨水。就是被雨水灌满了,一两天时间,大半的水就会渗去。巨大的地下,有这口小小的渗井里的水退去的水路。

　　我去过白鹿原。那是陈忠实写给自己的压枕之书《白鹿原》问鼎茅盾文学奖之后，我去白鹿原下的西蒋村采访他。那也是伏天，陈先生居然在他家的房子后边挖了一个半地下室住着。外边的阳光烤着大地，我们坐在他的半地下室里，谈着文学，一身的凉爽和诗意。我那时就想，陈忠实是最懂得大地肌理的人，他那么多年住在白鹿原上，就是这个半地下室，让他按着大自然的节拍，准确地吸收大地上的阴阳之气。也是这些大地之气，聚集在他的身体里，滋润着他思考大地上的生活。我甚至想，他坐在那个半地下室里写作《白鹿原》，就是一次涅槃式的生命之旅，让自己重新回到了诞生他的大地的腹部里去。

　　因此我说，地坑庄子，是人类在黄土最厚的地带找到的最好的栖居方式。

　　此前没有，此后也不会有。

　　危害地坑庄子的，是伏天的白雨。这几年在渭北旱原上，地坑庄子从人们的栖居方式里退出来，被全部还原成农田。这是惧怕水害而进行的一种简单的乡村治理。我们村上的一次灾难，就发生在一次白雨的突袭之中。那场白雨太大了，几十年后，它还在我的记忆里飘洒着。那场白雨过后，传来一个令一村人震惊的消息：住在张家胡同的一对婆孙，被灌进窑院里的大水打着浪冲了出来。在胡同尽头的涝池里，人们打捞上来两具尸体。

　　为了压惊，驱除悲伤，村子里第一次为死者开了追悼会。

　　那次水灾，住在那里的人家没有一处幸免，庄子都被灌了。原来是他们的地坑庄子打在一面有崖的胡同里，胡同是自然的水道，庄子上供人进出的洞子几乎和胡同的地面一样平。当那场突降的白雨冲毁了庄子后面一块高地上的堰口涌下来时，这样的庄子自然就成了水患肆虐之地。

　　我看过村子正中的地坑庄子，它们打在一块地势最高的地方，避过了村里所有的水道。它们能收集到的雨水,就来自院庭之上的那一块天空里。村上最大的地坑庄子的院庭也不过一个篮球场那样大,大多数面积只有篮球场的一半。从这里可以看出,我们的祖先不仅知道自己一年能吃多少粮食,也清楚自己一生能住多大的地方。他们在所有的物质面前,都是心存一份敬畏的。

西村和堡子里最早的地坑庄子都是窑洞和房屋兼具。西村红娃、卵卵、团儿、槐娃的家,堡子里士杰、爱水、潼关的家,都是在地坑庄子的前边盖着一座门房。伏天里,真要遇到罕见的白雨,地坑庄子会被灌水,人在呼雷爷响过云头之前,就在门房里坐着。红娃家的地坑庄子上不仅盖着高大的门房,两边的厦子房也足有七八间。距离地坑庄子的窑背两丈远的地方,栽着一溜儿枣树。到了秋天,满树的红枣让从庄背后走过的人眼馋手痒。

住在西安城里久了,每到伏天,被满城的热浪压迫得喘不过气的时候,我就会想到马坊的地坑庄子。我不仅能想到曾经住在里边的人,也想到这院庄子在村中的具体方位,更想到了自己也住过的一些细节。

很多村子选择用消灭的手段告别地坑庄子的举动,让我很不安。

我也知道,在现在的乡村治理中,"美丽"两个字的意义,在很大程度上体现为城里人生活的翻版。而乡土意义上的美丽,很少能看得见了。

我回到村上,那些由最好的泥水匠用胶一样的麦草泥、用光滑得能照见人影的铁泥抹出来的墙壁已经见不到了。小时候,我们坐在那样的墙下,不会有一点泥土掉下来沾到身上。麦草的温暖、黄土的温暖,让我们的身子也变得温暖起来。现在回到村上,我们能坐着靠着的地方,都是劣质的瓷砖。

有一回,我看到村里各家盖得高大的门楼,心里有一丝喜悦,就一个人仰着头,从村西走到村东。可是,我看到各家门上都顶着"耕读传家"四个大字,单调雷同不说,都是南方人用色彩粗俗的釉子,带上拙劣丑陋的书法,专为北方的农民烧制出的改换门庭的瓷砖。

我只能扬长而去。

静想了一阵,我决定把我记忆中的地坑庄子表述出来。

我这样做,只是想让记忆有一点回响。

我很想知道,是哪一年的哪一天,那个人背上行李,翻过马坊沟,在县城监军镇坐上长途汽车,去了城里。

他是马坊第一个进城打工者。

他给这块土地带来的是一场蝴蝶效应。他在城里走动的时候,那些还困在土地上的人,遥远地感觉到了他的脚步声,踩在城里的水泥马路上与踩在乡间的黄泥土路上,完全是两个世界。他们听见了他的笑声,却没有听见他的哭泣。他也需要他们,因为他一个人的脚步踩在很大的城里,是十分孤单的。也因为城里的人都分成了一些很固定的群体,他不可能走进去。

他在城里走动,牵引着很多人也开始向城里走动。

他没有想到,他的一次偶然的行动,会让村子里的人在几年之间几乎走空了。剩下来的,就是一些走不动的老人和孩子,他们守着房子,守着土地,守着牲口,守着鸡猪,守着一个更加寂静也更加空旷的马坊。

不仅人走了,村上那些长了几十年的大树也被连根挖走,都进了城里,去装饰城里人的心情。我回到村上,那些房前屋后的树,那些沟底河滩里的树,那些独立山头上的树,都成了一些空坑,像大地上的伤口,也像树木的一座空坟。村里的一些老人,看到地里的玉米、树上的核桃还没有成熟的时候就被一车车运到城里,觉得很可惜。有人就说城里人爱吃青,赶上这个时候,才能卖上好价钱。

我更同情的,是那些还在村子里的孩子。

一些社会学者,叫他们留守儿童。我想问的是,他们留守什么呢?

他们在村子里,连看惯了的大树,可以爬上去把自己藏起来的大树都留守不住,只能眼睁睁看着它们被人挖倒运走。

我也由此怀念我的父亲。那是一个物资极度匮乏的年代,在我还在村子里穿着开裆裤子,和伙伴们捏着尿泥、摔鸡狗狗包的时候,父亲给我买好了笔墨纸砚,做好了板凳。我那时用过的一个铜墨盒子,若能保存到今天,足以证明我的童年是属贫穷中富有的了。我上小学的时候,只要遇到下雨落雪天,父亲的脊背,就是我上学要走的路。有一回,看到朝鲜穿着木头做的泥屐上学,父亲把村上的大木匠里娃请来,熬上罐罐茶伺候,看着他给我做泥屐。在雨地里,穿着新做的泥屐,我的幸福感像天上的雨一样没完没了。

放学了,我去地里挖野菜,提着满笼羊蹄眼、打碗花和蒲公英,像把开花的田野都装进了我的草笼里。那个时候只要从庄背后走过,站在我家后墙外喊上一声,母亲或父亲就会给我回应。

我在《马坊书》里写过,第一年上大学,回到县上半下午了,我只好跟着同学兵昌回到他们村上。吃过晚饭后,我想起,夜里父亲一定在孙家门前的地里为村上看玉米,就执意要回家。兵昌把我送到孙家门前。站在一块田埂上,我喊了一声,父亲真就在看庄稼的窝棚里,他立马答应了我。顺着我的声音,穿着一件棉袄的父亲急切地走了过来。父亲拉着我的手,穿过很厚的玉米地,走进了连同气息都很熟悉的村子。

把我送到家里,父亲又去地里看庄稼了。

这就是我的乡村,一个父母无处不在的、因爱而处处显得很神秘的乡村。

那些留守在村里的孩子,就是喊上一天,他们的父母又在哪里呢?

他们能去那么大的城里,在茫茫人海中,喊一声他们的父亲吗?

他们不仅不能这样做,如今,很多神秘而美丽的事情,也都悄悄地远离了他们。比如萤火虫,我们是在村庄和田野上嬉戏时认识的。他们呢,只能从有限的书本上,看着图画,念着文字,艰难地辨认。

这两种感觉能一样吗?

他们不知道是谁带走了他们的萤火虫。

不是别人,就是他们的父亲。稍有一些常识的人,都知道腐草为萤这个词。我们小时候,一到伏天,如果遇上一场连阴雨,长在地里的野草和堆在院里的柴草就会散发出淡淡的腐朽的味道。这是滋生萤火虫的味道。因了这样的味道,马坊的夜晚,成了萤火虫的夜晚。我们会一整夜地在院子里、田埂上、涝池边,奔跑着捕捉萤火虫。我后来能迷恋上诗歌,我想象的翅膀,就是那些萤火虫照亮的。萤火虫的栖息之地,也让我过早地懂得了,美丽的诞生,不一定需要美丽的地方。

美丽的成长,却一定需要干净的地方。

从腐朽的草里诞生的萤火虫,它们成长的地方,就是乡村清净的夜晚。

这样的夜晚没有了,萤火虫也就消失了。

父亲种地的时候,地里的草,都是弯腰用锄头锄去的,地里施的,都是堆在后院里发酵过的草木灰。这样的手工农业模式无意中保护了萤火虫。

他们在城里打工的父亲哪有时间和心思?地里需要施肥了,化肥一撒了事;地里需要锄草了,除草剂一喷了事;地里有了病虫害,杀虫药一打了事。

我有时想,想让萤火虫在我们的夜空里再次出现,今天土地上农业生产的方式必须改变——终止农业的无机生产方式,回到土地的有机时代。

　我听说，一些当年进城打工的人带着各种各样的心思回到了村里。

　他们或许感到愧对自己的孩子，因为他们暂时对乡村在转型中所遭遇到的这一切还无能为力，也只能给孩子一个没有萤火虫可以留守的夏天。

十三

　　抬头,从树上的叶子证实节气已经进入立秋之后,处在酷热中的作家张承志提笔写道:"满树叶子在高空抖动了,并没有风,只是树杈间传来一个信号。我差一点喊出声来,一切是这样猝不及防,只在那分秒之间,凉爽的空气便充斥了天地之间。"

　　写着写着,作家几乎想落泪。

　　父亲是个农民。在身体从持续很久的酷热里突然觉出凉爽的那一天,他不会喊什么,也不会想落泪。

　　那一天,他会像往常一样,手里提着一把镰刀,平静地出门。

　　头上戴的,还是那顶在我看来,像把天空里的闷热都扣在里边的草帽。

　　只是,他要去的地方,不是往日里割柴火要下到的沟里。

　　立秋那天,父亲去了我家的谷地。

谷子在父亲的心里,就是一种神圣的粮食。

一年之中,我家的地里,不管打下多少谷子,父亲都会把它装在土布袋子里,放在炕上的一角,确切地说,就是他每晚睡下的时候,只要把脚伸下去就能蹬着的地方。只有身体紧贴着那些黄灿灿的谷子,父亲才会把一天里让生硬的土地累乏的骨头,安心地放在土炕上。早上起来,最先进入他胃里的饭食,不是一碗小米饭就是一碗小米汤。是这些谷子,还有从谷子碾出的这些小米,从外到里,一天二十四小时地,滋养着因劳作而满身泥土的他。

我从记事起,就经常看见家里的墙上挂着一把黄灿灿的谷穗。一年的烟熏火燎,没有蚀去它的灿烂美丽,倒使那些十分夺目的色泽沉淀得更接近土地和金子的混合色。每年收了谷子,父亲都会把新的谷穗挂上去。那些被换下来的谷穗,父亲会轻轻地拿在手里,揉搓出一把谷粒,然后把它们抛撒向他认为很重要的地方。父亲是借用村里人向空中地上洒水敬重天地的行为抛撒这些谷粒,以期福佑沐浴我家。我记着他抛撒下谷粒的地方,有房梁、灶火、水瓮、面缸、案板、屋顶、磨房、柴垛、鸡窝、门楼、照壁。总之,父亲能看见的地方,都有谷粒带着他手里的温度轻轻地落下去。

这些谷粒,在父亲眼里是很吉祥的。

父亲就是带着这样的意识在土地上种谷子的人。每年谷雨过后,一村人都忙着在地里种各种各样的秋粮,盼着在漫长的冬天里吃到更杂一些的粮食。只有父亲,一个人很固执地到去年收完玉米后犁了一遍歇了一冬的那块地里种早秋作物——谷子。按照马坊的气候,人们通常在谷雨后种早谷,在麦收后种晚谷。父亲对村里人说:早谷饱满,能碾出小米,也能熬出米油;晚谷瘪瘦,碾不出小米,也熬不出米油。他回到家里,也给母亲和我说,早谷养女人和孩子。到了晚年,他看见承包了土地的人除过种少量的麦子和玉米,就在地里大栽果树,没人种谷子了,就叹息说,土地是养人吃饭的,五谷里面,只有谷子是土地上长给种地人的食药,天天能吃着,人就像被养着一样,身上的病灾就少了。

我信父亲对谷子的这种抱有偏爱的看法。

谷子的颗粒很小,但是每一粒在人的身体里都像金子一样放射出生命需要的能量。谷子比起我们常见的其他粮食是最难种的。玉米可以点种,麦子可以用耧播种,谷子必须撒种。其他作物从地里长出来,要不了几天就蓬蓬勃勃,一地碧绿,叶子上像汪了一层水。只有谷子,乱长在地里,像一堆半死不活的杂草。而且在很长一段时间里,天上的雨水很少,地里就是一层干土。我的印象里,这个时候,这些生长着的谷子就像一直站在一块干土上,终日得不到一滴水分。谷子多节的秆子,干瘦得被风一吹就有要断了的感觉。每次从谷地边走过,我就担心,到了秋天,那么多金黄的穗子,这些秆子怎么撑得起呢?

我看见,父亲经常弯腰在谷子地里,用一把漏锄锄谷子。

伺候麦子叫锄麦,伺候玉米叫锄玉米,伺候谷子,却叫扎谷。父亲经常说,该扎谷子了,再不扎,就长成一地胡子了。扎谷子,就是把多余的谷子连根扎掉,让它由多苗变成双苗,由双苗变成单苗,由单苗变成壮苗。每扎一次谷子,都是对谷苗的一次优选。扎的次数越多,留下来的谷苗长起来,周围的地方就越宽展。在父亲的伺候下,每一棵谷苗,都享受着自己的那一份阳光和风,没有谁争抢得去。

每下一些雨,哪怕只滴上些雨点子,父亲都要去地里把雨后的谷子小心地扎上一遍。他说,这时候扎谷子,其实是给谷子松土保墒呢。谷子的根上刚得到了一些雨水,不及时扎一遍,雨水被太阳晒干了,谷子根上的泥土就会晒成瓦渣,影响谷子生长。

直到谷子厚实地长起来,也抽出了一点穗子,脚再也插不进地里了,父亲才把漏锄扛在肩上,从谷地里退出来。

立秋了,天上每落下一场雨,父亲都要跑到谷地里安静地坐着,看被风摇摆着的谷穗,怎么慢慢长成金黄的颜色。那个时候,父亲喂养的那匹栗色的马也会顺着父亲身上的气味,来到他的身边,低头在他坐着的田埂上吃草。

父亲会折下一把青绿的谷穗,喂到那匹栗色的马的嘴里,看它很香地咀嚼着。

随着天空一天天高远,秋风一阵比一阵猛烈,父亲知道,离收谷子的日子不远了。

父亲告诉我,母亲常年多病,但到了扦谷穗的时候,那些折磨母亲的病痛就像有意般从母亲身上离开了。

父亲把收割了的沉甸甸的谷子从地里背回来,堆放在院子里。母亲坐在谷子中间,手握从麦镰上取下的刀片,一颗一颗地扦谷穗。扦完整捆的谷子,母亲又把干黄的谷叶从谷子的禾秆上挎下来,绑成很小的把。这叫作谷草。

谷草在我的印象里就是乡村的圣草,因为它的金黄、它的柔软、它的温暖、它的干净。那时女人在简朴的月子里垫在身下的,就是谷草。也就是说,那时我们出生后能闻到的人间气息,除了母亲身上的,就是谷草在炕上散发出来的。我们在正月里,为了一年的吉利,把戴在身上的财贝、花绳子解下来,放在谷草中燃烧,再砸出满天的火星。村上的老人,会从中观看那些繁盛的火星是像麦子花,像荞麦花,还是像豆子花,从而预测一年的光景。

那些谷草,也是母亲每顿饭后洗刷锅碗的用具。说来奇怪,多数庄稼的叶子晒干后禁不住揉搓,浸泡到水里,不仅发黑,还会发霉,可是一把谷草在洗上好长时间的锅碗以后也还是谷草的原色,不留食物的一点腐味,保持着它的草木清香。我由此钦佩祖先们,他们在土地上总能发现万物闪光的部分。

我想,他们自己也在万物之中,闪着一个种地人身上应有的那些光。

母亲整个下午都在扦谷穗,她的身前是一片铺得像黄金地毯一样的谷穗,身后是垒得像黄金城墙一样的谷草。我后来对田园的许多想象,都是来自扎谷子的父亲和扦谷穗的母亲,他们是我用文字抒写马坊时能想起来的最好的形象。我有时告诉自己,如果不是有心还记着父亲和母亲在土地上劳动的身形,我的这些留给马坊的文字,不会从我的情感里这样迸发出来。

它如果能闪着金子一样的光,那都是父亲种出的谷子的原色。

我在《马坊书》里写过,由于天上雨水的短缺,生活在地上的人们把水当作圣水。一些上了年纪经过很多世事的人,每喝一口水,嘴里都有自己的说辞。

等我明白了这一切,那些喝过一口水也要用某种说辞回应的老人早已下世了。

后来,我一个人在马坊的田野上穿行的时候,每遇到一条河流、一眼山泉,或一个水潭,都会心情落寞地停下来,默默地站立一会儿,因为这些水边,说不定就有那些去世的老人们活着时留下的感恩的说辞,这些说辞或许被某一种物质录下了音。小时候,父母领着我走亲戚,路过延府沟、来家沟、营里沟的时候,他们都会半跪在水边,双手抵在额前,口里默念上几句话,用手掬一些水,先喝上一点,再洒在脸上。起来继续赶路的时候,我跟在后边,看着他们把心里的清净留在路过的沟底。

父亲那时在村上放羊。到了热天,快要退场的时候,他一定会选上一个日子,不再把他放牧着的羊群赶到很近的洞子沟,而是一路吆喝着,下到更远的村南的沟里,用流动的河水冲洗它们。

父亲把这叫洗羊,这在父亲放羊的那几年很像一个节日。到了那天,也不用父亲向队长彦英要帮手,我和朝鲜、抗战,一人怀里揣上两个蒸馍,早等候在南壕的羊圈门口了。父亲打开羊圈,那只领头的骚呼羊就往洞子沟的方向跑。我们在前边拦住,扳着它的犄角,把羊群引向南沟的方向。

羊群在经过的路上撒下一地羊粪蛋,更撒下一地的腥膻。这条由玉米地包围起来的村路上空腾起一片异味,向村子的四周飘散着。

父亲说,羊身上裹的虚土和柴草太多了,淋上雨水,像穿了一身铁衣。

父亲说,羊身上的毛也长了,不洗羊,还没剪下的羊毛就会黏连成一块毡片。

父亲说,羊身上的脏物,遇到连阴多雨的秋天,就会生出一层蛆芽。

父亲的这些话,像是说给这群羊听的。

洗羊,是太阳偏西后的事。那时,羊在坡地上吃饱了青草,河滩里的水也晒热了,洗完一群羊,羊群入圈的时间就到了。洗羊之前,我们提着镰刀,跟在羊群的后边,割被羊吃过嫩梢只剩下身子的铁杆蒿。中午的时候,我们和父亲围坐在河边吃馍:掰一块干馍,在河水里蘸一下,干馍很快就酥软了,马上放进口里,不用费劲咀嚼,那块干馍就带着河水的清凉,进到了我们的胃里。

身边有了鸟儿的叫声,我回过头,发现几只水鸟站在不远处的石头上盯着我们掉在河边的馍花。那些吃饱了青草的羊像有去年的记忆,也从坡上跑下来,向水边拥挤。

这里就响石潭。河水流进潭里的声音,站在沟顶上也能听得到。它在马坊,是不多的一处可供人和牲口热天里洗浴的地方。神奇的是,响石潭的阳面卧着一块平坦的灰白色的巨石,上面能躺几个人。这个时候,摸潭里的水,一手温热;再摸这块巨石,一手滚烫。村里人就说,响石潭边的那个石炕能治腰腿风湿。那时候,村上一些腰腿不好的人,大热天经常在潭里洗了躺卧在石炕上,想着这样做自己的腰腿一定会好起来。

我们脱得精光,说是洗羊,更多是在潭里拉着羊戏水。

一潭的羊叫声,引来几只黑鹰在沟顶上盘旋。

父亲脱去坎肩,把裤子挽到膝盖上,用腿夹住一只羊,双手在羊毛里揉搓。每揉搓一把,潭里都泛起一堆脏水,污垢被冲出潭外。几分钟后,羊身上揉搓不出黑水了,就让我们拉着,在潭里半游半走几圈后放上岸去。父亲从我们带着戏水的羊群里再拉一只,继续洗。在水里泡得时间长了,越到后来,羊身上的脏污越好洗。到了半下午,我们从潭水里抬头,草坡上被洗过的羊一只比一只白净。风从身上吹过来,几寸长的羊绒在羊的身上翻卷着,有白云飘动的感觉。

没有人去想,是云朵掉到了羊身上,还是云朵掉到了沟坡上。

羊被洗干净了,父亲身上那些泡了一下午的垢痂也起了层层。我从潭里走过去,帮着父亲搓脊背上的垢痂。这个时候,那群羊身上浓重了一下午的膻腥味,早被岩石上流下来的水冲到了潭外,消失在流淌的路上。朝鲜和抗战也躺在石炕上,晒着自己的身体。等我们穿上衣服,去到坡地里捆上午割下的柴火的时候,父亲把他的坎肩和黑裤子洗了,晾在石炕上。

他把身子沉在潭里,很享受的样子。

晾到半干的时候,父亲穿上衣服,走出响石潭。

坐在一块坡地上,父亲点着旱烟,长吸了几口。他想,在水里洗过之后,自己身上轻松了,羊的身上也应该轻松了。望着还在吃草的羊群,父亲像给它们说:记住,世上还是水好,记住了水的好处,就把万物的好处都记住了。

那只在沟顶上盘旋了一下午的黑鹰，也像听见和听懂了父亲的话，扇动了几下翅膀，向着天光很亮的西边，悄无声息地飞去了。

我们赶着羊群，正在爬坡。

上到沟顶，地里的庄稼带着一身的亮色，像在等候着什么。

这些已经吃得很饱的羊，不会去地里叼一口庄稼的叶子。在那只领头的骚呼羊气昂昂的带领下，它们低着头走路。它们的样子，像是在闻被河水洗过之后自己身上散发出的味道。

我们跟在羊群后面，早上出来时的那股膻腥味已经没有了。

在它们的身后，羊粪蛋依旧撒了一路，却多了一层青草的味道。

父亲走在最后。压在背上的柴火捆让他的呼吸发出了一些细微的声音。这种声音，朝鲜听不见，抗战听不见，我听见了；我伸手摸过的几只羊，它们也听见了。

火一样的上午，突然被一阵风吹得有了一些凉意。

那个时候，我看见父亲背着柴火，正从很深的南沟里上到沟顶。如果是往日，他不会讲究姿势，而是让柴火捆从背脊上顺着重力滑落下来，随便倒在一块荒坡边；再脱下身上的土布坎肩，双手拧出一股腥咸的、混合着柴火里的青稞味的汗水。等他拧干上边的汗水，抖开那件坎肩的时候，被柴火压着的地方，原本的白色已经被染成了一坨青草色。它不是我从田野上看见的那种干净的青草色，而是被汗水反复浸渍后有些脏兮兮的青草色。

那是青草的原色落在农耕者身上后，被汗水腐化成的颜色。

那天，背着一座小山一样的柴火捆上到沟顶的父亲，顺势放下了身上的重物，甚至扔掉了手里的镰刀，但他没有脱下那件穿在身上的坎肩。

那是沟顶上，突然吹来了一阵风的缘故。

父亲感觉到风不是从东南方向的沟里地吹上来的，而是从很深的庄稼地里，从很拥挤的村子里，从很高大的后山上，有些凌厉地吹下来的。

那天，父亲抬头，看见那匹站在树下的栗色的马从往日的蔫头耷脑里气昂昂地走出来。它在苤草很厚的田埂上低头吃草的时候，嘴里会发出"咴儿咴儿"的叫声，像传唤着多数还在槽头歇晌的牲口。他就在心里说，这阵凉风，也是从那匹鬃毛拂动的栗色的马身上吹下来的。

抹了一把汗水的父亲，知道西北风来了。

在他的乡村生活经验里，西北风这个时候赶来，是要给大地上的万物去火的。一个夏天里，万物从太阳身上吸收了那么多的火气，足够催生它们成熟了，但太多的火气有时也会伤到万物的身子，必须收一收。他想起很多作物，都是在天气凉下来的时候，冷静地成熟的。就是那些在大夏天收割的麦子，它们一身的金黄也不是包着的一堆火，它们通常赶在伏天到来之前早早成熟。

父亲没有脱下坎肩，是想让风把衣服上的汗水吹干。

一个种地人，被伏天的太阳晒得身上的皮肤都起了层层，他在这时盼望的，就是转了方向的那阵风。父亲的感觉是，它猛然吹在身上，身体里的热量从汗毛里刚刚钻出来，还没有在黑硬的皮肤上站稳当的时候，就被这阵风吹走了。集结在内心的热量，也被外边的凉风感染了，起伏着从身体里涌出。我对节气的感受也是在这个时候获得的。看着父亲站在沟顶让凉风吹着的样子，我看见，站在远处的山峦、站在地里的庄稼、站在村边的树木，它们站立的姿势都不一样了，走在地里的人群、走在路边的牲口、走在门口的鸡猪，它们走路的姿势也不一样了。

我抬头看了看天上，那些曾经被阳光揉搓得起火的云朵也像饱含水分。

麦收之后,父亲在那片长得城墙一样厚实的玉米地里锄完了最后一遍草,用握惯了的漏锄给那片种在最好的地里的谷子扎了很多遍土。那片在地头给自己种的旱烟,父亲也掐完了顶上的花朵。地里的庄稼再不需要人伺候的时候,父亲就悄无声息地从田地里退出来,一个人去了村南的沟里。

那天,看见父亲提着镰刀就要出门,站在门口的母亲是这样说的:"忙了一个夏天,牲口都知道从套上卸下来,在槽上吃草歇晌呢。"

父亲回答:"沟里的柴火长高了,等着我割呢。"

确实,我们村子的大小沟里,那些长得半人高,从满坡的羊群的嘴角有幸逃脱的草,经过一个夏天的疯长,已经成了可以割下来背回去烧火的柴火了。这些年年生长的柴火,可能都记下父亲了。伏天里的中午或者下午,村里人倒卧在槐树、桐树、椿树的阴凉里,他们跟着太阳的影子在树下挪动身体,常常一抬头就正好看到父亲背着捆柴火走进村子。父亲在一个夏天里割的柴火,在院子里晒干了,能堆两个马头垛。走进我家院子的人闻到的都是干柴火的清香味,都会说村里这样大的马头垛,除了场里的麦草垛,就是这两个柴火垛。父亲坐在柴火垛下,一脸庄稼人才有的满足感。

这么大的柴火垛,让我们的冬天变得很暖和。更多的柴火会被断了柴火的人用粮食换了去。村上人去木杖沟打水库,每天烧饭需要柴火,用完了村里的麦草垛,彦英就派人从仓库里拉来一口袋麦子,让赶车的人套两驾大马车,来到我家把两个马头垛装得只剩下两个垛地了。

母亲看着心疼。父亲说,今年沟里的柴火就长上来了。

我至今不忘这些事情,就是想让自己记住,先前在大地上生活着的那些人,他们的日子过得有多琐碎,有多具体,有多高尚。他们对土地,一生用力气索要的,就是一把粮食、一把柴火。偶尔,他们也会从遍地草木中采一些认识的中草药,晒干后挂在家里的墙上。他们想,平时能闻到这些药味,对身体也许会有好处。

他们是一群把自己完全交给土地的人。

这一天,父亲穿着他的坎肩,背着柴火从村口走回来的时候,很多看到的人都会想,我家院子里新起的两个马头柴火垛,就差这一捆柴火盖上去了。

父亲的伏天就这样结束了。脱下被汗水浸得铁一样硬的坎肩,让母亲用棒槌砸着洗过,等再穿上时,父亲会去到谷地里,看谷子如何一天天地成熟。

他的身后,一定站着那匹栗色的马。

这个时候,秋色会一片接着一片,为马坊降临。

马坊戏楼刚拆的那几年,戏班子不仅没有倒塌,反而更红火了。

说来也蹊跷,戏楼阔绰地蹲坐在那里时,一年也就是过年和忙罢唱上几台乡戏。其余的时间,乡间的麻雀成群地飞进飞出,它们想在那些颜色比庄稼地里丰富得多的雕梁画栋上,把自己麻灰色的样子也练成彩色的。

有一阵子,乡间兴起了唱秦腔戏。马坊的几个大村子就把解散了的戏班子里的人又组织起来,拉在三驾马车上,去县城监军镇,看剧团里从前演才子佳人的名角穆秀萍、露露和银子转换了角色后新排演的秦腔样板戏《红灯记》。走时都有交代:每个人盯着自己要演的角色,把一招一式都学下来;暂时排不了全本的《红灯记》,就把"痛说革命家史"那一场学回来。我们村去的演员有旦旦、秋歌和狗牛,还有能唱戏也能导戏的大学和岁狗。拉板胡的牛儿、拉二胡的秃子、打板的瓢娃也都跟了去。邻村我能记得的还有天仁、再娃和小会。

那时候的马坊人,坐在村头拉闲话,说的都是秦腔戏。在我们村的堡子,经常有人端着饭碗,圪蹴在粪堆上,听黑迈儿坐在家门口,唱《周仁回府》,唱《辕门斩子》,唱《铡美案》。父亲说,西安城里最有名的演员任哲中,就是县城跟前的人。他早年当麦客时,沿着西兰路割麦,一路上听到的都是任哲中的事:在西安的回民街上,任哲中吃羊肉泡馍从不掏钱;很多泡馍馆的炉头都知道他的口味;在西兰路上坐车,就是坐到兰州,只要他唱上几折秦腔戏,司机和其他乘客在沿路食堂里都抢着管他饭。

也有人说,他戏唱得风流,人也风流,要不都到北京给毛主席唱戏去了。

这些是民间的编排,但没有一点恶意。

有人说看过银子的戏,村里人问啥感觉,他说三天不想吃饭。有人上去踢了他一脚,说"你这懒汉还想吃饭,粮食是天厖下的,你也接不到嘴里",引得一阵哄堂大笑。

从县上回来的演员开始了排练。我们村的大学和岁狗,给旦旦说了李奶奶的戏,给秋歌说了李铁梅的戏,给狗牛说了李玉和的戏。给不识字的狗牛说戏最难。当时,大学叫上狗牛去了碾子坡的坟地里,说:"你不要胆怯,这里坟场大,有庄稼遮挡着,能放开嗓子,也能展开手脚。"跟着大学在坟地里转了几圈,开了窍的狗牛一下子记住了戏文。

大学高兴地说:"这是村上最老的坟地,我们也是给先人唱戏呢。"唱得累了,他们就坐在坟头上,回忆土堆下已被埋得很久的那个人。

戏排好了,两个村演了一场对台戏。

戏楼拆了,就在留下的土台子上演。父亲也去看戏了,这是几年来他第一次在这个土台子下坐着看一场戏。戏开演后,邻村扮演铁梅的女子一出场,他一眼就认出来了。女子叫再娃,长得细高挑儿,眉眼很俊秀,是我二姐的邻家。每次去了,见了他的再娃都按照村上的辈分叫他外爷。现在坐在台下看她唱戏,父亲就有了满心的亲切。耿家村扮演铁梅的叫秋歌,在村上当售货员,一村人花上几毛钱省着用的煤油、火柴、盐,都从她的代销点里购买。

直到太阳升到头顶,没有了影子,戏才演完。有人说邻村的戏好,演员年轻,扮相俊秀;有人说我们村的戏好,演员齐整,唱功赢人。父亲却说,没想到黑娃和碗子养了两个会唱戏的女子,她们扮演的铁梅好,是马坊出的两个"真铁梅"。

再娃是黑娃的女子,秋歌是碗子的女子。

很多年里,我都记着这两个扮演铁梅的女子。

秋歌住在北胡同。瘸腿的父亲碗子把大女儿绒线嫁出去后,就想着给小女儿招上门女婿。秋歌唱了样板戏,扮演了铁梅,眼光高了,想找个公家人。马坊这地方没有几个公家人,有的也已经成了娶妻生子的老男人。心性很高的秋歌就等,等到了一个叫张策的在公社畜牧站工作的人。结婚后,张策回来时经常骑着畜牧站的大洋马,人个子不高,洋马个子高,就有了一些威风。我们去村北的地里,看见碗子家门口拴着那匹大洋马,就知道张策回来了。不幸的是,秋歌生下大儿子不久,张策就得了肝病走了。

我在村上的时候,秋歌是妇女主任。她又找了一个叫民民的男人,生了几个孩子。民民是个瘸子,喂着村上的牲口。有人见了叫姐夫,有人见了叫姑父,叫后就开玩笑,说"秋歌那么好看,你也不收拾自己"。

我离开村子后,听说民民和秋歌离婚了。民民没回老家,带着他的儿子和女子住在村上。

等到碗子去世后,秋歌离开村子,在东原上另找了人家。

那个叫再娃的铁梅,后来嫁到了我们村。男人是山成的儿子兵营,在县水电局开解放牌大卡车,这在当时是很让人羡慕的。村上人赞叹说,这个铁梅有福了。确实,刚过门的那几年,再娃穿得好,也吃得好,村上的媳妇和女子没事了都找她说话,人也就越发好看了。

那个时候,我们两家已经把过去的事淡忘了。

再娃像当女子时一样热情,见了我父亲依然叫外爷。

有一年回村,二姐来了,父亲提起再娃——她是二姐婆家远房的侄女——说她的日子过得并不好,村里人看见的都是表面的光亮,她的内心有像点了很久的灯捻子也拨不亮的黑夜。父亲说有一天他在孙家门前看庄稼,碰到再娃在地里挖草,再娃看见他之后,叫了一声外爷就有了哭腔。一个下午,她诉说了好多事,都是她这些年经历的不愉快。父亲说再娃是个贤惠的女人,也是个要强的女人。

这是我最后一次从父亲嘴里听说的有关再娃的事。

兵营退休后回到了村上。

岁月沧桑,村上的很多人和事,在我的记忆里都没有了下文。这两个扮演铁梅的人,是我小时候在马坊看过的最会唱戏的人。几十年里,我对她们的记忆,还停留在拆了戏楼的马坊留下的那个土台子上。她们在我心里,还是那个举着红灯的铁梅。

父亲去世时,在县剧团当过团长的穆秀萍和我都在县文化馆工作。她带着她的学生,在埋葬父亲的前夜唱了多半夜秦腔,为一个农民的下世送行。在我家的院子里,村上那些唱过戏的人,像大学、黑迈儿、牛儿、岁狗、瓢娃、秃子、狗牛,都围着穆秀萍坐着,听她站在父亲的灵前给全村子的人唱戏。

大学还自己打板,唱了一折《周仁回府》。

我想扮演过铁梅的秋歌、再娃,一定也在人群里。

听到伤心的戏文,她们也会偷偷抹上一把眼泪。

　　凉风吹过树枝,白露生在叶上,躲伏在树上的寒蝉,在空旷的村子里叫出了一片比打铁声还要刺耳的蝉鸣。刚从溽热里挣扎出来的万物,又被凄切的噪声包围得无路可逃了。

　　这个时候,一声叫唤就能惊动整个村子的牲口,也在寒蝉的声音里失去了叫唤的冲动。它们一身疲惫,不耐烦地用蹄子刨着被寒蝉的声音叫得寂静不下来的泥土。

　　只有天空,在这样的叫声里变得高远起来。

　　长在地里的秋庄稼,在抬高天空的时候,却把所有走在庄稼身边的人又往低里压下了一截。我后来看过很多画家画的走出玉米地的庄稼人,都是头大、腰粗、腿短的样子,就是扛在肩膀的锄头也是又笨又重。我想这些画家一定是被大自然的广大欺骗了,他们只是在远处看到了一个被土地、庄稼和天空虚化得失真的人影。如果画家走上去,到能听得见这些庄稼人的呼吸的地方观察,就会发现,他们身体的比例是玉米般金黄的比例,他们肩上的农具就像精致的手工艺品。

　　我们却用胃口收藏着更精华的东西。

　　我在马坊的时候,一个暑期里,都爱跟在父亲身后,看他怎样作务庄稼。我那时也说不清长大以后要干什么,但要离开土地的欲望并不是那么强烈,甚至对农业生活还有一种美好的眷恋。一个男孩子的崇拜意识,都是从父亲身上开始的。尽管某些事情让我过早地承受了一些不该有的屈辱,但只要回到田野上,看见父亲把每一种庄稼都伺候得那么好,我心里就踏实了。事实上,在我还没有从农村走出来的那些年,只要风调雨顺,没有大的天灾,地里的收成都不错,圈在粮仓里的粮食就像一种安慰,降临在每一天里。那时候,我跟着父亲学会了犁地、锄草和割麦,摇耧也学了七八分。在地头摇着被一匹马驾着的装有麦种、带有像三个女人的小脚一样的耧铧的木耧时才觉出，种地的人就像自己把自己提在手上，再小心翼翼地播种在泥土里。

地里的庄稼长高了,后山里的狼就会回村潜伏它们白天卧在玉米地里,晚上进到后墙不严实的人家叼走一些鸡猪。我们独自去田野,也因这些狼的出现以及它们制造出的一些血腥事件而受到了限制。那段日子,我们不能下南沟,更不能去村西的洞子沟,就跟着大人在他们身后转悠。一个上午,挖半笼野菜,拾半笼蝉鸣,直至天真的凉下来,再回到学校里去。

早晨,我跟着父亲来到南岭上的那块荞麦地。一路上,我发现蝉多数还在露水里面。它们带着沉重的翅膀缓慢地活动身子,当阳光晒掉翅膀上的最后一滴露水,才开始扇动翅膀。直到正午时分阳光强烈,它们的翅膀被晒得失去水分,它们发出的声音也像把一个村子都带进了蝉鸣的深渊里。

父亲会用锄头把多余的荞麦锄掉。我在后边,像和着蝉鸣,把它们一起捡拾进草笼里。荞麦的身姿、荞麦的嫩色、荞麦的妩媚,让它成为我在田野上发现的最像女人的庄稼。它的叶子是那种水色的嫩绿,你抓上一把,就像抓着一把水,随时会从手心里溜掉。它的根茎是那种暗淡的水红,你伸手触摸,那些像要断了的根茎会化成一手胭脂。到后来,它会开粉白的花朵,会结黑红的颗粒,在田野上会被收割成荞麦卷,像乡村女人头上绾起的一卷头发。

我因此写了《三色荞麦》,想给这种稀缺的庄稼立一块文字的碑石。

今天在马坊,能见到的荞麦少之又少了。

父亲说,荞麦的嫩秧子喂牲口最好。他会把锄掉的大部分荞麦用背笼装了,背到南壕的饲养室里去换几个工分。闻到荞麦的味儿,那匹栗色的马就发出"咴儿咴儿"的低叫声。父亲抓了一把喂进它的口里,一股绿水从它咬着的带着金属声的铁嚼上流到了槽头。

我将笼里的荞麦背回家中后,母亲将它们用开水焯了,倒几滴热油,调上辣子、盐、醋,那种香味,没有乡村生活经历的人绝对想象不到。

其实,长在乡村里的很多绿色的东西,包括庄稼的叶子和秧子,都是很好的蔬菜。只是父辈以上的人,他们在饥荒年月里吃得太多,在胃里留下了很苦的记忆。因此,父亲活着的时候,只要有粮食,很少吃野菜。看见他给村里的牲口割着最干净的青草,我想,在他的意识里,麦子才是人的粮食,青草是牲口的粮食。人在时令里适当尝尝鲜就够了,不要过多地抢这些牲口的粮食。

等到有一天,寒蝉的声音低下去甚至消失的时候,父亲告诉我:蝉,开始蜕壳了。

是的,它们在叫完最后一声时,会带着壳里的生命,以另一种形式回到泥土里。它们在我家的槐树上,年年留下一些完美的壳。

十四

鹰在马坊的天空,神气地存在着。

一个夏天,我们抬头向天,都是想在大块的云朵里看见一只展开翅膀的鹰。它安静地睡在天上。就是立了秋,这些神一样的鹰,似乎还想在云朵稀少、天色湛蓝的天空里多待一些时日。我那时既看不见也想不到,鹰在天空里留恋的,或许正是那些不时从翅膀下带着凉意冲过来的气流。

父亲在地里割草时也会抬头看看。

他看到天上也有一只鹰,再低头割草时,他的心里安稳了许多,他好像知道了自己只要在地上劳作,头顶都有一个活物一整天地看着。他不一定想到它们在看自己,但它们的行为会让他更加谨慎地对待地上的每一件事物。

父亲心中的那些敬畏,就是这样来的。

有一天,他没有在天空看见鹰。那天,他在身边的山坡上看见了一只黑铁一样的鹰,还看见了一只在黄灿灿的谷地里斜着翅膀追逐兔子的鹰。

他不知道节气已经进入了处暑。他摸了一下手上的镰刀,在心里说:谷子快要黄了,鹰都下到地上来了。

　　李洱在长篇小说《应物兄》中写一群影视明星常去一家养生餐厅,喝一种五十块钱一杯的茶。那其实是玉米穗上的须煮出来的水。

　　我想起在西安,也有农民进城卖玉米穗上的须。有人买了回去煮水喝,说能治这病那病,一时很流行。其实,玉米须是一种中药这件事早已明明白白地写在药书里,医生会给需要它的病人按剂量开在药方上。今天的人养生心切,听到一点常识就以为是生活的全部,便抢着买这东西,煮了当茶水喝。

　　除了玉米穗上的须,就是玉米穗,也是在很嫩的时候就被运到了城里。

　　我不禁感慨:人的欲望啊,让一棵玉米也很难在土地上长到成熟。

　　我在一首诗里这样写玉米:"有一棵咬牙站着,就是我的父亲。"

　　就是这些玉米穗上的须,令我在抹不掉的乡土记忆里也有一种让内心变得柔软的情调。

　　那时,我跟在父亲的身后在玉米地里穿行。父亲每看见一个玉米穗上吐出了须,都要轻轻地抚摸一下,判断它会长多长。父亲能从那些须的颜色上,判断出这个穗子会结出黄心玉米还是白心玉米。那个时候,父亲种下的玉米,多是穗子长、颗粒大的黄心玉米。那些金黄的颗粒,像极了马嘴里的大长牙,村里人就叫它马牙玉米。那些挂在玉米穗子上的须,于淡黄之中,透出一抹秀气的胭脂红,极其明亮和生动。我也学着父亲的样子,把鼻子贴上去,有一抹淡淡的清香,是玉米在授粉的时候才有的那种香气。父亲说,庄稼没有不开花的,这就是玉米的花。

　　我们发现,把玉米的花从穗子上抽下来,塞在男孩的鼻孔里像彩色的胡须,扎在女孩的辫子上像彩色的蝴蝶。看见玉米穗子上吐出的须,我们的心和手就有些痒痒了。很多男孩想抽上一些好看的玉米须,不为塞在自己的鼻孔里,就想扎在女孩的辫子上。这在乡村男孩子的心里,是成长的过程中普遍存在过的秘密。就像《人生》里的巧珍,每当写到她,路遥反复想到的都是小时候,那个给他补裤子时紧张得把针扎在他屁股上的女孩。为了感谢她,他从很远的山坡上给她摘了一把青杏。

递到她手上的,不只是青杏,还有一把汗水。

路遥那时想到了青杏,我们那时想到了玉米穗子上的须。庄稼站在地上,像一个我们熟悉的人,对这些庄稼,我们天生就有了一种敬畏。因此,为了不影响玉米的生长,我们在偷着抽须的时候,一个穗子上只抽很少的几根。遭到大人的斥骂后,我们放了了玉米穗子上的须,在其他野生植物上寻找样子相似的替代物。

很多植物都开花,我们在其他植物身上却没有发现像玉米穗子上的须那样的花。直到玉米成熟了,那些挂在穗子顶端的须被日光和风雨照耀吹打成一撮黑色的干须,没有了那股清香时,我们剥开玉米的壳,把里面暗色的须连同外面的黑须小心抽出来。一个下午,能从剥开的玉米穗子上抽一大堆玉米须。这个时候,失去最初色泽和清香的玉米须再不能当成礼物送给女孩子了,更不能把它们扎在她们的辫子上。我们就学老戏里那些人物的样子,把玉米须塞在自己的鼻孔里、耳朵里,粘在下巴上。玉米须,成了我们扮相中少不了的装饰品。

那个时候,一村没有一个人知道玉米穗子上的须煮了可以当茶喝。

我们喝的都是井里的水。这些来自泥土深处的清凉和甘甜,不需要其他东西来点缀。作为在土里刨食的人,村里人说不出什么名堂,但每个人的行为都符合路数,很少违背大自然。村上有几个爱喝茶的人,像风水先生士杰、贫协主席全娃、副书记玉德,都是一嘴黑牙,村里人叫他们时,给每个人的名字前边都要加一个"瘦"字。

父亲也喝茶,只是在夏天割麦子或冬天割柴火时,早上在土泥的茶炉子上用硬柴熬上一罐罐茶,烤上两个蒸馍,吃了喝了,可以顶一天饥渴。干着轻活儿或闲了的时候，父亲从不去点着那个蹲在炕边的茶炉子。

干了的玉米须用火一点，"扑轰"一下就什么都没有了，不能当柴火烧。父亲看着这么多的玉米须，不想让它们在柴火堆里变成烂泥，就试着晒干揉碎，顶替旱烟抽。写到这里，我很为父亲悲哀，很为草木悲哀，也很为我悲哀。我在村上的时候看见，父亲没有旱烟吃时，曾把很多树叶晒干，当旱烟吃。记得每年核桃成熟了，我们吃青核桃时从核桃仁上剥下的那一层涩皮，父亲也收集起来，在窗台上晒干后装在他的烟袋里。不论什么样的草木，和旱烟搅和在一起，也就有了旱烟的味儿，只是淡了一些。

我那时没有能力为父亲买上一包烟。

一把旱烟，就是父亲用来从身体到灵魂解除疲劳和痛苦，麻醉自己的草药。后来，村上种了几年烤烟。左邻右舍那些种烤烟的人家，每年在门前的土炉子里烤出金黄的烟叶时，都会给父亲送上一把。

一生硬气的父亲，感激地接下村里人的烟叶，将它们放在干净的地方。

父亲去世后，我们整理他的遗物，除了几身穿旧的衣服，最多的就是没有吃完的烟叶。它们没有在时间里发霉变黑，像有意为父亲保存着它们一身的金黄。看着这些烟叶，我心里的疼痛像被突然点燃了。我不知道是把这些烟叶带回城里保存起来好，还是送给村里上了年龄的人让他们抽了好。

母亲说，村上现在的人都不缺一把烟叶，拿到坟头烧了吧。

在父亲坟头烧那些烟叶的时候，我们没有看到烟雾，火光在我们眼前缭绕出墓地里少有的一片金色，直到烟叶全部化为灰烬。

那年麦收后，天存接替大队长彦龙，成了村上的一把手。

原来打算接替彦龙的，是堡子里的站娃。很多年了，跟在彦龙身后的站娃,满村都是他吆喝行人或者猪鸡的声音。由于他的声音大,有人就叫他瓜站娃,其实是他耳背,说话声音自然就大了,有时还很吓人。因此,父亲从不叫他瓜站娃,就叫他聋站娃。

没接上班的站娃去了公社的兽医站,当了一名土兽医。星期天回到村上,站娃就背着个兽医包,谁家的牲口病了,只要喊一声,他就会跟去给牲口打上一针。有人就说,去了兽医站的站娃比在村上好多了。我家的猪病了,父亲去堡子里叫站娃,他就跟着来了,过去和父亲的那些事,都让风给吹了。这就是乡村里的人,有些事记着死仇,有些事装作忘了。

年轻气盛的天存,越过了站娃,接了村上的权力。他上来后不再叫大队长,叫书记。那时候村上的人经常会把两个人叫混,一个是当了书记的天存,另一个是名字就安成书记的人。社员们正在地里劳动,听见有人喊书记,以为是当书记的天存背着手检查来了,都有些紧张,锄头挥动得也有力了。紧张了半天,抬头一看,是运贤的大儿子书记,身上背着一只粪笼。有人就捡起一块泥土甩过去,骂"你爷给你安名字,咋不再往大里安呢,叫个主席多好"。我的记忆中,书记他爷的脸相与村上很多老人不一样。我上中学的时候,见教室里贴着"马恩列斯毛"的画像,就觉着书记他爷很像马克思,只是头发和胡须比马克思白多了。

一个种地的人,怎么留着和村上的人完全不一样的头发?我很不解。他给儿子安了运贤、运德和运忠这几个在村里人看来都很大雅的名字;他又给孙子安了上海、青海这几个村里人很少听过的名字。直至在他们中间,挑选一人出来,安上书记的名字,这让我更不解了。

当了书记的天存,身后一直跟着狗牛。

在村子里转了一圈的天存,看上了好德家、黑鹰家和爱水家的房背子,高大不说,都在正街向阳的一面,决定将其修成板报墙。父亲参与了修建,但心里很不愉快。天存给狗牛说,还是寿昌、寿德、俊昌那几个老汉干活儿认真，手艺也好。这其中就有父亲。

他们在好德家、黑鹰家和爱水家的房背上，按照书记天存画下的线，挖进去一个多半拃深的长方形。那都是多年的老墙，硬得像一块生铁，一挖一个白点，土块蹦在脸上，带着岁月里的灰尘和瓷实，是一种带有烟呛气味的疼。每天干完活儿，脸上都是尘土和泪水，抹得自己都不认得自己了。好德的父亲，也是放羊的旺旺老二，一直站在旁边，怕把他们家的房背子挖透了。

挖好了墙，就盖遮雨的檐，像真的房檐一样。

最后是泥抹墙。麦草是寿德铡的，土是俊昌运的，水是父亲担的。寿昌年龄大了，就让他歇一会儿。和泥的时候，父亲也让寿德、俊昌歇了一会儿。有人过来说父亲，歇在这里的应该是他。父亲和着麦草泥说，寿昌和寿德都是长辈人呢。

墙抹好了泥，也被太阳晒得干透了，不会起裂纹了，天存就让我的堂哥兴廉提着大红的油漆桶，分别写下老三篇《为人民服务》《愚公移山》《纪念白求恩》。天存告诉村里的人，早晚路过时，认字的要念上一遍，不认字的要听一会儿。父亲不认字，每天下地路过时都要听上一会儿。我问父亲能从板报墙听出些啥。父亲说他是看哪里泥抹得不平，哪里出了裂纹，把那些字弄破了，多不好看。

我至今能背诵"老三篇"，不是在书上念的，而是在村里的板报墙上，跟着大人每天早上学的。

站在板报墙下的天存说，村里还得修一座塔，这才有一个大村的气魄。狗牛就叫上来修板报墙的人，还叫来村上的房木匠里娃和驴儿。在天存踩过的脚下，里娃钉橛，驴儿放线，地基就开挖了。多年以后，我每次经过建在陕西泾阳的大地原点，都会想起我们村子正中那座很高的塔。很多年里，它都是马坊最高大的建筑。一个四方形的塔体，顶着一个屋檐，人从中间爬上去,望过村上的庄稼地,可以望到周围的五峰山、高岭山和槐疙瘩山。修它的时候,在下边和泥的父亲被一块掉下来的胡基砸在头上,开了一个血口。塔修好了,一村人聚集在塔下看着天存讲话的时候,父亲头上的伤还没有好彻底。

过了几个月,就有孩子从塔里钻上去。先是爬在塔檐上叫唤,看谁的声音传得远。村里的半大小伙子比下来,还是大嘴的声音大,能从塔顶上一下子传到涝池岸东边的地里。听见喊声的潼关从地里一路跑回来,把这个爱惹是生非的弟弟骂了下来。

再后来,村里来了木偶戏。那个演木偶戏的人竟然爬上语录塔,在塔檐上演提线木偶。塔下的男男女女像大雁一样,伸长脖颈,看向天空。

有一年忙罢,太阳晒得街道里满是虚土的时候,我被联社领上了语录塔。我们看了一会儿远处,除了晒得蔫头耷脑的庄稼,就没有什么吸引眼睛的东西了。联社说躺在语录塔顶上睡觉,谁也找不着。我们就斜躺在木梁上,这里热风中夹杂着凉风,比地面上好多了。

后来,我经常能在正午的时候听见二胡声从语录塔上传下来。

村里人说,语录塔成了瞎秃子一个人拉二胡的地方。

我跑去看过,眼睛瞎了的秃子脚下像有亮光,照着上塔的路。

有一段时间,瞎秃子除了吃饭,都睡在塔上。经常是半夜,一村人睡得很死的时候,瞎秃子的二胡声如泣如诉地突然响起来。一个激灵,有人就坐起来,听得很多家里出了这事那事的人要多扎心有多扎心。

我十岁那年,一个天气很冷的日子,几辆大轿子车卷着尘土开进我们村子,停在村西的汉台上。一群打扮得和我们不一样,年龄十七八岁的学生,背着铺盖,提着脸盆,纷纷从车上走下来。

一个寂静的村子,突然被大轿子车挤满了。

他们从西安来,是分在我们村的知识青年。

村上人从他们的行李中,一眼看上了那些用彩色线绳编织得很轻巧的网兜。网兜里装着洗脸盆,洗脸盆里装着很多用具,提在那些女学生手里,显出洋气的样子。村上的女子就缠住那些女学生,要她们手把手教网兜怎么编。很快,村里的女子出门走亲戚时就提上了城里学生的网兜。我们后来上中学,都是用这样的网兜装锅盔馍。往教室后的椽上一挂,一两天就被风吹干了,吃到星期六,锅盔馍也不会死气。

我们村有六个生产队,一个队分六七个学生。一队的宝宝家,二队的劳娃家,三队的寿亭家,四队的寿玉家,五队的黑赢家,六队的士号家,这六家很早就腾出两间房屋或两孔窑洞,请村上的匠人们花了几个工日全部泥抹一新,等着学生们住进去。

有一段时间,村上派了专人替学生们磨面、担水和背柴火。

村上饭做得好的女人就去教他们做饭。

父亲替住在寿玉家的学生磨面、担水和背柴火。磨面是半月一次,电磨子安在村东头爱水家的大房里,从保管室里领出麦子,收拾干净后再到磨成细面,也就一天的工夫。担水、背柴火却是每天都要干的事情。早上起来,看见西村的井上有人绞水,父亲就担上铁桶,在井台上等。父亲说,这些城里学生,吃不了多少水,就是爱洗自己,村上人一年洗一次,他们一天洗几次。他们一人一脸盆水,洗完往院子里一泼,担水进来的父亲看见了很心疼那些被泼掉的水,感觉像泼在自己心上。到了下午,父亲背上背篓,去官场里的麦草垛上背回麦草和麦糠。麦草烧炕,麦糠喂炕,漫长的夜晚,人在炕上才能越睡越热,不会受冻。那时已是深冬,大雪压住整个村子,父亲心疼这些学生,看他们蹲在地上被烟火呛得鼻涕眼泪的,就帮着他们烧炕。

他们被感动了,就学村里人的样子,也喊父亲七爷。

没过多久,他们把炕砸了,换成床板;把粮卖给公社粮站,换成洋面;也觉得井台上热闹,就自己去绞水。

父亲从他们的杂务里退回到自己的田野上。

有一天早上,父亲从地里回来,去看了他们,回来就叹息:"这么冷的天,他们睡在那里,像睡在野地里。"

我也跑去看了。西边窑洞的门大开着,几个男知青还蒙头睡在床板上。床下是昨夜的洗脚水,冻了一层冰,看得我浑身发冷,直打摆子,也不敢叫他们一声,转身就跑了。

我还记得,睡在床上的三个知青,是低个子的李威、高个子的高山、中等个子的扬长江。这三个知青去哪里都是不舍伴。一村人都认为,这三个知青里面,李威性子最硬。我们小孩子也都怕李威,怕他手里的弹弓会对上我们。

我到咸阳的时候,见到了在国棉一厂卫生院当护士的知青李英。一个身形娇小的女人,真成了我们村的女子,也叫我父亲七爷。她回忆起当年和父亲在村南一块儿看护过队上的苜蓿,说得我很想掉眼泪。

我在西安工作之初,知道当年的知青大多是北郊红旗机械厂的子弟,就多次去到那里。我当时没有特意打听,想在厂区附近看看能否碰上他们。我想他们虽然五十多岁了,但无论岁月如何沧桑,脸型应该不会有多大改变。他们那时的模样,我还是记着的。

我最想见到的,就是李威、高山和扬长江。

他们肯定记不得我。但那个被他们叫七爷的人,他们应该还记着。

可是过了二十多年,我都没有找到他们。

我没有见过麻九爷,但从村上人的口里听过他的很多事。

　　十个麻子九个怪。在我的想象中,他在村上的男人里,是一个什么事都能做也敢做的怪人。

　　那时乡村的夜,好像比现在寂寞和漫长。西村那些睡不着的人,就挤坐在八爷家常年敞开的门房里,说些远在天边的事。也有人爱听麻九爷的事。那些熟悉他的村上人,就搜肠刮肚地编着他的笑话。

　　村上人说,北胡同一家埋人时,麻九爷去看孝子献饭。灵堂上的一盘水晶柿子让他的眼睛里放光。他就去了隔壁的羊圈装了一些羊粪豆,回到灵堂前看热闹。趁着人们专注地看孝子献饭,麻九爷取上一个水晶柿子,背过身去,一口就吸干了柿子瓤;再吹一口气,灌进去一些羊粪豆,放回灵堂,还像原来的水晶柿子。九个孝子献了九次饭,麻九爷就把一盘水晶柿子换了一个遍,他的肚子里全是柿子瓤,献在灵堂上的却是羊粪豆。据说这事还是后来麻九爷自己说破的。村上人就耻笑那家人,先人要死的时候没喝上一口羊汤,死了以后灵堂上的羊粪比羊汤还膻。那家人气不过,当着村上人的面,把一把羊粪豆塞进了麻九爷的嘴里。

　　村上人这样糟蹋麻九爷的时候,他已下世了,留下两个男孩:丑太和开会。

　　弟兄俩长得像枪杆一样,就是娶不上媳妇。丑太过了三十岁就到铜川煤矿下井挖煤去了。第一年回来,他带回一些雨衣和长筒胶鞋。开会穿上大晴天满村招摇,惹得村人围了过去,拉住开会,想从他身上把这些稀罕的东西脱下,自己也穿上试一试。放羊的父亲想起雨天自己披着麻袋片,戴着草帽,穿着布鞋,在沟里的草坡上被淋成落汤鸡的样子,就背了半袋麦子,去找住在东院也就是我家隔壁的丑太,想换他从煤矿上带回来的雨具。收了麦子的丑太,说只能换一双长筒胶鞋,但今年带回来的没有富余了,得等到明年。第二年回来,丑太忙着娶媳妇,父亲也就不好问。第三年回来的是丑太的尸体。煤矿发生瓦斯爆炸事故,丑太被活活地埋在井下,被挖出来的时候,尸体像一块黑炭。父亲没有拿到长筒胶鞋,还得忙着给丑太搭灵棚。

那时村上讲究少了,就在门前的空园子里用塑料纸搭了个很简单的灵棚。一支昏暗的蜡烛,在一片空旷的地上,剪出一副棺材的影子。

那天晚上,我在脑中记住的这幅剪影,成了后来在村上时折磨我的一个梦魇。

埋了哥哥丑太,不久,开会也去了铜川煤矿。

开会在村上时,属于没人管的野娃,经常在地里劳动着就和人打了起来,带着满脸的血哭着回到一个人住的院子里。穿在身上的衣服破烂得有时都遮不住羞,开会盼着过年回来的丑太给他带上退下来的工作服,那个时候,开会就会忘记被人打骂的窘态,又在村上张狂起来。记得有一年,正月十五都过了,开会把丑太给他的钱全部买了鞭炮,挂在豪娃家吊着冰凌的磨房上,隔一会儿放响一个。忙天回来收麦的丑太知道了这件事,用镰把打了一顿开会。大太阳下,开会咧着嘴哭,一米八的大个子,在麦地里弯下了腰。

有一年暑期,回到村上的丑太看见我割的柴火摞了一个柴火垛,就给我父亲说,要领上开会和我去南沟里割柴火。他们两人扛着扁担,我拿着一根草绳,提着镰刀,高兴地跟在他们后边。丑太说,我只管在沟里玩耍,他们割的柴火分一些就够我背了。我还想,种在村南的瓜地也开园了,丑太当着挖煤的工人,我们割了一下午的柴火,回来时一定会在瓜园给我们买西瓜吃。

回来时,丑太弟兄俩担着一人高的铁杆蒿,我背着一捆草藤蔓。

路过瓜园,丑太从肩上放下柴火担,只在地边歇了一会儿。

开会去了铜川煤矿后,第一年回来时,我还在村上。村上人就说,当了煤炭工人的开会,不再是先前那个一村人都数落的野娃。他的个子高,穿上帆布工作服，人也周正了，娶了从山庄铧角回到村上的卢二老汉的二女儿。让父亲感动的是，开会给了他一双长筒胶鞋，也没说是替他哥还的。我想，可能是开会离开村上后想起他一个人的时候在我家吃了那么多次饭，觉得应该还上这一份人情。

雨天放羊时，穿上长筒胶鞋的父亲见人就说，开会比他哥懂得人情世故。

我离开村上后，直至父亲去世，再也没有见过开会。

有一天，村上捎来话，说开会在铜川得病死了。我心里咯噔一下。那个时候，我们村上走出去的几个人，不是到太白山里当伐木工人，就是到铜川煤矿当挖煤工人。丑太能去铜川煤矿，是他的一个叔父介绍的。他的叔父是我们村上出去最早的掏炭人，一直在铜川煤矿上生活，再没有回到村上。后来，这座被掏空了地下污染了地上的城市，经过多年的阵痛实现了转型。有人说，它变成了生态城市。有人说，它是西安的后花园。

不知道我们村上那位最早的掏炭人等到这一天了没有。

我在西安的院子里，新栽了一棵皂荚树。

每次进出，我都要朝院子里那棵皂荚树眼热地瞅上一阵。不为看它的树身有多高，也不为看它的树冠有多大，为的是看那几根在风雨里吊了很久的皂荚熟落了没有，那些为了挡住攀爬者结满树身的皂荚刺长老了没有。我拣回几根被风雨吹打干了的皂荚，放在书桌上顺手的地方，闲时慢慢摇着，静听里边的皂荚籽撞击在皂荚壁上发出的坚硬、清脆的响声。

村上唯一的一棵皂荚树，长在北胡同硙子家的院里。那些伸出院墙的树枝，能摩挲到行人的头部。早晨，硙子开了头门，看见树枝上挂了小红人，知道又有人生病。让硙子自豪的是村上人把皂荚树都当神敬了；

让他生气的是村上人把病都送给了皂荚树。不过他仍盼着今年能多采集一些皂荚和皂荚刺，好分给村上的人家。

很小的时候，我就知道用皂荚洗过的衣裳上有一股淡淡的清香。母亲说，我在上中学之前，穿脏的每一件衣裳，都是用泡了一夜的皂荚搓洗干净的。洗过衣服后，那块由大变小的皂荚被母亲晒在窗台上。那时候，地里的虫子很多，有毒的和没毒的都会爬到屋子里。我因穿着的衣裳有皂荚的清香，免遭了夏夜里虫子的叮咬。

我上中学的时候，还坚持用皂荚洗衣裳、洗头发，拒绝用洗衣粉和肥皂。我记得母亲洗头时，就是用皂荚在湿了的头发里反复揉搓。

有一年，我家的石榴熟了。母亲挑了几个皮色红黄的，用手帕包了，领上我去碇子家。碇子的婆娘知道母亲是讲礼数的人，就从柜子里拿出几个黑亮的大皂荚，塞到母亲的怀里。

我家的墙上常年挂着一串皂荚刺。我对带刺的东西的感知，都是从那串锋利的皂荚刺上领略到的。有一次，我要用一沓白纸钉一个本子，找不到锥子，就看见被一束照进屋子的光晃亮了的皂荚刺。我用它在纸上扎眼的时候，不小心扎破了手指。那种疼痛，像火在肉里被点着。由于母亲常年多病，我知道皂荚刺是一种中药，带有毒性，熬水喝了，能排毒消炎。我最害怕看到父亲取下皂荚刺，用药锅熬水给母亲喝。我从学校里回来，经常看见父亲坐在房檐下，他的身子被一堆火光映亮，连影子都带着疲惫。唉，父亲又在熬皂荚刺了。

有时我看见父亲坐在碇子家的窑背上，和碇子吃烟说话。那里有几棵大柳树，撒下一地阴凉。碇子知道父亲不爱说话，就下到窑里，取出很长的铁铲，从皂荚树上铲下一些皂荚刺给父亲。走下坡道时，父亲递过他的烟包，让碇子用烟锅装满旱烟，再用火镰把烟锅点着。

那时的马坊，是一个自治和善的乡土社会。能改善一村人的日常生活,甚至能在民间的验方里作为去病之物的树,就有人家愿意在院子里腾出一块地方,种上供一村人享用。这些人家至少种过三种《本草纲目》上记载的中药植物:皂荚刺、合欢花和竹叶。为了母亲的病,除了硪子家,我和父亲还经常去安平家摘合欢花,去寿德家摘竹叶。

安平家的合欢树,村上人叫它绒线树。

我很想在一别多年的村子里找到那些皂荚树、绒线树和竹子。

它们是否还在原址上,原样等着我呢?

十五

"淋过雨的空气,看着就伤心。"

有人说这句话是柏拉图说的,我没有找到出处。倒回几十年,用来解读那个时候马坊秋天的天象,倒是很恰当的。我的印象中,一个秋天都是秋雨绵绵。成熟在地里的庄稼,被雨淋得倒了下来,那些贴着地面的穗子,发了很长的芽。场里的麦草垛被雨水淋得久了,从里面往外冒热气。那些拴在门口的牲口也耷拉着耳朵,不时抖一抖身上的雨水。

收不了庄稼,很多人心焦,就披了塑料纸,在地头站着。

有人等不及了,就冒着秋雨,在地里掰玉米棒子。

一个秋天里,我没有看见父亲穿过一件干净衣裳。土布做的褂子,吸水,沾泥,父亲脱下来放在门槛上。我想把它抱起来,挂在房檐下的木橛上,好空干泥水。一件带着泥水的褂子,我举了几次,举不起来。

古人在《诗经》里吟唱:"蒹葭苍苍,白露为霜。"

那个时候遇到白露节气,都是漫天雨水。

地上的万物,被雨水淋湿后,就有了伤心。

有一天早上起来,母亲说,听不见燕子叫了。

父亲就抬头往房梁上看。一只空空的窝边有一些羽毛,被房檐下钻进来的冷风轻轻吹拂。父亲知道,这些和我们一家在这座屋子里厮守了多半年的燕子,用这些留在窝边的羽毛告诉主人,它们走了。

看见燕子走了,父亲就想,这些鸟和人很不一样。为了能活下来,那些有生命的东西,不是在天上飞着,就是在地上跑着。在父亲的世界里,那些在地上跑的,都是一些土命的东西。他觉得他的此世是一个只知道种地的人,土地以外的世事都与他无关。他的上世可能是一头套在车辕里的牲口,可能是一头钻在山谷里的野兽,也可能是一只贴着地面的虫子。至于到底是什么,他也无法说清楚。而他的来世,父亲很少去想,想也想不明白,干脆就不想了。

那些在天上飞的是一些什么样的命,父亲说不出来,但与地上跑的东西,肯定有着不一样的命,至少它们不是土命。因此,那些飞在马坊天空里的黑鹰、大雁和鸽子,父亲只要发现了,都会停下手中的活路,安静地看上一会儿。就是父亲的头顶飞过一群麻雀,他也怕惊扰了它们,在原地站住,等着雀群飞过。住在堡子里的建设,个子不高,头有些大,嘴唇很厚,说话结巴。他的口袋里整天装着弹弓和石子,只要发现了鸟儿,建设大头一偏,眼睛一眯,夹上石子,屏住呼吸,一拉一放,弹弓打出去,被他盯上的鸟儿,没有活下命的。我们都叫他"弹弓王",也爱跟着他疯跑。他打死的鸟儿多得谁也说不清,一些晚上捉不到老鼠的猫,白天也跟着建设,想偷吃他的猎物。有一天上午,我们都在村西的学校里上课,建设没进课堂,一个人去打树上的麻雀。等被老师发现了拉进教室时,他把打死的麻雀早用绳子串起来,挂满了胸膛。看见那些鼻子眼里还在渗血的麻雀,我也觉得有些残忍。

那天上午放学后,我没有跟着建设满村子疯跑。

父亲知道了,在院子里叹息着:"鸟儿也是一条命。"

第二天,父亲背着草笼,领上我去了庄背后。一座荒坟旁有一棵槐树,长得又高又粗。它的一个斜枝上,有一个巨大的鸟窝。父亲吹了一个口哨,几只还没起窝的小鸟听到了声音,都趴在了窝边,探出黄茸茸的脑袋,向着地下鸣叫。一会儿,一只大鸟飞回来,在树顶上盘旋,却不敢落下来。父亲和我退出荒坟,躲在几株玉米后面,那只大鸟才落在窝边,把叼在嘴里的虫子吐出来,喂着嗷嗷待哺的小鸟。

父亲说,这只大鸟要是死了,这些小鸟就活不成了。

我没有说什么,回到家里,把建设送我的弹弓有些不舍地还了回去。后来,他在村上当了木匠,做得一手好家具。听村上人说,他用那只打弹弓的手精心做了一个鸟笼,捉了一只鸟儿养在里边。走进他家的人,在听见他的斧凿声之前,就能听到那只鸟儿的叫声。

没有多少地理概念的父亲,不知道南方有多远,也就不知道我家房梁上的燕子最终会飞到哪里。他当年出去驮盐的时候,沿着西兰公路走出过省界,那是他向西走得最远的地方。向南飞的燕子不会去那里,那里比马坊寒冷。他当麦客时,在渭河边割过麦子,那是他向南走得最远的地方。他以为,向南飞的燕子,一定去了那里,那里有河流,要比马坊暖和一些。

他的心里,没有秦岭,也没有秦岭以南的世界,也就不会想到燕子会飞过秦岭,在更远的地方衔泥筑巢,温暖地过冬。

看见燕子走了,父亲知道,那些留下来的鸟儿也不会闲着,一定正在庄稼地和鸟巢之间,叼着庄稼的穗子,准备过冬的粮食。这个时候,好多人会在庄稼地里扎一些稻草人,驱赶鸟儿。有一天,我准备好了木棍、麦草、绳子和旧衣服,准备扎一个彩色的稻草人,却被父亲拦住了。他说:"想扎稻草人玩,可以;想把稻草人立在地里,不可以。"他说,人和鸟儿都长着嘴,人能知道吃,鸟儿就不知道吃?粮食种在地里,也有鸟儿的一份。人们少糟蹋一些粮食,就够鸟儿吃了。

因为父亲的这些话,我把遍地的庄稼也想象成鸟儿的粮食。

我看见,父亲在收割庄稼的时候,会不经意地在地里留下一些麦穗、谷穗、玉米穗、糜子穗。那个时候,他的心里肯定想到了他在天空和大地上见过的飞禽走兽。他不一定会爱它们中的每一种,但他会想着不要有任何一种在他的眼前被饿死。

有文人去了乡村,看见一片叶子也没有的柿子树上孤零零地吊着几个柿子,却美得比天空的晚霞还耀眼,就感叹采摘柿子的人把一抹最美的风景有意遗落,让过路的人欣赏。这是文人的浪漫。那些采摘柿子的人想到的,是喜鹊最爱站在柿子树的枯枝上,伸出长喙吸食那些很软的柿子,他们就将最高的枝丫上那些又红又大的柿子留上几个,让绕树三匝也绕着村子飞的喜鹊,知道冷天里有一口吃食还挂在树顶上。

这个时候,有一种叫毛驹溜的动物,最会储藏粮食。它们会在谷子地里打一连串的洞,藏下金黄的谷穗。到了春荒时节,有人就到地里挖毛驹溜洞,找没吃完的谷穗。父亲觉得毛驹溜不该在地下藏那么多的谷穗,但村上的那些人更不该去挖毛驹溜的洞。一个大活人,怎么能和一个不会说话的小动物去争抢一口粮食呢?

那些在谷地里挖洞的人,就被父亲看低了。

看见燕子走了,父亲会端上一升麸子,撒在我家院子的角角落落。父亲说,那些多得叫不全名字的虫子,在冬眠之前也需要一口吃食。那个时候,很多虫子是跟着人的气息在人身边生活的。古人在《诗经》里就这样唱:"七月在野,八月在宇,九月在户,十月蟋蟀入我床下。"天冷了,很多虫子就在炕上炕下和我们一起闻着人间的烟火味。

今天在乡村,虫子和人一样,也遇到了环境问题。无法抵挡的生态灾难已经让许多虫子退出了屋子,退出了院子,退出了村子,退出了田野。

看到秦岭脚下一个新建的小镇,名字叫"诗经里",我扑哧一声笑了,因为紧邻它的地方也建过一处"西安院子",最后成了违建,被拆成一堆废砖烂瓦。

我不会去想这个"诗经里"与《诗经》有多大关系,我只是在想,那些退出乡村的虫子,能否退回到《诗经》里。

还在末伏的时候,侄子小民送来了老家刚开园的西瓜。

切开沙瓤不说,还是那块干旱的土地能够种出来的西瓜的味道。侄子小民说,从村里出来,沿着铺了柏油的乡村公路,西瓜地一块接着一块。到了灰堆坡,连成片的西瓜地都种到了槐树林的边上。听着他的叙说,我觉着,一地绿蔓一地西瓜,让马坊的秋天,从哪里切开都像切到了西瓜的沙瓤上。

我吃了一块,我的胃以其顽强的记忆力,带我回到了几十年前的马坊。

那个时候,灰堆坡的周围有一些稀疏的庄稼地,大片的荒坡还被蓑草覆盖着。有些原始的地貌,衬托着近处的村庄,显示出有人烟的地方应有的一些温暖。没有人能想到,这些荒芜的坡地还可以种出西瓜。我们能见到的西瓜地,都在村上的好地里,都是为了倒茬,想收几年更好的麦子,才略带不忍地在本该种粮食的时候种上一季西瓜。

有一年,门岭上那块原来就平展的土地刚修成梯田。队长彦英站在地头说,这块地是村上的面瓦瓮,以后就靠它打麦子了。听到要在这里种一季油渣西瓜,一村人都很喜悦。彦英的话说了没几天,种瓜的老陈就进了村,住在苏娃家里。

老陈是河南人,住在媳妇也是河南人的苏娃家里,就很自然。

　　小时候,我们每天在学校里好像上不了几节课,有很多时间,都是在田野上疯跑。看见种瓜的老陈,就跟了过去,看着他在地里涡油渣、育瓜苗、打畦子、压瓜蔓、掐谎花。为了让阳光晒到西瓜的每一面,隔上几天,老陈就要给那些大一点的西瓜翻身子。一整套的种瓜过程,我们都看在眼里,记在心里。看着老陈不紧不慢地种着瓜,就想:村上有那么多能人,咋没有一个能种西瓜的?听说老陈从河南要坐火车过黄河,入潼关,到了西安,还要倒班车到县上,再向人打听才能到我们村。

　　朝鲜说要跟着老陈学种瓜。

　　村上没有种瓜的人,也是受乡村理念的禁锢,总觉得马坊地势这么平坦,水土更适宜种庄稼。因此,耕种五谷是这里多数人一生的事。他们中间偶尔出脱一位先生,那是需要祭拜天地的乡愿。而在匠人中,村上只出脱木匠。至于那些铁匠、皮匠、花匠、毡匠、骟匠、窑匠,都是赶着季节来,住在村上闲置的窑洞里,而且几乎都是河南人。那些给秤杆上钉星子的人,村里人用银匠称呼。被母亲带大的存理,当了小炉匠,村上人很瞧不起。后来,存理去了公社的机械厂,会了很多手艺,在村上很早盖起了洋房,村上人才承认,种地自古养人,当匠人也一样养人。

　　种瓜的老陈,大人小孩见了,都叫他瓜客。

　　西瓜快开园了,这也是秋庄稼成熟的时候。一道很高的田埂,像一条分界线,下边是村里的瓜地,上边是村里的玉米地。瓜客在田埂下边作务西瓜,父亲在田埂上边看管玉米。偶尔,两个人会坐在田埂上,被风和太阳吹晒着,听着地里玉米叶子的沙沙声,吃烟说着话。

　　有天下午,我背着新割的柴火,从南沟里走上来,想在瓜地边歇上一会儿。

　　刚放下柴火捆,我正用自己黑白不分的汗衫擦着脸上的汗水,还没有坐下来,就被瓜地里没拴缰绳的狗突然扑倒,腿上被咬了一口。看见腿上的血,我丢下柴火捆和镰刀,一路哭着跑回家。写到这里,我不由自主地挽起裤腿,看了看我的左腿上没有被时间抚平的狗牙印。

父亲背着我,去了村医寿材家里,贴了一些药。

很长时间,一听到哪里的狗咬人了,我就觉着自己的腿还被那条狗咬着。每听村里人说,邻村有一条疯狗,咬人咬得牙缝里都钻了血,我的心就会紧缩一下。后来,知道被狗咬了要打狂犬疫苗,我就恨那狗,为啥在那时还没有狂犬疫苗可打的乡村咬自己。

我有时也想,自己属狗,被狗咬了,算是对属相的一种呼应。

一天早上,我还在睡梦里,父亲回来了,抱着一个很大的西瓜。他说晚上看庄稼,正走到瓜地附近,突然听到一片响动,扛着铁锨的他就跑了过去。先看见的是一只狗,用嘴在地上甩着什么东西,怎么也甩不掉,疼得呜呜嘶叫,声音又出不来,像被那东西把声音封在了喉咙里。再看瓜庵跟前,几个蒙面的小伙儿用装粮食的麻袋把瓜客老陈连头带身子塞了进去,扎住麻袋口。一个腰身粗壮的人拿起切瓜的长刀,在麻袋上乱拍。麻袋里的瓜客用一口河南腔喊着饶命。看着这几个人的架势,父亲也猜出是谁了,就喊:"瓜庵下有摘下的熟瓜,还不抱了快去。"

听见父亲的声音,他们不折磨瓜客老陈了,一人抱一个西瓜回村去了。

父亲解开麻袋,放出了瓜客老陈,老陈直接跪在了地上。看着他此刻的可怜样子,父亲说了一句话:"村上种瓜,也有个讲究,就是进了瓜园的人,买瓜不买瓜,都要切个小一点的瓜,让人尝个瓤口。你把瓜种好了,却把瓜园的讲究坏了。"

瓜客老陈的瓜确实种得不错。但村上种瓜,是要把一块地往好里倒茬,是要让一村人吃上一季好瓜。村上从没亏过一个瓜客,他们进村的时候,手里提着一个瓜铲,离村的时候腰带里装的都是钱。村上人进了瓜地,就盼着瓜客能切个瓜,尝一口新鲜。晚上看瓜地的人,在地里守上一夜,就图吃一肚子西瓜。

可瓜客老陈把瓜看得像命一样。

父亲想,一定是那些看过瓜地的人,赶在这天晚上看瓜地的人来之前,把瓜客老陈收拾了一下,出一口气。他们知道,要收拾瓜客得先收拾那条狗,就烧了几块洋芋,用麻线缠了,趁热扔进瓜地里。狗闻到香气,扑上去一咬,像咬住一块烧得吐不掉的火疙瘩,就低头扑地,呜呜嘶叫。

那只狗的牙齿因此掉了好几颗,不再咬人了。那是鞭娃家的狗,村上赔了几斗麦子,鞭娃才收回自家的狗,让儿子长生牵着,满村子溜达。有人说长生,鞭娃的牙没掉,狗的牙先掉了,长生就吆喝狗去咬骂他的人,那条狗却夹着尾巴,钻在长生的双腿之间,赶也赶不出来。

后来提瓜蔓了,那些用手划过已经长出"王"字的瓜作为瓜种,留给了瓜客老陈。村上人分到的提蔓瓜,要么熟成响汤了,要么半生不熟。一个深秋里,乡上人都看见瓜客老陈背着一个口袋,扛着一杆秤,卖了瓜王换粮食,又把粮食卖给需要的人,换成了一把现钱。

到了寒露,瓜客老陈还在上学家的破房里卖着他的那些瓜王。

有几天,我们看见他一个人,从裂开的西瓜里掏瓜子。那年落第一场雪的时候,瓜客老陈背着满布袋的西瓜种子,回河南过冬去了。他的腰带里塞了多少种瓜的钱,村上没有一个人知道。

坡边头,是距离泾河很近的一个村子。

听说夜深人静的时候,住在村子里的人能听见泾河的水声就像在自己身边流着。一些殷实的人家,可以枕着泾河的水声安稳地入睡。而一些清苦的人家,会被泾河的水声惊动得半夜坐起来,想自己怎么生活在这里。

我没有去过那个村子,坡边头这个名字却一直记着。

　　每年秋天的时候,我就想坡边头的桃子熟了没有。记得小时候,村上人能吃到的桃子都是从坡边头来的。因此,到坡边头背桃,在那个生活清贫简约的年月,就成了村里的一件大事。那些天,村子里的年轻人,会成群结队地挑去半担粮食,再挑回一担鲜桃。多数人会沿着大路走上槐疙瘩山,再向东走过一道很长的山梁,在泾河的一个拐弯处,能看见一片桃树包围着一个村子。也有人沿着小路,从后沟斜穿过去,路途近了不少,但一路上被枣刺挂住了衣襟,走走停停,回来的时候,身上的衣服烂成了布屑溜溜。

　　走后沟的那些人,回来的路上一定会在沟底的武陵寺献上两个桃子,歇上一阵子。挂在他们的脸上的,是一整年里少有的一种安详。那个时候,锤娃、夯口、犟娃、朝鲜弟兄四个,鸡叫头遍,就拉着一辆架子车,出门上了碾子坡。他们走到槐疙瘩山顶上,太阳才在五峰山顶冒花儿。弟兄四个坐在粮站的门口,一人吃了一个冷馍,拉上架子车继续赶路。回来的时候,他们又坐在粮站的门口,取出冷馍吃着。看见架子车上新鲜的桃,就有拉粮的卡车司机走过来,问着要买。锤娃、夯口、朝鲜还愣在粮站门口,站起来的犟娃就和那人说价钱了。等村上去坡边头的其他人走到这里时,他们已卖了很多桃,正在数那些油腻腻的毛毛钱。

　　回村的路上,弟兄四个商计,先卖一个秋天的桃,给老大锤娃攒钱订媳妇。

　　从那天开始,犟娃和朝鲜,拉着一车桃,在附近的村子叫卖。

　　朝鲜一个人卖桃的时候,也会叫上我和抗战陪在他的身边。

　　不知道给老大锤娃攒够了订媳妇的钱没有,天存和玉德开始在村上主事了,他们还在每年的秋天喊叫着卖桃。书记天存听见了,说这弟兄几个长得跟枪杆一样,不在村里好好劳动,却从坡边头把桃贩卖回来,这叫投机倒把,这是资本主义尾巴,一定要割。

　　副书记王德却说，贫农家的娃，卖桃固然不对，看在家里很穷的份儿上，就不开会批斗了。说完这些话，王德派民兵营长狗牛没收了他们卖剩下的桃。

　　村里没有人卖桃了。老大锤娃长到十八岁当了兵，革命军属的红木牌就亮堂堂地挂在他们的家门上。再过了几年，朝鲜去了农技站，学了几年车，回到村上，开着一台红铁牛，深耕村里的土地。

　　父亲去过一次坡边头。那时候，乡村出产的所有东西都被禁止出卖。因此，去坡边头担桃的人也就寥寥无几了。父亲也是鸡叫头遍，背上他的褡裢，装了几升麦子去的坡边头。回到村上，天黑实了，他也只能那个时候进村，以防被人发现。父亲冒着风险一个人去背桃，其实为的都是我。那时我出天花，出得很重，关在屋里好多天。出天花不能见风，母亲就用一块红布给我缝了一个帽子，前边还吊了几个红絮子，白天黑夜都戴在头上。出天花的时候，脸上再痒也不能抓，如果抓破了，就会落一脸的麻子坑。母亲就用两块旧布把我的手包住，不让我的指甲露出来。父亲说，天花好了，吃不上更好的东西，可以用粮食换些桃吃，就两头摸着黑去了有桃树的坡边头。

　　吃着父亲背回来的桃，出天花受的那些疼痛，我也就忘了。

　　后来，我回到村上，看到当年卖过桃的犟娃在村上第一个盖起了二层小洋楼，就说把他放在哪个地方、哪个年代，都能把日子过好。也有人说，这座小洋楼，一半是犟娃盖的，一半是妻弟盖的。他的妻弟仇白仓，是仇柱的儿子。仇柱说话结巴，是半个兽医。儿子白仓长得也是前奔颅后马勺，却是个学霸，西安交大毕业，去了英国。有人说那一半楼就是用白仓寄的英镑盖的。从小弄枪使棒的犟娃却不知道英镑是个啥棒。

　　他一生的遗憾，就是没进过一天学校。

　　我对家乡的记忆中，坡边头的桃子占有很重要的一部分。我在村上的时候,就知道不只是坡边头,这泾河边上有很多的村子里,都有大片的桃树。那些桃子,挂在树上好看,摘下来好吃。直到有一天,我沿着泾河去了彬县的大佛寺、水帘洞和花果山,才想起坡边头以及周围的其他村子离这里并不远。

他们都在泾河的边上,都在玄奘取经的路上。

栽种桃树,成了这里一种古老的遗风。

住在西村的荣荣,有一院很大的庄子。

他常年一个人住在东边的窑洞里。他的兄弟狗娃带着孩子陕西住在北边靠东的窑洞里。北边靠西的窑洞住着黑中逯一家。南边的窑洞里拴着黑中逯饲养的队里的几头牛。西边的窑洞住着铁匠焦师一家。窑洞前搭了一个棚子,安放着铁匠炉子。

每天早晨,几声很老的牛叫最先从南窑里传出来。

一个沉浸在深夜里的院子,突然被牛叫声唤醒了。开了窑门的黑中逯,提着一桶草料,提着一根拌草棍,进了拴着牛的窑里。一阵忙活,几头牛嚼草的声音就此彼伏起来。住在西边的焦师,穿上被火星子烧得满是窟窿眼的衣服,拉响了风箱,一阵刺鼻的炭味顺着一股黑黄的烟从庄子里升起来。住在另一孔窑洞里的狗娃背着陕西走上坡道,到村上求医去了。陕西的气喘声,从狗娃的脊背上跌落一路。

其实荣荣起得比他们都早。他正在大门口,在几棵桐树的周围,挖着蓄水的深坑。一生爱作务树木的父亲,看见荣荣在桐树周围挖出来的坑像个小涝池,就站在坑上边,对深陷在坑里的荣荣说,桐树喜水,但不能泡在水里,那样根会烂的,树身子也会长空。荣荣干什么事心都很重。他挖下这么大的坑,就想把老天落在西村的水都收在他栽下的桐树里,一夜之间能长成像样的棺材板。他不想门前是一条行人走车的路,他只想着他的那几棵桐树。

路被荣荣挖得越来越窄,有人夜里路过,崴了双脚,就坐在坑里骂荣荣。

荣荣家的庄子里每天引起村人兴趣的,不是牛叫声,也不是打铁声,而是他们的南腔北调。有人早上没事,就在荣荣家的窑背上,拉着一只奶羊走来走去。马坊有句民谚,叫"羊放着酸枣也摘着"。这位爱在这里放羊的人,他想摘的酸枣,就是听院子里的人说话。黑中逵、荣荣和狗娃说的都是本地话,他们说话的声音,就像铁锤砸在石头上,不时冒火星。记得黑中逵和应明两个人在好德家的园子边骂仗,听的人都瞌睡了,他们却越骂越有劲。黑中逵的脸上,只有两只眼睛会泛出一片略有生气的白色,从嘴里出来的声音都像带着冷硬的黑色。焦师一家是河南腔。狗娃的老婆没被先前的男人找回去之前,说着武都话。有一阵子,荣荣引了个老婆,还带着一个女子,说的是四川话。黑中逵的老婆,也说着外地话,至于她是哪里的人,大家都不太清楚。拉着奶羊的人听了一早上,摇头说了四个字:"一院侉子。"

后来我想,荣荣家的庄子,就像马坊的联合国。

写到这里,我想起老县城以西,那里山连着山,沟套着沟,森林丛生,野草遍地。人走进去,像走进一块很原始的地方。那里人烟稀少,偶尔碰上一两户人家,说话的口音和当地人很不一样。更多的沟坡上是一些被遗弃的窑洞,像沧桑的岁月睁着黑洞洞的眼睛,让人永远看不清时间在这里走动着还是停止了。知道走了的主人不会回来,这些窑洞就敞开门窗,让一些野兽进出。县志上也记载,以前零星地散落在这里的人,有三国十六省之多。还有二战时期的一个飞行员,有说是美国人的,有说是苏联人的,也有说是欧洲人的,不知怎么跑到这里来了。至于他最后的下落,是离开了这里还是老死在这里,没有人能说得清。

有一次,我登上虎山的武陵寺砖塔,向西望去,那么大的太阳,正往那些连绵的山沟里落着。从古至今出没在这里的人,就像森林里的一株野草。他们最初来自哪里,时间已向后人封上了它的金口。

父亲去荣荣家,都是在收割庄稼之前,找焦师打个锄头、镢头、铁锨、镰刀之类的农具。其余时间,他很少去这个被开会家隔开的院子。有时,他会坐在门前的井边上,看着远近的人,拿着使坏了的农具,从荣荣家的坡道走下去,不一会儿,焦师的铁锤声就叮叮当当地响起来了。父亲想,荣荣这个人,经常让村里人瞧不起,但能腾出自家的窑把铁匠招进来住,这在一村人面前是积了大德的。

我们小时候,听着村里人叫荣荣老刀子,不解其意,就跟着大人一样叫,荣荣不仅不答应,还追打我们。父亲说,早些年荣荣喂了一头猪,过年的时候他没有请杀猪的瘦子存营,自己磨了一把刀,弟兄俩在院子里把猪绑在桌子上。狗娃在后边压着,荣荣握起刀子就往猪脖子上捅。杀猪的瘦子存营,只是一刀子,直捅猪的心脏,抽出刀子在鞋底上一抹,刀子明晃晃的,猪已经咽气了,一根纸烟已经噙在他的嘴上,长吸一口,带着一种把式的范儿。而荣荣一刀子下去,一个白茬,再一刀子下去,白茬变得深了一些,连捅数刀,才捅破了猪皮,溅了一地血,猪却挣脱了,满院子叫唤。荣荣捡起打土的咕嘟,狗娃捡起挖地的镢头,追着猪打。一村人都听见猪的惨叫,就站在窑背上看热闹。等把猪砸死了,弟兄俩脱掉棉袄,一身的汗水。荣荣在村里卖猪肉,没有人买,因为血没出净的猪肉红瓷瓦块的,看起来一点也不白净。

村上人从此就叫荣荣老刀子。

小时候,只要荣荣从门里出来,我们就跟在后边,看他戴在头上的一把抓帽子。奇怪得很,村上的男人几乎都剃着秃头,荣荣却没有剃,一年四季都戴着那顶看不出朝代的帽子。我们很想从后边抓去他的帽子,看藏在里边的头发有什么不一样。有一次,开会装着从荣荣身边过,突然转身,抓掉了他的帽子,却被荣荣用铁锨把打趴在地上。但我们看到了,帽子里是一条灰白的吊在头上的辫子,比村里的女人们吊在身后的毛辫子还粗还长。

我们不明白,男人头上的辫子清末就剪掉了,荣荣一个不识字的人,能把辫子留在这个时候,是为了什么?一村的男人都是端着一脸盆热水,叫上剃头的章娃,在井台后的照壁下晒着太阳剃头。荣荣剃头,却把剃头的章娃叫到家里,关了窑门剃头。临走时,为了堵住章娃的嘴,荣荣会给他嘴里点一根纸烟,耳朵背后再夹上一根。

我每次回到村上,都要去父母的坟里转一转。有一次,我在一大片坟墓里,看到半块水泥板栽在一个坟头上,写着"耿直之墓"。我激灵了一下,这不是荣荣的坟墓吗?

有一年,公社成立机械厂,住在荣荣家的焦师就搬离了西边的窑洞,去住公家的房子了。那时,我在马坊中学读书,下午放学,就爱在焦师的铁匠炉前,看他和徒弟在熊熊燃烧的炉火前,抢着大锤小锤打造农具。一次,焦师看我来了,取出一个圆形的铜墨盒,说是从收来的废铜烂铁中捡的,知道我爱读书,就要送给我。我接过来一看,铜墨盒被擦得油光锃亮,背面的一角被焦师轧了一个小小的"焦"字。遗憾的是,那个陪伴了我好多年的墨盒,不知道被时间藏在了哪一溜儿尘土里,与我不再见面。

那个时候,我就把在荣荣家里住过的焦师当成村里的人了。

等到黑中遑一家也搬到村上在南场里新箍的一排土窑洞,这里就只剩下荣荣、狗娃和陕西三个人了。用村上人的话说,庄子太大,人压不住庄子。连同那个拉着奶羊的人,每天早上听不到几声牛叫和在炭烟中升起的打铁声,也不在窑背上放羊了。

西村里最热闹的一院庄子,从此寂寞下来。

十六

秋分最先被诗人们感受到了。

叶芝说："我就要动身走了,去心灵自由之岛,搭起一个小屋子,筑起泥巴房子。"里尔克说:"谁此时没有房子,就不必建造,谁此时孤独,就永远孤独。"

这是他们内心的秋分,此刻大自然给人的感受却截然不同。

那些穿行在马坊的人们,此时一身汗水,一身泥巴,正在大地浮起的金黄色里忙着收割庄稼。

陷落在大自然的金黄里,他们没有时间,也没有心情,把身边的大小事物用自己的言语诉说出来。事实上,他们不知道可以这么做,也不会这么做。他们能做的,就像那些细小的虫子,不停歇地住筑在泥土里的巢穴搬运粮食。比起这些爬行的虫子,直立着的他们手中握有很多农具。大片站在田野上的庄稼,就在他们手里纷纷倒下了。

一些老房子,站在多雨的秋天里,显得一片破败。

很少有人想起,那些漏雨的地方也需要修补修补。

　　"上帝创造了乡村,人创造了城市。"

　　我是在东方的大地上,像捡拾秋天的落叶一样,捡拾到了西方人说的这句话。那个时候,我躺在马坊连绵的秋雨里,翻着一本用来抵挡寂寞的书。当我怀揣上这句话,踩着一脚的泥水向村北的地里走去时,我很快接受了这样的说法。

　　秋天的早晨,一夜秋风,吹落了很多树叶。在没有人和牲口踩踏之前,它们像一层可以肆意挥霍的黄金,铺在村子的大街小巷里,有一种纯净的感觉。那个时候,不只每家人的院子,就是白天走人、走车也走牲口的街道也干干净净。因此,这些树上的干净的叶子,落在地上的任何一个地方,也是一身的干净。很多人像父亲一样,知道一夜醒来大地又是一片落叶,就背上背篓,拿上笤帚,出门打扫落叶去了。等到整个村子都繁忙起来,街道里就很少能见到大片的落叶了。偶尔从树上飘下来几片,是一种寂静之美。一个秋天里,那么多的落叶,都被父亲扫了回来,堆在院子的一角。我们一个冬天里睡的很烫热的土炕,就是用这些叶子烧热的。我们在田地里撒的催生庄稼生长的东西,就是这些叶子燃烧后的土灰。在父亲的生活经验里,一片成熟后的树叶,不会轻易在地上腐烂,留下一片脏兮兮的尸体,它们在充分地打扮过天空也短暂地打扮过大地之后,会把筋脉燃烧过后产生的热量带给我们的身体,把肥力带给地里的庄稼。一片叶子,在父亲那时的乡村生活中,就这样墨守成规地遵循着自己的命运。

　　我在很多文字里看到,人们把父亲这样的乡村人的诸如捡拾树叶之类的生存方式理解为生活的贫穷。我想说的是,这是一种很浅薄的误读。父辈以上的人身上的很多行为,都是人类最初为了生存,产生并逐渐固定下来,可以用神圣来形容的生存形态,也可以称为乡村形态。

　　近年的诺贝尔文学奖得主汉德克,把这种形态称为原野形态。他的小说《缓慢的归乡》，主题就是拯救自己的心灵，不是回归到某个国家，而是回归到那个生他养他的地方。他让小说的主角索尔格描绘童年时代的各种原野形态，"绘出那些完全不同的有趣的地方的地形图；制出孩童时代所有起初看不透彻、但在记忆中却营造出家的感觉的原野象征的纵剖面图和横剖面图——不是给孩子，而是给自己"。

读着这样的文字，我一再回味起秋天之后被父亲打扫回来的那些落叶。

它们被堆在院子的一角。时间让层层叠叠的它们变得瓷实，除了表层有些微的腐烂，里边的落叶依然保存着秋天的颜色和气味。冬天里，我们从这些落叶前走过，会看到、闻到原野上曾经有过的颜色和气味。那些漫长的冬夜里，与其说我们是躺在土炕上，不如说我们是躺在落叶燃烧后的温暖里。这种温馨的生存形态，我自离开马坊后再也没有享受过。

那是乡村生活的原生态。那时的我们从不说原生态，因为它就在我们身边。

而现在呢？没有人知道落叶会在乡村生活里如此循环。秋天来了，村子街道上的一层落叶，被人忽略，被车碾压，被牲口践踏，伴随淅淅沥沥的秋雨，成了一地污泥。

我没有学过地质学，不懂得在纸上描绘原野的剖面图，但我走过的马坊的原野，都是山一程、水一程地存在于我的记忆里。

有时候，看着被各种各样的工业产品围猎起来的自己，我就想到父亲的一生吃过的那些粮食、穿过的那些衣裳，他们生存形态的简朴、素净、有机、无害。父亲一生穿过的衣裳，多数都是用母亲纺织的土布做成的。它们从一朵棉花变成一件衣服，穿到父亲的身上，没有经过铁制的轧花机、纺织机、缝纫机的一道道工序，也就没有留下铁的痕迹。这些为制作一件衣裳而采用的复杂的工业程序，都被母亲的双手代替了。父亲穿过的那些衣裳,如果有铁的痕迹,那就是母亲每缝上几针时要在自己的头发里划上几下的那根针留下的。

父亲穿戴过的工业品,就是那顶棕色的毡帽。

那顶毡帽虽然是机器的产物,但它用的是天然的羊毛或牛毛。

绝不像今天我们穿戴的那些人造布,多数是从石油里提取的。

土地生长的棉花和粮食已经不能满足我们的欲望了。

记得我在村上时给父亲买了一个打火机,带了一包火石,又用一个盐水瓶灌了一瓶汽油。我知道父亲爱吃烟,每次打火很麻烦,有了这个打火机,他一定很高兴,吃烟也就方便多了。过了很长时间,那个打火机,还有那包火石、那瓶汽油,几乎是原封不动。父亲坐在房檐下吃烟时,还是点着一盘火绳。那个打火机在父亲那里也就新鲜了几天。而点着一盘火绳,安静地坐下来,那才是一个庄稼人吃烟解乏时的形态。那个时候,他要的就是一个人寂静地吸入一口青烟,再一个人寂静地吐出一口青烟。那口青烟,会带着他的很多想法,在他的身边缭绕,说不上快乐,也说不上悲苦。

而在打火机的咔嚓声里,那些青烟不会升得寂静。

父亲的很多生活形态让我承认,乡村是神灵创造的。因此,父亲拥有的乡村,是简朴的、素净的、有机的,也是无害的。城市是人创造的。我生活在城市里,我很少拥有简朴、素净、有机和无害的东西。

这是我从父亲的身边和土地上逃离后的结果。

汉德克说:"缓慢地归乡。"

可今天的我,再怎么缓慢,也归不到父亲之乡。

到了秋分这一天,万物都在忙着收藏。

最为明显的,就是我们每天都能看见的那些影子先把自己收藏了,收藏得和它的原物成了一样的高度。不再像平时,可以缩得很短,也可以拉得很长,比如我的影子,有时缩在我的脚跟,有时越过一道田埂,落在另一片庄稼地里。而今天,它落在哪里,都超不出我的高度。

我那时还小,每天走在村道上,总爱转过身来看自己的影子,有时让它平铺在大地上,有时让它折叠在土墙上,有时让它倒映在涝池里。影子在我身上,像一位魔术师,把我的每时每刻都变得新鲜。

父亲说,走路时不能踩自己的影子,如果踩了,就不长个子了。

我以为这话是真的,就在走路时很注意保护自己的影子,绝对不让自己的脚踩了。有时候,我看见一头牲口走过来了,想它那么大的蹄子会把我的影子踩碎,就尽量躲着它,甚至把很多的路面都让给那头大摇大摆的牲口。一次,我一个人正仰着头,从一树开残的杏花里,看那些指头蛋大的青杏带着一身的茸毛躲在叶子里,突然听见脚下一声猫叫,低头一看,一只大花猫正蹲在我的影子里。我一改平日里对猫的怜爱,恨恨地踢了它一脚。

每次跟着父亲去田野的时候,我想他不会再长个子了,就在他身后的影子里反复地踩着,一会儿踩他的背,一会儿踩他的腿,一会儿踩他的肩。但父亲的头颅留在地上的影子,我从没有去踩过,不是因为踩不到,而是因为心里有禁忌。后来我想,人对很多事情的禁忌,是有着生理记忆的,是从基因里带来的,是在胚胎里形成的。

其实,父亲那样说,是因为村里沟坡多,怕我走路贪玩,不小心摔了跤。

看不见影子的魔术,让我心里有些难过。

也有人说,只有今天的影子,才是万物最真实的影子。

就像一头牲口,它在很长的时间里都不知道自己的形体到底有多大。它在这一天里,通过自己真实的影子,看见了自己真实的形体,它从此知道,在马坊这片天地里,它不仅比别的四只腿的动物要高大几倍,就是比起那些役使它们的两条腿的人,也要高大很多。因此,我听见很多牲口在这一天里发出的叫声比平时多得多,也高昂得多。

从这天开始,父亲显得更忙了——忙着在晴天里收秋,忙着在雨天里收秋,忙着在斜阳里收秋,忙着在冷风里收秋。这一天,我看见父亲的影子和他真实的体形从早到晚始终保持着一样的高度。早上,他带着自己的影子去了一趟洞子沟。他要在被羊群啃得发黄的草坡上挖一些中药回来。因为天冷了,母亲的旧病总会被坏天气唤醒。他要按往年的土方子熬一药锅草药,提前让母亲喝了,这或许能补一补她的身子,让她少受病痛的折磨,也让自己揪着的心能暂时安稳一些。

很多年里,父亲在收秋之前,都要用他的这种办法先安顿好病中的母亲。后来我想,穷人在无计可施只能问向大地的时候,才会大着胆子,将听来的土方子付诸实践。自己采药自己煎,久而久之,就有治病秘方在乡野流传。说来神奇,喝了父亲熬的那些药,母亲一个秋天里都有了精神,乡上人总能看到她出进在场院里,收拾着一把秋粮。

父亲后来说,他在草坡上挖药,要找秧子被羊吃过的药,要找长了很多年的药。羊吃过秧子,就能放心;长了很多年,就是老药。为了找到这样的药,他和他的影子,那天是匍匐在草坡上的。

中午,他带着自己的影子,去了一趟村上的铁匠铺,因为他在洞子沟里挖药时,镢头碰到一个石头上,裂了一块。他坐在铁匠炉旁,看着铁匠把一块烧红的生铁打在他裂了的镢头上。临走时,他看了铁匠打铁时活动在地上的影子,比平时短了一截也粗了一截。他再看铁匠本人,身子确实又粗壮了一些。

下午,他带着自己的影子,去了一趟玉米地。那块地在村南,长着很高大的玉米,棒子熟得都裂开了,玉米的叶子也都被风吹得半干,有了一层暗黄的颜色。父亲在地头挖了几棵玉米,他在试铁匠打的镢头锋不锋利,能不能对付这片成熟的玉米。试过之后,他就向玉米地的深处走去。那里有一片坟地,坟地里有一棵大树,大树上搭了一个看庄稼的庵子。父亲爬了上去,看到整片玉米地在天空下黄得透亮。

他紧了一下腰带,他的影子也像被拦腰紧了一圈。

我知道,父亲的秋天,就要从这片玉米地里,大张旗鼓地开始了。

父亲就这样,带着他真实的影子,在村子里走了一整天。

我也没闲下,跟着朝鲜、抗战和联社跑到村子外,追逐着在马坊的飞着和跑着的野物,看它们怎么从人的身边抢粮食。为了过冬,它们和人一样忙碌。那天,我们看见了很多被野物抢走的粮食,有玉米、高粱、谷子、糜子、荞麦、豆子,还看见了那些参与抢粮的野物,有兔子、野鸡、黄鼠狼、麻雀。我们很想碰见一只狼,看看这种食肉动物会不会改口味,叼走一些庄稼,放弃村子里无辜的猪、鸡和羊。

遗憾的是,我们转了一天,也没有碰上一只狼。

傍晚,被阳光带走影子的父亲,一身轻松地回到家里。借着天上的亮光,父亲把几个草编的粮囤从楼上取下来,在院子里拂去落在上边的尘土,把它们立在脚地靠着窗户通光通风的地方,又在粮囤的里边铺了厚厚的一层麦草。秋后脱粒的玉米会被圈在囤里,将要挂在它上方的会是金黄的玉米塔。

父亲每年都会这样收拾粮食,这在他心里是和年节时的祭祀一样重要的事情。而在那些初入乡村的人看来,农耕生活像一幅画,也像一首诗。这是他们的感觉,父亲不懂这些。他所能懂得的,就是必须守着囤里的粮食才能有往后的好日子。但我从他的神情里能看出,他在土地之外还想到了一些什么,只是他一直没有说出来。

　　有一年秋天,我在村里的一场葬礼上,见到了堂哥开利。

　　或许是睹物思情,头发花白了的堂哥拉住我的手,说哥哥死了,你一定要回来。我心头一惊,不知道该怎么回答。他说过的这句话至今还在我心上热着,让我日夜琢磨,一个人与一个地方的牵绊,或许就是一场生死之约。

　　村上传来口信:开利的老婆死了。我回了一趟村上,看着这位嫂子入土后,在村口告别了头发更加花白的堂哥。

　　我记着堂哥的很多好。每年的清明,我从西安赶回马坊,最快也近中午。按说,在别人家的祖坟上已被纸钱压得白花花一片的时候,我父母的坟上应该还是空空的,然而堂哥开利这时一定会代替我给父母的坟头上按时压满新的纸钱。

　　年年清明,堂哥开利年年如此。

　　站在父母坟前的时候,我能想见,头发花白了的堂哥开利,弯着常年很疼的腰在坟顶压纸钱时,是怎样艰难的样子。此时的他早已超过了父亲活在这个世上的年龄。在越来越多的人赶着时间走了的村上,他也是一位老人了。

　　我对堂哥开利有许多不便当面说的话,很想用文字记下来。

　　在我们家族里,他是第一个吃公家饭的人。我小的时候,有很多个晚上,坐在炕头的父亲讲的都是堂哥开利的事。说他账算得如何好,算盘打得如何好,就是生病了,被父母抱在怀里,他还不忘练习打算盘。我听得心里一热,想那个模样很白的堂哥开利就是村上最好的人。在父亲那一辈人眼里,一个人能算账打算盘,在村上就很了不起了。堂哥开利,坐在公家的房子里,每天打着算盘,算着账,就更了不起。

　　堂哥开利在公社信用社当放贷员。那时的他梳着一个偏分头,穿着一件四个兜的衣裳,左上角的衣裳兜里常年别着一支钢笔,除了走路时腿稍微有点瘸，人白净又文静。这样的白净和文静，在村上的人里很难找到第二个。我也问过父亲，开利哥和镰头哥、兴廉哥都是三伯的孩子，怎么他俩黑得像个铁匠？

父亲回答："开利坐在公家的凉房里。"

公家的凉房像一个概念化的芯片，早在那个时候就被植入我的头脑。

我也以为，那时的堂哥开利，就是村子方圆几里幸福的人。嫂子桂齐人很贤惠，模样也好，生下侄女艾艾，又怀上了孩子。看见他们一家人走在街道上的时候，左邻右舍都会眼红。

有一天，村上却传出消息：堂哥开利不要媳妇了。

有了这个消息，过去眼红堂哥开利的人翻起了白眼。

在当时的马坊，一个男人不要媳妇了，是要遭众人唾骂的。不管你有什么样的理由，这都是一个集体的禁忌。因为在戏台上，那个陈世美的形象，是被很多代人一路审判过来的。你要学他，就得接受台下观众群情激愤处投来的鞋子、石头和瓦块，接受来自集体的羞辱。

我不知道其中的对与错，只为堂哥开利感到难过。

父亲知道这件事后叹息了一阵，就去了三伯家里劝说。

父亲几次对母亲说："开利的媳妇，还怀着开利的孩子呢。"

知道堂哥开利铁定了要离婚，父亲告诉母亲，可以把我家的磨房收拾一下，让她把孩子生下来再走。这是父亲很老诚的想法，也是他人到中年才盼来了我后，面对一个不能体面出生的孩子抱有的一种痴想。父亲又去了三伯家里，说了自己的想法。三伯没说什么，但是三妈一口回绝了。

父亲能做的也仅限于此了。

好多年后，父亲想起这事，就会对着母亲叹息："三嫂也是女人啊！"

听母亲说，快生孩子的桂齐嫂子被三妈赶出了家门。那时已是深秋，遍地落叶，人们穿起了棉袄，准备着过冬。说来也巧，不知被谁暗中通串，家住北胡同的勤学愿意收留桂齐。年幼不知人间疾苦的我，想着斜眼的勤学，很为桂齐嫂子难过。当时的我并不知道，在马坊，那个时候，一个女人的命运，就像枯萎在树上的叶子，一阵秋风来了，吹到哪里，就是哪里。

听村上人说，能跟勤学的桂齐嫂子，是不想离开村上，才走了这条路。

那些年，我在村上见了她，还亲热地叫她嫂子。

至于堂哥开利，村上人说什么话的都有。一种被人们普遍认可的说法是，他认识了邻村的一个女子，两人互有一些好感。而等他真的不要媳妇了，再去找那个女子，人家已经有对象了。这件事对堂哥开利的打击，在那个年代是可想而知的。离婚没多久的堂哥开利，不再坐在公家的凉房里，而是回到村上当了一位农民。他的遭遇是否与他的婚姻有关，我不得而知。

我看见的他不再白净，不再文静，他领着他的女儿艾艾，跟着队上的社员们一起在地里干活儿。过了几年，他娶了穆家山的一位女子，后者给他生了三个孩子。后来，他虽然恢复了工作，在渡马信用社待了几年，但也没心劲干了，提前回到了村上。

人世上的很多事情，被老天编排得太有戏剧性了。当年没有离开村子的桂齐嫂子，就是舍不得她的女儿艾艾，才把心一横，屈嫁了斜眼的勤学。桂齐的婚姻让一村人唏嘘，叹息女人的命运比什么都苦。就在这时，邻村的仇家，也有一个像桂齐嫂子一样的女人，被在城里当司机的男人休了。与她不同的是，这女人同意离婚，但不同意离家，就在村里带着孩子，母子过活。命运的相似，让桂齐嫂子和她成了要好的结拜姊妹。逢年过节，两个村上的人都能看见她们带着礼物相互走动。

事情的戏剧性在于，她们的孩子，一个是我的侄女，一个是我的学生，几年后，我的这个侄女竟然嫁给了我的这个学生。这两个女人破碎了多年的情感,竟让她们的两个孩子从中间弥补了起来。我有时候想,在孩子结婚后的那些年里,她们坐在一起想到的,是眼前的幸福多,还是以前的不幸多?在他们婚后的日子里,我时常会想起我的那位学生,他的话不是很多,总是很怯懦的样子。我担心,他的母亲、岳母和妻子,这样特殊的三位女人,她们需要的情感安抚,他能承担得起吗?

按照村上的习俗,艾艾是堂哥开利的大女儿,母亲就追往了她。所谓追往,就是艾艾出嫁的时候母亲送了追往馍,以后逢年过节是要当亲戚走的。记得艾艾出嫁的头一年,母亲领着我去了他们家一次。我对那次出门既盼望又拒绝。盼望的是可以当面看一看艾艾的婆子,那位挣扎在破碎婚姻里的女人,是怎么撑持这个家的;拒绝的是,见了既是学生又是侄女婿的艾艾的丈夫,我该说些什么呢?

我的学生,话依旧不是很多,样子依旧有些怯懦,但我从他身上看出端倪,生活已经提前让一个孩子成为一个男人了。我对他母亲的印象是,和桂齐嫂子一样,是乡村里那种干练的女人,是不向命运低头的女人,是活在自己世界里的女人。

往事如烟。很多年过去了,堂哥开利也能看开他的往事了。

我也欣慰地看到,他老了的日子,还是很平静的,这比什么都好。

只是我不知道,那两位因经历了婚姻的坎坷而成了结拜姊妹的女人,现在是否还平静地生活在马坊。

我看见父亲早上出门的时候,会把冬天里穿的棉袄提前穿在身上。他的肩上不是扛着耙地的铁耙,就是扛着磨地的木磨。牵在父亲手里的,有时是一头牛,有时是一匹马。一地的露水,一地的浓雾,一地的寒冷,父亲和他身上的农具、手里的牲口一起走动着,成了叫醒乡村的风景。很多年后,我从这些没有被时间模糊了的画面里提取出了父亲的一些表情,以此安慰心中的乡愁。

记忆中的铁耙,长方形的木框四周钉满了一匝长的铁钉,背在父亲的背上,能看见生铁常年在土里磨出的光。这些光在父亲的背上闪着,但它闪出的不是寒光,而是因常年深藏在泥土里而带有庄稼气息的暖光。这样的铁耙被牲口拉上,会从泥土里翻出所有干硬的土块,然后用细密的铁钉把这些土块划碎。如若不然,麦子会被这些土块压得种子发不了芽,直至干死。我家的铁耙一直挂在遮风挡雨的山墙上,只有种麦子的时候,它才会被取下来,深深地扎进泥土里,让那些干硬的土块在生铁面前碎成土屑。它上面的几十个铁钉,是村上的铁匠焦师一锤一锤敲打出来的。锻打它的时候,父亲看了焦师选取的生铁料,还掂了掂分量,然后蹲在火炉前,看着焦师光着膀子,抡着铁锤,在日光下打得满院飞溅金星。铁钉打好了,父亲又请来村上的木匠里娃,拿出上好的槐木,先凿出木卯,套好木框,再把焦师打好的铁钉一根根栽上去。铁耙做好的时候,父亲让母亲烙了油饼,炒了鸡蛋,取出常年端放在我家灶台上的烧酒壶,在院子里招待了两位匠人。我看见父亲在敬铁匠焦师、木匠里娃之前往地上洒了一些,还向天上看了看。我那时就知道,一把像样的农具,在父亲的心里是有着神秘的力量的。

我家的木磨,是父亲在洞子沟里挖回来很多野枣刺后,挑出一些指头粗的用火熏软,坐在院子里编织出来的。编织的过程中,父亲的手上一直流着血。编好了木磨,把它平放在台沿上,用一块木板和几块石头压住,等到野枣刺干了不会变形了,父亲再用石头把上面的刺打磨掉。乡村男人的背就是被这样粗重的木磨压着和刺着的。一些心粗的男人,一料麦子种下来,身上的棉袄被木磨刺得到处是洞,钻出的棉絮挂在身上,露出生活的破败之相。种麦之前,父亲把木磨背在背上,几乎每天都要赶着露水最多的时候,把那块要种麦子的地不厌其烦地磨上一遍。马坊处在渭北旱原上,雨水很少,为了给土地保墒,我们的祖先就琢磨出了这种生产方式。

闭上眼,我还能听见父亲背着木磨在田野上喘息的声音。

这样的农具,在今天的马坊已经很少见了。我突然想起它,并想到用这些文字来还原它,是因为我重新翻阅陈忠实的《白鹿原》时,读到白嘉轩在村上的祠堂动用族规处罚儿子白孝文时手握一根磨刺,不禁心里一颤。磨刺就是野枣刺,长在悬崖边上,经过多年的生长,浑身的刺又老又硬,扎在肉里,是一种大火烧身般的疼。没有乡村生活阅历的人,是想象不出那种疼的。

一根磨刺,深深刺入几千年的乡土社会,后来的人已经忘了将它拔出来了。就是他们记着,这根刺也已被时间封闭在泥土的断层里,任谁也拔不出来了。那些过往的生活场景告诉后来人:它是乡村人的一种农具,也是乡村人的一种刑具。

有的时候,它还是一些死者最后被抬走的工具。

我记得张家村的狗娃跳进村北的水库被人们打捞上来时,就放在一张木磨上,被四个人抬着进了村。那时夕阳正在落山,因狗娃的突然死亡,一个村子的气氛都是血烘烘的。后来,被一场洪水淹死的婆孙俩,也是村人找到后,用一张木磨抬回村东场里的。我那时就想,为何要把这些非正常死亡者放在木磨上呢?或许,对于不同的死亡原因,人们有不同的态度,但都绝对没有恶意。我在村上的时候,看见木磨,心里会下意识地发冷。

接下来的日子,父亲都在地里为种麦忙活着。民间有谚语:"过了寒,不种田。"再过十几天,就到寒露了。用村上一直操心农事的人的话说,就是连泥带水,也要赶在白露之前把麦子种进土里。因此,每年的这个时候,地里的人,不分男女,都很急火,都一身泥水。有些女人从厨房里出来，走到地里，还在抹着脸上的柴灰，结果越抹越脏，干脆不抹了，一低头，就扑下身子，又开始收拾地里的柴草。劳动到了半上午，父亲热了，将穿在身上的棉袄脱掉，放在地头上。那些走过来的牲口闻到汗味，低下头，在父亲的衣裳里舔上一阵子。父亲看见了，会抓起一块土远远地掷过来，驱赶那些牲口。

一般是中午过后，泥土被太阳晒得发出一阵热气的时候，父亲会摇着摆麦耧，把麦子种进地里。

因为摇耧的人要把摆麦耧提在空中才能摇动着走起来，村上的木匠就选用了很轻的桐木做耧。它在地上的样子，像一个半蹲着身子向前走动的人。它的耧斗里有控制种子的机关，由摇耧人随时调整。盛在耧斗里的麦子，通过耧筒，顺着耧脚落进绵软的土里。那三只铁打的耧脚很小巧，插进泥土里，像牲口的蹄子归顺地踩在地上。很多时候，我跟在父亲的身后，就看那三只耧脚在土地的浅层里闪着光出没。伴随着这样的场景，麦子在耧斗里被反复摇响的声音也更好听了。

麦子播种进泥土里，晚熟的秋庄稼也收割完了。

这时的田野里一片空旷。那些在庄稼地里生活了多半年的兔子，没有了遮蔽，纷纷沿着田埂，向村子周边的沟沿上跑去。接下来，这些被五谷娇养惯了的动物，要在荒坡的衰草里过上很长一段饥饿的日子。

村上打猎的人，从不去深秋的荒坡里打那些精瘦的兔子。

在我的记忆中，那时的田野上如果有管制区，自然就是那块苜蓿地。从清明开始，苜蓿的嫩芽就从多年的老根上，跟着几星稀疏的雨冒出一地绿色。西村的章娃和槐娃就背上草笼，去苜蓿地里，地北一个，地南一个，看着那些过路的人都想揪一把的苜蓿。那个时候，我们只要到地里挖草，就去村南苜蓿地的周边寻摸，发现看苜蓿的人不注意就偷偷地捋一把。我的这双手揪过很多野菜,但是它们留在我手心里的感觉都比不上一把苜蓿那么好。我现在都能想起来苜蓿的嫩芽在我的手心里摩挲时的感觉,仿佛还有一种清香在指缝间缓缓地流淌。

为了一把苜蓿,我们会花上半天时间,坐在田埂上或藏在麦地里,这样,苜蓿地里的一切动静都暴露在我们的视野里。在苜蓿地里,我看见队上那些出生的羊羔,白花花的几只,点缀在绿毯一样的苜蓿上,像神的小天使。那些羊羔的叫声,也让寂静的苜蓿地有了另一种气象。我看见村上的很多女子挎着草笼,提着铲子,假装从苜蓿地里经过,不时弯下腰揪下一把。

这样的动作,看苜蓿的人或许看见了,只是不说。

她们从苜蓿地里走过去,苜蓿的紫色小花就开出了一片。

紫色的小花上也就有了蝴蝶在上面飞舞。

我当时感觉这场景真是好看:羊羔好看,女子好看,蝴蝶好看,苜蓿花好看。等到后来能从文学的角度审视这些场景时,我写出了我的第一首叙事诗《淡紫色的苜蓿花》,发在当年的《诗刊》上。那时,我在永寿中学教书,距离我抒写的那块苜蓿地隔着两架大沟,一架大沟叫封侯沟,一架大沟叫营里沟。那些年,我要回到马坊或返回县城,必须用双脚在这两架大沟之间穿行上大半天时间。

看苜蓿的章娃是我的叔父,我们住在一个院子里。每天饭时,他家都有苜蓿的香味飘出来。看苜蓿的人偷吃一把苜蓿,这在当时的农村也是很正常的事。就像队上的饲养员,偷吃一些喂牲口的干料,比如豌豆和大麦,这谁也防不住。收秋的时候,很多女人在怀里偷偷揣上一些谷穗,队长彦英看见了也装作没看见,因为他的秃头老婆比别的女人揣得都多。父亲那时放着羊,开始在草坡上捡拾一些挂在枣刺上的羊毛。时间久了,看见放羊的旺旺拿着一把木梳从羊身上梳羊毛,就在旺旺停下来的时候，要过他的梳子。父亲在羊毛长得很长的羊身上梳上一阵子，就有大把的羊毛。冬天有了羊毛袜子穿，我们就很少冻过脚。当保管员的卵卵，把仓库里的粮食用口袋往家里扛，被村上人发现了，换来了很多年的咒骂。

在什么是偷的问题上，村上人的心里是有着底线的。

就像这片地里的苜蓿，我们知道，那是队上高角牲口上好的草料。吃着苜蓿的牲口身上有膘，驾在辕里拉车，套在碌碡上碾麦，浑身有使不完的劲儿。看着这样好的牲口，村上人谁会从它们嘴里抢苜蓿呢？顶多是苜蓿很嫩的时候，偷着尝口新鲜罢了。

闻着邻家的苜蓿味，有一天夜里，父亲背着草笼，去了村南的苜蓿地里偷了一些苜蓿。我从睡梦中醒来，看见白天没有揪到的苜蓿，高兴得手舞足蹈。

第二天早上我们就吃上了苜蓿菜疙瘩，中午吃了苜蓿菜面，到了晚上，喝的是苜蓿菜糊汤。那一天，我的胃全被带着清香的苜蓿菜占据了。

有一年，村上决定挖掉苜蓿地，倒种麦子。在乡村经验中，种过苜蓿的地，能打几年好麦子。种麦之前，我们扛上镢头，把地里的苜蓿连根挖了回来。多数人把苜蓿根砸烂喂猪，也有人把砸烂的苜蓿根晒干磨成面粉吃。父亲说，在饥荒年月，村上好多人的命都是苜蓿救下的。

由此，我对苜蓿由喜爱变成了敬仰。

后来的几年，种在这片苜蓿地里的麦子长势都很好。在这片麦地里，我们总能见到一些长得很嫩的苜蓿，这里一丛，那里一丛，可以任人自由地采摘。

印象里，那块地后来种什么都有苜蓿的影子。

十七

这个时候能在马坊的田野上感受到一种辽阔。

那些高过我们身体的玉米,那些长到我们腰间的谷子,都被镰刀和镢头,像放倒很厚很老的城墙一样,一堵接着一堵,被放倒在大地上。人们从它们丰腴的腰部和头部取走金黄的棒子和穗子,把它们当成柴火和肥料,一部分运回家里,更多的则是轧碎,埋在它们生长过的地里。

东南的五峰山、东北的高岭山、西北的槐疙瘩山,没有了这些庄稼的遮挡,像一夜之间突然走近了马坊。

其实,山还是那几座山,还带着一身的土石站在原来的地方,没有挪动过一步。只是众多的庄稼,在田野的舞台上,随着季节上场和退场,让这些背景一样的山,不知不觉地在我们面前隐没了一些时日。

这个时候的父亲,想着寒露节气到了,应该去前山和后山里走一走。

我们说的前山，就是隐匿在高岭山下的一些人烟稀少的村庄。

住在这些村庄里的人，不像我们马坊的大堡子，一村人基本上是一个姓，如果能够倒数几百年，还会发现这些村子里住的原来就是一家人。经过时间漫长的延展和分化，一个村就像一棵树，虽然分出了众多枝杈，但根只有一个。

前山就不一样。一个村子，几户人家，山南海北，杂音杂姓。

父亲要去的村子，叫韩家山。

我在很小的时候就知道这个前山的村子，想着等长大一些，一定要让联社领着，和朝鲜、抗战结伴去，因为联社的爷爷和叔父那时候就住在韩家山。联社的家里，一年四季都有住在村里的人吃不上的瓜果蔬菜。比如南瓜、刀豆、萝卜、白菜，这些在联社家里堆得山一样的东西，我们在村上的地里几乎见不到。而到了秋天，联社的爷爷每次回来，都会背着满裢裢的水梨、红枣、核桃、柿子。看见联社吃着那么多的蔬菜和水果，只能吃到一些野菜的我们就想，那些住在山里的人，怎么能在土地上种出这么多稀罕的东西？而住在村里的人，只能在地里种麦子、玉米和谷子。后来我们才知道，前山地多人少，种上足够的粮食以后，只要人勤快一些，随便在哪里挖块荒地，想吃啥菜就种啥菜。

联社的爷爷，我叫岁爷的人，早年在村里买不起土地，就带着一家人在韩家山买了一些撂荒地，住下来过日子。很多年后，他们把撂荒地种活了，有足够的粮食吃了，却没想到山里的水土能把人养活，也能把人养残，联社的父亲和叔父从小就是瘸子。

看见两个堂弟和村里人走路不一样，父亲就动了恻隐之心，劝说岁爷回村。舍不得山上的土地，岁爷就用多余的粮食在村上换了一块地，把盖在我家前边破败了好久的屋子收拾了一下，让联社的父亲领着一家大小回到村上，他和没成家的联社的叔父继续种着山里的土地。

有一年,麦收之后,联社领着我和朝鲜、抗战,真的去了韩家山。

看着几孔住人的破窑洞,我一直不敢进去,觉得真实的韩家山与我想象中的不一样。直到联社领着我们去了窑洞背后,看见两棵树冠大得像是铺在地上的梨树,再看满眼的水梨,我明白了,这么大的梨树,不会长在拥挤的村上,只能长在地多人少的前山。

联社给我们摘了梨子,虽然没熟,吃起来也很甜。

我们去了沟边,一树在野地里晚熟的杏被我们摇了一地。

路过每一家,门口都有菜地,都有果树,都拴着一条狗。

父亲选择在每年白露之后去一次韩家山,是想为我们换一些柿子回来。有人说,柿子是冬天里最贫贱的水果。那个时候,我们在寒冷的冬天里,能吃到的水果也只有柿子。有一年,我从西安回永寿,在洋芋岭上看见田野里的柿子树,那些虬曲的老枝上没有一片树叶,却举着成串的柿子,在秋风中挺立着。在渭北枯黄的原野上,柿子树像挂着一树燃烧的红灯笼。

很多年前的冬天,我家的院子里一个被雪覆盖的玉米架立着。

大雪还在下着。坐在热炕上的我趁大人不注意,一个人溜下炕,爬上玉米架,把手伸进很厚的雪里,在玉米棒之间摸出一个冻成冰块的柿子,然后回到炕上,在被窝里暖柿子。等柿子被暖化了,几口吸下去,那感觉仿佛甜透了一个冬天。

玉米架上的柿子,就是父亲从韩家山背回来的。

去韩家山的父亲,会在他的褡裢里装上足够多足够好的麦子。一般情况下,他都去岁爷的家里,把麦子直接倒在他家的木柜里,再帮他们折上一天柿子。到了半下午,岁爷把装好柿子的褡裢放到父亲的肩上。送父亲走出村的一定是他的堂弟——一生没娶过女人的瓢娃——他会将一把带着树枝的柿子递到父亲手里。这把带着树枝的柿子,会在我家的屋墙上,装饰一样地挂一个冬天。

父亲帮他们折柿子,是真的从柿子树上连枝折。说来也怪,柿子这种树,只有今年连枝折了,明年的新枝才发得旺,柿子才结得繁。因此,柿子树上那些被反复折过的枝杈都有一种苍老感。我想,能从形体和气质上,与马坊这块在豳风里就被歌唱过的古老大地相匹配的树种,当属柿子树。

我在马坊成长的那些年,粮食很短缺,布匹也很短缺,吃穿很紧张。然而,几十年后,在存留下来的大多十分苦涩的记忆里,如果用心翻拣,也有一些在今天已无法再享受到的甜蜜。父亲说过,他每年去韩家山背柿子,岁爷和瓢娃都会在他的褡裢里装上一些水柿子。韩家山出柿子,大多是长不大且皮厚肉少的木娃娃柿子,而那种皮薄又大、包着一包甜汁的水柿子,是少得又少。走遍一个村子,常常能被木娃娃柿子树碰破头,可要想看见一个水柿子树,还真有点难。有了父亲带回来的几个水柿子,母亲就能在冬天一家人只能用米饭拌着炒面吃的时候,用彻底软成了一包甜汁的水柿子,给我隔三岔五拌上一碗炒面。浸着柿子甜汁的用火炒过、磨细后带着香味的炒面,是我能记得的人世间最好的饭食。

后来,我一有闲暇时间,就到找到传世大师齐白石的画,专门翻出画柿子的几十幅,看他画的北京的柿子与我记忆中的马坊的柿子是否一样。

有时候我想,有了齐白石画下的这些柿子,我再用我的文字去描写同样属于北方的柿子,是不是有些多余了? 再一想,我如果不写出来,父亲背着褡裢去韩家山换柿子的那些陈年旧事,能在画里读到吗?

马坊的柿子树,多数栽在前山的荒坡上。地势的高度,让住在平滩里的我们,每年为了吃到那些柿子必须翻沟爬坡。

我的父亲为此翻沟爬坡过多少回,连他自己也记不住。

只有那些也在路上我们却看不见的风记着。

我小的时候，一直觉得后山很神秘。

在我还没有翻过槐疙瘩山去后山的那些年，后山在我的想象里是这个世上最好的地方。我们村上的很多人都拖家带口，去了后山包山庄。每年一到春天，那些人家就像转场一样，牵着牲口，拉着木车，背着粮食，一波接着一波上了碾子坡。他们的集体出走，使得村子一下子冷清了不少。小学里的很多同学也跟着大人去了后山。我在村西的祠堂里死记硬背地读书的时候，很多座位是空着的。直到地里的庄稼收完，我穿上很厚的衣裳，把手塞在袖筒里去学校，才发现那些去了后山的同学也在座位上，开始读书了。

我真正产生去后山看一看的想法，是在苏娃一家包了山庄之后。

住在门前的苏娃一家，其实就两个男人。苏娃的父亲，村上人叫八谝子。我问过父亲，八谝子能说会道，家里盖着高门大房，苏娃教过书，人也周正，怎么娶不到媳妇？父亲的回答是，就是八谝子太能谝了，才影响了苏娃的婚事。我也因此知道，那个时候的庄稼人秉持的还是人要敦厚——不怕你木讷，不怕你少言，就怕你油嘴，就怕你滑舌。八谝子对任何事情都有自己的一套说辞。我记得他常年戴着一顶瓜皮帽，留着不黑不黄的八字胡，眼睛圆睁，脸色很冷。只要坐在人群里，八谝子能和人抬一上午杠。那些想把女子说给苏娃的人家，在心里过不了八谝子这一关。

我把八谝子叫大。只要他坐在门前的石墩上，我们都躲着走路。

有一年八谝子去了后山，从人群里消失了很长时间。听不到八谝子抬杠，很多人有些失落，就说，八谝子这会儿该不是坐在槐疙瘩山山顶上，和过路的卡车司机抬着汽车的杠吧？其实，这时的八谝子带着苏娃在商家沟正包着队里的山庄。那里山大沟深没有几户人家，随便哪片荒草坡都能开垦出新地。苏娃力气大，每天去到荒草坡上，脱掉上衣，光着膀子，追着太阳挖地。他们把带去的粮种种在了老地和新地里。八谝子又去了苏家塬,从那些山里人家要来了很多我们在村上很难见到的瓜果菜蔬的种子,种在人能走到的地方。用八谝子的话说,他和苏娃种的粮食和菜蔬,挤得那些山里的大小野兽都没路可走了。

那个时候,后山的野兽真的很多。人们见到的野猪都是成群的。有时人低头在路上走路,猛然抬头,没被狼吓着,倒把路边的狼吓得不知进退。有一年冬天,八谝子从商家沟回村。苏娃在前头拉了一车山里的土产,他走在后头,肩膀上扛着一根木棍,木棍上挑着一张麻黄的狼皮。看到这架势,不用八谝子开口,村里人都递上笑脸,想摸一下那张狼皮。后来,八谝子冬天铺着狼皮褥子,在门房的热炕上给村里人讲商家沟的事时,从小没了父母的林生,没大没小地叫着八谝子的名字石娃,说你睡在狼皮褥子上,比村上的地主大秉还受活。大秉家里养着高骡子大马,也只能睡在狗皮褥子上。

父亲说,那是八谝子显摆。林生也不懂,狗皮褥子睡着软和,狼皮扎人。

我还记得,是苏娃从商家沟带回来很多野生水果。比如有一种很大很红很甜的水果,吃上一口,满嘴都流水汁。苏娃的侄女存英会偷出很多这种野果,分给我们吃。村上人不知道它的真名,看它长得很像玛瑙,就叫它玛儿。村上有心的女人把它用线串了,戴在孩子的胸前。我们那时不知道什么是项链,只知道自己戴过的花布编织的缰绳,就叫它玛儿缰绳。

我也戴过一串玛儿缰绳。

直到玛儿干瘪了,变成了黑色,我才从脖子上把它取下来,丢在墙角。

苏娃父子在商家沟包山庄的时候,父亲去过一次。看见他们从后山里拉回来整车的梢子柴,父亲就想着,也去后山砍一车那样的柴,还可以从里边抽出很多像样的红皮条子编织笼框。那个时候,马坊直至页梁一带还没有开始大面积植树造林,很多荒坡上都是自然生长的草木。商家沟在后山,人迹很少,常有野兽出没。年深月久,前山还都是荒草坡,后山就长成了林梢。前山的人烧火需要硬柴,编笼需要条子,就在农闲时结对去村里的山庄砍些梢子柴回来。那时马坊人婚丧嫁娶的礼单上,写在诸如大肉、粮油、蔬菜这些在乡村人看来很贵重的物资后边的,一定有一大车梢子柴。

父亲去商家沟的时候,在褡裢里装满了蒸馍,叫的是天才和开会。他走的时候,村上已是深秋,前山满坡红叶。到了商家沟,父亲寻好了砍梢子柴的地方,天就黑了。在苏娃包山庄的闲窑里,三个人打着地铺,没脱衣服便睡下,晚上说着话,越说越觉着天冷,就不说了。

第二天睁开眼,雪落了下来,父亲想,这后山和前山的天气就是不一样。

他们坐在窑洞里,只能看到对面的山梁,看着看着,山梁就被雪覆盖了。

装在褡裢里的蒸馍快吃完了,雪还没有停。那些长在山梁上的梢子柴,也被雪埋得不见踪影了。看着砍梢子柴无望,父亲就和天才、开会拉着空车子,踏着雪路,从后山往前山走。在槐疙瘩山,天虽然阴着,却没有落雪。走到村上的时候,父亲才想起木车空着,应该给苏娃要些萝卜白菜装在木车上,也不枉空走一趟商家沟。

从苏娃包山庄的商家沟出发,翻过一道山梁,就到了彬县的太峪。那是西兰路上的一个镇店,每月逢集了,周围县的人都聚集在狭长的河川里,摆满各地的土产。有人见过苏娃在集市上卖山货,也有人见过八编子在集市上当经纪。就在村上人学说这父子俩的时候,他们突然回村了。

让一村人惊讶的是,三十好几的苏娃领回了一个年轻好看的媳妇。

这就是我叫嫂子的雪花。她刚来的时候,并不安心;过了一段时间,看着村子大,村子里人多,村子外的地平,也就安心了。她的老家在河南,因躲避黄河水灾流落到了后山。她的到来,让苏娃的家里人丁兴旺起来。她为苏娃生下两个儿子后,又生下一个女儿。那些年苏娃在村里,也因了雪花嫂子,开始有些人缘。

我对苏娃的印象,就是饭量大,干活儿力气大。村上谁家打墙,在墙头上抡铁锤子的人里,一定有苏娃;村上谁家盖房,房檐下上砖上瓦的人中,一定也有苏娃。坐在饭桌上,一碗再稠的饭,苏娃三两口就吃光,然后喘着粗气继续干活儿。当时就有人说,苏娃这样吃饭,非吃出病不可。过了几年,苏娃走在路上,能从西村喘到堡子。再过几年,我进了城里,听说苏娃因胃病过世,丢下年轻的嫂子雪花,去了村北的墓地里陪他的父亲八谝子。

从后山来的雪花嫂子改嫁到了邻村。

在马坊的大小村子中,有一个叫延府的村子,让我很惦记。

小的时候,父亲领着我走亲戚,翻过很深很陡的延府沟,就是东西街道很长的延府村。在我懵懂的印象中,延府村街道两边的房背子都比我们村黑鹰家的房背子高。站在房背子下晒太阳的那些人,他们脸上的两坨颜色红得像地里的高粱。等到后来,我沿着西兰公路,穿过永寿的武陵寺、彬县的大佛寺、长武的昭仁寺,去了崆峒山,再往西继续行走的时候,发现当地人脸上和延府村子里的人一样,都被黄土高原上的日光晒出了两坨很深的红色。

听着父亲和熟人打招呼,一律都是李姓,我就不明白,这么大的延府村,怎么没有一家姓延的人?父亲也说不上来,只好这样揣摩:要么绝后了,要么逃难了。事实上,在很多偏僻的地方,一些人家和村子的突然消亡,不外乎这些缘由,因此我认为,延府这个村子在我们这一带是个很古老的村落,古老得连一户姓延的原姓人家都没有了。

村子还依然活着,活在外姓人家的烟火里。

它巨大的照壁,城样的村子,在我不懂得历史的时候,对我来说,就是一堆残旧的黄土,只是村民和牲口大冬天里晒太阳的时候,这些破碎的土城墙比起别的村的房背子可能更厚实,更挡风。是一部皇皇的《唐书》,告诉我来曜来琪父子都是大唐的重臣;他们的故乡,就是这个模仿着城的格局,至今还遗留着一些城墙的村子。现在回想起来,它就像一个微缩的长安城。城门前一个大照壁,东边是祠堂。一条南北街,从城门口通到村后,东西住着七排人家。城墙上可行人,城墙的外边是一圈可走马车的深胡同。舅家住在第三排的东边,已经家道破落,剩下舅父领着一个大我一岁的表哥,过着清贫寂寞的日子。

我合上《唐书》,想不明白,一个出过这样的人物、建成这样阵势的地方,为什么还叫村?延府,该是一个什么样的姓延的人住过的府?尽管它那时破落得就剩下一些房屋和一群穷苦的人,但我在心里还是敬仰这个村子。方圆几里的村庄,就是走到五峰山下,走到泾河边上,也没见过其他名字里带有府字的村子。

对延府村的痴想,让我确信,大地上的每一个地名,都是一段历史的载体或一段历史的符号。只是在每个具体的载体和符号里,事件和人物的重要性不同罢了。就像马坊,它是唐代皇家养马的地方,它的名字里就有来自唐代的"坊"字。古代养马的地方很多,都叫着同样的名字,但多数都叫马房,叫马坊的少之又少。我们村北的后山有一个很大的村子,因有唐代国舅长孙无忌的墓,村民多为其后裔,村名里就有一个"坊"字,叫永寿坊。

记得有一年,花椒成熟的时候,父亲领着我,从村西下到马坊沟里,沿着水流很细的沟道,一直向上走。在一个很大的河湾处,父亲领着我攀爬一道沟坡。地势的险要,周围的开阔,树木的茂盛,是我在马坊很少见过的地理形态。我们攀爬了很长时间,快要到沟顶的地方,一座土城显现出来。

父亲说,这里就是延府城。

起初,我没有感到惊愕。这样的土城,在马坊临近沟边的村子里,就是兵荒马乱的年月里为躲避来路不明的土匪,村民们修建的一种防御工事。我细数了一下,马坊有土城的村子不少,但修建得像模像样可以称为寨的,只有彭村寨、西张寨、来家寨、何家寨、宋家寨。等绕着它走了一周,我才觉出,这处遗址在今天的马坊算是最宏大的,但它并不在马坊的五寨之列。

那天父亲是领着我来摘花椒的。延府城荒废了,却让花椒树安了家。一年四季,除了放羊的人赶着不吃花椒树叶的羊群来到这里外,延府村上的人很少到这里来。这些花椒树也就寂寞地生长着,花椒成熟了,有人记得摘,就摘上一些回去;无人记得摘,就被风吹干了,落进土里,可能在老死的花椒树跟前又生长出了幼小的花椒树。我在摘花椒的时候,看见了一些土墩、一些石臼、一些瓦砾、一些生铁,也看见了一些灰层,这在其他村子的土城里很少看得到。

由于记忆深刻,有一年下乡,我找在村上当书记的同学生才,让他领着我一块儿去看延府城。生才说,一座破城,有啥可看的?要是十几年前去,说不定还能看到一只半只狼,现在连狼都不在那里住了。我说不是狼不住了,是这一带现在没有狼了。那次去延府城,看到的花椒树少了,却看见有人种了玉米。一个放羊的人,正赶着一群羊从玉米地里穿过。我从生才的话语里知道他们对这座荒废已久的城知之甚少。我知道,一块土地的具体的历史,在一群在它上边种地的人心里,也就是祖上两三辈人生命的长度。

日子在土地上,还得深深浅浅地延伸。

深的一脚是日子,浅的一脚也是日子。

因此,对于活在日子里的人,少说历史。

多年以后,我在一部地名志上读到,北魏时永寿的北部属白土县,西部属好畤县,南部属漠西县,东部属温秀县。有学者考证,北魏时的温秀县城,就在我们马坊的延府。

我恍然大悟,想起我去过两次的延府城。

马坊的周边,都被连绵起伏的山岭围着,像逸世独处的一个小平原。那座建在沟边的延府城,两面的深沟里是从页梁上的罗家岭流下来的河水,我们叫它漆水河。对面的地方叫渡马,古时候,这里的河水是可以让群马汹渡的。我记得小时候,延府沟里的水声,大到人站在沟顶上就能听见。

我经常给熟悉的人说,永寿的县名好。而温秀县这个名字,不是也很好吗?它告诉我们,在久远的时候,这里的山水是多么宜人。

世事的变化,有时让季节错乱。

父亲活着的时候,只要过了寒露,马坊的田野里就看不到高过地面的作物与渐起的寒冷较量了。就是那些占满树枝、占满墙头、占满屋顶,也占满天空的鸟儿,也大多不见了踪影,只剩下一些穷命的麻雀,被冷风吹得叽叽喳喳,在飘落的枯叶里上下翻飞。

清早起来,打开头门的父亲,会去到村南的地里,看一眼出土的麦苗。

地里是一层绿,一层僵硬在土层上的绿。一个冬天里,这些表面僵硬的麦苗,都会匍匐在地面上,绝对不往高处生长哪怕一厘米的高度。它们发绿的叶子,也会随着寒冷的加深,而变得更深一些,成为大地上一种真正的冷色。

父亲走过的地里,一片很冷的雾气正在地面上氤氲。

空旷的田野里,只有几块坟地显示着另一种高度。

偶尔有一头牲口,踩着一地的寂静从父亲身边走过。

大地上的景象告诉我们,这个时候,父亲和村上的人,早已把每一块熟悉的田地都收拾得清清整整了:该种麦子的,麦苗都破土了;该种油菜的,油菜都扎根了;该轮回倒茬的,地里都干净了。接下来的日子,就是等着天上落雪。说来也很自然,那时的天空会落好大的雪、好厚的雪,会落能把我们身边的这一片山河彻底覆盖上的那么多的雪。

几十年后,一切都在这里错乱了。

此时的大地不再空旷,也不再寂静。季节到了这个时候,还是一阵手忙脚乱。当然,这对于生活在这里的人们并不是一件坏事,因为他们从种植上彻底改变了这里的生态,彻底改变了这里的季节,也彻底改变了自己的生活。那些普遍种过麦子、玉米的土地,早已被大片的果树挤满。这个时候,摘下来的果子在地里堆得像山一样;那些挂在枝头的果子,让寒露里的天气也少了一些冷色。出现在地头的人们身上穿着精致的衣裳,脸上的喜悦却还是粗糙的。那些往年在这个季节消失的鸟儿,也正在果树的枝头,为很多熟透了的果子亮开了嗓子。

这个时候,人们早忘了,后山的野果也熟了。更不会像父亲那辈人,拉上木车或背上褡裢,去后山采摘野果。他们面前的果子已经超过粮食的产量,成为一种商品,需要大量地卖出去。在果子摘不完的时候,在果子卖不完的时候,他们的日子像被挡在了季节的后面。

我去过俄罗斯的西伯利亚。面对那里的大自然,我感觉麦田像是森林、草地、河流的点缀。那里的土地太多了,人烟却太少了。主宰那片土地的依然是森林草地和河流。人生活在其中,只需开垦一片需要的土地,就可以长久地生存下去。对于他们,森林比粮食重要,草地比粮食重要,河流比粮食重要。在城市以外,他们多数人还生活在大自然的原生态里。我在告别的时候,对着一个翻译反复赞叹,他们生活在风景里。

我们没有那样多余的土地。

我们拥有的土地,过去让给了粮食,现在让给了果树。

因此,马坊现在给我的感觉,就像麦田是果树的点缀。

过去在马坊,一切都是麦田的点缀,比如那些零散的坟地,还有那些坟地里的柏树;那些荒芜的涧边,还有那些涧边上的野果;那些低矮的山头,还有那些山头上的黑鹰。今天,麦田在马坊,再不是一望无边,再不是一片金黄,它们被夹在大片的果树中间,像在土地上喘息。

对于发生在土地上的这些事情,父亲再也看不到了,也就不用操心了。

但他对粮食怀有的那种神圣感却深深地影响着我。我看到麦田大片地萎缩,心里有一种说不出的滋味。我也承认,一料丰收的果子,远比一料丰收的庄稼更让农民心花怒放。但面对天灾,比如霜冻、雨雪和冰雹,庄稼可以挣扎,而对果树而言,就是一场毁灭。

我也去过后山,那些红在树上的野果成了大自然的装饰,也成了鸟儿可以尽情享用的食物。它们再也遇不上父亲那样的一辈人,赶着大冷天到来的时候把它们采摘下来,背回村子里去。比如后山里的野生猕猴桃、野生山核桃、野生板栗、野生沙棘,我这样在它们的名字前反复地加上"野生"二字,是想强调这些野果不是平原上的土地能够种得出来的。

写到这里,我又想起了西方人说的话:上帝创造了乡村,人创造了城市。

这句话说得没错。在上帝创造的乡村,万物都把最好的地方让出来,供我们居住和种养。在它的账单里,一切都是有限度的,可以让我们温暖地生活,但不会放纵我们的物欲。繁育一定种类的粮食,供我们食用;驯

化一定数量的牲口,供我们役使;生长一定功效的药材,供我们祛病;在
远离我们的大山里生长一些野生的花朵和果实,供我们怡情……马坊的
后山里有那么多野生果实,你不去采摘,也不会饿死,但如果你采摘了,
平凡的生活里会感觉多了很多东西。也许有一天,你会想到,那些野生的
东西,才是万物中最珍贵的。

　　我盼望着,在田野还没有恢复平静的深秋,能穿过遍地的果园,踩着
父亲那一辈人的足迹,去到季节不会错乱的后山里。那里的野生之果,有
鸟儿的一份,也有我们的一份。

　　就是不去采摘,看着它们在枝头上熟落,也是一种幸福。

十八

　　霜降之后,泥土也该躺下歇会儿。

　　这是每一个从泥土里刨了大半年粮食，对泥土充满了感激的人，从心底涌出的一句话。在某一时刻里，他们就是田野的一部分，他们匍匐过来的泥土，就是他们曾置身的怀抱。因此,我从他们信服的眼神里,读出了他们藏在心里的敬仰:粮食,是神圣的粮食。收割完它们之后,泥土是应该歇息了。

　　一阵裂帛似的秋雁的叫声,让苍茫多日的天空,有了一种悲凉感。正是秋雁的那声嘎嘎,向大地传来一封家书:麦子要在泥土里扎根,动物要在泥土里藏身,虫子要在泥土里休眠。

　　此叶的泥土,就是万物汲取温暖的怀抱。

　　泥土无法歇息,就像这个时候的父亲依然歇息不下来一样。

那声秋雁的啼叫是从夜空里传来的。

躺在土炕上的父亲,身子刚被暖热了,就被这声突然而至的啼叫惊出了一身冷汗。他艰难地翻了一个身,想在这么冷的夜空里,秋雁如此悲叫,一定有什么事情。他坐了起来,披上那件被一个秋天里的雨水淋得总是潮湿的衣裳,推开了窗户。

一地的白,一墙的白,一树的白,一下子涌进了窗户,他的身子在土炕上歪斜着,感受到一种冷,一种让人猛然想起一些人的冷。再也躺不下的父亲,穿衣来到院子里。

他抬头看了一眼月光,自己给自己说:"天上降霜了。"

降霜不可怕。往年的日子里,他会最先在院子里的柴垛上,看见一层菊花一样的霜,降得那么细致和好看。他从柴垛上撕着柴,像撕着一把冰凉的霜。他走到大门口,那棵爬在照壁上的桐树大大的叶子上,也降了一层霜花。霜花看起来很薄,但也有着很重的分量,那些桐树的叶子不再那么笔挺,而是耷拉在枝杈上。地上也是薄薄的一层,盖着尘土,踩在上面有一种湿漉漉的黏稠感。他被脚下的霜花引到了村外,大片的麦田里,有一半的绿色被霜花覆盖了。村子远处的高岭山、五峰山、槐疙瘩山也像笼罩在一种白雾里。

马坊的万物,都在霜降之后,染上了一层很冷清的白色。

被霜打了一夜的万物,没有了从前的精神。从那天起,树叶大片地落,草坡大片地枯,麦田大片地黄。天空中剩下的不多的鸟儿孤寂地飞过来时,翅膀也像被霜打得沉重起来了。

父亲害怕的,是降霜后的霜冻。

真正的霜冻来了,那些菊花一样的霜就冻成了刀,那时的麦叶就是一地的冰刀。父亲放羊的时候,看见羊群从霜冻的麦地里走过,没有一只羊的嘴角不流着血。只是在羊的意识里,饥饿比疼痛还令它们难受。

这个时候,总会有一些出生的羊羔死在霜冻的天气里。

父亲的背上,经常会背着一只羊羔,有时是活着的,有时是死去的。

走在山路上的人,也会看见一些被冻死的弱小的动物。

为了不被冻死,麦子用最大的力气暂时改变了生长的方向,向着黑暗的地底扎下很深的根。父亲说过,麦子扎在地下的根有一丈二尺长。由此可见,任何一种生命生存在大地上都是一个奇迹。我也在麦收后的田野上拨开土层,拔过麦根。我没有想到,一簇麦根上带着那么大的土块,土块被它很细的根须包裹得十分结实,只有用铁镰的背才能拍开。被麦茬带出来的一丈二尺长的根,会在地下织出一张巨网。我在麦茬地里刨过,很深的土里也有根须在地下走过的痕迹。

有一些动物把窝向着地下打得更深了一些。

因此,在霜降到来的时候,地面上可能是寂静的,而在地下,有麦子扎根的声音,也有动物打窝的声音,从来没有寂静过。我想,村上那些住在窑洞里的人家,是能听到这些声音的。他们从霜降之后就会感觉到这些声音一天比一天多了起来,也强劲了起来。

说出"天上降霜了"那句话,父亲就想到天亮了一定要去祖坟上看一看。那天的天空,是被秋雁啼叫亮的。他没有看见那只秋雁,天空和地上的霜花也会隐匿秋雁的身影,让他无法看到它。

这不要紧,有那声啼叫的催促就够了。

推开头门的父亲,在一村人零星的招呼里,向村东的一块地里走去。那是他一有空闲就想去的地方。那里的坟地里埋着他的祖父,他没有见过;埋着他的父亲,他记不起来。他知道去那里的时候,他的年龄已经活过了他的父亲,因此他的呼吸很急。他呼出来的气,在他的眉毛上也凝结成了霜花。我从那时就懂得,没有记住父亲的父亲,他一生的念想,就是多去一次父亲的坟地,多站上一会儿,多压上一锨黄土。父亲几十年里都做着这样一件事，一村人都知道。即使后来村上修梯田，平了地里的所有坟墓，父亲依然要去看一看那块已经种上庄稼的地。清明了，就在那片麦苗上压上几张纸；冬至了，就在那块冻地上烧上几张纸。

种那块地的人被父亲感动了，也就不埋怨父亲踩踏了他家的庄稼。

那天在坟地里，父亲看到，夜里的霜花没有躲着那几个荒草萋萋的土堆，而是用同样冷清的白色覆盖了祖坟。他想，地下的祖先应该感受到了他们曾经熟悉的人间的寒冷。他们此刻，或许等着换上来自人间的一身寒衣，那就是父亲的一锨黄土或几张黄纸。

在这些仪式之外，父亲一定会在坟地的角角落落看上一遍。他怕的是天冷了，那些失去庄稼遮挡的动物会在坟地里打窝。对村上能见到的家养的或野生的动物，父亲都会避免伤害它们，但在自家的祖坟上，绝对不会让它们安家。如果发现了，父亲一定会赶走它们。这样的事，在村上也发生过。很多年前，村南的一座老坟由于没人看管，竟然成了狼窝。村上人赶走那窝狼后，就骂那家后人，祖坟里供的是祖先，还是狼！

父亲沿着坟地看了一遍，没有动物的痕迹，因为这块地离沟边很近，天冷了，那些灵性的动物自然会远离人群，跑到沟里去打窝，那里既安静，也安全。等到来年天气暖和了，它们从沟边跑上来，这里就是麦子起身的庄稼地。

在父亲的心里，那些走了很多年的祖先还在村子里。

遇上大小节气，先安顿他们，就成了父亲多年的一种坚守。

那天父亲从坟地里回来，霜花已经消失了，但霜降带来的寒气不会从万物上消失，而且会越来越重。父亲没有顾上歇息，端来木头梯子，放在房檐下，一个人爬上去，把很多干黄的谷草塞在房檐下的马眼里，以此遮挡将会刮一个冬天的西北风。

父亲用谷草塞马眼，我就在木梯子下给他递谷草。一阵谷草的香味，在丝丝拉拉的响声里,帮我们驱赶着身边丝丝缕缕的寒气。

房屋南边山墙上的天窗没有用谷草塞上。

父亲说留着它,冬天的阳光会从那儿斜射进屋子里。

霜降之后,也是秋天结束的时候。

村上的很多人会披上一件新换的衣裳,在一些生长着树木的人家走来走去。年长的男人会寻找谁家门前的桐树可以做棺材板了。能寻找桐树的人,一定是很讲究的人,也是日子过得可以的人。由于人们很看重死亡,也就从祖上传下习俗,认为桐木做的棺材轻,死者背上走了,不会压了身子。桐木的木质细软,顺着斧锯的削凿也能吃胶,木匠做棺材的时候,好雕刻富贵的花朵,好合严木板的缝隙。村上的木匠也会寻找,谁家屋后的槐树、柏树和椿树长成材了。这些长了很多年的树木,都是打造木车、纺车和头门的好木料,没有一个木匠不想便宜买下,赶着季节伐了,放在自己的木匠房里,在冬天里把它做成样子精致的农具。

这个时候的父亲,不需要走出院子,就能看到他们寻找的那些树木。

我家的前院,长着做棺材的桐树,长着做纺车的柏树,也长着做头门的椿树。而长在我家后院里、让一个村子的房舍都有了背景的那两棵槐树,如果伐倒解成板,能打造出供村上几辈人夏天拉麦的木车。但对于这两棵树,父亲不会轻易伐倒,更不会轻易卖了。这两棵树在父亲的眼里,就是他存放在大地上的细软。父亲对它们的盘算是,除非遇上年馑,为了活命可以伐倒卖了,否则,谁也不能动它,就让它安安静静地陪着我们一家人生长。

父亲栽得满院的树木很让村上人羡慕。有木匠打起这些树木的主意,但都被父亲拒绝了。

村上有个讲究,只有到了霜降时节才可以伐木。这个时节伐倒的树木,木头不会变形,不会变色,也不会被虫蛀。那些心细的木匠还发现,这个时节的树木是气味最浓、最纯正也最持久的时候,用它做成衣柜,会留有天然的木香。

在父亲生活的那个年代,这些大大小小的树木,对于每一个简朴的家庭,都是一笔宝贵的家产。因此,栽种树木,就成了耕种之外一村人最大的事情。热爱树木的父亲,只要在野外发现一棵不大不小的苗子,都要带着根部的原始土壤,将它小心翼翼地挖下来,用衣服包裹着带回来,栽在我家的院子里。今年栽一棵,明年栽两棵,那些满院的树木就是这么栽下来的。通过父亲的手,它们也就带着不同地方的土壤聚集在一起。

村上响起伐木声的时候,我家院子里的树却站得稳稳当当。

曾经,村上最大的树,是堡子里一棵长在深井里的槐树。村上人传说,那是一棵贡爷家的树,贡爷是上了县志的人。小时候父亲给我讲的,都是贡爷好学的事。据说有一次贡爷生病了,他母亲把他抱在怀里,他却把书抱在怀里;他在纸上画了一个蚂蚱,因为画得太像,往院子里一扔,几只公鸡跑过来,抢着啄食。传得这样神奇的贡爷,我在《民国永寿县志》里查了,记载下来的官宦、儒林里,有清代的耿大典,民国的耿百龄、耿昌龄,我不能从县志里确定我们村上的贡爷到底是哪一位。但令我唏嘘的是,这位贡爷的后代,成了村上的一个疯子。这位疯子的大儿子,是村里有名的懒汉。

那棵最大的树,村上人叫马大槐树。

后来,县城里来的人抬着铁梯,背着电锯,用了几天时间,把一村人攀爬不上去的马大槐树解成了板。木板堆满了堡子的街道。那棵树太老了,老成了马蜂的巢穴。我们就点着火棍在木板上烧马蜂。贡爷的那个疯子后代也点着棉花,跟在我们后面,看着他家被伐倒的马大槐树,比村上的其他人还高兴。

没了马大槐树,我家屋后的两棵槐树就成了村上最大的槐树。

村上最大的柳树,就在村东的涝池边上。村上的女人,大热天在它的阴凉里洗衣裳。我们也从它的枝干上往水里扎猛子,然后一脸青泥地钻出水面,再抓住它的柳梢。涝池边上的那些柳树后来被伐了,做了村上穷人的棺材。

很多人家的院子里都栽有一两棵大桐树。桐树开花的时候,我们坐在树下,一阵风来了,一层桐花落下来。我们不需要起身,就能在一个上午吹响一个又一个桐花。

桐树的花被我们吹响了,也被我们吹破了。

我那时就想,生死在马坊,是用一棵桐树连着的。很多人从有力气开始,就给自己栽一两棵桐树。等到桐树长大了,人也长老了,就背着这棵桐树做的棺材,走出这个村子。也有讲究的人家,每生一个男孩,就在院子里栽一棵桐树。

那些院子里没有桐树的,就是还没生下男孩的人家。他们的女人,看着别人家院子里的桐树,会抹眼泪。

我家屋后的一棵槐树,在我上中学的时候,父亲叫人挖了。那时,我走在去常宁的路上就想,我得念多少书才能对得起那棵在院子里长了几十年的槐树。另一棵在我上大学的时候,父亲又叫人挖了。我能看得出,在挖后一棵槐树时,父亲是很高兴的,因为我在村上劳动了几年,等到高考制度恢复,终于考上大学了。那时上大学不交学费,国家管吃管住也管分配。父亲挖那棵槐树,就是为了给我买一块梅花手表。在父亲的意识里,劳动的人不需要看表,头上的太阳就是最准时的表;读书的人一定要看表,书是从表上的时间里读出来的。

树木含情。父亲栽下的两棵槐树,就让我这样挥霍了。含情的槐树,为了报答父亲,就从它没有死去的根部生发出了很多新的幼槐。它们匍匍在地上,长了几年,终于有一棵从那个很深的树坑里挺起自己的身子,端直地长上来。父亲认定这棵幼槐能长成被挖掉的槐树的样子,就砍断其他幼槐,上了很多肥,浇了很多水,把坑填平,看着这棵槐树生长。

晚年的父亲,只要天气晴朗,就一个人坐在槐树下,寂寞地吃着他的旱烟。

我后来每次回到村上,说是回家看看,其实我想看的就是那棵覆盖了整个院子的槐树。看见它,就像看见了父亲还安静地坐在他的岁月里。看的次数多了,也就以为父亲身上的一部分真的长到那棵槐树里去了。

世上有很多特殊的事物,可以填补亲人离去后留给我们的空间。

对着我家院子里的槐树,我可以喊一声父亲了。

有时我会这样想,一个站在槐疙瘩山上的人,向着五峰山的方向伸出了一只手,或许是看见太阳正要跃上五峰山顶,他想伸手托住它。没有托住太阳,他却成了一片新的山水。他的手臂,成了倾斜的马坊梁;他的手心,成了平展的马坊滩;他的手指,成了险要的马坊寨。我说的马坊寨,处在五个村子的崾崄,也就是两条黄土深沟蜿蜒过来,在一个地方碰头后突然断成的悬崖。在久远的年代里,生活在这里的村民为了防止战乱和匪祸,在这些被称为崾崄的地方修建了易守难攻的土城。一代人接着一代人修下来,从西向东,就有了宋家寨、西张寨、彭村寨、何家寨、来家寨。

马坊,也就成了五个寨子的马坊。

父亲活着的时候,能说起一些往事的,就是我们村的彭村寨。这是写在志书里的名字,一村人都叫它半截城。它立在村里,在早晨或黄昏看更有一种残败的苍凉感。看过半截城的人,都说我们村是马坊的一个老村子,老到我们真的不知道我们的祖先最早是在哪个朝代来到马坊这块土地落脚。在我的记忆里,太阳照耀下的半截城永远泛着一身白光,就是再强烈的阳光照射在它身上,都会浅了一层。

人们叫它半截城,是因为它的一半在岁月的深处倒塌了,倒塌出城东边一个巨大的弧形悬崖。半截城就坐落在东沟边上,城门前是一个可以下到沟里的深涧,只有搭上天梯,人才能进出城门。在深涧的边上,人们用黄土搅着料浆石,再压上芦苇的根,相当于钢筋,用石锤子打上去,打成一丈厚、二丈宽、三丈高的城墙;等墙土半干,挖出城门的大形,等墙土干成瓦渣,再挖铁一样,挖出高大的城门洞,安上一尺厚的椿木城门,用直径二尺的榆木杠子顶上——这就是城门。就是土匪真的来到城下,人马也过不了深涧,土炮也轰不开城门。父亲说过,五峰山上跑土匪的那些年,我们村从没遭受过土匪的滋扰。那些住在五峰山上的土匪,看着我们村的城门修出这阵势,心想等他们从崎岖的三岔沟里走上来,人和粮食、牲口早藏在城上,留下一个空村子,什么也抢不到,也就放弃了抢劫的想法。

战争没有摧毁它,土匪没有攻打它,我们村的这座寨子,却被年深月久的风雨侵蚀成了村人口中的半截城。跟着父亲的羊群,我上过半截城,看见破败的城门后有一大片平地被人种上了玉米。平地的正中有一个地道,穿过整个地下,两边是大小不一伸到绝壁上的窑洞,后边开着小窗,可以通光通风,也可以瞭望。父亲说,人民公社的时候,有几年这里很红火。村上在城门前的深涧上架了一座土桥,在这里饲养了一群鸡,白天赶下沟坡,晚上赶回窑洞。饲养鸡的是村上的一群姑娘。直到一位张家村的姑娘在这里得了一种癔症,养鸡场就此解散了。

父亲说着这一切的时候,有几只羊钻进了地道里。

我不敢进去往出赶羊,父亲也不会让我进去。父亲手里提着镰刀,进到倒塌得更加难走的地道里,深一脚浅一脚地找那几只羊。我守在地道口,不让别的羊再进去。如果没有身边的羊群,风从城门口吹进来,吹得玉米的叶子沙沙响,我也会害怕的。等了半天,父亲赶着那几只羊,走了出来。

有一只羊的前腿被岩石夹坏了,父亲抱着它。

坐在玉米地里,父亲从他的腰带上撕了一绺布屑,夹了几根树枝,把坏了的羊腿捆绑起来。那只羊后来成了瘸子,很难赶上羊群,吃草也很费劲,我看见父亲经常拉着它寻找一些水草丰盛的地方。

父亲很后悔,上了一次半截城,让一只羊成了残废。

另一个破旧了的寨子西张寨,因修延府沟水库突然红火了起来。

那是二十世纪七十年代,为了解决出行和浇地问题,公社在马坊的大小沟里打起了土坝,坝里蓄满了水,坝上行人走车。那时打起的土坝,有木杖沟、延府沟、高刘沟、西河沟、西张沟、罗家沟、仇家沟、郭家沟;称得上水库的,有木杖沟、延府沟、仇家沟、郭家沟。至今还蓄着满库清水养着鸡鸭的,只有郭家水库。其余水库,要么淤成了平地,要么荒满了水草。

修建延府沟的指挥部就在西张寨的一排窑洞里。前面是一块庄稼地,长成一人高的玉米被推土机铲了,平整成会场。那时候,父亲和村里的人都上了延府沟水库,在沟底淘淤泥,在半坡上吃住。我在中学读书,被老师带到工地上劳动时,经常看见父亲正在往车子上装淤泥。

那时在太阳落山,要收工的时候,西张寨的会场上经常会有演出。我们和所有劳动的人一样,坐在很大的会场上,一边在吹起来的凉风里歇着,一边倒出灌在鞋里的泥土。我们成千人坐在被太阳晒得温暖的土地上,看一群西安的知青给我们在土筑的台子上表演舞剧《白毛女》。由于看过电影《白毛女》,舞剧虽然只是跳舞,不出声,但大家都能看懂剧情。我也是在那个时候知道,穿上一双舞鞋就能用脚尖跳芭蕾舞。

天气也真有心。只要太阳压山,只要工地上的人坐在会场上,就有一阵凉风贴着他们的身子吹过来。在这里看上这样一场戏,尽管不像听秦腔那么热闹,但一天的乏累也会减轻不少。听村上的人说,半夜睡在窑洞里,有人抽着旱烟,还在不知疲倦地议论那个扮演白毛女的女知青,遗憾当初没把她分在我们村里,要不早都认识了。后来好些年,这些半大不小的人一有闲时间都想去马坊商店里转转,想遇见那个用脚尖跳舞的女知青。

她长得娇小可爱,名字叫李秀元。

今天在马坊村里,那些上了年纪的人,仍然记得她。

我想一块土地有着一块土地应该承担的责任。马坊的五个寨子,应该在久远的年代里就前后左右照应着,成了生活在这里的人遭遇战事和匪祸时可以藏身的地方。我想象,这五个寨子曾经先后点起过烽烟。那乡村的烽烟,虽不是边关的狼烟,但它在那时的马坊,一定会升过高岭山,让所有在田间荷锄的人抬头就能看见。

只是西张寨,还承担了一份兴修水利的责任。因此,在别的寨子都成了一座废墟的时候,它还活着。

活着看见一群人把流淌了千年的深沟拦腰截断,蓄一湖清水。

活着看见一群人把吼唱了千年的秦腔换成舞剧,在这里上演。

今天的马坊,有的寨子被种上了庄稼,有的寨子被栽上了果树,有的寨子被荒草淹没了。只有我们村的半截城,还用它越来越矮的土筑的城门,在黄昏的地平线上挣扎着它的轮廓。

我看见它的时候,是在一个苍茫的黄昏。

我把它的轮廓想象成父亲那一辈人。

农闲的日子里,乡戏也就开锣了。

我说的乡戏,就是各村的草台班子进入冬天后在村里演的秦腔戏。

那个时候,永寿出了秦腔名角马平民和任哲中,他们的戏名沿着一条漫长的西兰公路,由陕西传进了甘肃、宁夏、青海、新疆等地。那个时候,任哲中的一段《周仁回府》,就是西兰路上的一张名片。有些乡村老人听说任哲中坐着班车从西兰路上经过,就赶到县城的汽车站里等着进站的班车,看上面有没有任哲中。

永寿的乡戏因此格外热闹。有一点人气的村子,又处在西兰路上,都有演乡戏的草台班子。马坊地处东北,距离县城和西兰路远了些,也有一个立在村头的大戏楼。那些秦腔经典唱本,被村里人称为老戏,就由几个大村子里能唱戏的男女整本排练出来,在大戏楼上轮流上演。后来大戏楼被拆了,多数戏衣戏帽也被烧了。我们村里的人偷藏下来的戏衣戏帽,就架在碎狗家里的房梁上。等到有一天,村上可以排演老戏了,碎狗赶紧上到房梁上取下那些戏衣戏帽,打开一看,不但舍了颜色,也被房梁上的虫子蛀了一片虫眼。

碎狗把它们晾晒出来,路过的人看了心疼。

我能记事的时候,村上正热闹地上演着样板戏《智取威虎山》。

扮演杨子荣打虎上山的狗牛,串遍了一个村子,想找一件羊皮大衣翻过来当虎皮大衣穿,却怎么也找不着。那个时候,一村人到了冬天都是黑衣黑裤,很少有人穿过羊皮大衣。只有地主大秉有一件羊皮短袄,也被狗牛当民兵连长的时候,领着人一把大火烧了。等到村上要演戏了,却找不到羊皮大衣,有人就骂狗牛不该烧地主大秉的羊皮袄,留下演戏时穿上多好。

为村上导戏的大学也说狗牛,把自己可以穿的戏衣烧了。

那时堡子里打了一个演戏的土台子,晚上汽灯一挂,响器一敲,全村子的人放下饭碗,就往堡子里赶,满街都是踢踏的脚步声。去的时候,父亲牵着我的手。等到戏结束了,父亲在戏台下的孩子堆里往外拉浑身泥土的我。那时虽说霜降了,可汽灯往戏台上一挂,锣鼓一敲,板胡一拉,演员一开嗓子,天空中的白霜也就化在天空中了。大人们陷在戏里,早已忘了此时处在渭北旱塬上的马坊已是天寒地冷。

在戏台下,父亲听看戏的人说,狗牛扮演的杨子荣就戴了一个棉绒帽子,上面缝了几块带毛的羊皮,像个虎皮帽子。穿在身上的棉大衣光秃秃的,没有一点皮毛,不像县上剧团里路路扮演的杨子荣。回到家里,父亲就借着月光,把贴在我家房檐下的羊羔皮逐一数了一遍,一共九张。他想,用这些羊羔皮,就可以给狗牛缝制一身戏衣了。

这些羊羔皮,是这些年冬天羊群里死去的那些羊羔的皮。

父亲和旺旺一块儿放羊,父亲看见死了的羊羔就会背回来,把剥下来的皮带血贴在墙上。那些带血的羊羔肉就埋在树根下,等于安葬了一只小生命。旺旺家里相对富裕,看见死去的羊羔,就提腿往洞子沟里的埫眼里撂。父亲看见了,就爬到这些洪水冲出的埫眼里,把羊羔捡起来。为此,旺旺一直笑话父亲,说他的背上有一股死羊羔的味儿。其实,父亲是可怜这些羊羔,但他不全是可怜,也是想这些羊羔毛茸茸的皮撂了真可惜。村上人说,能穿羔儿皮袄的人,比穿什么皮袄的人都让人羡慕。父亲把它们收拾起来,想着即使做不成一件羔儿皮袄,至少可以做一件羊皮夹袄或一个羊皮褥子。

秋天,父亲买了些芒硝,准备熟羊羔皮。隔壁的南看小时学过熟羊皮,父亲就请他过来帮忙。九张羊羔皮泡在一个水瓮里,放多少芒硝,泡多长时间,都是南看说了算。记得南看给村上熟牛皮,是在羊圈里层层刮皮,层层洗刷,芒硝腐蚀后皮子的味道十分难闻。不说人闻见了会捂住鼻子,就是那些羊也拥挤在羊圈的一角,躲着那股味道。好在熟羊羔皮放的芒硝不多,还是在我家后院里,气味就小了一些。

熟过的羊羔皮贴在墙上,已经晾晒干了。

父亲摸着柔软的羊羔皮,想着这也是队里的羊羔,让狗牛拿去做戏衣也就不怎么心疼了。

第二天,狗牛一脸笑容地从我家拿走了九张羊羔皮。出门时,狗牛一改过去背枪的样子,一口一个七爷叫着退出院子。村里的裁缝用九张羊羔皮做了一件皮大衣。狗牛再演杨子荣打虎上山,在台上掀开大衣,不但露出别在腰里的枪,那白花花的羊毛在汽灯下也泛着光,台下的掌声就雨点一样起来了。

后来,村上打猎的人打死了一只狐狸,那张狐狸皮就做成了杨子荣穿的皮马甲,像真的虎皮戏衣。有人就骂狗牛:"你父亲死的时候,是被一张炕席卷走的,冬天连个羊毛袜子都没穿过。你能、会演戏,就在一村人的眼皮底下穿着羔儿皮袄,在戏台上张狂呢。"

狗牛嘿嘿一笑,那根不离手的演戏时使的鞭子就打了过来。

穿着这样一身戏衣,狗牛把杨子荣演出了村,演到公社的舞台上。

那个时候,我们想着演戏真好。村上的一群孩子,一个冬天就在场里的麦草垛下,学着《智取威虎山》里穿林海、过雪原还有闯进威虎山打斗的武戏。我也学过,只能翻一两个跟斗。堡子里的黄毛求娃,个子不高,翻起跟斗像在空中转轮子,可以翻无数个。还有我的同学丑娃,一口气也能翻十来个跟斗。导戏的大学发现了村上会翻跟斗的孩子,就把黄毛求娃、丑娃放进戏班子,增加武戏的场面。演出时,他们戴一顶火车头帽子,披一块白布,从桌子上翻到舞台,再从舞台上翻下去。有时台下的掌声太热烈了,站在后台的大学就让他们多翻几个回合。村上的乡戏不受舞台和时间限制,舞台搭得大,乡村人有的是时间,一切都看台下人的情绪。前几年,丑娃得了重病,我去医院,看到失了人形的他,怎么也想不明白,那个能翻很多跟斗的丑娃,怎么没翻过人到中年这座山峰。

样板戏热过了之后,村上那些能演戏的人,还是回到了老戏里。就像父母这辈人,听不懂新戏,老戏一听一个懂。就是多病的母亲,只要村上演戏,都要坐在戏台下听上一折子戏;听完,好像病也轻了许多。也有村上的老人,什么年代都记不起,就记着老戏里的年代。一些人走在大风地里,开口也是《辕门斩子》,声音在庄稼地里撞响了一地的玉米叶子。那个时候,天上很蓝,地上很静。

想着马坊的乡戏,想着一群演戏的人,想着他们穿的戏衣,想着父亲熟的羊羔皮,也想着坐在台下看戏的人,我有许多想说的话,就写了诗《活在戏里》:

带上一身的病痛,她们/听进心里的戏,都是药//都是一剂,让一个乡间/抹掉泪水,不再疼痛失眠的药/台下木桩一样,坐在人神难分的戏里/看见自己的身世,眼睛里的爱怜/突然赶走了,眼睛里的怨恨/而头顶上,天空的戏幕/才为人间拉开//都是一群,乡间女人/她们走过的地方,被提前装进剧情/戏文如符咒,角色是活着的自己/一年之中,能歇在这些戏里/细看一回,自己原来的样子/往后的生活,就是刀子/掉在身上,也不会害怕//活在戏里,是她们在乡间/带上病痛,要生活的态度

有人说过,霜是轻薄伤逝之物,也是沉重寒骨之物。

在霜地里行走,父亲感到自己的身骨都比以前沉重了。那双在马坊的大小沟坡上爬了无数来回的腿脚,在霜地里迈起来也沉重了许多。霜的寒气,落在父亲的脸上,像锥子似的,直往颧骨里钻。他的眉毛,也跟着霜的冷凝,在他的眼睛上边刀剑一样竖立起来。

那个时候,父亲放着村里的一群羊。在霜降以前,他每天很早就会赶着饿了一夜的羊群,从南壕里的羊圈里出来,走出南胡同,经过汉台,进

入西胡同，到洞子沟边。一村的早晨，在很多时候，都是父亲赶着的羊群一路叫醒的。羊群走过的路上，一股膻腥味，一地羊粪豆。那些早起拾粪的人，就提着粪笼，把路上的羊粪豆扫得干干净净，倒在自家的粪堆上。

面对洞子沟里的满坡青草，不用父亲驱赶，那些闻到草香的羊群会蜂拥而下，像天上的云朵大块地往草坡上落。有好些年，父亲的一天都是这样开始的。看着羊群散乱在草坡上，父亲就在羊群的周边割着柴火或挖着药。羊群移动到哪里，父亲就跟到哪里。

霜降了，父亲就不会那么早地把羊群赶出来了。

他要等到太阳从五峰山上升起一杆高的时候，再去放羊。那个时候，一夜降下的霜，会从村子里的高处逐渐地消失掉。就是阴天，他也要等着慢慢上升的地气或吹过来的一些风，从屋瓦上、树梢上、墙头上、柴垛上，把落在上面的霜一一赶走。他坐在炕上，一边熬着罐罐茶，一边看着外边。当他看见的屋瓦上的霜层层淡了，露出原来的青灰色，就知道西胡同边的麦叶上的霜和洞子沟里的草叶上的霜应该下去了。只有这时，他才会赶着羊群从村子里出来。

有一年村上来了工作队，领队的是白万章，分管我们队的小丁是县机械厂的积极分子。自从进村后，只要他看见的事都按照他的想法去管，闹出了不少笑话。那年冬天，他总是披着一件军大衣，在村子和地里转，总想发现问题，及时向白万章报告。有一天半早上，他看见父亲赶着羊群从南胡同上来，就问："工地上的人还没收工呢，你这么早就放完了羊？"

父亲如实说："我才把羊从圈里赶出来，要去洞子沟里放呢。"

小丁一听火了，说："你们放羊的人，怎么这么懒惰，就不能起早点，把羊群赶到沟里去，让它们多吃一会儿草？"

父亲说："这是冬天。把羊赶得早了，羊吃进肚子里的，除了干黄的草叶外，还有草叶上的一层厚霜呢。那些潮在草叶上的霜，能把草叶冻成刀刃,那是让羊吃刀子呢。"

其实,父亲和旺旺在一起放羊的时候就互相叮咛对方,从深秋开始,一直到整个冬天,每天都要根据昨夜天空里潮下的霜的厚薄决定什么时候把羊赶出来。父亲也在那个时候赶着我起来,说昨夜的霜把桐树的叶子又潮落了一层,要我出去扫树叶。他叮嘱我,这天上潮到地上的霜是带着毒药的,它每潮一夜,草木就比前一夜更黄了。

我对父亲说,有一种毒药,就叫砒霜。

父亲听了,就想起他放着的羊。他那时也告诉工作队里的小丁,如果把羊赶到带霜的草坡里,吃下一肚子带霜的干黄的草,羊不但肥不了,还会消瘦,甚至有吃死的可能,因为羊是一种跑着吃食的动物,饥饱在它的胃里,是没有明确反应的。只要有草,羊就会不停地吃下去。就像每年的春天,饿了一冬的羊,遇到起身的麦苗,有的会吃到胀死。为了不让带霜的草叶吃坏村上的羊,一定要等夜里潮下的霜从草叶上下去了,才能把羊赶出来。

工作队的小丁不信,就去找领队白万章,提出村上的人几点上工地,村上的羊就几点出羊圈。白万章一听笑了,说你这机械厂的积极分子,不能把机械的那一套也搬到农村来。放羊的事只有放羊的人清楚,就听他们的。小丁再看见放羊的父亲,就不多说什么了。

也是那一年,父亲在洞子沟放羊的时候,村上的很多孩子都跟在父亲和羊群的后边,割着被羊吃去了嫩梢在风里站着的铁杆蒿。那天,跟去的孩子很多,父亲就把羊赶到了柴火长得厚实只是坡面陡了一些的仇家沟。羊在坡上吃草,父亲在坡下割柴火,我们一群孩子就越过羊群,上到一些陡坡上,抢着割长在那里的铁杆蒿。

父亲站在羊群下面,喊着爬到羊群顶上的我们。

就在父亲抬头喊我们的时候,西村的月明正在用镰刀割着一丛铁杆蒿。它是长在一块石头上的,长得高过月明的身子。他割不下来,就用双手拔,没想到拔起了石头周围的土块,土块从坡上乱滚下去,有一块刚好砸在父亲的腿上。父亲流了一摊血。把羊赶回村上的时候,父亲受伤的腿已疼得很难走动了。村上的医生寿才给抹了些药,用纱布缠了,要父亲躺在炕上养伤。可是,第二天的羊,谁替父亲放呢?

我们那时上小学,老师也像放羊一样把我们丢在草坡上。一天吃多吃少,那是羊自己的事。我想,去草坡上放羊一定比在课堂上念书好,还能挣到父亲应挣的工分。我说了在父亲养伤期间要替他放羊的想法,却被骂了一顿。就在我不死心的时候,放羊的旺旺来了,说他一个人先放两天羊,学校放假了,他就领着我放羊。我才想起来,再过两天,这一学期就要结束了。

旺旺的这些好处,我一直记到今天。

那个冬天,好像雪下得特别多。我每天跟着旺旺,赶着一群在雪地里吃着没有被埋住的草叶的羊,感觉自己也是一只找不到温暖的羊,在这么大的天空下被谁无情却有情地放牧着。很多时候,旺旺把他穿烂了的羊皮袄脱下来,穿在我的身上。由于我的个子小,他必须把很长的羊皮袄在我的腰间打个褶,再用腰带扎紧。

我不冷了。很冷的旺旺只能下到沟坡里,不停地跟着羊群跑来跑去,跑出一身热气。村上人不分远近也不分辈分,总是淳朴待人的品质,我从旺旺身上很直接地感受到了。多年以后,我一想起旺旺,就想起那些大雪天我们在坡地上放羊的情景。我穿着他的羊皮袄,臃肿得像一个出土的秦俑,一整天站在沟顶上,直到羊群从沟底被旺旺赶上来。

我那时七岁,旺旺比父亲大,快六十岁了。

后来,我在长篇散文《读莫扎特与忆乡村》里写道:"我坐在被雪埋得很虚的山坡上,除了羊蹄踩雪的声音,万物中更多的几乎都被雪冻僵了。

羊有多少寂寞,我就有多少寂寞。我只有倾听,在羊蹄踩雪的声音之外,挣断头发地倾听。就在我鞭子一扬的时候,一种隐秘的声音,通过长长的鞭梢,传至我的耳朵。"陈忠实先生在给我的《采铜民间》一书作序时摘录了这段话,感慨地写道:"莫扎特的父亲能给七岁的莫扎特提供一架管风琴,而耿翔的父亲给七岁的耿翔提供的是饥饿和一根放羊的鞭子。"

他把他的序言定名为《聆听耿翔》。

他能聆听我什么呢?他是想聆听一个时代和一些人的命运。

我的父亲,也就因此走到了陈忠实先生的文字里。

十九

　　"人类的历史就是饥饿的动物寻找食物的历史。"

　　读到美国历史学家房龙这句话时,我把目光从书页里抬起来。想我活在上个世纪的父亲,他一生的事情,都是在身边的泥土里,刨着极其有限的一些粮食。

　　由于粮食的短缺,父亲活着时的日子,到处写满了"饥饿"两个字。

　　每年立冬之后,大地开始封冻,一些像人一样、也有活着的尊严的虫子,都蛰伏在泥土的深处,歇下来过冬了。而一直守候在田野上的父亲,他甚至没有一只虫子的福分,他生命中的冬天,依然要面对如何应对饥饿的难题。

　　因此,冬天的雪落在父亲的眼里,不像落在我们眼里那么令人惊喜。

　　他眼里看到的雪,是饥饿留给我们的一脸苍白。

我对凡高的热爱,源于他画的《吃土豆的人》,让我一眼看见了生活中的父亲。

那些坐在暗淡的屋子里,没有一点表情,沉默地吃着土豆的人,就像每年的冬天雪落下来的时候,我们一家人坐在炕上吃着土豆的样子。

有很长的时间,土豆,就是我们过冬的主粮。

那些年,我们种在地里的麦子总是没有多少收成。因此,种土豆代替粮食,成了村子里的人唯一应对饥饿的办法。那个时候,在马坊的大小沟坡里,只要能站住人、锄头能下得去的地方,都有一片或大或小的土豆秧子覆盖着黄土。

土豆的繁殖像村里的穷人,越穷越能生育。一颗土豆切开数块,抹上一层草木灰,草草地埋进土里,就生芽,就扯蔓,就开花,就顺着地里的虚土,结出一大堆土豆。挖土豆的时候,你只要有力气,锄头挥下去,那么多的土豆就像等不及了,白花花地从土里滚出来。哪里像收获其他庄稼,累死累活打下的麦子、谷子、糜子,有时还不够装一麻袋。玉米还好些,可以垒几个玉米塔,吊在房梁上。但它们都不像土豆,在那样的年月里对我们那样慷慨。

这不,地里的土豆早都被刨完了,地都冻上了,被饥饿折磨怕了的父亲,一个人扛上锄头,迎着寒风,还在翻拣着遗落在泥土里的土豆。我很早就从父亲对土豆的热爱里,懂得它是穷人的食物。不只是那些年,人类历史里漫长的饥饿时期,它总作为一种有效的拯救办法出现。出于对土豆的敬仰,也是对父亲的敬仰,我后来翻过一些有关土豆的史料,知道在地球上,它是一种很普遍的植物。它不挑剔水土,不挑剔气候,不挑剔国度,也不挑剔肤色,它对每一个遇到的人都献出自己作为食物。因此,它是世界上名字最繁多的植物之一。有的国家叫它"地豆",有的国家叫它"地梨",有的国家叫它"地苹果",有的国家叫它"荷兰薯"。在我们国家,叫的名字就更多了。而在马坊,人们都叫它"洋芋"。马坊人对外来的东西,不管是种在地里的,还是摆在货架上的,都要加一个"洋"字。可见这种穷人的食物,也不是马坊土生土长的。

由于一年之中,洋芋几乎填满了我们的胃,我们的长相在城里人看来,就有了洋芋的模样,就在他们自负自己的身份时,经常用"洋芋蛋"喊我们这些沿着泾河,沿着西兰路,生活在黄土塬峁上的人。其实,他们说错了,在这么广大的地域里,哪怕是从一些被时间做旧了的窑洞里走出来的人,都有一对浓眉毛、一双深眼睛、一只高鼻梁,它们镶嵌在一张瘦削的脸上,就是一片有棱有角的山河。再加上满脸的胡须,人们真能从中读出土地的精神。

我的父亲,就长着这样的脸。

因此我想,他们一定是说错了,或许是从我们的身上闻到了洋芋的味道,才喊我们"洋芋蛋"的。这还说得过去。那个时候,一进入冬天,我们早上喝的是洋芋糊汤,中午吃的是洋芋汤面,晚上在炕洞里,埋几颗洋芋,烤熟吃了,才能睡得下去。记得冬天的早上,我们喝的小米里,母亲都要放上切成块的洋芋,用硬柴火煮熟。开始吃起来很香,吃得多了,胃里就会发酸。这些在我们胃里过剩的洋芋的味道被城里人闻到,也就被他们取笑了。

我从热爱上了凡高的画后,就放弃了洋芋的叫法,一直喊土豆。

有过乡村生活的人都知道,地里的麦子拾不完,地里的玉米拾不完,地里的豆子拾不完,地下的土豆更是刨挖不完。那时的田野里到处都有拾庄稼的人,戴一顶草帽,背一个褡裢,穿一身破衣,跟着庄稼成熟的节奏,在收割后的田野上弯腰拾着遗落的庄稼。父亲说为了多拾些麦子,他沿着西兰路,拾过乡界、镇界和县界,一听当地人的口音,才发现自己拾过省界,拾到了临近的甘肃省。

那年拾庄稼,他拾回了满裆裤的麦子。

更多的时候,他是在立冬之后,在种过土豆的地里,刨挖一些遗落的土豆。

在饥饿笼罩着马坊的年月里,收割地里的庄稼,没有人不细心。后来在很多人不情愿地放下拾庄稼这份苦营生时,父亲依然如故,当着村子里最后的拾庄稼者。

立冬后的马坊,无论天空里有没有雪花,都有生硬的西北风从高岭山上一路吹下来,风做成的刀子落在行人的脸上,割出道道血丝。如果飘了一天小雪或刮了一夜大风,土地表面会被冻住。开始几天,父亲在村子周边的坡地里埋头弯腰,用锄头刨土。父亲在刨过土豆后留下很多土坑的地里仔细地看上一阵,在他认为一定有土豆的地方再补上几锄头,把悄然躺在泥土里的土豆刨到自己的笼子里。有时,第一锄挖下去,土地上是几个白印子,虎口却被震疼了,脚后跟也感觉到冻住的大地的坚硬。直到连挖几锄头,土层才被揭开,虚土露了出来。顺着根的走向,父亲用锄头刨挖过去,真有一个不大不小的土豆在泥土里保持着新鲜的样子。父亲用手捡起的时候,有想哭的冲动。

其实,这样的场景并不多见。有时一个上午,刨了那么多的泥土,没碰上一个土豆,父亲就坐在那些虚土上,歇上一会儿,站起来,爬到另一块坡地里继续挥舞锄头。直到大地冻死,锄头再也挖不开的时候,父亲才从土豆地里退出来。看着他拾过土豆的地,我想这些土地的主人一定会感激父亲。这个冬天,他等于帮主人用锄头把地翻耕了一遍。

有时,父亲在村上收过土豆的地里刨不出土豆的时候,会迎着西北风,向高岭山下的山庄走去。那是早出晚归的事情,他必须带上中午的吃食,其实也就几个烧熟的土豆。可能是父亲坐在山庄上一个人吃土豆时,散发出来的气息让躲在地下的土豆闻到了,土豆们赶着从泥土里钻出来。一天下来，总有不少的土豆躺在父亲的笼子里。

一个冬天堆在我家屋角的土豆没有被我们吃完，好像还多了一些。

开春的时候，挤在屋角的土豆也挤着发出芽子。

父亲一个芽子切一块。那一年，我们家种了很多土豆。

父亲在大地彻底冻死之前一个人在田野上刨土豆，他的手指和脚后跟都被震裂了，被冻裂了，很长很深的血口子看得我们都害怕。很多个晚上，父亲坐在煤油灯前，把一把苦杏仁嚼碎，往裂口上涂，再在热炕上烙一夜，这样裂口会软一些。有几次，我看见母亲挖了一块猪油，在火上烧化了，往父亲手上、脚上的裂口处滴。热油像在裂口上煎炸，疼得父亲直吸冷气。

那些冻在手脚上的裂子，就是这样被烫死的。

多年以后，我回到马坊，看见大堆的土豆堆在一些人家的门口，成了喂养牲口的饲料，我的泪水就禁不住流了出来。

我无法解释我的泪水是为土豆高兴，还是为父亲哭泣。

马坊的冬天，不只是寒冷，也不只是饥饿，还有"丧乱"两个字，写在很多人家的悲伤里。

那时候，我们多在封冻了的地里埋头捡拾枯黄的油菜叶子。冬天漫长的匮乏让我们忘记了风，忘记了雪，忘记了它们带来的寒冷在我们身上还要停留多长时间。听见一阵带着悲伤的脚步声，我们慌忙抬头，看见大路的尽头，一位头戴一绺白布的人，正向一个村子走去。

他是乡间的报丧者。

这个时候，他顶着天上的风雪突然出现在大路上，我们看见了，就会猜测哪个村子里又死人了，他要去给谁家报丧。生活在马坊，临近村子里的人，我们一般都认识，都知道在我们村谁家是对方的亲戚。在马坊，任何时候你都会被一个熟人的社会铁一样地包裹着。你的一切行为,都会被"熟人"注视着。

有时候,我们会停下捡拾油菜叶子的活儿,跟在报丧人的身后,来到一家人的门前,看上好长一阵子。乡村生活的寂寞和单调,让我们对身边的大小事情都怀有一种看热闹的心态。就像跟在报丧人的身后,我们不会去想那个死者,更不会为死者伤心。我们想看的,是见到报丧人后,那家人会用什么样的饭食招待这位带来噩耗的报丧人。一般讲究的人家都会做一顿好饭。在他们传统的意识里,报丧人的身上,一定带着那个死亡者的气息。村上的老人也普遍认为,那些死了的人,最后一次走亲戚,就是跟着报丧人的脚步,来到他活着时四时八节都要走的这些人家。因此,这一顿饭也是给死亡者做的。至少,他们还在人世飘荡的魂灵会闻到这些饭食的味道。

记得有一年冬天,一场大雪像给马坊的大地上披了一身洁白孝服。有经验的人都说,这个冬天是一个丧乱的冬天,也是老天收人的冬天。事实上,那个笼罩在大雪和饥饿里的冬天,马坊的很多村子里都有不少的老人带着亲人的伤心下世了。我们在地里捡拾油菜叶子,看见很多报丧人,也看见很多哭丧人一身孝衣从我们的身边走过,我们捏住油菜叶子的手感觉到,一地的风都带着人间的悲凉。

有一天,我看见一个有些熟悉的报丧人,就跟了上去。

走进村子,在他掀开我家的头门时,我惊得跌坐在地上。

报丧人来自北宋村,说父亲的舅舅去世了。多年以后,我已经忘了父亲当时的表情是怎样的悲伤,但仍记着那天母亲给报丧人做的那顿饭很不一样——在大冬天里,竟然有一碟油泼香椿放在炕桌的中央。

父亲早年丧父,就把舅舅当成父亲一样的亲人,一生依靠着。记得那些年,我家遇到大小事情,都会看见父亲的舅舅坐在炕头的中央,一家人听着他的意见。在北宋村里，他是一位不出村的木匠。只有种在我家院子里的那棵香椿树长出第一轮叶芽的时候，父亲才会把他的舅舅请到村上。我记得，一天正午，父亲在前头背着木匠家具，他的舅舅在后头提着烟锅，两人从碾子坡上走下来。只要父亲的舅舅来，那天中午的饭桌上，一定有一碟油泼的香椿。

父亲的舅舅就爱吃油泼香椿，这也成了那些年父亲孝敬舅舅的一种特有的方式。我家的头门、木柜、门楼子，都是在香椿最香的月份里，由父亲的舅舅一手做成的。我对乡村木匠的认识，是从父亲的舅舅开始的。他们的双手表面很粗糙，其实很灵巧，他们都是心里很有灵性的人。什么样的木头落在他们手里，都能变成一样精致的家具或农具。

那些天，父亲除了给他的舅舅熬罐罐茶，就是上到香椿树上摘嫩芽。母亲每天中午，不论做什么样的饭食，都要做好一碟油泼香椿。我就是在那时，记下母亲怎么用开水小心地烫着香椿的嫩芽，一碟烫好的香椿里放多少蒜泥，放多少辣面儿。铁勺里不多的热油泼上去的一瞬间，一股少有的香味弥漫在我家的院子里。几十年后，我这样做着香椿的时候，妻子和孩子都说比城里人的香椿炒鸡蛋好吃。

在母亲心里，香椿配上蒜泥和辣面儿，用热油一泼，那就是天香。再放上别的东西，就是多余，甚或是对这种天香的破坏。其实，在那样的年月里，母亲能在一碟香椿里放下去的佐料，也就这么多。

香椿像通着人性，不惜向这些贫穷的人散尽自己的香味。

尽管那时是冬天，等报丧人坐在热炕上，父亲从挂在头顶的麦笼里取出一把春天里晒干了的香椿给了母亲。那顿有一碟子油泼香椿的饭，有着父亲满满的追思。他想象他的舅舅或许背着他的木匠家具，跟着报丧人一路来到我们家了。那天吃饭时，报丧人和父亲坐在炕桌的两边，正中对着墙壁的上席空着。

那是父亲专门给他的舅舅空出来的。

几天后，父亲背上一对大蜡，捧着一对纸花，头上戴着孝布，一手领着我，出村上了碾子坡，走过马坊花园，翻过延府沟，进了北宋村。几十年后，想起父亲对他的舅舅的那份感情，我的心里很不安，因为我的舅舅活着的时候，我很少去看他。他去世的时候，我也因一些亲戚之间的旧事，不能把躺在棺材里的他送进他的黄土坟里。

这是我在这个人世欠下的一笔孽债。

那个时候，谁家来了报丧人，大家都不会吃惊。因为这个死去的人，已经被他的亲戚看了好多回。人们该说的话都在他跟前说了，该流的泪都背着他流了。那个人快死了，在这些日子里，就是压在每一个亲戚心上天一样的大事。现在他走了，天大的事也就落幕了。

对于死亡，活着的人是有心理准备的。他们的悲伤多在这个人的死亡之前。后来的怀念，在活着的人心里，变作一种淡淡的哀愁。他们也知道，他们的很多经历，必须在时间里慢慢放下——他们不能被悲伤压死在土地上。

因此，随着冬天的到来，大雪铺地之后，他们看见那些踩着雪地走来的报丧人，会一脸平静地迎上去。他们中的很多人，不先问死者的情况，而是先问报丧人冷不冷，等对方在热炕上坐定了，才问死者去世的时间是在哪天的哪个时辰。

后来我想，那时的冬天，多有丧乱之事，也是因为那时天地太寒冷，人间多饥饿，那些身体不大精神的人抵抗不住寒冷和饥饿，也就跟着一场大雪，让自己飘走了。

也有人说，跟着大雪去世的人，都是活得清静的人。

冬天我们能从地里捡回来的，就是一些油菜叶子。

有一年,我去了汉中西乡,看到金黄的油菜花从山脚开到山顶,就感慨,几十年过去了,我在马坊的大地上,怎么就没有发现油菜开出的花海原来这么风光灿烂? 我在诗歌《西乡的油菜》里这样写道:"西乡的油菜,看见你/我全身的骨头,除了被阳光照耀/就是被它燃烧。""西乡的油菜,读着你/黄金一样的色彩,返乡的路上/我能用阳光洗脸。"

油菜,还是那个油菜,只是此时,我不再为饥饿发愁。

我在土地上的身份开始变了,我是一位万物的欣赏者。

而在马坊的那些年,遍地油菜是在我的饥饿里生长着它的叶子,盛开着它的花朵,我没有心情,也没有心力去看一种植物怎么打扮土地。我走过它们的时候,最揪心的是它们几时能成熟为一种能让我们填饱肚子的食物,因为那时的我是一只经常处于饥饿中的动物,每天在大地上艰难地寻找着粮食。就像父亲,种了一生的庄稼,从没有说过庄稼会开花的话。小麦开在穗子上的花,父亲说那是小麦扬粉;玉米开在穗子上的花,父亲说那是玉米吐絮;高粱开在穗子上的花,父亲说那是高粱出天花——用了一种我们小时候身体里生过的病的名字。至于油菜的花、荞麦的花、洋芋的花,父亲从不提说。在他心里,粮食就是粮食,不是花花草草的事。后来我也发现,这些庄稼的花一般都开得简单朴实,绝不艳丽。油菜的花开得盛大,荞麦的花开得盛大,它们打下的油菜籽和荞麦粒却十分瘦小。因此,在马坊的土地上,油菜和荞麦一直处在边缘地位。

那时候的自留地里,没有人去种油菜。

父亲经常感叹,在那样的年月里,一把麦子永远比一滴油重要。我们村上的人家,可以一年不沾一滴油,但每天的饭食里不能不见粮食。就是吃野菜的时候,也要拌一点米面或一点麸糠,这样吃下去,胃里会温暖滋润一些,没有咽纯粹的野菜那样搜肠刮肚的难受感觉。因此,每家的那一溜儿鞋带一样宽的自留地里,不是种着麦子,就是种着玉米。只有包山庄的人家,偷偷在一些偏僻的荒坡上,开出一块巴掌大的地,种上油菜。种是偷着种,收是偷着收,吃是偷着吃。如果被村上检查山庄的人发现了,打下的菜籽会被没收。

饥饿让很多人颠覆了马坊路不拾遗的传统,颠覆了祖先树起来的家风。

没有人在自留地里种油菜,都是村上集体种。那些油菜地大都插花在大片的麦地中间,也多在离村子近的一些地里。冬天来了,一地的白霜,油菜的叶子被冻成了铁红色,在嘴里生吃,有一股辣味,也有一股甜味。一村的人都提着笼子去地里捡拾油菜叶子。村上的油菜叶子捡拾完了,很多人就背上干粮,去高岭山下的山庄里,捡拾被冻得更红的油菜叶子。父亲也去了,他没有提笼,只是背着一个布袋子,早上出了门,拾过几个山庄后,袋子满了,天也黑了。他回到村上的时候,像一个巨大的影子,在黑夜里移动。

那个时候,每家的院子里,油菜叶子都堆得小山一样。等天上的太阳和干冷的风把表面的水分蒸发掉一些后,就在开水锅里焯上一会儿,再用凉水洗净,空干,压在一个黑瓷瓮里,窝成黄亮的酸菜,这就是冬天马坊的人家在万物萧瑟的大地上能吃到的为数不多的菜蔬。很多年后,站在被雪花打湿的油菜地里,看着一地的油菜叶子自然地干落,很少再有人去捡拾,我想,那么多的油菜叶子,是怎么变成铁红色的?怎么被窝成酸菜的?又是怎么被我们咽下的?一家一个黑瓷瓮,把在田野上生长了很多天的油菜叶子一片不剩地装了进去,而此刻,这么肥大、厚实、铁红的油菜叶子却被遗弃在大地上,没有人会生出一丝可惜。

捡拾油菜叶子,不会伤着油菜,也就没人阻挡。那个时候,我们没有地界,也没有村界,只要那里的油菜叶子铺了一地,就有人一路捡拾过去。

油菜的根,马坊人叫蔓菁。父亲说,经过冬天的一场霜,蔓菁会变甜,再一场霜,蔓菁会更甜。几场霜下来,蔓菁蒸熟吃了就可以顶饥饱。那时的乡村,每一个人的心里都装着上一辈人传下来的规矩。就像地里的蔓菁,没有遇上饥荒,人是不能挖着吃的。吃一根蔓菁,就少活一棵油菜,就少打一把菜籽,就少换一滴菜油。父亲说,那时冬天,村上的人病了,可能活不了多久的话,为了让这个临死的人能吃上一口带着地气的东西,就在油菜地里挖几根蔓菁。

此时,地上地下,能从泥土里刨出来吃的东西,也只有蔓菁。

这些乡村生活里有些原始的规矩,只能约束父辈以上的人。后来的人,不管是否饥饿,只要到了冬天,都偷着挖蔓菁,很难禁止。那些种了一世庄稼的人,就在种油菜时多播撒一把种子,预留给冬天挖蔓菁的人。他们想,就是一半被偷挖了,剩下的一半也不会缺苗。久而久之,村上那些挖蔓菁的人,想着这是一料庄稼,也有自己的一份,就像给油菜间苗似的,在那些稠密处挖。到了开春锄地时,父亲这些会种地的人就被队长彦英派到油菜地里,把被人挖断了苗的那些地方补栽起来。

那些天,父亲经常是握着锄头,从这块地上带土挖起一棵蔓菁,再栽到缺苗的那块地上。挖着栽着,父亲就在心里骂那些挖蔓菁的人不长眼睛。春风不挑不拣,统一描画着荒芜的大地。父亲弯着腰,正给缺苗的大地打着一块好看的补丁。

有些已经离生活很远的事物,其实仍旧离心很近。

比如马坊,我从村口走出来已经几十年了,可我有时感觉自己好像还站在那里,不曾挪动过一步。比如父亲,他带着一生的凄楚,离开我们也有几十年了,可我只要一闭上眼睛,还能感觉到他在我的身边走动。我的心口经常会为他疼痛,因为他带着一份我无法报答的恩情,一直住在我的心里。

这个时节,是送寒衣的时节。在家里,母亲已经忙了很多日子,把父亲冬天要穿的衣裳里外拆洗了一遍,像新缝出来的一样。那个时候,父亲一身衣裳要穿几个年头,直到衣裳的面子和里子挂不住补丁和针线的时候才会脱下来。就是这样的衣裳母亲也不会把它扔掉,把里面的棉花掏出来,用手撕开,在太阳下晒,用棍子敲打,等棉花里父亲身上的汗腥味和大风里落下的土腥味彻底消失了之后,收起来,留到再缝衣裳时添加到新棉花里去。那些拆下来的土布,大块的放在一个包袱里,做平日缝补之用。那些烂成布屑的碎布,会被母亲纳成鞋底,穿在父亲的脚上。看见父亲出门,我会在心里想,父亲是踩着他穿烂的衣裳,走在乡村里的。

父亲活着的时候,家里的日子再穷,冬天里穿着的那一身棉衣都又暖和又体面。这种暖和及体面,来自母亲精细的针线活儿,也来自三个出嫁了的姐姐对父亲的那份孝敬。在她们心里,二十四节气中的很多时令不一定记得清楚,但送寒衣的这个时令,她们会死死地记在心里。每年的这个时候,我的大姐会在包袱里背着一件棉衣或棉裤,一路汗水地从南沟里走上来。也是那几日,在村南修补树坑的父亲,会时不时抬起头向沟边瞭望。他的预感告诉他,就在这几天,大女儿会风一样地从深沟里旋上来,飘到他的身边。大姐家在御驾宫的滚村,等她翻沟走到娘家村的地畔,已是日近午时,会碰见常年在路上给村里看护树木的父亲。他们走进村子的时候,见了的人就知道,这是大女儿又送一年的寒衣来了,纷纷露出羡慕的目光。我的二姐会夹着一块新买的华达呢布,从碾子坡上走下来。二姐的家离公社的商店近,有了她的这块洋布,父亲就可以不穿土布衣裳了。我的三姐离得最近,她在这几天里会怀抱着一团新棉花回来。她来的时候,正赶上母亲在炕上给父亲缝棉袄,这些新棉花,就放在棉袄的前襟和后背上。因此,父亲的棉袄最软和温暖的地方,一定是前襟和后背的位置。那些棉花，是家里也不富裕的三姐一年的积攒。

我记得，父亲在送寒衣的那些日子里，脸上总会有一些光亮。父亲的棉衣都是黑衣黑裤，这是那个贫乏的时代烙在他身上的一身正色。他在棉袄里，有时会穿上一件夹袄，那也是纯白的土布。到了夏天，他会在黑裤之上穿一件土布做的布衫。那样的对襟布衫不是黑色的就是白色的。从父亲简单的衣着上可以看出，他的世界单纯得就像是一个只有黑白两色的世界。

我只在父亲的腰里看见过另外的颜色，那就是他在冬天一定要扎在腰里的腰带。父亲扎上它，身子自然会暖和一些，而比暖和更重要的，是他在冬天里放羊带着的几块馒头，为了不被冻住，必须掖在腰带里。就是后来他在寒冬里跟着一村人上了水利工地，中午饭也就是掖在腰带里的几块馒头。

那是一条驼色的腰带。扎到后来，已经有些烂了，但被母亲洗得干干净净，没有一点汗腥味和土腥味。

我小的时候，一到这个节气，村上就会从公社里领回一批棉衣，那是送给村上的军烈属的。那些天往往吹着寒风，飘着雪花，村上组织人敲着锣鼓，把棉衣送到军烈属的门上。住在西村的兴娃是一个残疾军人，一年四季拄着一根木棍，坐在或躺在他家门前的过道。平日我们见了兴娃，都嘲笑他，有时还会站在远处向他掷土块。他不能劳动，每年收种，他的婆娘领着几个孩子在泥里水里挣扎。有些实在干不动的活儿就请人帮忙。时间长了，村上就有了很多闲话。因此，这个残疾军人一家一年都活在一村人的眉高眼低里。只有这个时候，锣鼓在他家门口响起来，家里人接过一身棉衣，村上人看见公家还记着他，这才恍然大悟：这一家人应该是有尊严的。

可是村里人都活在自己的日子里，尊重兴娃也就这几天。

　　父亲不会跟着村里人去看给军烈属送寒衣。但到了晚上,坐在炕上吃饭时,父亲一定会问,今年公家送的是啥棉衣。我一五一十地说了。父亲听了,没说一句话,埋头吃着他的饭。我想,父亲的心里一定也有些羡慕。活在那样的年代里,一把粮食、一件衣裳,对于一个农民都是天赐的东西。

　　末了,父亲只说了一句话:"从明天起,不要再嘲笑那一家人了。"

　　父亲去世了,头几年里大姐还记着做棉衣,二姐还记着买华达呢布,三姐还记着买新棉花。后来,我们接受了父亲离开我们的事实,也就和村里的人一样,每年的这个时候在父亲的坟上烧几张纸钱,就当是送去了一年的寒衣。

　　我后来住在长安城里,回不去的时候,就在城市的街角处烧上几张纸。

　　这几年,我不再按照这样的习俗给父亲送寒衣了。我会买上几束鲜花,摆放在父亲的遗像前。我想让父亲从那个拖累了他一生的黑白世界里彻底走出来。或许,他的风一样的灵魂在马坊的上空飘荡的时候,早已看见了,如今地上的行人穿得五颜六色,地上的庄稼也长得五颜六色。

　　他已经看见了世界的新面目。

二十

　　鲁迅先生很少写景。但他写过雪,写过北方的雪。

　　他是这样写的:"朔方的雪花在纷飞之后,却永远如粉,如沙,它们决不粘连,撒在屋上,枯草上,就是这样。屋上的雪是早已就有消化了的,因为屋里居人的火的温热。"鲁迅先生写得很逼真,因为小时候,我经常发现,雪把地面覆盖了,屋顶却还是一片青瓦。直到听着落雪在屋里睡了一夜,第二天起来,地上的雪已一脚深,屋顶的雪才薄薄一层。

　　我在马坊的时候,每遇到一场雪落下来,就想起读过的鲁迅先生的《雪》。

村子周围的山水像人一样突然瘦了一圈的时候,我们才发现,这时的马坊,已被渐渐多起来的西北风带入了一年的小雪节气。

那个时候,我们看见的高岭山是一片灰苍苍的。那些曾经淹没过父亲和牲口的衰草,经过几场风霜的吹打,已经完全倒伏在地面上,腐朽得一只跑过去的兔子都不能遮挡,而让它惊慌地暴露在猎人的枪口下。那个时候,一个人包着山庄的父亲,把他用过的一些东西用一根绳子捆了,搭在那匹跟着他在山庄里过了多半年的牲口身上。还有一些杂粮,装在破旧的口袋里,他自己背起来。也不用怎么吆喝,那匹认路的牲口就寂寞地走在他的前头。落在身上的阳光映得牲口毛色金黄,它走在沿路的风里也好像瘦了一圈。

有一年,在前山和后山包着山庄的那些人,都牵着牲口,扛着农具,一拨一拨地回来了,就是不见父亲和他牵着的牲口。我急得天天跑到庄背后,朝着通向木杖沟边的土路上望,可是,望到日头压山,起了一地雾气,也不见个人影。有一天,一股西北风吹过后,一天的雪花从高岭山顶上飘向了马坊。只多半天的时间,山岭白了,河滩白了,田野白了,大路白了,树梢白了,屋顶白了。马坊的万物都被雪涂抹成静物的时候,一个人牵着一匹牲口,摇摇晃晃地出现在村北的土路上。那是披了一身风雪的父亲,牵着牲口,朝村子里走来。我从父亲手中急忙接过牲口的缰绳,去了南壕里的饲养室。返身回到家中,父亲正从口袋里掏着一些山里的东西。我记得有几个秋天摘下的南瓜光亮地放在案板上,让我在那个冬天吃到了那个年代只有包山庄的人才能吃到的一些山野之味。

父亲说,地里的秋庄稼收完后,那么大的山庄里,就剩下他和训练、秃娃。他想在那些塌了的窑院里多给村上平整出一些土地。一个人走进那荒芜了的地方,就像把原来的世界了无牵挂地隔在了外头,埋头挖地成了唯一的事情。挖着挖着,一只脱了翎子的野鸡惊恐地从破窑里飞出来,父亲进去,捡了几根好看的花翎子;挖着挖着,一颗不热不冷的太阳在头顶上一晃,才知道时间还在天上悄无声息地走着。再看看身后,挖出的土地像把这座荒芜了很多年的窑院陈腐在时间里的败象覆盖住了。对于来年的春雨、种子、牲口和耕者,这是一片新生的土地。

一生爱着土地的父亲,越挖地身上越暖和,也就忘了回村的事。

村上人都知道,废弃的窑院越多,山庄年头就越久。这些前人留下的窑院,后来的包山庄的人会接着住下来,直到在时间的风雨里撑不住了,塌了以后,再打一处新的。不需要打窑的匠人,是包山庄的人看好一个向阳的崖面,先挖一个可以容身的窑洞,然后白天种地,晚上继续打窑,遇到雨天,就盘一个土炕,立一个锅灶,扎一个篱笆门。一季庄稼收种完了,一处新的窑院就撂在了山庄里,要回村的那一天,再有些不舍地把篱笆门锁上。

父亲包山庄的时间不长,没有动手打过窑院,都是住着前人留下的地方。

村上人说,山庄上的窑院,一般是人住上半年,剩下的那半年,冬季里寻找猎物寻找洞穴的野兽常常踏破篱笆门,把窑院当窝住了进去。也有人说,包山庄的人走了,那些在山野里乱窜了半年的野鬼,闻着人的气息淡了,就从远处赶来了。我小的时候村上人说的一些鬼怪的故事,都是发生在前山和后山的山庄里。

我就问父亲,在山庄上碰到过神鬼没有?

父亲握着烟锅,还是那句话:"世上只有神,哪里有鬼?"

去红沟子包山庄,头一年父亲一个人住在一座破败的窑院里。他收拾了窑洞里的一堆柴草,发现有野兽卧过,也有一些干了的粪便。他以为春天了,大地上的万物都活了,卧在这孔窑洞里的野兽应该已经到山野里去了。天黑下来的时候,他把在窑背上拴了一天的牲口拉进另一孔窑洞里,然后回到自己收拾好的地方。躺下不久,就听见篱笆门被什么东西狠劲地撕扯,他喊了一声,从门缝里望出去,冰冷的月光下,一匹麻色的狼翻墙逃走了。父亲披上衣裳,去了隔壁的窑洞,看见那匹牲口安静地嚼着草料,就又回去睡觉了。

包山庄的第二年,父亲住在一对兄弟俩的窑院里。

哥哥训练,弟弟秃娃,他俩从哪里来,在这里住了多久,村上没人能说清楚。兄弟俩住在破烂的窑洞里,院子收拾得还算干净。父亲在窑院的西边也收拾了一孔窑洞,每年冬天回村上时,再不担心窑洞被野兽占领了。但让母亲担心的是,训练是个病人,走一步咳三声,病生在肺上,会传染给别人。每次父亲去山庄时,母亲都要叮嘱一阵。好在父亲一生没多少话,在村上从不去人堆里坐,住在兄弟俩的窑院里,少了吃喝上的交往,出进的时候也很少打招呼。等到父亲不包山庄了,训练还是那个病身子。每年忙天,看见村上收麦子的人来了,训练会问起父亲。我在村上的时候,活过四十岁的训练,死在那个山庄上了。秃娃后来回到村上,关于他的消息,父亲去世后,再没人告诉我了。

我们村上的人,包括父亲,其实都是山庄里的候鸟,春天从村子里去了,冬天回到村子里。只有他们兄弟俩,在几十年里,是那个叫红沟子的山庄里的常住户。村上在他们住着的地方门前,划分了一块很平整的自留地。每年,收完麦子的人回到村上,都会既羡慕又叹息地说,兄弟俩没缺过粮食,就缺个管家的女人。

等到那一年的雪从土黄的崖面上落下来,打在脸上时,父亲一个激灵。他在那处破败的窑院里挖完最后一块土地,想起该回村过冬了。

那一年从山庄上回到村子里的人里,父亲是最后一个。

他一回来,就脱去了那身冰冷的旧衣,穿上臃肿的棉衣棉裤。

一个冬天里,父亲操心的都是他挖出的那些新的土地:到了春天,该给它们种上些什么呢?

　　每年都有很长一段时间,我们的日子是烂在雨水和稀泥里的。

　　我记得那时的父亲每天出门时,都会把那顶被雨水浸泡得发霉了的草帽戴在头顶上,再穿起那件黑色的夹袄,去到田里或者场里,干着剩下来的一些零碎活儿。

　　我家地里的玉米秆,被雨水淋很久了。一个村子里,没有几家人的地里还堆着玉米秆,早把它们拉回家里整齐地垛在后院,作为一冬烧炕的柴火。看着自家的玉米秆还腐烂在地里,父亲不仅很着急,心里也有一种羞耻感。他害怕过路的人看见了,说天都这么冷了,这家人还没把地里的东西收拾完,日子咋过得这么懒散? 这对父亲这样的庄稼人而言,真是羞辱先人的事。可是此刻的父亲,被队长彦英派到南咀稍的苜蓿地里,每天冒雨挖着地里的苜蓿根。一天两捆,上午挖一捆,下午挖一捆,背到南壕里的饲养室里,还要一根一根砸烂,再和饲养员用铡刀铡碎,拌在一寸长的麦草里喂满槽歇在冬天里的牲口。

　　队长彦英是打着油纸伞,站在我家门口,很有理由地给父亲派活儿的。他说得很直接,一点也不顾忌父亲的反应。后来我想,在很多年里,彦英在父亲面前说话,从来都是态度很强硬,没有一点乡里乡亲的情感——他是欺软怕硬,看人行事。西胡同和南场里有几家人,他们成分都很高,在那个年代里,应该都是改造的对象,但仗着每家都有几个人高马大的孩子,他们干了为非作歹的事,彦英也从来不说一句硬话。

　　一片苜蓿地,可能就是遗留下来的草场。马坊处在汉代皇家园林甘泉宫的范围里,由于地域偏西,也就成了养马的重地。可以想象,那时的马坊,山高水远,林木茂密,望不尽青山绿水,望不尽莺飞草长,望不尽马群奔腾。也可以想象，不仅皇家出行、围猎的悍马出自这片大地，就是出征塞外、追击匈奴的战马，也出自这片大地。汉唐之间，中国在北纬四十度这条纬线上，从西到东摆过多少古战场？多少英雄在马背上完成一个人的命运，留下一部民族的史诗？战场上那么多的马匹，有多少是吃着马坊的水草长成的？在马坊，随便走进一座村庄，它们的地名都可能与马有关。那些至今守着几匹马耕种土地的人告诉我，他们的村名叫养马庄，叫马场子，叫马厩，叫渡马，也有叫马连的，一听就是古代战事遗留下来的地名。

千年之后，那些养马的草场，在村子里就只剩下几块苜蓿地了。

村南的那块苜蓿地，就是队上牲口的草场。在被小麦、玉米、谷子这些庄稼包围得跑不开马的草场上，是无法放牧牲口的。于是，我们在这里把苜蓿一茬一茬割下来，铡碎后倒在马槽里，让牲口站在圈里，不分昼夜地吃。牲口吃草的声音从窑洞里传出来，听起来仿佛能感受到土的干爽、草的清香。小时候，我们去了南壕里，都要爬在窑背上细心地听上一会儿牲口嚼草的声音。

一块苜蓿地虽小，也和连天的草场一样，会遇到老化、鼠害、轮休等情况。解决这些问题，村上人就是一个办法，到了秋末冬初，把太老的、过于稠密和死了的苜蓿根挖掉，补栽上新的。特别是那些死了的苜蓿根，是被黄鼠狼打窝时毁坏的，如不及时补上，来年将会出现大片的不毛之地。我那时也奇怪，黄鼠狼怎么就喜欢在苜蓿地里打窝呢？后来才明白，在这里打窝，不像在庄稼地里一年至少会遇上两次耕地，所有动物的窝都会被尖锐的犁铧翻出来。为了在马坊生存，一只小小的黄鼠狼，也需要和人类在泥土里争斗。

让彦英放心的是，对土地上的每一种农活儿，父亲心里都有一份敬畏。有了这样的敬畏，就没有作务不好的农活儿。

父亲这些天的劳作,就像给这块苢蓿地松了一次土,间了一次苗。

只是他的草帽发霉得更厉害了,他的夹袄更湿重了,他把天上的雨水,地上的稀泥,全收拢在自己的日子里。偶尔,他在回村的路上能碰见村上的那几个"四类分子",身上都是一样的雨水、稀泥和苦相。在父亲挖苢蓿根的时候,他们正在村东的一块地里,用木椽、炕席和玉米秆搭一座能开大会的工棚。过不了几天,一村人就要集中在这块地里顶着严寒平整土地了。

父亲知道,他们在村上活得比自己还难。

直到有一天天上的雨水没了,地上的稀泥没了,挖苢蓿根的活儿也彻底干完了,父亲这才想起,自家的玉米秆还在地里堆积着呢。

此后的日子里,雪继续落着,挖完苢蓿根的父亲还没有歇下来。

他在风雪冻起来的路上,一个人背着玉米秆往家里走着。

一地的玉米秆,他要背到什么时候呢?

那时在村上,种地的社员们开始知道化肥和农药了。

化肥是日本产的白色尿素,农药是国产的六六六粉。

一村人就盼着雨天,那是给生长着庄稼的地里撒化肥的好日子。村上的男女老少,都会端着家里的洗脸盆,围在一块地头,等着队长彦英把白花花的尿素倒在自己的洗脸盆里,然后朝地里走去。一人撒上二三十垄沟的麦子,前后摆开,细看过去,一层白色的颗粒从每个人的手指中均匀地撒在麦子的叶片上,旋即在雨水中融化了。

雨水停歇了,日头出来了。地里的麦子,就黑绿了一层,就粗壮了一截。

社员们就在地头议论化肥的厉害。那些好奇的社员们没有一个上过中学,没有学过化学,自然就不懂得尿素的化学元素,也就不知道这个译名的化学含义。他们围在一起，就照着字面上的意思问出了好多笑话。最直白的就是："这东西真是日本人尿的啊？"有一段时间，村上就有了传说，说尿素是含在空气里的，日本人厉害，每回开着空轮船来到中国，一路上就从空气中收集好了尿素，卖给我们；回去的时候却满装着中国的煤炭，白白赚了我们的钱和东西。

有人就开鞭娃老三的玩笑，"你老婆人高马大，晚上一定尿得多，你收集起来，掺些麦麸，团成颗粒，在阳光下晒干了，就是尿素啊"。鞭娃老三就骂那人："我有麦麸往尿里掺，还不如直接给你吃了，也能上肥村里这一块坏尿地。"

那个时候，只要在雨天里劳动，一个村子里的社员都披着塑料袋子，只有父亲和村上的几个"四类分子"，要么披着毛线口袋，要么什么都不披，衣服被雨水淋得贴在身上。有一天，父亲从地里回来，路过南场里，寿昌悄悄把一个塑料袋子塞在了他的怀里，吓得父亲一个趔趄，被寿昌扶住了。父亲这才知道，村上的"四类分子"寿昌、寿德、俊昌，都把塑料袋子当成了上衣的里子，偷偷地缝了一层，天上下再大的雨，也只能淋湿衣裳的面子，里边的衣裳被一层塑料纸护着。

父亲没有这样做。他把那个塑料袋子给了在中学读书的我，并且叮嘱我，遇上雨天去学校时，只有走出了村子，才能把塑料袋子披在身上，防的是被队长彦英发现，追问塑料袋子的来路。下雨天，我背上装馍的包袱一路小跑着上了碾子坡，赶快把塑料袋子拿出来，严实地披在身上。

我不是怕自己淋雨，是怕一周吃的馍被雨淋湿了。

世态炎凉。那个时候，为了一个塑料袋子，一村人的身上演绎了那么多的时代悲喜剧。几十年后，谁还缺一个塑料袋子呢？不仅不缺，我们的整个生活都被塑料包围了。马坊人千百年的生产方式也被塑料改造了。

一层塑料薄膜,成了遍地庄稼的胎衣。

一种白色的塑料病,在马坊的土地上蔓延了很久,成了我们至今驱除不尽、久治不愈的心病。国家为此颁布了严苛的禁塑令。数年过去了,情况好了一些,但塑料依旧纠缠着我们的生活。

我说不清,此刻写父亲的时候,我的文字怎么一路游走到了与塑料袋子有关的这些物事里?

有一天,脚下没有稀泥了,因为脚下的地被冻住了。

一直劳动着的父亲,终于从持续多日的稀泥里,把自己的双脚拔了出来,也把这种难熬的日子从一种气候里拔了出来。他知道,这一年的雨水就要彻底结束了,笼罩大地的,将是一种比潮湿还折磨人的寒冷。这个时候,在家里忙活着缝制衣裳的母亲,会让父亲把那件水淋淋的夹袄脱了,换上一件棉衣,棉衣外再套上一件褂子。那双被稀泥快要沤烂后跟的鞋,也要脱下来,换上一双合脚的棉鞋。那顶发霉了的草帽从头上取下来,但不能丢弃,要挂在向阳的墙上,明年开春了,它还能遮挡漫天的春雨呢。

草帽被那顶驼色的毡帽代替了。

每年的这个时候,在母亲的操持下,父亲都要准时地换上一身干净暖和的冬装。

母亲心里想说的话,我可以解读出来:我的家人走到哪里,都是一身干干净净!

是的,从雨水里走出来的父亲,终于干干净净地站在村庄上。

确切地说,那个时候的父亲,是站在庄背后的土坎上。

那一溜儿土坎,与笼罩在烟火里的人家,只隔着一道土墙。

到了冬天,那些土坎上,不仅虫子销声匿迹,就是低矮的野草也枯黄成一片,做了我们冬天烧过土炕之后,煨炕火需要的一种柴火。村子里的人习惯叫它燚子。

村上的地面封冻后,雪花落或不落,也就那么十几天,从地里的农活儿中走出来的父亲会背上老笼,拿上扫帚,一个人来到庄背后的土坎上扫燚子。这样的活计并不累人,但村上人不是都去做。从换了一身衣裳开始,每天清早,父亲都要在土坎上扫一回燚子。开始扫的燚子里枯草多土少,到了后来,就变成了土多枯草少。直到把土坎上的枯草和封冻后泛起的虚土扫完,再把前后扫的燚子搅和匀称,堆在柴垛的旁边,父亲每年冬天扫燚子的活儿也就算结束了。

小的时候,父亲领着我去过一回县城。

去县城的前一夜,我高兴得睡不着。一会儿打开窗缝,看天空从头顶上亮了没有;一会儿支起耳朵,听卧在架上的鸡有动静没有;一会儿摸摸自己,心还在胸口处跳动着没有。实在睡不着了,恨不得一甩手,把这黑咕隆咚的夜晚,隔着满屋顶的青瓦,给全部摔碎了。

那时的乡下,起床听鸡叫,下地看日头,我们一天的时间,不是绑在公鸡的叫鸣里,就是拴在日头的影子上。赶着那一夜的暮色降临之前,我偷偷地给那只叫鸣的花翎子公鸡多食了一把小米,指望它第二天的鸣叫能洪亮一点,提早一点。那个时候,不只是县城抓着我的心,就是去县城的那条蜿蜒在沟坡上的羊肠小道,也拧着我的心。

花翎子公鸡是准时叫鸣了,却叫出一天细雨,让我的心碎了一地。

好在那天早上下的是一阵过云雨。云移动过去了,雨也就停了。

我跟着父亲去了在那时候见过的最大的地方——永寿县城。

大学毕业后,我在县城工作了。想着要还父亲的愿,我就一直在心里盘算着等在县城的工作和生活顺当了,就把父亲接过来,让他好好住上一阵子,因为我总是忘不了第一次和父亲进县城,在那座二层楼的食堂里要一份三毛钱的糊锅煮馍,因差一毛钱,父亲当时有多难畅。他惶愧不安的眼神,就像一根钉子,死死地钉在了我的心上。之后的好多年里,我都想着有一天一定要领着父亲去那个食堂吃上一份糊锅煮馍,以了却他的遗憾。

我在县上工作的时间不长。等我带上四岁的女儿离开这座丝绸之路上的小县城时,父亲已成了故去的人,静静地躺在一座坟墓里,和我隔着阴阳两个世界。若干年后,我写过一篇名为《房子》的文章,发在《南方周末》,诉说很多年里,因为房子,我在几个地方游荡的经历。那是我在西安工作后终于有了自己的房子,坐在装修刚结束的三室两厅的房子里,想着父亲写下的。

当年在县上,我和母亲、妻子、女儿四个人拥挤在一间房子里,怎么能接父亲过来呢?父亲一个人住在村上,我隔一周从三十里外的县城翻过两架沟,带着一些吃的东西,回到父亲身边和他住上一个晚上。不知道在村上住了一辈子的父亲,终于等到儿子工作了,是否也想跟着儿子在县城里住几天?但我至今自责,应该让父亲在县城住上一些日子的。

父亲来过几次县城。后来通了班车,父亲为了看孙女,都是早上坐班车来,吃过中午饭,下午坐班车回去,这样方便很多。记得有一次,我领着父亲去了县城里的食堂,要了一碗糊锅煮馍。我坐在对面,看着父亲很香地吃着,一种幸福加酸楚的感受在我心里交织。送走父亲的时候,我还特意上了班车,在他的座位旁坐下。直到开车时间到了,我扶了一下他的肩膀,才不舍地下了班车。

有一回父亲来县城,天很热。我那时离开永寿中学,在县文化馆工作。吃过中午饭,父亲从我住的二楼下去,我以为他要去街道一个人转悠一会儿。我要上街时,却发现父亲靠着院子里的一通石碑,很累地睡着了。

那个时候,县文化馆的院子里南北盖了两个亭子,立了两通石碑。北边亭子里十分高大的那一块,是唐大司徒刘沔神道碑。两千多字的楷书碑文,翔实地记载了刘沔的生平事迹。这位善于骑射的大唐武将,在唐宪宗、文宗、武宗时期,多次平定党项羌和回纥的叛乱,战功赫赫,官至太子太保。他因患病死在永寿升平里。想想这位武将,跨上战马向西出征,永寿的页梁——这片故国的弹丸之地——应该是他调转马头,可以回望长安的大好山河的地方。这里的好畤古城,以它清明的山水,收留了这位武将的晚年,让他将戎马半生在一片幽静的土地上转化成和平的岁月。这块他以六十五岁寿龄背起的由左谏议大夫韦博撰文、大书法家柳公权书丹的石碑,在永寿这块土地上沉寂了一千多年,于二十世纪六十年代出土。

这块唐代名碑,一千年后,像一只枕头,让一个进城看望儿孙的农民有了一个午休的地方。我不可能记住它两千多字的碑文,但我记住了刘沔、韦博、柳公权这些文武大臣的名字,他们在这块石头上与永寿有了交集。

后来,我经常看见母亲抱着我的女儿坐在这通石碑上。

有一年,二姐去世了,我回到乡下奔丧。安埋二姐那天,压抑不住痛苦的母亲,坐在文化馆院子里的这通石碑上放声哭了一场。我从乡下回来后,劝慰母亲的同事还在我的房子里,陪伴着悲伤的她。

那是一个雕梁画栋的亭子。

那是一通流传千年的名碑。

我的父亲和母亲,在那样的年月里就有缘分与它相逢了。

后来,我每次回到县上,都要去文化馆看一看那通石碑,用手摸上一会儿。我想,父亲和母亲,一定有一些气息还留在这通石碑上。那是他们生命的气息,那是岁月的风雨剥蚀不了的气息。就像那些考古学家,站在这通石碑前,通过这些刻在历史深处的文字,一定会触摸到大唐的一些气息。那是一种盛世的气息。

有时候,我也会在这通螭首龟座的石碑上静静地坐上一会儿。我想我有可能会遇上父亲和母亲的魂魄, 他们或许也在那时回到这里来了。要是那样,我坐在石碑上,不就是坐在他们的怀里吗?

我离开的那年,一场大雪落在亭子和石碑上。

回望亭子和石碑,我没有了北方冬天里那种寒冷的感觉。

二十一

　　大雪来临的时候,我才看见父亲有了一些闲适的心情,坐在放着灯台的坑头上,把那个泥抹的茶炉子用劈好了的硬柴点着.花上很奢侈的时间,熬着发黑吊线的罐罐茶,一个人喝上大半天。

　　我知道父亲被农活儿折磨了一年,带着很多伤痛的身体需要一些滋润。

　　我那时回到村上,在土地里也滚爬了一年。看着大雪落下来的样子,看着父亲坐在那里的样子,我觉得马坊的天地都在这个时候被封闭了,可我焦灼的内心却无法被封闭住。记得有一天,和我一起守在村子里的建生,顶着很大的风雪推开了我家的木门.怀里揣着一卷手书的《沁园春·雪》。

　　那幅写在很厚的道林纸上的极其工整的书法,陪我在凋敝的马坊度过了几年苦冈的冬日。等我从村子里走出来,它还贴在我家的墙壁上.直到屋子后来被拆了。

小时候的冬天,都像藏在漫天的大雪里。

对于城里的孩子,冬天和大雪仿佛童话般美好。可对于那时的我们,是在饥饿之上又加上寒冷,需要用生命的全部力量去抵抗。那时候,我们穿在身上御寒的,就是用土布缝的棉衣棉裤,装在里面的都是穿了好几年的旧棉花。好在母亲勤快,手上的针线活儿好,会把土布浆洗得很绵软,也会把穿旧了的棉花揉晒出一层细绒。实在没有完整的布料了,就在衣裳的不显眼处打一个补丁。

每天推开门窗都是一层厚厚的雪,在我家院子里晃出一天的明亮。穿着一身棉衣的父亲会拿起扫帚,从后院开始扫雪,一直扫到门外的井台上,扫出的那条像在雪海里被豁开的土黄色的路,把父亲从我家深长的院子里推到了村子里。给队里放羊的那几年,父亲会把这条路继续扫到南壕里去,直到那些长着黑色的眼睛、像画了眉的羊,把头挤在羊圈的门上,向他发出咩咩的叫声时,扫雪才会停下来。

那个时候,父亲如果抬头,会看见场里的麦草垛像戴了顶雪帽。

我疑惑,那些大雪怎么多数都下在夜晚?明明头一天晚上还是干冷干冷的,我们躺在被窝里,听着西北风像在光秃秃的墙头上翻动着什么多余的东西。后院里那棵槐树的枯枝也摩擦着房檐上的瓦片,发出更清冷的声音。就在我们睡着以后,大雪像带着什么人的口信,落进了村子。

早上起来,父亲说,老天给地里的麦子又偷偷盖了一层被子。我知道昨夜又下雪了,也明白了这些雪为什么多下在我们睡着了的夜晚。

扫完雪的父亲,会从搭在院子里的玉米架上刨开厚厚的积雪,掏出一堆金黄的玉米棒子,用藤编的笼子提着,倒在烧得很热的炕上。接下来,一天的时间里,父亲都会坐在炕上,剥着秋天从地里搬回来的玉米棒子。他剥了一上午,炕上的被子上面就堆起了一座玉米的小山。我们坐在四周,用被子盖着腿脚,脸上的笑容也金灿灿的。到了饭时,一家人围着新剥的玉米,吃着热乎的连锅面,忘了天上的雪还在院子里飘着。

大雪落得无声,玉米剥得有声。

后来我想,这就是真实的乡情,这就是原版的乡愁。这就是马坊,在那个极其简单的年代里,父亲领着我们艰难地活下去的生活。说穿了,那些几十年后想起来还让我们掉眼泪的乡村,印证了我们无论在什么时候都还是离庄稼、粮食最近。就像父亲走在田野上,他的身边就是一片连着一片的庄稼地,有的庄稼已经成熟了,有的庄稼才刚刚种下。就像落雪的冬天,父亲坐在炕上,玉米就在他的手上,就在他的怀里。

父亲在马坊就是这么活着的,他的一切看似混沌,却也值得我去觉察感悟。

说起冬天一家人围坐在炕上剥玉米,我就有一种感念。感念大雪,把一个村子彻底封闭了起来,让劳累了很久的父亲终于从土地上退出;感念玉米,让从不闲散的父亲有了一种不下到地里不伤筋动骨就可以干的事情。剥玉米这活儿,什么工具都不要,就是双手用力,把两根棒子一拧搓,玉米颗粒瞬间就脱离了玉米芯,带着金子一样的响声落在剥玉米的人的怀里。我那时小,手上没劲儿,剥不开颗粒咬合在一起生长得瓷实的玉米棒子,就等父亲在玉米棒子上拧搓开几道缝隙,大部分颗粒都松散开了,再接到手里,用大拇指剥下。

我在炕上坐一个上午也剥不出多少玉米,其实就是陪陪父亲。

由于饥饿,一大群麻雀不顾飞雪扑打着翅膀,在我家院子的玉米架下叽叽喳喳地觅食。听见麻雀的声音,我放下手上正在剥着的玉米,来到院子里。饥饿让这些麻雀也变得胆大了,在玉米架上不停地跳跃着。我在心里想:这么瓷实的玉米棒子,我用手都剥不开,就凭你们的小嘴,能啄开吗?我再一看,这些站在玉米架上的麻雀,它们此刻耐心啄的是干了的豆子、谷子、高粱和麻子。

我记起来了,从玉米架搭好的那天起,每天,父亲从收完秋的地里回来,手里都有一撮拾来的秋粮。他顺手放在玉米架上。看着一群麻雀正在啄食一束麻子,我突然明白了,这是敬畏着这个世界的父亲,想起冬天天寒地冻,为可能到来的鸟群准备的充饥的粮食。

剥完了玉米,父亲去到院子里拍打着他身上的玉米屑。看着炕上一堆金黄色的玉米粒,再看着地上一堆赭石色的玉米芯,我会发上一会儿呆,然后在心里暗喜:在漫长的冬天里,这一炕的玉米粒会让我们的胃里充实,这一地的玉米芯会让我们的身子暖和。

在那个年代,我们在冬天里烧炕的最好的柴火,就是玉米芯。

睡在玉米芯烧的炕上,一整夜闻到的都是玉米淡淡的味道。令人尤其期待的,是睡到半夜,一粒留在玉米芯上的玉米突然在火里炸响了,那时玉米花爆开的香气会在屋子里弥漫上几个小时,尽管屋外大雪一直落着。

有一年冬天,我回到村上,一个人顶着一身大雪在村子里转悠。我很希望在下雪天里,能听见一阵剥玉米的声音从谁家传出来。但我没有听到。

大雪落下来的时候,村上一些闲散的人会聚在一起,说着一些与大雪有关的事情。说着说着,大家很自然地会把话题扯到一种野兽身上,那就是在马坊那时还会经常出没的狼。

马坊上演过人和狼的悲剧。

我那时很小,喜欢钻在人群里听他们时空错乱语焉不详地讲述,一个行走的人怎么被狼扑倒在地,一个砍柴的人怎么被狼扑落悬崖,一个睡着的人怎么被狼咬掉下巴,一个解手的人怎么被狼咬住卵子……这些被狼攻击过的人居然一个都没有死,他们带着终身的残疾,一直活在剩下的日子里。而这些故事里的人,名字都是一样的,都叫狼剩饭。其实,这些故事的真假已经不重要了,重要的是它告诉后人,那个时候狼可以自由地出入人的地界。也就是说,曾经在一个时空里,马坊,是人和狼的马坊。

那年冬天,我在一片被雪覆盖着、被太阳的残光反射着的行人很稀少的田野里,见到了一匹麻色的狼。那是我第一次,也是最后一次见到狼。那天,父亲领着我走完亲戚,回家时走到西岭上,我看见不远处像蹲坐着一只狗,就叫父亲看。看了一眼的父亲,反应是炸裂的:他大喊一声,扔掉褡裢,举起烟锅,扑向那匹蹲坐在不远处的狼。

父亲的声音、姿势和表情惊吓到了狼。它来不及攻击父亲,慌忙转身,逃向西边的洞子沟里。一场人与狼的冲突旋即化解。天上的太阳却被惊得向下掉了一截,快要压住苍茫的山头了。

赶走了狼的父亲转身跑过来,将我抱在怀里。

我也看明白了:人和狼相遇,就看谁先吓住谁。

那一刻,父亲赶走了狼,那是人和狼的一次和解,也是人的一次突围。如果父亲赶不走狼,那就成了人和狼的一次冲突,结局肯定是人的悲剧。

等一切恢复平静,父亲领着我继续赶路。

想着那只逃之夭夭的狼,父亲讲了他知道的狼和人的事。

一件事发生在母亲的娘家。那是一个正午,外婆在村边的地里挖着草,两个孩子在田埂上玩耍。挖着草的外婆听见飒飒吹来的风声,突然一阵心跳,跑到田埂上一看,不见七岁的大儿子,只见一岁多口齿不清的小儿子用手指着田埂下。外婆扑到田埂边,看见一匹狼正叼着自己的孩子往玉米地里拉。玉米长得一人高,手里提着铁铲子的外婆不顾一切地扑了下去,将整个人的身子压在了狼的腰上。村上人说,狼的腰是豆腐腰。被压住腰的狼松开了叼着孩子的血口,抽出快要断了的身子,落荒而逃。翻身爬起的外婆,把浑身瘫软的孩子死死地抱在怀里。

直到一家人找来，脸和衣裳被玉米秆划烂的外婆还抱着死了的孩子。

外婆从狼的口里夺回了孩子的身体，却没有夺回孩子的性命——因为那一口咬得太致命了，就在孩子的咽喉上。外婆没有听到孩子的哭声，只看见孩子的血从狼咬破的洞里汩汩地流。

那个死去的孩子，是母亲的大弟弟，我的大舅。

另一件事发生在二姐的婆家。事发时，她的婆婆出嫁不久，才生下大儿子，也就是后来我的姐夫。一年夏天，他们一家包着黄家洼的山庄，婆婆让放牛的丈夫领着她唯一的弟弟在山里跟牛玩耍。那时的后山人烟稀少，狼虫出没，多有不测之事，正巧他们就遇上了。一天从沟渠里蹿出几匹狼，不但咬死了吃草的牛，还把她的弟弟咬死在草丛里。她在郭家村的娘家，一纸状子把她的丈夫告了。她的娘家人以为她会向着娘家，就备好了高头大马，把她驮到了民国时期的老县城。惊堂木一响，她抱着怀里的孩子，没有怯场，在审判官面前向着丈夫做了证。娘家被狼吃了孩子，又输了官司，就和她断了关系。她的丈夫虽然没有坐牢，但她念及亲弟弟，嘴里说丈夫回来一定要用剪子戳死他，吓得丈夫躲在黄家洼，一直不敢回家。几年之后，这些折磨她的家事消散如云烟。

去年，我那过了八十岁的姐夫安静地走了。他已活到四世同堂，什么都好，就是因了八十年前那场由几匹狼制造的人间灾难，至死没有见过舅家人。

一场下了数日的大雪，终于从高岭山顶上停了下来。

太阳出来了。我们熟悉的山河被一片银白色笼罩着，就是起伏着的沟坡，也在大雪的覆盖之下失去了以往的陡峭，变得浑圆起来。那些在屋子里关闭了数日的人，打开自家的屋门，被太阳照耀在雪地上的反光直接推了回去。等他们站在脚地揉了揉被刺酸的眼睛再迈步出去，才敢望向被雪塑造得混沌一般的村子。

是啊,这一场大雪,把很多我们熟悉的事物,都暂时埋藏了。

父亲从屋里子出来,站在木头板凳上,先把玉米架上的雪仔细地扫了,然后去了后院,爬在不足一丈高的土墙上,望着远处的高岭山。他要从那些东西蜿蜒的槐树林里,看清楚山里的雪比村上的雪大多少,裸露出的树身会显示出大雪落在林地里的高度。他还要从槐树林的顶上,看清楚山里的风比村上的风大多少,下雪天,如果刮了大风,田野里的雪会吹向村子周围的一些低洼地带。村上人把那些吹向田埂、堰口、胡同里的雪叫成窖雪。有些年份,已经过了清明,迎春花开得满沟满坡,那些冬天的窖雪还在马坊的一些低洼处泛着冷光。

这次下雪,村上的风不大,没有抬起窖雪。

如果山里抬起窖雪,对在山里出没的野兽,尤其是要在山里讨生活的人来说,就是一场可怕的灾难。山里的地形不是悬崖就是深涧,那些被吹进去的窖雪是没有深浅的,野兽和人不慎跌进去,神仙也救不出来。有些包山庄的人,冬天没回村上,就在山里放牧牲口,每天把牲口赶进坡地里吃蒉草,到了半下午,再从坡地上赶回来。有天他们发现少了头牛,在山前山后找到天黑也没见踪影,第二年收麦子的时候,却在一个窖雪融化后的深涧里发现了牛的尸骨。

父亲这样操心山里的雪,是因为他坐在炕上剥玉米的日子结束了。

接下来的日子,他要选择一个晴好的天气,进一趟山里。

马坊的先人们,把一种生长在山里、浑身带刺的荆条称作磨刺。他们把磨刺用铁镰砍回来,叫上村里的木匠做成磨地的木磨。磨地时,套上两匹高角牲口,磨地的人叉腿站在木磨上,吆喝声起,牲口疾走,等到人和木磨重重地碾压过去,满地人头大的土块就碎成了一片平整的虚土。马坊的先人们也摸出了磨刺的秉性,只有经过一场风雪的吹打,这些荆条的刚性和韧性得以成熟,才能编织成一副上好的木磨,才能耐得住干硬的土块的摩擦。因此,每年的第一场大雪过后,沉寂的山路上,会出现一些拉着车子进山砍磨刺的人。

为了编织一副新的木磨,那场大雪过后的第三天,父亲叫上住在我家东边的开会,踏着满地的积雪,一路进了山里。他们去了后山的催木——一个多么好听的地名,可惜的是,它处在《诗经》里《豳风》的地域,却没有出现在《豳风》里——到了催木,父亲和开会翻了几架山梁,在一面慢坡上找到了一大片长得直溜的磨刺。等到他们踩踏出一条可以出进的小路,天色黑了下来。这里山大沟深,住户都零落在一些阳坡上,走上十里八里也很难碰到一户人家。好在他们都包过山庄,知道在山里怎么过夜。就在那面慢坡的边上一块土崖下,有一孔遗弃了的窑洞。他们推开柴门,走了进去,看见地上堆了一些陈旧的麦草,没发现有野兽卧过,就把装着馍的褡裢放下,准备靠在麦草上,烤着火过夜。

在父亲收拢散乱的麦草时,开会出去了。他年轻有力气,不一会儿就砍了一大捆硬柴,背进窑里。火点起来了,父亲取出一个很旧的洋瓷缸子,出去装满了雪,架在火上,直到雪融化烧开。吃着在火上烤好的馍,轮流喝着缸子里的雪水,他们想说的话好像也被满窑的火光融化了。

火烤得很炽热。他们走了一路的乏困,也就从一身骨头的各个缝隙里钻出来了。

第二天,他们只用了一上午时间,就从很厚的雪里砍下了能装满一整辆架子车的磨刺。

太阳挂在头顶的时候,他们已走在回村的路上。

等到院子里的雪融化干净了,父亲请来了木匠里娃。

里娃在院子挑拣着几根木料,要为新的木磨钉一个长方形的架子。父亲在后院从那些磨刺里挑出粗细一样的,放在一堆硬柴火上,烤得能从中间打弯又不会折断。架子钉好了,里娃接过一根烤好的磨刺从中间折弯,套在架子前边最粗的一根横木上,再交织在两根细一些的横木上。每根磨刺在两根细一些的横木上交织时,都是一正一反的,这样一根磨刺挨着一根磨刺咬合在一起,就是把横木抽了也不会散架。磨刺开着的一头要挨着边上的横木,用泡软的生牛皮绳一根根捆束起来,留下半尺长的梢头,再把长出来的磨刺齐齐地砍去。

编织好的木磨,要压在木板下,直到晒干。

一副用久了的木磨,前边弯起,套在最粗的横木上,呈半圆形的磨刺会露出铁红的木色。

我在村上劳动的时候,也背着木磨去地里磨过地。我的脊背因此疼痛好几天。每年在耕种时节都要一块又一块磨地的父亲,他需要磨炼出怎样的背脊,才能承受这样一副带刺的木磨?

父亲在世的时候,一直惦念着一个地方:种金坪。

他在羊毛湾水库上勒紧裤腰带忍受饥饿劳动的时候,听工地上的人说,不远处的明月山上有一个奇特的地方,被当地人称作种金坪,因为古人娄敬在那里种过金子。

父亲就在心里想着,围绕马坊的那些山,有的叫槐疙瘩山,有的叫高岭山,有的叫五峰山,一听就是人起的名字,而这里的山叫明月山,这名字多好听,很像是神起的。至于和这座山有关、名字叫娄敬的那个人,父亲也记不住,只记住他在这山上种过金子。

他好奇:这世上的金子还能种?

父亲没有见过金子,银子是见过一些,也就是母亲收着的从来没在头上别过、手上戴过的簪子和镯子。我在村上的时候听人说过,埋在土里的金子和银子,在夜里是会偷着跑掉的。有人家把金银埋在后院,半夜听到那里有响声,慌忙中用铁锨在地上拍打,第二天刨开,金银仍在土里闪着光。村里人说,是那一铁锨拍得及时,把金银的腰打断了,它们才没有跑掉。有人家听到金银在地下跑走的响声,不知道该怎么办,后来挖开埋金银的地方一看,土里没有一块金子或银子了。

金银怎么会跑呢?那个时候,有金银的人家都把它们埋在土里。时间长了,有被人偷着刨了的,也有忘了地方怎么也找不到的。久而久之,那些破了财的人家相信了金银在地下是会跑的,也就认了运气,心不怎么疼了。

工地上听来的话,父亲一直放在心里,一放就是几十年。他有时提起来,后悔当时劳动紧张,没有到明月山上去看个究竟。我从父亲的眼神里观察出,一个再普通的穷人,只要提到金子,他愁苦的眼神里都会闪出一丝亮光。那不是对金子的贪婪,而是因为流传在民间的很多传说都与高贵的金子有关。他看过的老戏里,面对忠奸,面对真假,面对善恶,一块金子就能试出一个人的人性。我很遗憾,在父亲活着的时候,我没有把永寿地界上的那座山、那座山上的那个人以及那个人怎么种金子的事给他说个明白。

多年以后,我就坐在他的遗像前,讲着他惦念的种金坪。

那座山叫明月山。在黄土堆积出来、起伏不大的山原上,突然耸立起一座精致的石头山,这是鬼斧神工的大自然对这方水土的造化。传说山上的石头在静谧的夜里会闪出明亮的光,像天上的月亮彻夜挂在山上,就有了明月山的名字。

娄敬在大汉的江山上,也是一座闪光的明月山。

历史记载,是他劝说刘邦定都长安。那是在向西成边的路上,他向打败项羽将要定都洛阳的刘邦陈述他看好关中地区的原因。我现在居住的西安,便成了大汉开国的都城。我读《史记》里面他说给刘邦的话,千年之后还能听出那话里的温度,我的心潮随之澎湃。他说:"秦地被山带河,四塞以为固,卒然有急,百万之众可具也。因秦之故,资甚美膏腴之地,此所谓天府者也。"今天,徜徉在汉长安城未央宫遗址,我像是听见娄敬的声音千年之后还在那里响彻云天。

历史记载,他阻止了一场战争。汉高宗七年(前200),匈奴反汉,刘邦御驾亲征来到晋阳。娄敬了解匈奴骑兵既骁勇善战又多有埋伏,提出休战。刘邦听信主战派的谗言,把娄敬关押在广武,行军至白登山便陷入埋伏,被围困七日。逃出生死之劫的刘邦,用埋在北纬四十度的累累白骨,证明了娄敬对大汉天下、对朝廷的忠直。

历史记载,他是第一个提出和亲政策的人。那是在匈奴侵扰、大汉难安的时刻,他看见一颗似可稳定天下的星斗。他看见,高祖的长公主就像那颗星斗,划向北方的草原。后来,我们在历史的天空看见了细君公主,看见了解忧公主,看见了最美的宫女王昭君。诗神轻轻吟唱:"天然妆,淡淡样,本是汉家一姑娘……"

等娄敬也像一颗星斗从大汉的天空谢幕后,他向西划过关中平原,落在明月山上。他晚年就是在这里种金子,死后被埋葬在山里。后来,人们就把这座山叫娄敬山,把他种金子的山麓叫种金坪。

我想告诉父亲的是,他种的金子,名字叫马蹄金。

它是一种植物,也是一种中药。千年之前,它就扎根在这座石头山上,成了乡里人祛病的神草。我想当年如果工地上的人说清楚了,父亲一定会找到种金坪,为我常年多病的母亲采上一把马蹄金,熬好了让她喝。不知道在满山的草木中,父亲能否一眼认出它来。

写到这里,我想起小区的院子里那条很长的绿化带上,种了大片长得旺盛的绿草,人们都叫它金钱草,孙女乐乐叫它三叶草。每次到院子里,蹲在一片三叶草边,她都从中寻找着四叶草。她说,一片三叶草里只藏着几枝四叶草。我不知道她是听谁说的,但她总能惊喜地从中找到稀罕的四叶草。我急忙在书里查了,金钱草就是马蹄金。我披衣下到院子小心地采了几枝,把它摆放在父亲的遗像前。

后来,我知道老诗人毛锜写了本书,叫《种金坪闲话》。他从省城下放到永寿店头镇,每天劳动间隙,抬头望见的,就是那座娄敬山,就是山麓的种金坪。天长地久,他在苍茫的岁月中,开始在心灵上与这位古人对话。

我在文字里,也可以向娄敬山倾诉父亲的惦念了。

二十二

　　读明代《帝京景物略》，看到"画九"一说，有些唏嘘。这习俗要是沿袭到马坊，我也会画上素梅一枝，并为其染上八十一瓣，染到九九归一。

　　冬至，马坊人开始拖着自己瘦长的影子，在土地上行走。

　　每当时序进入父亲说的"九"里头，日子在他身上就是一层白雪覆盖着另一层白雪。身边那些红绿过的山水，躲在白雪的单调之中，也变得恍惚起来。我在小时候，对于九的理解，就是在数字之外剩下的一种寒冷。仿佛一个冬天，不只是穿着衣裳的人，还有地里的野兽、圈里的牲口，都在被饥饿缠绕着的心里，翻来倒去地数着九，直数到九九八十一天，等山上的雪没了，沟里的河开了，枝头的芽发了，万物才又回到忙碌的土地上。

　　马坊人把这样熬过的时日，在习俗里叫"数九"。

有一条石子路，从我们村上通到公社的街道里。

很多年了，我从这条路上回村，不管是步行，骑自行车，还是开车，也不管是开春，是麦子地黄了，还是秋雨连绵，都感觉到我还在一条雪路上，和父亲拉着一辆架子车，缓缓而行。

我不知道，都过去几十年了，怎么还徘徊在一条雪路上？

是那场雪太大了，时间不能从我身上把它化去，还是那条路太冷冰，春风不能从我心里把它抹去？只要走在那条石子铺成的路上，我的心头，就是大雪茫茫，就是万物寂寂，就是人世凄凄。

那天的雪路上，我和父亲拉着装满了硬柴的架子车，朝公社走。

雪路很滑，我们几乎爬行着向前，一路上没有遇见一个行人，也没有遇见一只野兽。其实，我们在那个时候的那条路上，不全是寒冷，也不全是挣扎。在父亲心里，我们是在向着能把生活从艰难里带出来的一个地方，不惜一切地走着。他能想到的，是这一架子车的硬柴，在给别人寒冷的冬天带去火焰的时候，也会给我们寒冷的日子带来比火焰还急需的一些温暖。

这些温暖，是我们过年时需要的。

为了这些温暖，父亲准备了一个冬天。

那个时候，我们的邻家，父亲的堂弟六刺，在公社里管着大灶。几十人的吃喝都是他一个人采购。因此，村上那些有特产的人家都想巴结他，卖一车白菜，卖一担洋芋，卖一锅豆腐，能给紧缺的手头换上几个零花钱。我们家没有这些出产，有的是父亲在沟里割回来的柴火。父亲就去六刺家问灶上要不要柴火。六刺咧着嘴说：灶上烧的煤炭，黑色的块子，冒的是蓝火焰，鼓风机吹着烧。如果用柴火，鼓风机吹开了，满灶房的柴灰，社长不开除我？

嘲笑了父亲，六刺心一软，说你家要有硬柴，破好捆成捆，当引火柴卖。

父亲信了六刺的话，赶在落雪之前破了一大堆硬柴，放在院子中间。一个人没事了就坐在硬柴边上，盘算着卖了它，然后把钱压在炕席下，到了年跟前取出来，去县上买年货。他接着想，卖了这堆硬柴，再破上一堆，说些好话给六刺，争取多卖一回。到了明年要多挖一些硬柴，只要公社里需要，他有的是力气，不就是多下几趟沟吗？他甚至想到，明年入冬之前先给六刺的家里送上一车柴火。

从公社里回来的六刺见了父亲问他啥时要硬柴，总是说再等几天。

一场雪落下来，父亲等着；又一场雪落下来，父亲还等着。

那年冬天，六刺住着的旧庄子有些拥挤，就在西胡同的中间申请了一院地方，开始打窑洞。父亲去帮忙了。那时，邻家有了盖房打窑的活儿，都是大家帮着干，没有什么报酬，就是管一顿饭。父亲每次干了打窑洞的活儿，都不去六刺的家里吃饭。下次父亲再去帮忙打窑洞，六刺说："记住去家里吃饭。"父亲说："吃啥饭呢，你记住硬柴的事啊。"

又一场大雪落了下来，公社里的人嚷着，没生炉子的引火柴了。

六刺记起答应过父亲，才把要硬柴的话很急火地捎回了村里。

我和父亲拉着满架子车的硬柴进了公社的大门。六刺指着一个地方，我们卸下硬柴，堆放整齐后，就等在雪地上。这个时候就见一些人走过来，抱着一怀硬柴，高兴地回房子里去了。

父亲这才放下心，开始蹲在那里擦着手上被多刺的硬柴扎出的血。在雪地里站久了，我因拉车出了汗的身上变得特别冷，父亲也一样。我们就在没人的时候踩上一会儿脚。就这样踩踩停停，停停踩踩，直到阴冷的天空又飘起了雪花，六刺过来，给了父亲五块钱。

父亲接钱的时候，手是哆嗦着的。

我看见很多雪花也落在那钱上。

出公社大门的时候，天已经黑了。

地上都是雪,亮晃晃的,能看出地上的路。卸了硬柴的架子车没有了重量,就在落满雪的石子路上一路打着滑。坐到家里的炕上,父亲才有了一些笑容。他为一车硬柴操了一冬的心,才算放下了。

有了卖硬柴的五块钱,那年正月里我们吃到了肉。

第二年开春,父亲一有时间就去村子周围的沟里挖硬柴。挖到秋天,我家院子里的硬柴垛高过房檐,高过院墙,走在庄背后的人都能看见。接下来的傍晚,村子里除了偶尔能听到几声牲口的叫声外,就剩下父亲破着硬柴的声音,响得夜色越来越深。

到了深秋,被公社辞退了的六刺回到了村上。

父亲知道后愣了很久。

那年冬天硬柴没有卖掉,我们家里的炕比哪一年都烧得热。

我在公社工作过两年,每到冬天,房子里生炉子的时候,就想起和父亲拉着满车硬柴走进大门的情景。我每次走过时,看见我们卸下硬柴的那个地方,都像看见父亲还蹲在那里,我的脚步不由得慢了下来。

记得有一年冬天,父亲问我:"公社里的人生炉子,还用引火柴吗?"

我知道我的回答会让父亲失望的。我也很想给管着灶的人说说,能否让父亲卖上一次硬柴。但我不能,因为那时公社的斜对面就是一家木器厂。那里的木屑、刨花,凡是能当引火柴的下脚料,早早就堆在公社里那块我和父亲卸下硬柴的地方了。

世事沧桑,我的寂寞的心里,装了太多有关马坊的事情。

我小的时候,经常跟着父亲走亲戚。

我们走的多是一些穷亲戚。那时候我不明白,有些无论从地理上还是血缘上都已经和我们很远的亲戚,父亲为什么还要走。有些亲戚,我甚至弄不明白他们到底和我家是啥关系。那个时候的农村小孩,上学也像放羊,在读书之外,有的是心情跟在大人的后边消磨时光。我虽然对走亲戚不是特别喜欢,但还是跟着父亲走了。

那些年走亲戚,留给我的是一笔不会被轻易忘记的亲情遗产。父亲领着我,年深月久地寻找着我们的来龙去脉。用现在的话说,就是追寻我们的生命基因。这是父亲用最传统的方式对我进行的生命教育。

岁月烙印在父亲身上的,是一张很完整的生命地图。

现在,我很想从一些淡漠的记忆里,把这张被父亲带走的生命地图,用我的理解复制出来。我想让那些和父亲一样,带着沉重的身体离开马坊的亲戚们,能在我写给父亲的文字里穿过时间的重压,得到片刻喘息或些许温情。虽然,在他们大多人活着的时候,我顶多会按照族谱上的辈分见面时叫上他们一声,或者过年时在他们膝下有礼节地跪拜一回。

我家最年长的亲戚住在郭家村和北宋村。郭家村位于东南,对着五峰山;北宋村地处西北,背靠槐疙瘩山。在郭家村的亲戚有三户人家,两户住在入村的胡同里,一户住在出了村的沟边。这三户亲戚家的长辈,父亲叫他们表叔,我叫他们舅爷。他们活到了民国时期,头上都留着绞了辫子的短刷子,白得像雪一样。他们家的孙子辈中有一个叫郭兵昌,我们是中学同学,我读到的第一部文学书籍就是从他的书包里翻出来的。我爷爷的母亲就是从他们家出嫁的。

再往上的老亲戚,我在马坊找不到了。

父亲的母亲出生在北宋村。我最熟悉的是父亲的木匠舅舅,他给我们家打过头门,也盖过门楼子。小时候看着头门上的门首、门楼子上的砖花,就像看见父亲的舅舅弯腰在院子里做着这些木匠活儿。在北宋村的街道南边,父亲的木匠舅舅住着一院地坑庄子。父亲的小舅因严重的风湿病,生活不能自理,住着街道正中的一院瓦房。木匠舅舅的儿子劳娃一直不满意这样分家,见了父亲,总要诉说一番。父亲的小舅生病前要了三个儿子。老大当过兵，落户在新疆；老三读书，在县上工作；老二在村上，也是个能主事的农民。现在，父亲的这几位表弟，只有劳娃还活着。给父亲立碑的那年，我去村上看他，他已经双目失明，只能拄着拐棍走路。

郭家是父亲的老舅家，北宋是父亲的小舅家。按照马坊的乡俗，父亲去世后，灵前的大蜡是由他们两家人点的。过年的时候，父亲选择最好的日子去给他们拜年，既是亲情使然，也是给他的身后事铺路。有人活着时对老舅小舅不好，死后，为让老舅小舅家点蜡，一群孝子跪了一地，整夜赔不是，留下了笑话。这样的事，在马坊的哪个村子里都曾经发生过。父亲去世的时候，老舅小舅家能来的亲戚都是他的表弟，他们没有在父亲的灵前刁难我。他们一脸的悲戚和敬重，在父亲入殓的那个冬夜里，他们用他们对父亲的情义深深温暖了我。

父亲的母亲是姊妹四个，那三个分别嫁到了八寨村、罗家村和马坊村。我只见过父亲在罗家村的小姨，活到那么大年纪了，依然是一身清爽，一脸好看。父亲的那两个姨去世多年，父亲还和他们家走着亲戚。就是他那位嫁到马坊村的姨母的女儿，父亲也和她认着亲戚。为了我的婚事，父亲去了西张村好多次，找的就是他的姨妹。

父亲的大舅有个女儿，嫁到了翟家山，原先父亲也和她走亲戚。有一年，她的丈夫杀了人，被关进监狱里，父亲就没再走这门亲戚。马坊村的经幢上，唐代的人刻了"太平马坊"四个字，让生活在这里的人祈愿太平，远离盗奸。因此，出了杀人犯，会让一个村子的人蒙羞，亲戚也没了颜面，再难走下去。父亲没再去过翟家山，但惦记着她的处境。过了几年，她改嫁到我们村，丈夫是堡子里的灾娃。过门的第二天，她就到我家来了。

母亲的舅家也在邻村郭家。她的舅舅活着时，母亲领着年幼的我年年都去拜年。后来，没有了舅舅，母亲与表弟的走动也就很少了。

父亲的姑姑嫁到了马坊村。父亲一生都在说，他的姑姑命好，嫁到了马坊村最富的人家,生了五个儿子,都是教书先生。民国十八年(1929)的年馑中,父亲带着母亲,是在他的姑姑家过活的。我记得他们家的四合院子,青砖蓝瓦盖到顶;门房的屋脊上蹲着威严的兽首,像从云端里俯瞰一村人家。

母亲的两个姑姑嫁到了我们村的张家。她的大姑去世早,留下三个张姓的表弟,逢年过节都走动着。她的小姑的丈夫也是个木匠,村上人叫他丁娃。按照辈分,他比父亲小好几辈,父亲每次去看他,既不按母亲的辈分叫,也不按村上的辈分叫,都是白搭话。只有我按着母亲的辈分,叫他姑父爷。他的三个出嫁了的女儿都是母亲的好表妹,哪里见了就在哪里拉着手,能说上半天的暖心话。

我的舅家与我们隔着一条沟,在东边的来家村。我没见过外爷和外婆,就把母亲的三叔和三娘当成亲外爷亲外婆叫着。从我记事起,舅父家就只有他和他儿子,是村上的可怜人。三外爷的小儿子德寿是我的中学同学。我开口叫他舅舅的时候,已经中学毕业了,他在公社的饲养场里当了马坊的第一位放蜂人。

我舅舅的儿子在我们村做了上门女婿。看着他在村里人单势薄,父亲就主动亲近他。那时,我们家里有大小事他都会来。看见他和他的孩子,父亲会说:"那是你舅家的骨血。"

母亲有一个妹妹远嫁滚村。我能走亲戚的时候,我唯一的姨已不在人世了,只有姨父和姨哥。很多年了,我牢牢记着一件事,就是在我把自己关在放了忙假十分安静的马坊中学里复习准备高考的时候,我的这位姨哥开着耕牛牌拖拉机,帮着父亲碾打了那一年的麦子,翻耕了那一料麦茬地。这在我的印象里,就是亲戚们帮了我家天大的忙。

在滚村,我和父亲常年走的亲戚,还有他的隔山弟弟。那是我的奶奶无法守护父亲,被迫改嫁到滚村后生下的儿子。父亲那时小,一想起母亲,就翻过村南的深沟跑去滚村。几十年里,都是他去看弟弟,他的弟弟很少来我们村上看他。后来,每次去滚村,看到父亲都要走到埋着奶奶的地里,在坟上默默地磕个头,我才明白,母亲在哪里,家就在哪里。

他去滚村,那是回家。

我的这位隔山叔父有三个女儿,父亲一有时间就会去她们家里走走转转,因为在我上学的时候,她们都或多或少地借钱帮助过。父亲去她们家里,是记着侄女们的好。再后来,他去她们家里就是还那份人情。人情还完了,他也老了,走不动了。他的那几个侄女都嫁到五峰山下的村子里。在他的印象里,去那里的山路很远,也很不好走。

我的大姐也嫁去了滚村。有这么多亲人都在这个村子里,所以我在小时候最爱去的村子就是滚村,有时一个暑假都是在滚村过的。我在滚村的沟里割过柴,拉过水,也见过水磨子,见过菜园子。我对乡村留存的很多美好的记忆都藏在这里。在我对这个村子里的亲人说着我的小女儿已经从世界名校墨尔本大学读完硕士的时候,滚村也出了这里的第一个穿越大西洋,在美国世界名校约翰霍普金斯大学读博士的孩子。

他叫赵强强,是我大姐的孙子。

我的二姐嫁到马坊村,三姐嫁到郭家村,和我们村连着地畔。

我现在回马坊去祭拜父亲和母亲时,就会住在三姐家里。

父亲一生走不完的亲戚,是流淌着我们生命复杂基因的一条河流。这条河因女人的嫁入和嫁出而不断延伸着。人类最初生长在母系氏族里,天长地久,不管人类怎么进化,也都是在母亲的怀抱里。

父亲一生背在身上的我家那张完整的生命地图,主要是三位死后在墓碑上只能留下郭氏、宋氏和来氏字样的女人,带着自己生命的基因,在我们家族里含辛茹苦,繁衍而来的。

她们活着,是生育我们的女人;她们死后,是家脉里的一条河流。

我们在人世活着,继续走着她们带给我们的亲戚。

每次去马坊村,走过花园那块地,我就会望见一座青砖蓝瓦的四合院。

在它的映衬下,村子里的其他屋舍就低矮多了,破败多了。它的门前是一条走马车的街道。沿着这条街道走出去,就是马坊的戏楼,是岸边柳树成荫的大涝池,是一通立了千年的唐代经幢。

看见这座四合院,我想起戏楼、涝池和经幢,一个村子里,似乎只有这座四合院可与它们匹配。

父亲的姑姑,就是这座四合院的主妇。在她的丈夫操持着这个不小的家业时,她守在四合院里,多年贤惠地养育她的五个儿子。父亲说,他的这五个表弟,一个比一个正气,后来都成了教书的先生。他的二表弟李敬明,在民国年间考上了兰州大学。这在人烟稀少的马坊,是惊动过乡里后来上了县志的事情。

我走进这座院子的时候,还没有见过父亲的姑姑。好像她从我们家里嫁入这户富裕人家,就是给他们生儿育女来了。等她把五个儿子养育得知书达理、成家立业的时候,她带着自己生死疲劳的命数,在这座庭院深深的李氏家门里闭上了眼睛。我见到的是父亲的姑父,一个眉眼间透出睿智与善良的老人。他已经从这座四合院的上房退到厨房的一个过道里,在一盘土炕上消磨着他不多的日子。

在父亲和他说话的时候,我在这座坐西向东的四合院里,看着表叔们住的房子。大表叔一家住在宽敞明亮、朝向东方的上房里,占着一个长子在这个家庭的优越位置。两边的四大间厢房里,南边住着二叔和三叔,北边住着四叔和五叔。按说北边靠近上房的那一间,依房子的方位和人的排位,应该属于二叔一家,却被最小的五叔住着。其实这间厢房是他们各自成婚的地方,五叔最晚结婚,就一直住在这间厢房里。

我自家的院子里只盖了一边厦房,其余都是土墙。天亮了,就是一院阳光;天黑了,就是一院星光。哪像这座四合院,盖得严严实实,屋脊又那么高,这富人家的清静,不是我们能享受的。因此,每次进了这座四合院,我就盼着父亲和姑父爷少说点话,我们快点离开。

反倒是对面的一座园子一直吸引着我,让我总想进去转转。

那是他们家饲养过牲口、停放过马车、住过长工们的地方。现在,没有了这一切,也就成了只有几孔窑洞、破败在那里的一座空园子。但栽种在里面的花草树木,没有被岁月糟践净尽,还残留着一些昔日的风景,总能让我看到他们家的一些不一样。更重要的是,父亲在那里逃命似的住过几年。

跟多数乡间女人一样,自己嫁了富裕人家,那个养大她的娘家总让她高兴不起来。哥哥离世那么早,嫂子又被迫改嫁了,剩下一个年幼的侄子,她的心,怎么能清净呢?父亲说,他小时候穿得烂散,也怕进这座四合院给姑姑丢了脸。经常是姑姑夹着包袱,给他送来新的衣裳。他不敢在姑姑面前换下穿烂了的衣裳,怕姑姑看见了他身上的伤疤难过。姑姑很想带他回去,他想去又不敢去,怕放下割草喂牲口的活儿,管着他的叔伯再不让他进这个家了。

我的父亲就是这样长大的。

好在他的叔伯们,在兵荒马乱的年月,没有让乡里的保长抓了他的壮丁去挡不长眼睛的枪子,还给他成了家。父亲说,这都是他的姑姑从家里拿来银圆、铜圆等响钱,托付过她的堂哥,才有了我的母亲从来家村嫁到耿家村,跟了我那孤儿一样的父亲。

民国十八年以后,熬过几年年馑,刚刚成了家、被叔伯分出来的父亲和母亲像断了线的风筝,没有着落地飘摇着。父亲说,是他的姑姑把他和母亲接到家里,度过了那场大饥荒,让他们活下来的。

父亲住在那座园子里,白天赶着牲口在花园里耕地,或者赶着大车往花园运土肥;晚上用细碎的草拌好料喂牲口。躺在炕上,想着有吃有穿,父亲也感到安然。有时下雨天,喂好了牲口,父亲就坐在门口,看着天空发呆。他很少去姑姑的屋子,怕打扰了读书的表弟。经常是表弟们来到他住的地方,看他怎么喂牲口。身份的障碍挡不住他们身上的血缘。父亲和表弟们的感情从那时开始建立起来,直到父亲去世之前,彼此间仍念念不忘。

母亲住在厨房的隔间。一间门房,除了一间过道,都被厨房占满了。那么大的案板、那么大的铁锅、那么大的水瓮,出身小户人家的母亲,见了这些锅灶有点胆怯。开始不敢做饭,母亲就坐在灶火旁,拉风箱烧锅。后来,母亲就上了面案,先是蒸馍,再是擀面。母亲的灵巧,让她在厨房里有了自己的地位。父亲说,他的姑姑那时很喜爱母亲。在这些躲饥荒的日子里,母亲练出了做饭的手艺,后来在我们这么大的村子里也是数一数二的。那时上面来了人,村里的干部都会安排在我家吃饭。记着小时候,家里虽然很穷,但在吃上,我没有受过多大的苦。就是一把麦麸,母亲也能做出我喜欢的味道。

年馑过去了,父亲和母亲离开这座四合院,回到了自己的村上。

父亲说,家里的好多东西都是他姑姑给的,一用就是几十年。我想起来了,我家的炕上,常年放着一个桐油漆过、绘着花鸟的黄铜包角的柜子。母亲的所有针线活儿都整齐地叠放在里边。一看那柜子的材质和式样就不是母亲能用得起的。那是父亲的姑姑送给母亲的。那时村里的女子出嫁,嫁妆都要装在柜子里,我家的这个柜子就陪了很多村里的女子,让她们在穷苦的年月里脸上有了一点光彩。

这座在马坊村里立了几十年的四合院,后来被村上拆了。住在四合院里的人,也散成了几个小家庭。

比起离开了这里的他们,我的父亲或许更惦记这里。

二十三

　　武汉封城后,远在秦岭之北的我们,也被封在西安城里。每天坐在家中,我们只能从电视上看到多少人被感染,多少逆行者为了挽救生命匆忙地奔赴疫区。

　　此时的我们,正走到庚子年的门槛,却被"新冠"病毒挡住了脚步。

　　我的心是乱的。我不知道我该做些什么。我想起以前读过苏珊·桑塔格的《疾病的隐喻》和《关于他人的痛苦》。我也想到了一句话:对灾难的唯一伦理,就是反思灾难。

　　而我的《父亲书》,也正写到几十年前的小寒节气。我由此想到民国十八年那场在关中持续了五年的大饥荒,它像一座山挡在马坊人的面前时,也是一个冬天。

父亲的成年礼,就是那场大饥荒。

确切地说,关中那场奇荒大灾的伏笔,应该埋在民国十七年(1928)的夏天。

那时父亲只有十几岁,是一个失去了父亲,在叔伯们的看管下活过来的孩子。他住在饲养着牲口的草房里,每天的事情就是担水、割草和起圈,喂养满槽的牲口。寄人篱下的父亲,懂得生活中的很多事情需要自己提前学会。因此,父亲很早就学会了犁地,也学会了割麦子。

那时的父亲还没有灾难意识。只要白天有一顿饭吃,晚上有一个地方睡觉,就没有过不去的。他不会想到,在这块土地上,一场巨大的灾难正在悄悄地临近。

人们要用五年的时间,在天地之间,上完这堂惶恐的生命课。

其实,关中历史上还有一场更大的灾难,发生在秦岭以北的渭河一带,史称"关中大地震",已经过去三百多年了。《明史》这样记载:"(嘉靖)三十四年十二月壬寅,山西、陕西、河南同时地震,声如雷。渭南、华州、朝邑、三原、蒲州等处尤甚。或地裂泉涌,中有鱼物,或城郭房屋,陷入地中,或平地突成山阜,或一日数震,或累日震不止。河、渭大泛,华岳、终南山鸣,河清数日。官吏、军民压死八十三万有奇。"这是世界地震史上迄今死亡人数最多的一次。马坊距离三原很近,那时生活在这里的人们,在地忽大震、声如万雷、川原坼裂的一瞬间,一定惊恐地看到了自己身边的高岭山、五峰山和槐疙瘩山是怎么晃动的。

父亲没有从马坊的上辈人那里记下那次大地震。

他对灾难的记忆,最远是在民国十八年。

记得父亲说过,民国十八年的前一年,地里一直干旱,麦子长不起来。到了收麦的日子,从地里收回来的,就是一把干枯的麦草。到了秋天也没收上秋庄稼,他才知道一场大饥荒正从关中平原上,越过礼泉的昭陵、乾县的乾陵,来到了永寿的虎头山上。一年没打下粮食,家家只能吃积攒下来的陈粮。吃完了陈粮,到了年关,村上的男人就背上褡裢,准备去后山借粮,却被突降的大雪困在了路上。

对于那场也降到邻县乾县的大雪,强文祥先生在他的《乾县民国史稿》里这样表述:"地面骤降暴雪,田间坎壕沟道形成的窖雪深可埋人,道路堵塞不通。积雪数月不化,树木多被冻死。"

父亲认为,那场大雪,是老天要断了人在地上活命的路,才劈头盖脸地下的。

他也走在借粮的人群里。他的手脚也被大雪冻坏了。

熬过了年,也就到了父亲后来只要说起往事都会提到的民国十八年。开春之后的土地上没落过一滴雨水,先是地里起了一层虚土,再是麦苗起了一层黄色。村东的涝池,一村牲口饮水的地方也起了一层淤泥,只有一些野草还长出一点精神。

父亲说,那场雪灾,把天上的雨水全部带走了。

他没有说错。民国十八年的马坊,庄稼没有见过雨水,牲口没有见过雨水,人也没有见过雨水。没有收下一颗粮食的人们,开始疯了一样地想着粮食的事。从春天开始,打南边过来的人,背着换粮食的土布,一群比一群多。马坊人看见了,也跟着向北边去了,身上没背土布,就沿路乞讨。

北边是山里,流淌着一条名叫泾河的河流。

可是山里再大,也是人烟稀少,存不了多少粮食。

回来的人,就想到挖野菜。干得像瓦渣一样的地里,能长出来的野菜很快就被挖光了。父亲说,那年他们吃过当柴火烧的玉米芯、玉米壳,砸碎磨细,用水煮成很黑的糊汤;吃树皮,开始吃榆树皮、香椿树皮、洋槐树皮,到了后来,臭椿树的皮也吃。

等到涝池里的水干了,村上有牲口的人家就忍着心痛杀了牲口。有人在宰杀之前哭着对牲口说："如果有下辈子,我变成牲口,让你役使。"

那一年,村里饲养的大小牲口死的死,杀的杀,村子被一片死寂笼罩着。

后来,有人在沟里挖到了一种有黏性的白土,就试着吃。一试,果然能充饥,一村人就满沟里寻找这种白土,还给它起了一个颇有佛性的名字:观音土。人们不知道它是一种烧制瓷器的土。父亲说,这些东西吃下去,就像砖头一样装在肠胃里。很多人摸着自己的肚子,瓷实的一块,村里人就说是得了"鼓症"。

父亲也得过鼓症,差点丧了命。

是他的姑姑哭着把他从同样处在大饥荒中不知如何活命的叔伯家里要了出来,领进马坊村。父亲记得,姑姑领他时给了叔伯家里一些粮食。看见粮食的叔伯们,眼睛炸裂一样地红在了眉毛下。

父亲的饥荒经历,也就暂时结束在姑姑家里。

从父亲的口述中,我好像在马坊的大地上读到了画家蒋兆和的《流民图》。按照他的记忆,他每天都能看见逃难的人从郭家嘴走上来,从营里沟爬上来。路上多是从乾县、礼泉一带绕着五峰山下的河道走了很多天的人。他们以为上了这土塬,在看见村庄之前会先看见庄稼,至少能看见地里的野菜。

这里让他们失望了:地里没有一棵庄稼,也没有一棵野菜。干旱让这里的地上起了一层很厚的虚土,只要细风一吹,就直往人的身上落。他们在村头没有看见一头活着的牲口。他们看见的,是几个灰头土脸的人,也背上褡裢,走出了村子。

高岭山以北,成了他们生死相依的方向。

一路走过去,新起的坟堆上,土还湿着。

饥饿也让荒野里的狼开始聚集起来,成群地出没。在野地里啃食尸体的经历,让它们学会了尾随人群。

在我后来的成长过程中,狼,一直是让父亲揪心的事。记得小时候,没有父亲的准许,我是不能走出村子的。更不能去西壕里、北胡同那些布满空旷荒野的地方,就是去到庄背后,也是跟在父亲的身后。直到长大了一些,我才被允许跟着一群同伴一起去地里挖草。因此,我在十岁之前,对村子里的地理是一片模糊的,不知道哪块地里种着玉米,哪块地里长着麦子。

后来,父亲的鼓症奇迹般的好了。

他在姑姑家里吃到了面食,肠胃里的菜根、树皮和观音土,见到了热饭热菜,也就慢慢地化开了。其实,父亲被姑姑领到家后,姑姑就请来了村中的老中医,给父亲吃了好多中药。那是一个中医世家,我上中学的时候,那家人的孙子辈中有一人还继承着祖传的医术,在村上行医。等到父亲身上的力气彻底恢复了,不愿意吃闲饭的他,就在姑姑家对门的园子里帮着他们喂牲口。

父亲的姑姑家是马坊的大户人家。连年干旱,让他们种的地里也没了收成。父亲说,周围村子里的牲口都被杀光了,姑姑家槽上的牲口也没有几头了。

熬到民国十九年(1930),颗粒无收的忙罢,老天下了一场雨。落在地上的雨点打起一地的虚土,起了一层土雾。

等到土雾落在了脚下,被大饥荒祸害得忘了世事的人们这才灵醒过来,可以跟着落地的雨种秋庄稼了!那些在村外逃难的人纷纷回到土地上,收拾着农具。有人扛起木犁,才想起一村的牲口都死在民国十八年了,跌坐在地上哭了一场。

民国十九年,马坊的田野上,那些没有死去的人,都变成了牲口。

他们被套在沉重的木犁上,种下好些时日都没有见过模样的庄稼。

父亲在马坊花园那块地里赶着他已经喂熟了的牲口犁地的时候，被他的叔伯以家里没人种地为由，硬叫了回去。他放下扶惯了的犁把，放下吆喝牲口的鞭子，离开那座四合院，回到很久没回的村上，也被牲口一样地套进了木犁。

拉着木犁种地的父亲，只盼着地里快些长出庄稼。

谁知费尽力气种上的秋田却遇到了蝗虫袭击。父亲说，不知道那些蝗虫是从哪里飞来的，黑压压的一片，把天上的日光都遮住了。人们亲眼看着蝗虫从秋田里飞过去，地里的庄稼就不见叶子了。

人们用剩余的力气种下的秋庄稼，就这样被蝗虫夺走了。

马坊人在经历了旱灾、雪灾之后，又亲眼见证了一次虫灾。

没有了粮食，那些在村外逃过难的人背起了褡裢，继续逃难。我的父亲也丢下手中的农具，跟着村上的一群人，继续走进那幅《流民图》里，沿着北边的那条泾河漂流。

对于虫灾，我是有一些记忆的。那是在村上读小学的时候，那一年的春天，天气持续阴着，见不到晴朗的天空，田野里的地气升不起来，正在起身的麦地里生出了很多虫子。我见到的虫子，不像父亲说的蝗虫是从天空飞来的，而是附着在麦子的根部，安静地吃叶子。学校组织我们带上笤帚和簸箕，顺着麦垄，用笤帚往簸箕里扫，一趟扫下来有半簸箕，再在地头挖坑埋了。麦子根部生出的虫子，比起会飞的蝗虫，只能算是小虫灾。

几十年后，不只在马坊，我们能走到的土地上，蝗虫这种害虫基本上都被消灭了。就是田地里其他有害或者有益的虫子也被消灭了不少。

那是农药带来的奇迹。

我和父亲的内心都感到焦虑，应该是在 1976 年。

　　回村种地一年多了,到底是留在土地上还是从土地上走出去,我们日夜想着,却都没有一个办法。父亲忧郁的眼神不时地看着我,也不时地躲着我。我也觉得,把自己的一生全部交给一块土地,是一件很憋屈的事。

　　带着这种焦虑,我和父亲从那年的春天走到了那年的夏天。

　　收麦子的时候,父亲意外割伤了自己。伤口是在左边的小腿上,竟然有那么多的血,把一片割倒的麦子醒目地染红了。

　　这得使出多大的力气,才能割下这样的一个伤口。

　　那一瞬间,父亲肯定是看到我正在他的前边弯着腰艰难挥动镰刀而心生焦虑,一下子走了神,竟让伸出去很远又猛然用力收回来的镰刀,越过一片厚实的麦子,落在自己的小腿上。

　　父亲用虚土和着婆婆丁根上的白色汁液涂抹在流血处,又从汗涔涔的衣服上撕下来一块布条,缠绑在腿上。父亲瘸着腿,收完了地里的麦子。几天后解开腿上的布条,不小心撕下一片肉,里边全是发臭的脓血。坐在墙根下,父亲用了很长的时间,把伤口里的脓血一滴滴地挤出来。父亲咬着牙,每挤上一下,都像用刀削下一块肉。我看得心疼,却又帮不上忙。挤完了,父亲从一个纸包里挖了一块獾油,抹在了伤口上。

　　忙罢了,父亲腿上的伤好了,我也临时去了县上。

　　我和父亲心中的焦虑也因此减缓了一些。

　　文化馆召集了十几个人,集中在永寿村采写孙天柱的英雄事迹。他是中华人民共和国成立以后永寿历史上的第一个烈士。一次民兵演习,为了扑救一颗没有甩出去的手榴弹,他牺牲在同伴身边。我们去了他的坟墓,去了他的家里,去了"学大寨"的工地,也去了村上的赛诗会。有一天,我们坐上卡车,去邻县旬邑参观新修的方块田。回来的时候,我们坐着卡车翻过页梁,从旧县城罐罐沟脑过了虎头山,进入离县城最近的蒿店,看见西兰公路上站满了挥手、喊叫的人。我们站在疾驰的卡车上,听不见人群喊什么,只听见一路的风声从耳边呼呼掠过。

到了县城,我们才知道唐山地震了。那天是 7 月 28 日。

随后,我们参加采写的十几个人也被解散了。

我回到村上的时候,父亲正在门前的井边用玉米秆搭着防震棚。一个村子里,各家各户都在自己的门前搭着大小不一的柴草棚子,村上的干部也在挨个督促。看见我从县上回来了,父亲说不上高兴也说不上不高兴,蹲在防震棚前,潦草地吃了一锅旱烟,又开始动手干没有干完的活儿。

帮着父亲搭好了防震棚,我去了大队。在大队院子的防震棚里,我每天的任务就是接听上边打来的有关防震的电话,不像以前在办公室里,把门关上,可以读书,可以看报纸。大队院子的西边是医疗站和代销店,人来人往,很多人从那里出来,就坐在防震棚里打听事情。

一天中午,我想在父亲搭的防震棚里躺上一会儿,发现防震棚口上的毛线口袋里装满了麦子。我的眼里一下子涌出了泪水。父亲在土地上守了一生,能想到随时带在身边的也只有这些粮食了。在他的心里,一把粮食,就是他生命里的细软。

唐山的地塌了,马坊的天也像塌了。

那段时间里,马坊一直下雨。有天傍晚,雨下得特别大,下成了大白雨。公社通知说,各村要彻夜防震,把人集中起来,守在空旷的地方。那么大的雨,人不能戳在雨地里。大队副书记玉德说,把学校的一排教室腾了,铺上麦草,让全村人住进去。教室的前边是菜地,西边是操场,一有情况,人就能从教室里跑出来,站到菜地里和操场上,也就安全了。

我在雨地里背着母亲,踏着两脚泥泞去了学校。

父亲披着一块塑料纸,跟在我们的后边。

半夜里,我从大队出来,想去学校里看看,路过西村时,看见一点火星透过密织的雨,在我家的防震棚里时明时灭。

我走了过去,看见父亲坐在毛线口袋上。他说不放心防震棚里的粮食,就一个人回来了。我没有说什么,也没有让父亲再回到学校里去。

父亲在防震棚里住了一个月。按说那个时候,不应该下那么多的雨,可天塌了的马坊,就是阴雨连绵。好像季节被地震提前赶进了秋天,父亲拖着僵硬的身体,潮湿得睡不着觉。每夜雨声都包围着防震棚。

等他浑身的骨头更加麻木的时候,天才慢慢放晴了。

睡不着的时候,他会从防震棚里走出来,绕着我家的庄子转一圈。

地里的农活儿多起来以后,防震的事情就松懈了下来。父亲也拆了防震棚,把那一口袋粮食又扛回了家中,继续背上犁铧,下到地里犁地去了。至此,父亲经历了大灾荒、大虫害、大瘟疫和大地震,他剩下来的日子里,再没有切身经历过这么大的天灾和疫情了。

也是一个阴天,我扛着锄头从村南的地里走出来,碰上副书记玉德,他说他刚听到的广播,说毛主席去世了。我没有反应过来,愣在地头上,不知该怎么去接他的话。还是他提醒我,是9月9日零时十分。

回到家里,我给父亲说了,他说这是比地震还大的事。

那年十月的一天,我突然接到通知,要去公社广播站工作。我背过送通知的人,捂着脸哭了起来。抹去压抑的泪水,我不禁感慨:天空在我的头顶上,终于放晴了。

我去公社的那天,父亲把我送上碾子坡就转身去了地里。

他的那次转身是轻松的,也是愉快的。

他为了我积压在心里的那些焦虑,应该消失了。

二十四

很多年了,每到大寒节气,我的心绪,带着我的身体、我的灵魂都会感到疼痛。

父亲的一生,像二十四个节气一样,一路有风有雨、有霜有雪地走过来,是很不容易的。我总是天真地以为,他既然都走到这个时节了,就应该继续走下去。

然而他却在一场大雪中,闭上了他一生睁得既固执又委屈的眼睛,躺在了马坊的大地上。

我的《父亲书》从立春开始,写到了大寒,就要全部落下笔了。

我突然意识到,我是在纸上,一页接着一页,把父亲写向了死亡。

生命是有密码的,表现在很多人身上,是他们对于自己的死像是有预感。

有一年春天,姐姐从老家捎来话,说她在马坊街道见了父亲的五个表弟中还活着的李敬英,我们叫四叔的。他拉住姐姐的手,似要流泪地说,他去了我们村,在我家锁着头门的院子周围一个人转了一圈。他爬在后墙上,看了院子里的房屋,也看了院子里的树木。

听了这些话,我的身上一阵发冷。他活到这个年龄上,还没有忘记我家院子的位置,可那座院子的门对他却是锁着的。没过多久,姐姐又捎来话,说父亲的四表弟去世了。那一刻,我意识到,对于我们每一个人,总有一些地方是不能忘记的,是死去之前要看上一眼的。

在为他悲伤的时候,我想到了他们中的很多人,一生都在一块土地上寂静地生活。他们看见的不多,都是目光以内的大自然;他们占有的不多,都是自己盖的房、种的粮;他们交往的不多,都是有着血缘的一群人;他们费神的事也不多,都是邻里之间的琐碎。就是遇上天灾,只要能活下去,把房屋锁在村子里,没有不能去的地方。等到天灾过去了,再沿着走出去的路回来,把房屋的门打开。生活对于他们,就是在一块土地上,和自己最亲近的人随遇而安。因此,他们活得极其清净,清净到像知道自己将要离开人世的日子。

我便想起父亲,他对自己的死亡也是有预感的。

那年冬天,雪在马坊出奇的少,麦子在地里也浮出一层不安的绿色。父亲想,再不下一场大雪,麦子就要返青了。就在他为地里的麦子见不到一场应有的大雪而发愁的时候,他无意间想到,趁着天上还没有下雪,自己应该出去走走。

这对常年在土地上劳累的他,是一件多么奢侈的事情。但活得清净的他像触到了生命的某个密码,不得不出去走走。我后来想,这是一种仪式,一种向与他生命有牵连的地方告别的仪式,也是他生命中必须走完的最后一里路。

他先去了郭家村。那是他走得最年长的亲戚,也是带着我走了多年的亲戚,那是他父亲的舅家。有两家在进村的胡同口,住的都是地坑庄子。他没有进他们的院子,只在窑背上转了很长时间。他只想一个人转一会儿,不想遇见他们家里的人,因为这个时候,不逢年过节,他想不出要来他家的理由。那是一个吊在沟边的村子,人都住在一条很长的胡同里,一家距离另一家多隔一块空地。那些栽在空地上的树,他一年见一次。直到听见拴在门前的牛叫了几声,他以为他的到来被牛感觉到了,就转身离开了。

走出胡同,他去了住在沟边的另一家,太阳也快升到头顶了。

他叹息一声,似乎知道这个老亲戚走到头了。

过了几天,他去了北宋村。那是他的舅家,两个舅父都走了,只有表弟们在村上。他在住着四合院的小舅家只坐了一会儿,就来到大舅家,在他住过的窑洞里,用他留下的泥茶炉子和表弟劳娃喝茶,说一些远天远地陈在旧年里的话。

他坐在那孔窑洞里,就好像还坐在人世上他守得最长久的长辈人身边。他也很想在那孔窑洞里住上一个晚上,却只在午饭后闭了一会儿目。

他离开那个村子回家的时候,太阳已经落得没有光线了。

再过了几天,他选了一个双日子,翻过村南的大沟,去了滚村。他没有直接进村,而是去了路上的一块坟地里。那里埋着他的母亲,很多年里,只要他去滚村,最先走进的,都是这座孤独的坟茔。哪怕只看上一眼,他也要穿过密实的庄稼地,走到那里。他在坟上压了三张纸,又跪下来烧了一堆纸。他没有很快离去,而是看着纸灰在坟顶上旋起,一些落下来,一些飘走了。

从坟地出来，他一身轻松地进了村，看了他的隔山弟弟，去了我的大姐家。

回村的时候，他一路走得也很轻省。爬在那么陡的沟坡上，他像走在平路。他的一身轻省，是因为他在这个还没落雪的冬天，走完了他走了一生的三个村子。

后来下了一场大雪，雪从高岭山顶上漫下来，把田野、村庄和道路覆盖得严严实实。躺在炕上的父亲，似乎明白了他为什么会赶在大雪之前去了郭家村、北宋村和滚村。

那场大雪带来的寒冷，让他得了重感冒。

父亲病了。壮得像一头耕牛的父亲，突然倒了下来。

病了的父亲，没有走过那年的大寒节气。

村里的人发现，那年种上麦子后，父亲终于闲了下来。

像父亲这样的人，能让双手在一片庄稼跟前闲下来，这是村里人从来没有想过的事情。

父亲出门，手里居然不提镰刀了，这让看惯了父亲劳作的人一时想不明白。

有人看出来一些迹象，就走过来，和他说上几句过去很少说的话。记得住在我家后边的俊良，一有时间就站在我家后墙的豁口上，喊着父亲，问我啥时从县上回来。他是村里的先生，看过很多古书，一肚子的文墨，总想跟我聊聊。他发现种过麦子后的父亲脸上起了一层土色。他断定父亲的时日不多了，好多次从豁口上过来，坐在父亲泥抹的茶炉旁，陪着父亲喝茶说话。

究竟是读过书的人，懂得那个时候的父亲是需要有人跟他说话的。

他从父亲的脸上看见的那种土色,不是黄色,更不是金黄色。那样的土色,是一种写在书上的只能形容土地的颜色。他看见的土色,其实是灰色,这是土地的真实颜色,它此刻就挂在父亲的脸上。只是这种颜色,在土地里是活着的,而落在一个人的脸上,就是一种死色。

父亲熬着茶,说给俊良的那些话,风也听见了。

我悔恨,后来没有找到俊良,让他把父亲说给他的那些话作为一份念想,重新转述给我。等我有了时间,想把父亲说给俊良的那些话作为一份精神遗产讨要回来时,俊良也去世了。父亲说给他的那些话,也就永远跟着他,被埋在村北的公墓里了。

其实,父亲这些异样的迹象,住在很近的郭家村、经常回来给父亲做饭的姐姐早已看出来了。她有时回来已是半晌午了,父亲还关着头门,他真像一头老了的牛,倒下了就不想再起来;和他说话的时候,总是有一句没一句,似乎对人世上的事情开始在心里厌烦了,只有说起我上学时都向哪些亲戚借钱了,才显出一些精神来,让她帮着再捋一遍,还有哪家的钱没有还,催着姐姐给我捎话。

这也是埋在我心里挖不去的疼痛。我上大学时候用的零花钱,也是父亲跑遍所有亲戚,几元、几十元借来的。我工作的头两年,每个月都要先从五十多元的工资里把还亲戚的钱扣除出来。拿到钱的父亲,第二天一定会翻过马坊的沟河去还钱。我不能原谅自己的是,替我还完了钱的父亲,没有享受到我微薄的反哺,就要离开我了。

让姐姐真正感到害怕的,是父亲的饭量越来越小了。

她想起上辈人的话:一个人的粮吃完了,这个人就要走了。这是马坊人在土地上,经过生生死死的体验悟出来的一条生命之道,他们破解了天意,也就与粮食定下了一份生死契约。在父辈以上的人心里,都相信一个人一辈子吃多少粮食,那是早已安排好了的。在天地赐给的饭碗里,不会少了你的一粒粮食,也不会多一粒。因此,他们在饥饿、灾难和命运面前保持的那种淡定,你可以说是无奈,是迟钝,是皮实、窘态、憨相,但你很难有他们那种在艰难世道里还能活人的韧性。

那是天地也扭不过的韧性。

姐姐也害怕地问自己:"父亲的粮,真的吃完了?"

等种在地里的麦子生长出来,父亲就坐在房檐下,收拾着他一生用过的农具。这在往年,是天上落了雪不能下地的时候,闲下来才干的事。我们不知道,他是急着在和这些农具告别呢。他的手带着血汗,带着力气,带着时间,把木纹磨得更深,把铁刃磨得更亮。他收拾好一件,就挂在房檐下。要是往年,那些挂在屋里的农具,他会坐在炕上反复看。那一年,他这么早地收拾了那些农具,却再没看过它们一眼。

或许,父亲的生命之幕,最先从这些农具上落了下来。

他那么费神,是在为谁收拾呢?

我只用了一季。它们收割完他种下的最后一料麦子,就被散乱地放在院子里了。

那年冬天,村里的人会偶尔在一些人迹罕至的地方,看见父亲一个人转悠,比如村东的半截城、村西的洞子沟、村南的苜蓿地、村北的石子路。在这些地方,他躲过土匪,放过羊群,割过青草,栽过树木。村上的每一块地,都或深或浅地留下过他的脚印。

有一天,他竟然翻过木杖沟,去了他包过的山庄红沟子。那时,秃娃的哥哥已经死了,秃娃也回到了村上,他能看到的只有几处塌了的窑院。他或许想到了当年在山庄遇到的那些狼。他不能在这块土地上看见一匹狼了。他的体力也不允许他与狼遭遇了。

他在山庄塌了的窑院里,吃了一锅烟,留下一地烟灰。

他回到村上的时候,家家都关着头门。天上也新出了几颗寒冷的星星,有一颗像落在我家院子里那棵粗壮的槐树顶上。推开家门的一瞬间,父亲似乎明白了:走了这一天,他忘记了饥饿,也忘记了寒冷。这是自己和自己在争抢人世上剩下的日子。

是那场隆重的大雪,终止了父亲在马坊独自一人的走动。

父亲生病了。母亲从家里捎来话,我却无法相信。

不只是那个时候,就是几十年后的今天,我在心理上似乎也没有做好接受这一事实的准备。我承认生老病死,也承认生命无常,但我总以为,父亲身体上的疾病,都被他几十年在人间遭受过的那些磨难一物降一物地顶替了。那些天塌了般的遭遇,在他五十岁以前,是赶着趟儿一遍遍折磨过他的。这种磨难反复出现在他身上,那些生理上的疾病也不敢乘虚而入。

在我的印象中,他是一个没有生过病的人。

母亲多病的那些年,药都是父亲从药房抓的或去沟里挖的。那么多的中药,熬了一个冬天,傍晚,落满了雪的院子像是被熬红了。母亲喝药的时候,父亲坐在旁边,一脸的慈眉善目,像个男菩萨。那个时候,我没见过一次父亲因生病而给自己抓药、挖药和熬药。

父亲的骨头就像是生铁打的。

多年的相依为命,让母亲预感到父亲生命中的那个冬天已经来临了。那场大雪之后,天还没有放晴,封侯沟和马坊沟的路还被雪覆盖着。那些通往乡镇的班车都是搭了防滑链的,在沟坡上小心翼翼地爬着。我没有拦住母亲。她夹着一个包袱,坐班车回村里去了。

看见父亲还有精神,母亲做完饭,一边看着父亲吃,一边准备过年的事。那时已经进入腊月,我有了大女儿,父亲和母亲的心上也就有了几十年里没有过的高兴,每次吃饭时,都盘算着今年的年一家人该怎么过。父亲还给母亲说,过了腊月二十三,他要去县上治年货,要割几斤肉,要称几斤糖,要买几串炮。他内心真正想的,是抱上孙女,从县城里坐上班车,回到村子里。

那才是他生命里最荣耀的一次出行。

从那天起,他就经常掐算离腊月二十三还有几天。一个人的时候,他会坐在房檐下,念叨着孙女的名字。

有一天早上,吃了母亲熬的小米饭,父亲去了西壕里,拉回了一车干土;又去了大涝池,担回一担清水;最后去了饲养室,背回一背笼麦草。脱了穿在外面的棉袄,父亲在院子里和着麦草泥,他给母亲说,要把炕沿泥了,要把灶边泥了,要把门框泥了,还要把墙上的裂口一个不漏地泥了。他说,要让孙女一回来就能闻到麦草泥的香味。

泥房上的山墙时,他上到了梯子上。母亲劝不住他,就帮他扶梯子。

看见泥了麦草泥的地方渐渐被风吹干了,起了一层土黄色,那些浮雕一样贴在泥里的麦草愈发白亮,向屋子的四处反射着清净的光,父亲的脸上就有了笑。

他最后想起,炕上的那一面墙也要用白土漫上一遍。

想起白土,他感到一阵钻心的疼。关中大饥荒那年,他和一村人都吃过白土,好些人为此送了命。饥荒过去了,活下来的人就想到,过年用白土漫墙,不但烟熏火燎了一年的墙会变得白净光亮,对那些死去的人也是一种念想。我们小时候,过年前最想干的一件事,就是结伙去村东的沟里寻找那种白土。

父亲去了东沟里,挖回了几块白土。

他回来的时候,顺路去看了他父亲的坟。

那几块白土放在地上,还没顾得上用水化开,用扫秃了的糜芒笤帚漫墙,父亲就病了。他睡了一晚上,第二天就坐不起来了。母亲一摸他的额头,烫得跟炭火一样,立即用一些土方子给他不停地降温。

母亲不知道村里可以给县上打电话,就打听是否有人能去县上给我捎句话。我第三天才接到母亲捎来的话,放下手头的工作,坐班车回了村。

看见父亲病倒的样子,我也害怕了,就让母亲准备东西,赶紧送父亲去县医院。三天的时间里,父亲是怎么熬过来的,只有母亲清楚。她按照她的判断,知道父亲的粮吃完了,死活不让去医院。母亲有母亲的理由,她懂得三岁失去父亲的父亲,在长大的过程中,有很长一段时间是在亲戚家里过着漂泊不定的生活。他一生盼望的,就是有一个自己的家,一个自己的完整的家,一个自己的温暖的家。因此,父亲真的要走了,也不能从外面走,只能从自己的家里走。

这是那一代人对生命最终归宿的普遍态度。

我没有说服母亲,准备回县上接回妻子和女儿。

父亲得的是一种重型流感,由于马坊偏远,与县城隔着几条沟,等母亲捎来的话传到我的耳朵里,已经晚了。父亲走后,母亲一再给我说:"你父亲活够他的寿数了,他走得也不亏。"

但在我心上,总觉得自己是有愧于父亲的。

一只黑色的大鸟,在我推开屋门的时候从我家房檐下啼叫了一声,仓皇地飞向天空。我的心咯噔了一下,父亲的魂,是否从此跟着那只大鸟飞走了?

此后的七日,我是亲眼看着父亲怎么慢慢离开人世的。

直到有一年,看了台湾女作家刘梓洁的小说和同名电影《父后七日》,我真的感动了,里面写了在父亲亡后的七日里,她都在做什么。她写道:"即是永恒的哀痛,要到第八日才埋种在心中。"在马坊的乡下,亲人去世的七日里，子女要在每天的落日之前，去到坟里燃起一堆火焰，陪伴在坟前直至落日暗下去。民间有习俗，亲人走后，还要过七个七日。

而让我刻骨铭心的，是父亲的亡前七日。

这么伤痛的七日里，我和父亲没有语言，只有眼神交流。

陪伴父亲的第一日，我像走进人间的至黑至暗里。我从县上接回妻子和女儿时已近正午。妻子在县医院工作，带着药和盐水，给父亲挂上吊针后，就做母亲的工作。和我头一天说的结果一样，母亲就是不同意。有一阵子，不能说话的父亲显得很烦躁，一会儿要拔吊针，一会儿要下炕，我只有把他搂在怀里，坐在烧得很热的炕上，让他动弹不得。这期间，知道父亲的病重了，家门的人和邻居们纷纷来到家里，挤满了一脚地。我抱着父亲不敢松手，又得和他们打招呼描述父亲的病情。从一些人的眼神里，我看出他们这是来看父亲最后一眼。

我就这样抱着父亲，一直到半下午，他才安静了。

把父亲从怀里放下，我叫出妻子，让她给我说实话。看我难过的样子，她只掩饰了一会儿，就说母亲说得对，父亲哪天走，只是个时间问题。我一下子瘫坐在院子里的柴火堆上，妻子也靠坐在我旁边，直至母亲出来，两个姐姐也来了，我们才回到父亲躺着的房子里。

那一夜，我和大姐、三姐守在父亲身边，说一些想让父亲听到的话。

第二日，父亲挂着吊针，村子里的人进进出出。母亲让我把家门的人叫来，说父亲一生很难畅，不要等人下世了再去亲戚家报丧。吃过午饭，家门中的人出了村。那天下午，我躺在父亲身旁，想着头一天早上天还没亮，为了去县上接妻子和女儿，我到马坊路口等班车，一路上，我像听见那只黑色的大鸟在头顶上叫，叫得我的头发都立起来了。有一刻，我感觉父亲就在身后一路跟着我。我定睛一看，走过的那块地，就是马坊花园。几十年前，父亲为了躲避饥荒，就在那块地里给姑姑家干农活儿。我有些害怕,就在路上跑起来。跑着跑着,天逐渐亮了起来。

第三日,我家的亲戚都看父亲来了。坐在父亲的跟前,有的拉着他的手,有的摸着他的头,说着让我落泪的话。我不知道父亲听见了几句,只看见他的眼睛盯着那些亲戚的脸。我至今记着,他的表弟李敬明趴在他的耳边大声叫着他的时候,我有了一个发现:他们的脸型、眉目和额头,怎么那么像啊!就在表叔俯身抱住父亲要哭的时候,我忘了拉起他。现在,他们一个要走了,一个还活着,活着的想叫另一个人给自己说一句话。

他的叫声没能让父亲开口。

他给母亲说:"该准备后事了。"

等妻子停止用药只挂葡萄糖的时候,第四个黑白的日子开始等着父亲。那一天,母亲取出了这些年她一针一线给父亲缝的几身老衣。其实,这些老衣父亲见过,我也见过,就放在我家的柜子里。不管是白天坐在炕上吃饭,还是夜里在炕上睡觉,那些父亲下世要穿的老衣就在我们的身边。生死在乡村,就像一件很平常的事,等待着每一个人。

我这样想了,可想过之后,还是难过。

第五日,我的几个堂哥说要把父亲的棺材抬出来,重新上一遍清漆。棺材早几年已经画好了,再上一遍清漆会鲜亮一些。我于心不忍,因为棺材就架在父亲躺着的房子里,怕他听见响动。母亲说话了:"抬吧,知道再上清漆,他会高兴呢。"

母亲说这些话,其实心里也很苦。这个时候她只有一个想法,就是让我父亲走时能穿好一些的老衣,能背好一些的棺材。说完后,她和我的姐姐忙着给父亲的那几身老衣缝上布屑编成的钮门。乡村的讲究,做老衣的时候不能缝钮门,只有穿它的人要走的时候才能缝上。

各种忙着的事情昭示着,父亲就要离开我们了。

父亲的眼睛,几天来一直睁着。我任何时候看见,他都像在审视我,让我有一种负罪感,感觉在二十几年的生活里欠下了父亲一大笔生命之债,却已经没有时间偿还了。等到第六日,看见父亲心有不甘,母亲就抱来了刚满周岁的孙女,让父亲再看看。

看见我的女儿,父亲的眼神似乎柔软了一些。

抱走了女儿,母亲告诉我,父亲还等着一个人。

那是我的二姐,她一直病得不轻,怕她受不了刺激,才没敢去叫。

第六日下午,二姐被搀扶着,来到父亲的身边。二姐不停地喊着父亲,二姐的声音那么微弱,微弱得只剩下悲伤的气息。就在二姐的呼喊中,一滴眼泪从父亲的右眼里滚落出来,滴在她的手背上。

到了晚上,母亲红着眼睛说,这下没有牵挂了。明天是第七日,应该要走了。

听了母亲的话,我觉得这个时候,天地都在催着父亲上路了。

那天的天是阴沉的,那天的地是封冻的,那天的我是心乱的。

第二天黎明时分,也就是我们陪伴父亲的第七日,他安静地走了。

父亲生命的钟摆,永远停止在 1986 年 2 月 3 日这一天。

这些年以来,七在我心中,不只是一个单纯的数字,它是一种揪心的疼痛,它是一个生命的密码,它也是一份圣洁的念想。我在心里把它天长地久地擦磨出了金子的成色。我对父亲永远的哀痛,不是在父亡之后的七日,而是在父亡之前的七日,就埋种在一颗为他破碎的心中了。

安埋了父亲,母亲顶着黑色的头巾,一个人坐在后院里哭了一场。

父亲没有迈过他生命的大寒。

他的生命,被苍茫的时间永远地留在了大寒时节的马坊。

记得父亲安葬后的第二天,我担着饭食和柴火,去村北的公墓里一个人给他暖墓。一直阴着的天竟然放晴了。看着新起的坟堆,看着坟堆上的黄土,看着黄土周围的白雪,我拉起有铁钩的水担,绕着父亲的坟墓,左转了三圈,右转了三圈。我每转一圈,太阳都会下沉一些,铁钩在冻土上划出的一串响声,像我的心跳,很刺耳也很冷冽。

这是一种仪式。这种在死者和生者之间演绎的仪式,是一种敬畏,也是一种安慰。在天空之下,在大地之上,我心怀人间的哀痛做完这一切之后,我和父亲,就是两个世界里相互思念的人了。

走出坟地,我沿着北胡同,走在进村的路上。

在一家人的门前,我看见颤巍巍走过来的六妈。她给我说了几句让我咀嚼一生的话。她说父亲去世的那晚,她听见哭声,就是我父亲的声音,从北胡同的边上,向北边走边哭,像有条铁绳被拉在地上,一路不停地响着。马坊人都以为,人是哭着出生的,也是哭着死去的;死的时候,不是用麻绳就是用铁绳绑走的。那些受罪轻的,捆绑时用麻绳;那些受罪重的,捆绑时用铁绳。我接受那时的乡村人对生死的这样一种观念,也相信父亲在人世上曾经受过那么多的罪,用麻绳捆绑,麻绳肯定是会断掉的。

只有用铁绳,才能把父亲受过的那些罪,牢牢地捆绑住。

为了寻找父亲,我打算在他的坟前立一块石碑。

两年之后,母亲去世了,石碑没有立起来。过了几年,我去了咸阳,石碑还没有立起来。又过了几年,我去了西安,石碑依然没立起来。

在苍茫的大地一隅为父亲立一块石碑,真的很难吗?我有时也会这样问自己。说不清楚,我要为父亲立的那一块石碑,为什么总被拖延。有时我也想,为一个人立一块碑,真不是立一块石头那么简单。人们把碑立在坟墓里,那是立在天地之间,立在死者的荣辱里,也立在生者的德行里。以天地之大、死者之荣辱、生者之德行,能不能承受这一块正大之碑?

我认为,我为父亲立的这块碑,一定要先立在自己的心上。

只有心之碑立好了,才可以搬到大地上,搬到父亲的坟前。

时间像一只虫子,在我的心上一路爬行,一路啮噬。终于,在二十六年后,我下定决心,在马坊,为父亲和母亲分别立一块石碑。那个时候,我已经能够平和地看待父亲一生的遭遇了,不会再把父亲在生命中承受过的那些苦难继续迁怒于任何一个人了。我也能够平和地对很多人说,父亲的生命里,不能没有他们。我写父亲的时候,一定会写到他们,但我没有恨意,因为不让他们出现,我就无法完成在文字里对于父亲的叙述。

我的文字,也是我立给父亲的一块碑啊。

那一年的清明之前,我在乾县的一个碑石场为父母精心选了两通石碑。我告诉刻碑的师傅,不刻碑文,只在正面刻下父母的名字和生卒年。清明节那天,很多亲戚一大早就等候在父母的坟前,等着在正午的时候立碑。那一天,这两通石碑出了那座碑石场,就沿着丝绸之路的方向,从乾陵的东边,经过洋芋岭、封侯沟、等驾坡、马坊沟,被一路运到父亲和母亲的坟前。

石碑运过的路,父亲很熟悉,那是他当麦客时割麦赶场的路。

给父母立碑的亲戚,除了他们的表兄弟,多是一些晚辈人,在坟前站了一大片。我的同学新轩、建生、国刚,也是清明回来扫墓,就一起赶过来,一直守在现场,帮我料理着立碑的事。

石碑立起来了。那天很冷,在我们跪在石碑前烧纸的时候,冷了一上午的天空落下了一些雨丝。我的妻子和孩子依偎在一起,指着石碑上我父母的名字,说着哪些笔画被雨丝打湿了。

那一刻,马坊的一片山河仿佛立在我心上的一块正大之碑。

回到西安了,我的思绪还深陷在立碑的场景之中。我像还站在父亲和母亲的坟头前,看着那两通巨大的石碑是怎么在一大群亲戚的扶持下,在天地之间立起来的。